LES WHISKEY :

LES DARK KNIGHTS DE PEACEFUL HARBOR

Comme une étincelle (tome 2)

MELISSA FOSTER

ISBN: 978-1948868822

Couverture : Elizabeth Mackey Designs
Traduit de l'anglais par Emily B. et Valentin Translation

WORLD LITERARY PRESS
IMPRIMÉ AUX ÉTATS-UNIS D'AMÉRIQUE

Note aux lecteurs

Je suis ravie de vous présenter l'histoire d'amour torride et émouvante entre Bear et Crystal. J'espère que vous les adorerez, tout comme les membres de leur famille et leurs amis, tous aussi merveilleux et chaleureux, qui connaîtront chacun leur propre conte de fées.

N'oubliez pas de vous inscrire à ma newsletter pour ne pas manquer les prochains livres de la saga Whiskey :
www.MelissaFoster.com/Francaise-news

Pour obtenir plus d'informations sur mes romances sexy et légères, à lire indépendamment ou les unes à la suite des autres comme une saga, n'hésitez pas à vous rendre sur mon site internet :
www.MelissaFoster.com

CHAPITRE UN

CRYSTAL MOON SENTIT son ventre se nouer alors qu'elle franchissait les portes du domaine West Millstone avec sa voiture ce mercredi soir. *Le domaine.* Elle ricana d'un air moqueur en jetant un coup d'œil vers un groupe de gars à l'air hirsute qui fumaient à côté du grillage rouillé qui encerclait ce camp de caravanes dans lequel elle avait grandi. Le « portail » ne fonctionnait plus depuis qu'elle avait dix ans, quand un voisin défoncé avait foncé dedans avec sa camionnette. Faisant de son mieux pour ignorer les regards obscènes d'un autre groupe de types qui se tenaient près de la caravane délabrée sur sa droite, elle se concentra sur la route, cochant mentalement les seuls noms qu'elle avait jamais associés aux personnes qui avaient vécu dans les caravanes alors qu'elle passait devant chacune d'entre elles.

Détestable. Flippant. Gentil. Nesurtoutpasapprocher.

À l'exception de sa mère, elle ignorait qui vivait dans chaque caravane, mais les surnoms qu'elle leur avait attribués étant petite resteraient à jamais gravés dans sa mémoire, tout comme cette sensation répugnante qu'elle éprouvait et qui s'accrochait à elle comme une seconde peau chaque fois qu'elle revenait ici.

Elle se gara derrière la vieille Toyota de sa mère. Des feuilles mortes gisaient comme des squelettes sur le capot. Elle avait fait l'erreur il y a longtemps de donner de l'argent à sa mère pour qu'elle puisse s'acheter une nouvelle batterie de voiture, mais cette dernière l'avait dépensé en alcool. Elle scruta la rue pour repérer le vieux 4x4 de son frère Jed. Poussant un juron, elle sortit son téléphone et l'appela.

Il décrocha dès la première sonnerie.

— Salut, toi.

— Il n'y a pas de « salut, toi » qui tienne. Je suis devant chez Maman. T'as oublié ou quoi ? Le troisième mercredi du mois.

— Oh merde. Je vais trouver quelqu'un pour m'amener et je serai là dans dix minutes.

Puis il raccrocha. Elle avait oublié que son permis lui avait été retiré à cause de contraventions impayées. Mike McCarthy, un flic du coin, menait une vendetta personnelle contre Jed et l'arrêtait dès qu'il en avait l'occasion, lui mettant le maximum d'amendes. Jed jurait que le gars avait en sa possession un mouchard pour le suivre à la trace, mais Crystal savait que leur haine mutuelle remontait à l'époque du lycée, quand Jed avait couché avec toutes les filles avec lesquelles Mike était sorti. Elle avait même l'impression que cela avait continué après la remise de diplôme, et elle n'avait pas besoin qu'on le lui confirme. Elle aimait Jed plus que tout, mais c'était un peu un voyou et il avait passé son adolescence à avoir des ennuis et, une fois adulte, il avait été incarcéré quelques mois en prison pour vol. Il disait que c'était dans son sang, toutefois Crystal pouvait attester que, à moins qu'ils n'aient pas les mêmes parents biologiques, ce n'était pas le cas. C'était simplement *Jed* qui était comme ça.

Elle referma son sweat à capuche et jeta un coup d'œil à la pile de dessins sur lesquels elle œuvrait pour la boutique *Princesse pour un Jour* dans laquelle elle travaillait avec sa meilleure amie, Gemma Wright. Elle avait rencontré Gemma dans un café peu de temps après son deuxième combat avec l'enfer. Lorsqu'elle avait quitté la misère du camp de caravanes, elle avait cru avoir laissé ce cauchemar derrière elle. Or, quelques années plus tard, elle avait découvert que l'enfer pouvait prendre plusieurs formes et les caravanes ne lui avaient plus paru si horribles. Elle n'était pas revenue pour autant. Elle avait été brisée mais n'était pas stupide.

Repoussant ces pensées sombres, elle éteignit le moteur.

Ne faisant pas confiance au type squelettique et torse nu qui se tenait de l'autre côté de la rue, tenant la chaîne d'un chien qui aboyait d'un air vicieux, elle rangea les dessins dans son sac et fit glisser la sangle par-dessus sa tête et sa silhouette. Une sorte de protection. Aussi petite que soit cette lanière fine, tout ce qui séparait la personne qu'elle était devenue de la mère qui l'avait portée en elle valait de l'or.

Elle scruta une dernière fois sa voiture à la recherche d'objets de valeur que l'on pourrait lui voler. La Ford Fusion 2010 ne valait peut-être pas grand-chose, mais elle lui appartenait. Son regard s'arrêta sur la poupée tracas accrochée à son rétroviseur qui était un cadeau de son père. Il l'avait fabriquée avec des brindilles, du tissu et de la laine quand elle avait huit ans et la lui avait offerte la première semaine où ils avaient emménagé dans le parc à roulottes. Il lui avait fabriqué des poupées pendant des années, mais, cette fois-ci, il la lui avait donnée pour une raison. *Confie tous tes tracas à cette poupée et tu en seras débarrassée. Comme par magie.* Elle baissa ensuite les yeux vers la plus petite, accrochée à son trousseau de clés. De petits éléments qui lui rappelaient qu'un jour elle avait eu un parent qui l'avait aimée. Elle décrocha celle du rétroviseur et la mit dans son sac. Cela risquait de beaucoup l'énerver si on la lui volait. Elle l'accrocherait à nouveau quand elle partirait.

Elle sortit de la voiture et la verrouilla, se préparant mentalement à rendre visite à sa mère. *Ce n'est qu'une fois par mois. Une heure, douze fois par an.* Elle était bien capable de prendre sur elle pendant une heure. Ensuite, elle retournerait à sa petite vie à Peaceful Harbor, Maryland à quarante-cinq minutes d'ici. Assez loin pour faire comme si cette partie-là de sa vie n'existait pas.

Son téléphone vibra alors qu'elle recevait un message et elle le sortit, prête à faire passer un sale quart d'heure à Jed s'il trouvait une excuse pour ne pas venir au dîner. Le nom « *Lui* » s'afficha sur l'écran. Elle leva les yeux au ciel, essayant d'empêcher son corps de s'enflammer de la tête aux pieds. Cela ne fonctionna pas. Ça ne fonctionnait jamais. Elle avait enregistré Bear Putain-de-Sexy Whiskey sous le nom « *Lui* » dans sa liste de contacts afin de tromper son esprit et de l'imaginer sous une forme masculine classique. Sauf qu'il n'y avait rien de classique chez ce motard tatoué d'un mètre quatre-vingt-dix, propriétaire d'un bar et d'un garage.

Elle ouvrit le texto et le lut : *Bear.*

Il suffit d'un mot pour que le feu se propage dans son corps comme la foudre. *Traître de corps.* Ce type était obstiné. Il agissait comme si Crystal lui *appartenait* depuis qu'elle l'avait vu pour la première fois, il y a huit mois, quand Gemma avait rencontré son fiancé, Truman Gritt, qui était le meilleur ami de Bear. Plus elle repoussait Bear, plus il était déterminé. Il lui envoyait son prénom par SMS depuis des semaines, toujours à l'improviste. Ce n'était pas comme s'il savait qu'elle avait changé le nom de son contact sur son téléphone. Il était juste fidèle à lui-même. Pensait-il sincèrement qu'en lui envoyant son *prénom*, elle changerait d'avis ?

Il n'y avait pas vraiment besoin de changer quoi que ce soit.

Elle déglutit avec difficulté face à ce constat. Non seulement elle était attirée par ce type, mais en plus elle n'arrêtait pas de penser à lui. Le plus dur, c'était qu'au cours des huit derniers mois il avait pris de plus en plus de place dans sa vie, comme un troisième bras – excitant, fiable et inconfortable à la fois. Il était prétentieux et arrogant quand il était question de faire irruption dans sa vie, ce qui aurait dû la rendre méfiante, mais elle était attirée par lui comme un papillon par une flamme, car il était aussi un ami loyal, généreux et drôle d'une façon qui l'avait amenée à se demander ce que cela donnerait d'expérimenter tout cela à la fois – *dans son lit.*

Argh. Il fallait vraiment qu'elle arrête de penser à lui.

Son téléphone vibra à nouveau et, cette fois-ci, elle reçut un texto de Gemma. Il s'agissait d'une photo de Bear en train de peindre. Super. Maintenant, elle n'arrêterait jamais de penser à lui. Il tendait son bras musclé et tatoué par-dessus sa tête alors qu'il peignait le rebord de la fenêtre. Sa chemise moulait son dos large qui s'affinait au niveau de la taille et disparaissait sous un jean taille basse qui épousait ses fesses terriblement sexy. Elle reçut un autre texto.

J'apprécie de regarder mon homme peindre. Je me suis dit que tu aimerais bien voir le tien faire de même.

Elle leva les yeux au ciel. Gemma savait qu'elle n'était pas en couple avec Bear. Crystal allait les rejoindre, Truman et elle, après le dîner pour les aider à peindre leur salon pour préparer leur mariage qui aurait lieu dans le jardin et elle savait que Bear serait là. Leur groupe très soudé comprenait les quatre frères et sœur de la famille Whiskey, donc Bear était toujours dans les parages, comme un caillou dans sa chaussure. Elle eut soudain des papillons dans le ventre et gémit. La dernière chose dont elle avait besoin dans sa vie bien remplie qui n'impliquait pas de vivre dans un camp de caravanes, c'était de convoiter un homme. Notamment un homme qui *partait du principe* qu'elle lui appartenait.

Elle fourra son téléphone dans sa poche, inhala profondément et fit face à la caravane jaune moutarde de sa mère, souhaitant pouvoir remonter dans sa voiture et retourner à sa vie normale.

Chacune des caravanes possédait une petite parcelle de terrain. La plupart n'étaient désormais plus que de la terre à force d'être piétinées ou écrasées. Mais avant que son père ne soit mort dans un accident de voiture, il avait placé d'énormes rochers autour du périmètre, là où lui et Crystal avaient aménagé un jardin. Désormais, cette minuscule parcelle de terre était envahie d'herbes hautes et de buissons épineux qu'elle avait toujours évités, comme si les branches étaient des griffes ratatinées qui la captureraient au passage.

Tout le domaine me fait cet effet, à vrai dire.

Elle posa le pied sur la moquette d'extérieur et d'intérieur toute moisie qui se trouvait sous un auvent vert qui pendait sur le côté de la caravane. Jed l'avait installé là quand ils étaient adolescents. Une odeur de cigarette et de transpiration flottait dans l'air. Deux vieilles chaises de jardin et une table en plastique avaient été posées au bout de la moquette. *Ah, la vie en extérieur dans toute sa splendeur !*

Elle hésita. Elle aurait aimé que Jed se dépêche, puis saisit finalement la poignée en métal de la porte moustiquaire qui ne possédait même pas de moustiquaire.

— Jeddy ? C'est toi ?

La voix rauque de sa mère aurait pu paraître sexy si elle n'avait pas eu autant de mal à articuler et si le côté rauque n'avait pas été similaire à du papier de verre que l'on frotte à cause de sa gorge usée par la cigarette.

Crystal entra, assaillie par la même puanteur qu'elle avait sentie un peu plus tôt, mais cent fois plus forte cette fois-ci. Elle avait pris l'habitude de respirer par la bouche, ce qui lui paraissait moins répugnant que de sentir cet air rance à chaque inhalation. Ses yeux parcoururent les murs de boiseries sombres, la moquette à poil ras et le canapé à carreaux : des souvenirs de sa jeunesse. Les mêmes rideaux verts et jaunes qui étaient déjà là lorsqu'ils avaient emménagé étaient suspendus à des tringles métalliques, obscurcissant les fenêtres. Les deux chaises en bois que Crystal et son père avaient peintes en bleu turquoise le premier été où ils avaient vécu ici étaient désormais écaillées et abîmées. Elles étaient le dernier projet sur lequel elle et son père avaient travaillé ensemble. Deux bouteilles de bière vides traînaient sur la table basse derrière un paquet de cigarettes vide dont le haut était déchiré. *Bienvenue à la maison.*

— Chrissy ?

Sa mère se tenait près de la gazinière, remuant quelque chose dans une casserole. Une cigarette pendait au bout de ses lèvres, comme si elle avait pris racine.

— Je m'attendais à voir Jeddy.

Des cendres flottèrent vers le sol alors qu'elle parlait. Pamela Moon était une sorte de Peg Bundy[1] blonde et alcoolique, avec ses cheveux peroxydés, son débardeur rose, son legging noir, sa ceinture blanche et large, ses talons hauts et sa façon de se tenir en agitant toujours la main.

Crystal grimaça devant ce surnom qu'elle avait cessé d'utiliser lorsqu'elle était partie à l'université. Cela faisait des années et sa mère n'avait toujours pas remarqué. Ou alors elle

---

[1] Personnage de série télé qui incarne une femme au foyer des années 90

n'en avait tout simplement rien à faire. Crystal supposa que c'était un peu des deux.

— Désolée, Maman. C'est juste moi.

Elle espérait que sa mère se souvenait qu'ils devaient dîner ensemble. Parfois, elle oubliait. Crystal avait pour habitude d'apporter le repas pour leur visite mensuelle, mais sa mère se plaignait de tout, alors elle avait arrêté d'essayer.

Sa mère attrapa une bouteille de bière sur le comptoir et prit une longue gorgée. Crystal chercha à évaluer son instabilité, comptant les cinq bouteilles vides qu'elle aperçut tout en sachant qu'elles n'étaient probablement pas les seules qu'elle avait bues dans la journée. Après qu'ils eurent perdu leur père à cause d'un conducteur ivre, sa mère avait fini par sombrer, ce qui, pour Crystal, n'avait aucun sens. La mort de son père l'avait profondément affectée, de façons tellement nombreuses et différentes qu'elle ne pouvait même pas les compter, mais, surtout, Crystal faisait attention à ne pas trop boire. Au début, elle avait cru que l'alcoolisme de sa mère était un moyen de faire face, puis, au fil des mois, des années, elle avait réalisé qu'elle avait un problème et l'avait encouragée à se rendre aux Alcooliques Anonymes et à demander de l'aide. Sa mère avait ignoré ses conseils, devenant froide et amère. Crystal ne savait même pas comment elle faisait pour tenir encore debout avec tout l'alcool qu'elle consommait.

Crystal jeta un coup d'œil vers la masse sombre dans la casserole.

— Qu'est-ce que tu prépares ?

— Un chili. T'as faim ?

D'autres cendres tombèrent par terre.

— Oui, bien sûr.

Généralement, elle poussait la nourriture du bout de sa

fourchette et la félicitait pour sa cuisine. Puis elle emballait le tout et le laissait à sa mère pour qu'elle le mange le lendemain. Elle posa son sac sur la table basse, s'installant pour l'heure à venir en espérant qu'elle passe vite.

— Comment tu vas, Maman ? Ça se passe bien, ton travail ?

Sa mère travaillait dans une supérette, à trois rues d'ici.

Elle acquiesça, inhalant bruyamment en retirant la cigarette de sa bouche, agitant la main.

— Vingt, trente heures par semaine. Ils envisagent toujours de me faire passer manager, mais bon tu sais.

Elle lui fit un clin d'œil et coinça la cigarette entre ses lèvres pleines de rouge.

— Je me trouverai un homme bien avant que ça n'arrive.

— Bien sûr.

Cela faisait bien longtemps que Crystal avait arrêté de croire aux histoires de sa mère concernant une éventuelle promotion et d'essayer de la convaincre qu'un homme ne serait jamais la réponse à ses problèmes.

Elle mit la table, écoutant sa mère critiquer une de ses collègues. Elle aurait tellement aimé qu'au moins une fois sa mère lui demande comme *elle* allait ou ce qu'il y avait de nouveau dans *sa* vie, comme elle le faisait avant que son père ne perde son travail et qu'ils ne soient obligés de quitter Peaceful Harbor. Mais sa mère n'avait pas été cette femme-là depuis des années. Quand ils avaient déménagé, elle avait changé et elle était devenue de pire en pire après la mort de ce dernier.

La porte d'entrée s'ouvrit en grand et Jed entra dans la pièce. L'espace restreint parut alors encore plus petit. Du haut de son mètre quatre-vingt-dix, avec ses cheveux blond cendré, une barbe plus foncée et des yeux bleus perçants, il était le portrait craché de leur père.

Il embrassa Crystal sur le haut du front.

— Salut, crevette. T'es toujours dans ton délire gothique ?

Elle leva les yeux au ciel. Elle avait teint ses cheveux en noir juste après avoir déménagé à Peaceful Harbor. Cela faisait plus de quatre ans. Elle pensait qu'il s'y était habitué depuis.

— Et toi, toujours dans ton délire de vol ?

Elle fit un signe de tête en direction de sa veste en cuir alors qu'il baissait la tête pour embrasser sa mère sur la joue.

Il s'affala sur le canapé et posa les pieds sur la table basse.

— Non, j'ai juste aidé un gars à réparer sa voiture.

Il épousseta une tache invisible sur le cuir foncé.

— Je l'ai achetée en gagnant mon argent légalement.

— Hum, hum.

Crystal repoussa ses pieds de la table basse et remplit des verres d'eau pour le dîner.

— Je ne me souviens même pas de la dernière fois où tu as gagné de l'argent à la sueur de ton front. Tu vis où en ce moment ?

— Je squatte chez un pote. Dans un appart au sous-sol.

— T'as mes cigarettes ? demanda leur mère.

— Oh merde, grimaça Jed. Je savais que j'avais oublié un truc.

— Bon sang, Jeddy, dit leur mère en répartissant le chili dans trois assiettes. Qu'est-ce que t'as foutu ? J'ai attendu toute la journée.

— Je travaillais, M'man. T'inquiète pas, dit Jed, j'irai t'en chercher après manger.

Crystal tendit soudain les oreilles.

— T'as travaillé ? Sérieusement ?

— J'essaie de me ressaisir. Je mets enfin ma formation de mécanicien à profit et je travaille de temps en temps dans un restaurant.

Leur mère ricana.

— C'est ça. Allez, venez manger.

Ils s'assirent à table, le silence n'étant interrompu que par le tintement des couverts sur les assiettes. Crystal repoussa sa nourriture, regardant sa mère fumer et manger. Elle se souvenait vaguement de cette époque où sa mère n'avait pas les dents tachées par la cigarette, ni les doigts jaunis et l'amertume de quelqu'un sur qui la vie s'acharnait. Des souvenirs d'une femme qui l'envoyait à l'école primaire avec son déjeuner dans un sac en papier kraft et qui l'accueillait avec un grand sourire quand elle descendait du bus à la fin de la journée. Finalement, la mort de son père lui avait volé ses deux parents.

— Où est-ce que tu travailles ? demanda Crystal en regardant plus longuement son frère.

Ce n'était pas un gros buveur et il ne s'était jamais drogué. Malheureusement, les voleurs ne possédaient pas de signes distinctifs.

— Mon pote tient une station-service. Je lui donne un coup de main.

— Combien tu te mets dans les poches ? demanda sa mère.

— Maman !

Crystal ne croyait peut-être pas au fait que son frère soit soudain en train d'essayer de se racheter une conduite après avoir passé sa vie à avoir des ennuis, mais elle n'aimait pas le ton condescendant de sa mère. C'était déjà assez grave que cette dernière n'ait jamais cru un seul mot de ce que lui disait sa fille, mais Crystal était capable de comprendre pourquoi elle était en colère contre elle. Elle avait quitté le foyer à dix-huit ans grâce à une bourse pour aller à l'université et n'était jamais revenue. Jed, lui, était resté avec sa mère, la mettant au lit quand elle était trop saoule pour marcher et avait fait tout ce qu'elle lui demandait pendant des années.

— Quoi ? lâcha-t-elle en prenant une autre bouffée de cigarette. Tu ne peux pas faire confiance à un menteur. Il est comme ton père.

— Il faut bien que quelqu'un subvienne à tes besoins ! s'énerva Jed.

— Putain, Jed. S'il te plaît, ne me dis pas que tu lui donnes de l'argent ?

Mais Crystal ne pouvait pas se préoccuper de *ça* pour le moment ; elle était trop énervée par ce que sa mère venait de dire.

— Papa n'était pas un menteur.

Elle croisa les bras sur la poitrine, ne souhaitant pas se lancer dans ce combat bien trop familier. Sa mère prétendait que son père lui avait promis une *belle* vie. Mais ce n'était pas de sa faute s'il s'était fait licencier. Ne s'étaient-ils pas juré de s'aimer pour le « meilleur et pour le pire » ? De rester malgré les moments difficiles ? Il leur avait à tous offert une belle vie et il les avait aimés. Ce n'était pas de sa faute si leur mère s'était mise à boire dès les premiers problèmes qu'ils avaient rencontrés.

Elle n'avait jamais compris ce que sa mère aurait voulu de plus et, à ce stade, elle s'en fichait complètement.

Sa mère tira la cigarette de sa bouche pour parler et Jed posa une main sur son bras.

— Maman, *arrête*.

— OK, tu sais quoi ? dit Crystal en serrant les dents. Je ne suis pas venue ici pour t'écouter critiquer Jed *ou* Papa.

— Alors pourquoi es-tu venue ? la défia sa mère.

— Je me pose cette question chaque fois que je viens te rendre visite, avoua-t-elle en détournant le regard. À cause d'une sorte de loyauté tordue, j'imagine.

Sa mère se leva, parlant avec la cigarette au coin des lèvres.

— Ne sois pas si arrogante. T'es sortie de *mon* ventre. Tu as mon sang dans tes veines, ma petite. Tu n'es pas meilleure que moi alors ne t'avise pas de me juger !

Crystal se força à puiser au plus profond d'elle-même pour retrouver cette voix calme qu'elle utilisait avec les parents trop autoritaires à la boutique.

— Je ne te juge pas, Maman. J'aimerais juste que tu fasses de même avec Jed et Papa.

— Hé, et si on changeait de sujet ? dit Jed en faisant un clin d'œil à Crystal. Comment va ton petit ami ?

— Quel petit ami ?

Il ricana.

— Oh, oh. Vous avez rompu ?

Elle leva les yeux au ciel.

— Avec… ?

— Bear. Le gars qui avait son bras autour de tes épaules à la fête de Noël de Tru et une seconde fois à la parade de Pâques ? T'as oublié que j'y étais ?

— Ce n'est pas mon petit ami.

Même s'il a eu le premier rôle dans mes rêves pendant des mois.

— Il n'y a pas de petit ami, continua-t-elle. Ça n'a pas changé depuis la dernière fois et ce sera probablement pareil la prochaine.

Leur mère se moqua :

— Elle n'est pas capable de garder un homme. Dès qu'il y en a un qui la touche, elle pète les plombs.

La nuit de l'attaque et la raison pour laquelle elle avait quitté l'université lui revinrent soudain en mémoire. Comment avait-elle pu penser qu'elle pouvait se confier à sa mère ? *Oh et puis merde.*

Elle traversa la pièce en trombe et prit son sac.

— Désolée, Jed. Faut que je sorte d'ici.

— C'est ça. Fuis, comme tu le fais toujours, dit sa mère en agitant la main avant de saisir sa fourchette et de la planter dans sa nourriture.

— Voilà.

C'était toujours la même merde et elle en avait assez ; sa mère ne valait même pas la peine qu'elle dépense son énergie avec cette réponse brève.

— Putain, Maman. Lâche-la.

Jed se leva et se positionna entre la table et Crystal, lui bloquant la vue et l'empêchant ainsi de voir sa mère. Dieu merci.

— Ignore-la. Elle est complètement cinglée.

— T'as besoin que je te dépose ?

Crystal mourait d'envie de prendre une douche et de se débarrasser de cette fumée et de la crasse de son passé.

— Oui. Je récupère mon permis dans six semaines, mais je veux bien que tu passes par chez mon pote.

Il regarda sa mère et Crystal vit que la culpabilité le rongeait. Elle leva à nouveau les yeux au ciel.

— Je t'emmènerai d'abord chercher ses cigarettes, mais je ne comprends pas pourquoi tu t'occupes d'elle.

— Pour la même raison que tu es là tous les mois. Cette bonne vieille culpabilité.

CRYSTAL DÉBOULA CHEZ Truman et Gemma comme une traînée de poudre, dévorant tout sur son passage. Sa crinière couleur corbeau était trempée, encadrant son beau visage fermé et grincheux alors qu'elle débarquait dans leur salon. Elle avait enfilé un sweat à capuche noir ouvert par-dessus son tee-shirt des Rolling Stones et ses yeux bleus perçants lançaient des regards noirs. Son jean moulant noir était déchiré le long de ses cuisses et sous les genoux, dévoilant sa peau bronzée. Une peau qu'il aurait aimé toucher et goûter et sentir contre lui. Elle s'arrêta à quelques pas de Bear et posa la main sur la hanche.

— Donne-moi un pinceau, ou un rouleau, ou un putain de fusil, je m'en fous. Donne-moi un truc et dégage de mon chemin.

Ils avaient fini de peindre depuis dix minutes. Bear ricana devant sa véhémence. Elle était terriblement sexy, quelle que soit son humeur, mais cette tigresse en face de lui lui donnait envie de la réconforter et de la baiser à la fois.

— On a eu une soirée difficile, chérie ?

Elle plissa les yeux.

— Pas *assez.* Et je ne suis pas ta *chérie.* J'ai besoin d'évacuer ma frustration.

Elle tendit la main, attendant visiblement qu'il lui donne un pinceau.

Il saisit cette petite main délicate et l'attira vers lui. Son corps entier prit feu. Jouer au chat et à la souris pendant des mois était bien trop long. Son regard s'assombrit et elle eut le souffle court. Bear en avait assez de jouer. Non seulement cette beauté insolente le désirait, mais elle avait aussi besoin de lui. Elle ne le savait juste pas encore.

— Qu'est-ce que tu fais là ?

Elle avait parlé à voix basse en voulant probablement paraître menaçante, mais elle paraissait plutôt sensuelle et irrésistible.

Il prit son menton dans ses mains, effleurant sa lèvre inférieure du pouce et le souffle de Crystal devint erratique. Il glissa la main sur sa hanche. Elle avait des courbes aussi sexy et élégantes qu'une Harley-Davidson Duo-Glide 61 et il avait hâte de la faire vrombir et *ronronner*.

— Je te donne ce dont tu as besoin. Une nuit de folie avec un Whiskey, c'est le remède parfait pour évacuer ta frustration.

— Oncle Be-*ah* !

La petite Kennedy âgée de trois ans entra dans la pièce en courant, vêtue d'une chemise de nuit Dora l'exploratrice et serrant dans ses bras la peluche Winnie l'ourson que Dixie, la petite sœur de Bear, lui avait offert. Elle se faufila entre eux. Truman avait sauvé son petit frère et sa petite sœur d'un squat de drogués après que leur mère avait fait une overdose. Gemma et lui les élevaient comme leurs propres enfants.

Crystal eut un sourire amusé en direction de Bear et leva un sourcil.

Il la relâcha à contrecœur. *C'est une gamine de trois ans qui me casse mon coup, quoi.*

— Salut, ma belle.

Crystal lança un regard narquois à Bear en s'accroupissant pour serrer Kennedy dans ses bras.

— Toute cette mignonnerie, c'est exactement ce dont j'ai besoin après cette soirée contrariante.

— Pourquoi t'es contariée, tata Cystal ?

Kennedy avait encore du mal à prononcer les « r » et sa façon de parler fit fondre Bear.

— Je ne le suis plus, grâce à toi.

— Je suis venue vous faire un bisou, toi et Be*ah*, pour vous dire bonne nuit.

Elle fit un câlin et un bisou à Crystal puis tendit ses bras fins vers Bear en se mettant sur la pointe des pieds.

Il la hissa vers le haut et elle enroula ses bras autour de son cou.

— Merci de m'avoir laissée peindre, dit Kennedy en bâillant et en posant la tête sur son épaule. La maison va être très *zolie* pour le mariage de Maman et Touman – euh, je veux dire *Papa*.

Même si Kennedy et Lincoln étaient les frères et sœurs de Truman, quand Lincoln avait commencé à parler, il avait appelé Truman *Papa* et Kennedy avait alors ajouté qu'elle voulait l'appeler comme ça aussi. Parfois elle oubliait et l'appelait *Touman*.

Bear passa la main dans son dos. Il avait du mal à croire que cela faisait moins d'un an que Truman les avait trouvés. Kennedy était passée d'une petite fille mince et effrayée à une enfant heureuse et en bonne santé qui ne faisait pas seulement partie de la famille de Truman mais aussi de celle de Bear.

— Tu es la meilleure peintre du coin, ma puce. *Merci* de m'avoir aidé.

Il leva les yeux, remarquant que Crystal l'observait d'un air chaleureux et… *intéressé*? Ça, ça lui plaisait beaucoup.

Crystal détourna le regard.

— Hé, Ken, tu sais où est Maman?

— Ze crois qu'elle donne le bain à Lincoln.

Crystal sourit.

— Tu veux que j'aille te mettre au lit?

— Oui, dirent Kennedy et Bear en même temps.

Crystal leva les yeux au ciel en direction de Bear et tendit les bras vers Kennedy.

Bear prit Crystal par la taille, ignorant son regard noir.

— J'escorte mes deux filles préférées à l'étage. Fais avec.

Il la guida jusqu'aux escaliers où ils croisèrent Truman qui descendait.

Ce dernier regarda Bear droit dans les yeux, ses yeux sombres allant de lui à Crystal. Ses lèvres s'étirèrent en un sourire et il secoua la tête. Il dut lire l'agacement sur le visage de Crystal, car il prit Kennedy dans ses bras.

— Je crois que je vais prendre le relais. Merci, les amis.

Alors que Truman remontait, Crystal lui dit :

— Tu peux me relâcher, maintenant.

— Non, ça va.

Il continua de la tenir contre lui alors qu'elle redescendait au salon.

— T'as envie de me raconter ce qui s'est passé ce soir ?

— Non. J'ai envie de peindre.

Elle se dégagea de son étreinte et il la tira en arrière.

— Si tu crois que je vais laisser passer ça, tu te trompes. Parle-moi. Qu'est-ce qui t'énerve tant ?

— Putain, Bear, s'agaça-t-elle. Je ne *t'appartiens* pas. Tu n'es pas obligé de me protéger.

Il ignora sa remarque, car elle savait très bien comment ça se passait chez les Whiskey. Et plus important encore, elle *le* connaissait assez bien pour savoir qu'il ne resterait jamais les bras croisés en la laissant souffrir. Si quelqu'un l'avait énervée, il s'occuperait de son cas.

— Tu n'es pas *encore* à moi, concéda-t-il.

— Mon Dieu, t'es si arrogant et tactile et… *Argh* ! lâcha-t-elle en s'écartant. J'ai juste rendu visite à ma mère et c'était compliqué, c'est tout.

— Qu'est-ce qu'il s'est passé ?

Le fait qu'elle n'ait pas envie d'entrer dans les détails ne le surprenait pas. Elle avait toujours été évasive en ce qui concernait ses parents.

Elle attrapa l'échelle et la traîna vers le mur du fond. Il la lui prit des mains et elle lui lança à nouveau un regard noir. Elle était la femme la plus têtue qu'il ait jamais rencontrée. Elle était également vive, avait confiance en elle et était probablement la personne la plus sensible qu'il connaisse, même si elle ne l'admettait jamais. Mais ces traits de caractère n'étaient qu'une infime partie de tout ce qu'il trouvait fascinant chez elle.

Elle avait les bras croisés sur la poitrine et il était quasiment sûr que si cela avait été possible, de la fumée se serait échappée de ses oreilles.

— Est-ce qu'on peut juste peindre, s'il te plaît ?

— Désolé, chérie, mais on en a fini pour ce soir.

— Sérieusement ?

Elle regarda autour d'elle dans la pièce et son estomac gronda. Elle retroussa les lèvres en passant la main sur son ventre.

Parfait. Il sortit son téléphone et envoya un message à Tru pour lui dire qu'il emmenait Crystal manger un morceau.

— Prends ton sac. On va dîner.

Il passa son bras autour de ses épaules et s'avança vers la porte d'entrée.

— Je n'ai pas faim.

Il la regarda d'un air impassible et vit une lueur de défi dans ses beaux yeux.

— Tu ne me *dis* pas quoi faire.

— Très bien. Tu as l'estomac qui gronde. Tu as clairement faim. Allons manger quelque chose.

Elle croisa les bras sur sa poitrine.

— Ce n'est pas ce que j'appelle dialoguer.

— Oh putain, femme.

Elle ne savait pas à quel point il adorait ce côté d'elle. Ils n'avaient jamais eu de vrai rencard, mais ils étaient déjà allés manger sur le pouce comme ça plusieurs fois.

— Est-ce que tu as faim ?

— Je pourrais manger, oui.

— Super, dit-il. Allons-y.

— Oh, mon Dieu. Sérieusement ? Personne ne t'a jamais appris comment demander à une femme si elle a envie d'aller manger dehors ?

— Tu veux que je te propose un rencard, c'est ça ?

Il glissa à nouveau son bras autour de sa taille et fit onduler ses sourcils.

— Non, gloussa-t-elle.

Il adorait son rire. Il était éhonté et bruyant, comme elle.

— Merde. Je pensais avoir un coup de chance. Crystal Moon, est-ce que tu veux bien aller manger un burger avec moi ?

Elle ramassa son sac qui se trouvait sur le sol.

— *Très bien*. Mais il faut que je prévienne Gemma. T'es tellement autoritaire.

— Tu adores ça, et j'ai déjà envoyé un texto à Tru pour le lui dire.

— Présomptueux *et* autoritaire.

Il ouvrit la porte. Avec l'absence d'étoiles dans le ciel, il faisait particulièrement sombre et, même avec les lampadaires, on avait l'impression que la nuit avait avalé la terre.

Crystal s'avança jusqu'à sa voiture et il raffermit son emprise.

— On va prendre mon 4x4.

— Je peux conduire. Comme ça tu ne seras pas obligé de me ramener pour la récupérer.

Il ouvrit la portière du 4x4 côté passager et dit :

— Oui, mais dans ce cas-là je ne t'aurai pas à mes côtés

pour l'aller. Monte.

— Tellement autoritaire.

Elle monta sur le marchepied et il lui donna une tape sur les fesses. Elle lui jeta un regard incendiaire par-dessus son épaule.

— Tu sais que j'adore ça quand tu me jettes des regards noirs.

Il contourna le véhicule et monta sur le siège conducteur, envisageant de détacher sa ceinture et de tirer ses jolies petites fesses le long de la banquette. Mais elle prit soudain un air sérieux et il se rappela qu'elle avait eu une soirée difficile. L'empathie prit le pas sur son désir.

Ils roulèrent jusqu'à *Woody's Burgers* en silence et c'est ainsi qu'il comprit qu'elle n'avait pas seulement passé une soirée merdique chez sa mère, mais qu'il devait y avoir autre chose. Il savait aussi qu'elle ne lui dirait pas ce qui se passait réellement. *Du moins pas tout de suite.* Il y allait fort, mais ils avaient une amitié solide qui ressemblait plus à une relation amoureuse et qui ne se limitait pas à un simple désir qui le poussait à goûter enfin à sa bouche pulpeuse. Elle comptait pour lui et, d'une façon ou d'une autre, il trouverait un moyen de la faire parler. Il était obligé, car le fait de savoir qu'elle souffrait sans qu'il puisse l'aider lui donnait envie d'arracher la tête de quelqu'un.

Il gara le 4x4 et tendit le bras pour lui serrer la main de manière réconfortante.

— Hé.

Il attendit qu'elle croise son regard.

— Quoiqu'il se passe, tu sais que tu peux m'en parler.

Elle baissa les yeux, observant leurs mains, et un faible sourire étira ses lèvres.

— Oui, je sais. Merci.

Woody's était un restaurant de burgers assez discret avec des murs en briques peints en blanc et des tables et banquettes vert vif.

De grandes fougères et des lumières décoratives en fer étaient suspendues à des tiges métalliques au plafond. Le salon était semblable à un patchwork détaillé de planches de bois. Ça ne payait pas de mine, mais ils faisaient les meilleurs hamburgers et frites de Peaceful Harbor et, ce soir, Bear avait la plus jolie fille de la ville à son bras. C'était une belle soirée malgré ce nuage qui planait au-dessus de Crystal. Mais il la protégerait de toute tempête.

Il se glissa sur la banquette à côté d'elle.

— C'est pas pour rien s'il y a deux banquettes, remarqua-t-elle.

— Très bien.

Il posa ses pieds sur le banc qui se trouvait en face d'eux, le bout de ses bottes en cuir noir dépassant du bord de la table.

Elle s'esclaffa.

— À ton tour, dit-il en tapotant sa cuisse, laissant sa main à cet endroit tandis qu'elle levait ses pieds et les plaçait à côté des siens.

Elle repoussa sa main sur sa cuisse sans dire un mot et il étira son bras sur le dossier de la banquette.

— Tu es toujours comme ça ? demanda-t-elle en prenant le menu pour l'étudier.

— Tu me connais depuis un moment, maintenant. C'est à toi de me dire.

— Je sais comment tu es avec moi. Enfin, avec les autres filles. Je ne suis encore jamais sortie avec toi, genre pour un rencard.

Il commença à lui masser l'épaule pour la détendre.

— Alors il est peut-être temps d'y remédier.

La serveuse l'interrompit avant qu'elle ne puisse répondre et ils commandèrent des burgers et des frites et Crystal prit aussi un milk-shake. *Chocolat, vanille et fraise mélangés, s'il vous plaît.* Elle était unique dans tout ce qu'elle faisait et c'était l'une des choses qu'il adorait chez elle. Leurs plats arrivèrent assez vite et ils bavardèrent un peu, parlant du mariage de Tru et Gemma pour lequel ils devaient se préparer.

Quand il ne put plus supporter le timbre triste de sa voix, il lui dit :

— Parle-moi de ta mère.

Elle haussa les épaules.

— Il n'y a rien à dire. Nous ne sommes pas très proches.

— Pourquoi ta soirée a-t-elle été si difficile ?

Il prit une frite et la trempa dans son milk-shake alors qu'elle portait son burger à sa bouche.

— Hum… ?

Elle reposa le burger dans son assiette.

— Qu'est-ce que tu fais ? demanda-t-elle.

— Je trempe ma frite dans ton milk-shake, expliqua-t-il en l'avalant. On n'a pas déjà fait ça avant ?

— *Non.*

— On se connaît depuis presque un an et on n'a jamais mangé de frites et de milk-shake ? C'est faux et tu le sais.

— Tu n'as jamais *trempé ta frite* dans mon milk-shake, précisa-t-elle.

Il effleura son épaule de la sienne.

— La faute à qui ? J'adorerais tremper ma frite dans ton délicieux milk-shake.

Elle pouffa.

— N'y pense même pas.

Elle prit une grande bouchée de son burger, les joues gonflées comme un écureuil, essayant clairement d'éviter le sujet.

Il termina le sien et passa à nouveau son bras autour de ses épaules, trempant une autre frite dans sa boisson. Il la tendit vers elle et elle repoussa sa main, pointant du doigt sa bouche pleine. Elle avait les yeux écarquillés mais lui souriait, ce qui lui plaisait beaucoup.

— OK, tu sais quoi ? Tu me dis pourquoi ta soirée a été si difficile et je laisse ton milk-shake tranquille.

Elle secoua la tête et il trempa une autre frite. Elle gémit, essayant d'avaler son burger aussi rapidement que possible.

— Ma femme n'avale pas facilement. OK, c'est *noté*.

Elle rit et renifla et s'étouffa. Il lui tapa dans le dos alors qu'ils riaient tous les deux.

— Je vais t'aider à avaler, lui proposa-t-il, ce qui la fit rire encore plus fort, la faisant grogner à nouveau.

Elle tenta de reprendre son souffle et il trempa une autre frite.

— Hé !

— Essaies-en une. Ça va te plaire. Je te le promets.

Elle regarda la frite comme si c'était du poison.

— Une seule bouchée.

Il traîna la frite le long de sa lèvre inférieure. Se penchant plus près, il ajouta :

— Tu ferais mieux de la lécher avant que je ne le fasse.

Elle plissa les yeux et elle passa la langue sur sa lèvre inférieure.

— Dieu tout puissant, grommela-t-il.

Elle rit.

— C'est plutôt bon. Salé et sucré.

— Reste avec moi bébé et je m'assurerai que tu aies ta dose de sucré-salé.

Elle secoua la tête en riant doucement.

— Tu n'as toujours pas répondu à ma question quand je t'ai demandé si tu étais comme ça avec toutes les femmes.

— Et toi tu n'as toujours pas répondu à la mienne quand je t'ai demandé ce qui s'est vraiment passé ce soir.

Il trempa une autre frite et la lui tendit.

Leurs regards se croisèrent et une chaleur irrépressible pulsa entre eux. Elle détourna les yeux, se focalisant sur la frite, ses doigts s'enroulant autour de sa cuisse. Elle ne bougea pas, ne dit pas un mot, elle fixa simplement la frite comme si cela allait refroidir ce brasier qui les suivait comme une ombre.

Il se pencha pour manger la frite en même temps qu'elle et ils se retrouvèrent nez contre nez, leurs bouches simplement séparées par la frite.

Elle se lécha les lèvres et il baissa la frite, ouvrant la voie pour ce baiser sur lequel il fantasmait depuis des mois.

— J'ai dû conduire Jed à droite à gauche, dit-elle doucement.

Il lui fallut quelques secondes pour réaliser qu'elle répondait à sa question.

— J'ai une tonne de designs sur lesquels je dois travailler pour la boutique maintenant qu'on essaie de créer et de vendre nos propres costumes. Et je n'ai pas eu le temps de faire réviser ma voiture, ce que je dois faire avant d'avoir une amende. Ce soir j'ai perdu mon temps. Enfin, pas là, tout de suite, précisa-t-elle. Un peu plus tôt. Avec ma mère et Jed.

Elle s'habillait et se la jouait dure, mais parfois, comme là maintenant, elle baissait sa garde, assez pour qu'il ait un aperçu de cette femme vulnérable qui se cachait derrière ces remparts. Il avait envie de la prendre dans ses bras, de la protéger et de l'aimer à la fois. Mais elle avait enfin fini par le laisser entrer et il réalisa qu'il lui devait toujours une réponse à sa question.

La vérité sortit facilement.

— Tu m'as demandé si j'étais comme ça avec tout le monde. Je suis comme ça parce que c'est toi.

Il la regarda évaluer sa réponse d'un air sceptique. Sentait-elle son honnêteté à travers son aveu ? Les secondes passèrent comme des minutes et les minutes comme des heures. Des mois de tension sexuelle refoulée jaillirent entre eux. Il glissa la main dans ses cheveux, l'attirant plus près. Elle le regardait comme si elle avait envie de se fondre en lui. *Enfin.* Il se pencha en avant pour l'embrasser et, aussi rapidement que leur passion s'était intensifiée, son visage prit soudain un air froid, abaissant la jolie courbe de ses lèvres alors qu'elle se penchait en arrière, créant un espace entre eux.

Elle se tourna vers la table et remit ses pieds par terre, se redressant et le laissant se demander ce qu'il venait de se passer. Il avait été à *deux doigts* de prendre ce baiser dont il mourait d'envie depuis des mois.

— Crystal… ?

La sonnerie stridente annonçant l'appel du club de moto Dark Knights, dont ses frères et lui étaient membres et que son père dirigeait, interrompit sa confusion et il sortit son téléphone de sa poche. Son cœur lui martelait la poitrine – il ne savait pas trop si c'était à cause de leur baiser qui avait failli avoir lieu ou de l'alerte du club.

Il répondit à l'appel, écoutant son frère aîné, Bullet, lui relayer l'information sur Trevor « Scooter » Mackelby, un garçon de sept ans dont la mère avait attiré l'attention d'un des membres du club quand elle avait publié un post sur Facebook sur le harcèlement scolaire que subissait son fils. Les Dark Knights l'avaient adopté dans leur club et avaient juré de le protéger. Il y avait eu un incident à l'école et désormais Scooter avait peur d'aller dormir. Ce soir, les membres du club allaient se rassembler autour de sa maison et resteraient jusqu'au lendemain matin pour s'assurer qu'il se sente en sécurité.

— Il faut que je dépose Crystal à sa voiture et que je prenne ma moto, dit-il à Bullet. Je te retrouve là-bas.

Il se leva de la banquette et jeta des billets sur la table, souhaitant pouvoir se replonger dans ce baiser *interrompu*, mais il n'avait pas le temps.

— Désolé, chérie, mais le devoir m'appelle. Il faut que j'y aille.

La confusion assombrit son regard.

— Le devoir ?

— Ça concerne le club.

Ils se précipitèrent vers son 4x4 et il lui expliqua la situation de Scooter sur le chemin du retour jusque chez Truman pour qu'elle récupère sa voiture. Son arrière-grand-père avait créé les Dark Knights, et son père, dont le nom de motard était Biggs[2] car il faisait presque deux mètres, en était le président. Bear et ses frères avaient appris à respecter le club et honorer son crédo.

— Amour, loyauté et respect de tous coulent comme du sang dans nos veines. C'est une bénédiction et une malédiction.

Il continua d'expliquer comment ils avaient rencontré Scooter et lui donna d'autres exemples où ils avaient également aidé d'autres personnes qui vivaient la même situation dans les villes voisines.

— Donc, si un enfant ou un adulte se fait harceler…

— Ou maltraité, la corrigea-t-il.

— Ou maltraité, vous allez *tous* vous asseoir devant sa mai-

---

[2] Surnom qui s'inspire de « big » qui veut dire grand, en anglais

son jusqu'à ce qu'il se sente en sécurité ?

— Essentiellement, mais pas toujours. Ça dépend de la situation. Les écoles, les enseignants et même la police ne peuvent pas faire grand-chose contre les brutes. Les victimes se sentent faibles et vulnérables. Nous leur donnons les moyens de *s'exprimer* et de *voir* qu'elles sont soutenues. En s'impliquant et en arrivant en renfort – devant leur maison, par exemple, ou autour de leur quartier ou en les escortant à l'école ou au travail – la personne qui leur fait du mal réalise alors que la victime n'est pas seule et vulnérable. Nous sommes là pour les protéger.

— Mais que se passe-t-il s'ils sont maltraités, et non harcelés, par un adulte ?

Bear serra les dents pour repousser cette colère que provoquait sa question.

— Nous sommes aussi là pour ce genre de situation. Et quand ils vont au tribunal, on les escorte. Tout le club, sur nos motos, devant et derrière la voiture de leurs parents. Et on fait la queue au tribunal pour montrer notre soutien.

— Pour intimider l'agresseur ?

— C'est l'un des objectifs, mais notre but est de donner de la force à la victime et de la faire se sentir en sécurité.

Il se gara devant chez Truman et descendit du véhicule en faisant le tour pour ouvrir la portière de Crystal et l'aider à sortir.

— Il faut voir les choses de la façon suivante : s'ils appellent une assistante sociale à dix heures du soir, ils n'obtiendront pas de réponse. Une fois qu'ils sont adoptés par notre club, ils sont membres à vie et nous les soutenons à n'importe quelle heure de la journée ou de la nuit. Tout a commencé il y a quelques années, quand mon père a rencontré une famille qui avait perdu leur fils qui s'était suicidé après avoir été harcelé à l'école. Ils étaient originaires de Floride, mais cela lui a ouvert les yeux. Il a fait part de la mission aux membres et, maintenant, cela fait partie de nous.

Elle farfouilla dans son sac pour trouver ses clés.

— C'est impressionnant. Je suis surprise qu'il n'y ait pas eu d'articles à votre sujet.

Trouvant enfin ses clés, elle déverrouilla sa voiture.

— Nous ne voulons pas de la presse. Il s'agit simplement d'aider les victimes.

Il s'approcha plus près et elle recula, lui signalant clairement que ce qui l'avait effrayée chez Woody's était toujours là.

— J'ai passé une bonne soirée, dit-il. Merci de m'avoir laissé tremper ma frite dans ton milk-shake.

Elle sourit et secoua la tête, son regard glissant vers le sol. Elle paraissait adorablement sexy. Encore un autre aperçu du côté plus doux de cette fille dure.

Plaçant un doigt sous son menton, il leva son visage vers lui pour qu'elle croise son regard.

— Ça marche aussi pour toi. Si tu ne te sens pas en sécurité à n'importe quel moment, ou heure de la journée, tu sais que tu peux m'appeler.

Elle le regarda pendant un long moment, comme si elle luttait pour savoir si elle devait faire une remarque insolente ou céder à cette chaleur entre eux. Décidément, ce regard était revenu plusieurs fois aujourd'hui.

Un sourire se dessina sur son visage et elle grimpa dans sa voiture.

— Et faire enfler ce melon que tu as à la place de la tête ? Je n'ai pas besoin d'être protégée, mais je suis contente que tu aides ce petit garçon.

Il se pencha et déposa un baiser sur sa joue. Il l'avait déjà embrassée furtivement comme ça, mais c'était toujours comme si c'était la première fois. Ses lèvres s'attardèrent sur sa peau chaude, s'imprégnant de son parfum féminin.

— Tu n'as pas encore vu ma *grosse* tête, chérie. Mais je suis sûr que tu l'aimeras encore plus que celle que tu as regardée toute la soirée. Conduis prudemment.

Elle ferma la porte et abaissa la vitre.

— Pourquoi est-ce que tu continues de m'envoyer ton prénom par SMS ?

Il se sentit sourire.

— Tu ne me vois peut-être pas beaucoup, mais je m'assurerai de ne jamais quitter ton esprit. Bonne nuit, chérie. Envoie-moi un texto pour me dire que tu es bien rentrée et verrouille tes portières.

Elle leva les yeux au ciel.

— Je le ferai si *j'en* ai envie.

— Oh, mais c'est *le cas*.

Il lui souffla un baiser, écoutant le bruit de ses portières qui se verrouillaient en se demandant combien de temps il faudrait avant que son téléphone ne se mette à vibrer quand il recevrait un SMS.

CHAPITRE DEUX

CRYSTAL ÉTALA LES dessins sur lesquels elle travaillait sur la table de la boutique en ce jeudi après-midi et recula, laissant assez de place à Gemma pour qu'elle puisse les évaluer. Il y a quelques semaines, Gemma avait mentionné vouloir faire évoluer la boutique et elles avaient discuté des différentes options, y compris la création et la vente de leurs propres costumes. Crystal était allée à l'université pour étudier le commerce et le stylisme et avait bricolé et créé ses propres vêtements par la suite. Lorsqu'elle avait emménagé, elle avait transformé sa salle à manger en studio de création et, depuis, elle s'amusait à créer ses propres vêtements. Récemment, elle avait commencé à avoir quelques nouvelles idées de costumes. Elles achetaient leurs costumes en gros chez un fournisseur, ce qui leur permettait de garder un stock assez varié.

— Waouh, t'as bien bossé.

Gemma remit ses cheveux bruns et dorés derrière son oreille, étudiant ses dessins.

Princesse d'un Jour était l'idée de Gemma et ce que Crystal aimait le plus à ce sujet, c'était que cela n'avait rien à voir avec les clichés de petites princesses à froufrous mais plutôt à voir avec le fait de permettre aux filles de tout âge d'être qui elles voulaient, au moins pour quelques heures. Elles proposaient tous les costumes possibles, de princesse rockeuse à princesse étudiante, en passant par des ouvrières du bâtiment à des princesses gothiques. Les filles pouvaient s'habiller avec du cuir ou de la dentelle, revêtir des tenues de garçons manqués et tout ce dont elles pouvaient rêver. En imaginant de nouveaux modèles, Crystal avait réalisé qu'avec leurs propres costumes les possibilités étaient infinies.

Gemma et Crystal portaient elles-mêmes les tenues qu'elles proposaient et Crystal adorait quand Gemma revêtait des tenues qui repoussaient les limites des normes sociétales. Aujourd'hui, Gemma arborait un joli costume mi-Blanche-Neige mi-Lolita, avec de grands bas blancs qui montaient jusqu'aux cuisses, des chaussures Mary Jane noires et une robe courte, suffisamment similaire à celle de Blanche-Neige pour que les enfants fassent le lien. Le seul qu'ils auraient dû faire, d'ailleurs. Même si elles étaient meilleures amies, la tenue de pom-pom girl gothique de Crystal, avec ses bas résille et son collier à pointes, soulignait leurs différences. Mais alors que Gemma portait des tenues qui correspondaient à ce qu'elle était à l'intérieur et à l'extérieur, celles de Crystal n'étaient que partiellement inspirées de qui elle était. Elles étaient surtout influencées par l'image qu'elle souhaitait renvoyer pour se sentir en sécurité.

— Ce ne sont que des esquisses, répondit finalement Crystal. Mais je pense qu'elles ajouteront une touche unique au royaume des princesses. J'ai piqué l'idée de la princesse guerrière à *Game of Thrones*. Tu sais, la grande blonde qui porte l'épée ? C'est elle, mon inspiration. Je pense que beaucoup de petites filles rêvent d'être aussi géniales. Et la déesse des neiges est l'une de mes préférées. On pourrait fabriquer les couvre-bottes avec de la fausse fourrure blanche et donner aux filles le choix entre une longue robe fluide ornée d'appliques dorées et scintillantes pour donner un effet flocons de neige ou une tenue qui descend jusqu'aux genoux avec des collants. *J'adore* l'idée de la princesse intello et de la princesse banquière, parce que, soyons honnêtes, certaines filles sont des ninjas des chiffres.

Elle tritura les bords dentelés de sa jupe, anxieuse d'entendre l'avis de Gemma sur ses créations. En attendant, elle profita du silence pour repenser à la nuit dernière. Elle n'avait pas envoyé de texto à Bear en arrivant chez elle, comme il le lui avait demandé. Elle en avait eu envie, mais ils avaient été si près de s'embrasser qu'elle avait eu l'impression que leur long flirt terriblement torride était sur le point de passer à l'étape supérieure. Et elle n'était pas prête pour ça. *Pas encore.*

Pendant des mois, l'attention qu'il lui portait avait fait tourbillonner ses entrailles comme une tornade et le fait de travailler sur ces dessins l'avait directement renvoyée à l'époque de l'université, ramenant des souvenirs à la fois bons et douloureux. Et le mélange des deux était assez bouleversant. Déterminée à ne pas se laisser définir par sa famille dysfonctionnelle ou ses origines, elle s'était réinventée lorsqu'elle était entrée à l'université et elle avait fait un sacré boulot. Elle avait même changé de prénom. « Chrystina » était tout ce que n'était pas « Chrissy », et les gens l'avaient *appréciée*. Elle était féminine, propre sur elle et intelligente, évidemment, car son père lui avait toujours inculqué à quel point les bonnes notes étaient importantes. Et malgré la descente aux enfers de sa mère, cette dernière n'était pas stupide. Mais un peu plus de deux ans après le début de sa nouvelle existence incroyable, à cause d'une fête et d'une mauvaise décision, sa vie s'était écroulée – et « Crystal » la dure à cuire, ne-me-cherche-pas était alors née. Le fait de se créer une réputation de fille qui aimait les types durs et les coups d'un soir l'avait rendue émotionnellement intouchable, ce qui lui avait permis de rester saine d'esprit et en sécurité.

— Ils sont géniaux, dit Gemma en ramenant Crystal à l'instant présent. Mais tu penses vraiment qu'on peut les fabriquer et continuer de faire tourner la boutique ? Entre les enfants et le magasin, j'ai peu de temps libre.

— Je pense que oui si l'on commence petit. On pourrait d'abord en faire plusieurs à partir d'un seul modèle pour que la production soit répétitive et voir comment ils se vendent. S'ils se vendent bien, on peut recruter des étudiants en design pour bosser...

— Je ne peux pas me permettre d'employer de la main-d'œuvre, l'interrompit Gemma. J'imagine qu'on pourrait regarder combien ça nous coûterait de les faire faire à l'étranger ou un truc comme ça.

— Je ne pense pas que nous ayons besoin de faire ça. Écoute-moi juste.

Crystal déplaça les feuilles et s'assit sur la table, devenant de plus en plus excitée au fur et à mesure que les secondes passaient. Même dans ses rêves les plus fous, elle n'avait jamais imaginé pouvoir trouver une amie aussi fabuleuse, et encore moins d'avoir l'opportunité de faire partie d'un projet aussi excitant.

— Comme je te l'ai dit, on peut commencer par faire quelques costumes nous-mêmes. Je le ferai après le travail.

— Dit la fille qui va bientôt recevoir une grosse contravention parce qu'elle n'a pas le temps de faire réviser sa voiture.

— Je sais, je vais m'en occuper cette semaine.

Elle savait qu'elle ne le ferait probablement pas étant donné les horaires limités des centres de contrôle technique, mais le fait d'espérer que ce soit vrai maintenait ses angoisses à distance.

— J'ai une machine à coudre. Il me faut juste le matériel de production. S'ils se vendent bien et qu'il y a assez de demandes, alors on pourra recruter des étudiants en mode en leur donnant une part du gâteau. J'aurais donné n'importe quoi pour avoir une opportunité pareille à l'université. En gros, ils travaillent gratuitement les premiers mois jusqu'à ce qu'on puisse couvrir nos frais. Ensuite, ils toucheront une commission sur chaque costume vendu. C'est gagnant-gagnant. Ils peuvent mettre cette expérience sur leur CV, un stage pour lequel ils touchent des commissions.

— Ou mieux encore, peut-être que certains d'entre eux resteront et qu'on pourra constituer une équipe, dit Gemma dont les yeux verts brillaient avec enthousiasme. Je sais comment on pourrait te faire gagner du temps. Je vais appeler la boutique dans laquelle j'ai commandé ma robe de mariage et organiser une séance d'essayage au lieu de te demander de la prendre et d'y faire un ourlet.

La robe de Gemma n'était pas une robe de mariée typique. Deux semaines plus tôt, elle était tombée amoureuse d'une robe blanche en satin qui lui arrivait jusqu'aux genoux avec un bustier entrelacé sans bretelles, une fine couche de mousseline sur la jupe et une ceinture ornée de bijoux. Elle lui allait merveilleusement bien, mais elles allaient devoir la commander à sa taille et Jewel Braden, la gérante de la boutique *Chelsea's* où elles l'avaient trouvée, l'avait prévenue que cette robe particulière avait toujours besoin d'être ajustée.

— Tu es sûre ? Est-ce que c'est même possible de faire des essayages au *Chelsea's* ?

— Oui, je suis sûre. Jewel a dit qu'ils avaient une couturière qui travaillait pour eux à mi-temps. C'est parfait. On pourra amener Dixie avec nous et regarder pour tes robes en même temps. Enfin, si ça ne te dérange pas d'y aller avec moi, bien sûr ? C'est un truc de demoiselle d'honneur, non ?

Crystal se mit à rire.

— C'est un truc de *meilleure amie* surtout et je suis totalement partante. Tiens-moi au courant de quand ça pourra être fait.

Elle n'avait jamais imaginé être un jour la demoiselle d'honneur de quelqu'un et, quand Gemma le lui avait demandé, elle avait en fait éclaté en sanglots.

— Il y a tellement de choses que tu pourras faire avec l'entreprise si nous créons nos propres costumes. Je sais que tu n'étais pas convaincue de franchir le pas pour la franchise et, si tout se passe bien, tu pourras vendre tes créations à d'autres boutiques similaires dans tout le pays. Pas besoin d'une franchise. Ensuite, tu n'auras plus qu'à embaucher quelqu'un pour la production.

— Ce serait génial, non ? Mais même si je pense qu'on peut se permettre le coût du matériel pour quelques costumes, si tu parles de les fabriquer en masse, il y aura d'autres coûts associés.

— C'est vrai, approuva Crystal. J'y ai pensé aussi. En fonction de jusqu'où tu veux aller, on peut soit faire du marketing de proximité, soit obtenir un prêt bancaire.

Gemma étudia à nouveau les dessins.

— Il vaut mieux commencer petit. Si ça décolle, on s'occupera du reste. Tu es vraiment talentueuse Crys. Tu ne m'as jamais dit pourquoi tu as arrêté l'université.

— Si, répondit-elle en glissant de la table et en rassemblant les dessins en une pile. J'ai fini par manquer d'argent.

Elle détestait mentir, mais la dernière chose dont elle avait besoin, c'était de la pitié, surtout de la part de Gemma. Elles s'étaient rencontrées peu de temps après que Crystal était retournée à Peaceful Harbor et elle avait eu du mal à tenir le coup. Gemma avait été sa sauveuse. Elle lui avait offert une amitié et un travail que Crystal adorait, deux choses qu'elle n'aurait peut-être pas données si facilement si elle avait su à quel point Crystal était brisée à l'époque.

Chassant ces pensées de son esprit, elle passa derrière la caisse et remit les dessins dans son sac pour travailler dessus plus tard dans la soirée.

— Je vais commencer à sortir les costumes.

Elle partit dans l'arrière-boutique, vérifia les costumes pour s'assurer qu'ils étaient complets et tira le grand porte-vêtements vers l'avant du magasin.

Gemma, qui était accroupie à côté du seau à accessoires dans l'aire de jeu, leva les yeux vers elle.

— Tu comptes me raconter comment s'est passée ta soirée avec Bear ou non ? Ou bien est-ce que je dois faire comme si tu n'étais pas venue hier soir pour ensuite partir sans me dire bonjour ni au revoir ?

Crystal pouffa.

— T'es jalouse ?

Elle posa le présentoir près du vestiaire et partit en chercher un deuxième, dépassant Gemma au passage.

— Ah, et j'ai oublié de te dire : la dégustation du gâteau de mariage est prévue pour samedi dans deux semaines. J'ai demandé plusieurs parfums parce que c'est pas souvent qu'on fait une dégustation de gâteau de mariage, ajouta Crystal.

Gemma était presque comme une sœur pour elle, et elle espérait qu'elle en faisait assez pour l'aider à préparer le mariage. Elle et Truman avaient voulu une cérémonie simple dans le jardin. Ils avaient commandé des fleurs chez *Petal Me Hard*, un fleuriste local, et Crystal avait déjà pris des dispositions pour la location de tables et chaises. L'un de leurs clients leur avait suggéré d'appeler Finlay Wilson, une restauratrice qui venait tout juste de se réinstaller à Peaceful Harbor et qui n'avait pas encore rouvert son entreprise. Finlay était super gentille et il était très facile de travailler avec elle. Elles s'étaient tout de suite bien entendues. Ses prix étaient également raisonnables *et* elle avait hâte de préparer la nourriture pour le mariage.

— Ça a l'air sympa, j'ai hâte ! Mais arrête de changer de sujet et dis-moi ce qui s'est passé avec Bear. Je t'ai tout raconté pour Tru quand on a commencé à sortir ensemble.

Crystal leva le pouce en arrière par-dessus son épaule.

— Je vais chercher les costumes. Il n'y a rien à dire. On a mangé des burgers. Il a trempé sa frite dans mon milk-shake.

— Ah bon ? ! s'extasia Gemma. Et alors, c'était incroyable ou pas ?

— Tu es une princesse avec un esprit mal tourné, la taquina Crystal. On est allés chez Woody's. Mais faut que j'arrête de bavarder, sinon ma patronne va me retirer une partie de ma paye pour commérage sur mon temps de travail.

— Ça a l'air d'être une vraie connasse ! cria Gemma derrière elle.

Crystal franchit les portes de l'arrière-boutique, jeta quelques costumes supplémentaires sur un autre présentoir et retourna dans le magasin, tirant le portant derrière elle. La porte d'entrée s'ouvrit, jouant la sonnerie spéciale de la boutique, et elle fut choquée de voir Bear entrer.

Son regard croisa le sien et un sourire malicieux lui étira les lèvres alors qu'il franchissait la distance qui les séparait, comme un lion à l'affût. Il portait les mêmes habits que la veille. Ses cheveux étaient ébouriffés, sa mâchoire ciselée était couverte d'une fine barbe. Le fait de savoir qu'il avait passé une nuit blanche pour s'assurer qu'un petit garçon se sente en sécurité provoqua en elle tout un tas d'émotions bouleversantes.

Il parcourut sa silhouette du regard, réveillant toutes les parties de son corps qu'elle s'efforçait d'ignorer, alors qu'il plaçait la main sur sa hanche d'un air possessif, en l'embrassant sur la joue.

Le baiser sur la joue d'hier soir avait-il ouvert une porte ? Il lui avait déjà volé deux ou trois baisers sur la joue par le passé, mais celui-là n'était pas un baiser volé. C'était un baiser de possessivité. Était-ce sa nouvelle façon, légèrement améliorée, de la saluer ? Elle l'appréciait bien plus qu'elle n'aurait dû.

— Bonjour, chérie, dit-il d'une voix rocailleuse, pleine de désir et de fatigue.

Elle se glissa sous sa peau et s'installa, comme la vapeur d'un fer à repasser.

Chaque fois qu'il l'appelait « *chérie* », elle sentait son cœur fondre, mais en l'entendant le dire avec cette voix, elle se demanda comment cela sonnerait lorsque leurs corps seraient entrelacés. Elle détourna le regard, repoussant ces pensées lubriques qui la surprenaient bien plus ces derniers temps. Il fut un temps où la peur d'être proche d'un homme l'engloutissait tout entière. Après des années de thérapie, elle avait finalement eu quelques rencards et, bizarrement, elle n'avait jamais *rien* ressenti. Ni panique ni désir. *Rien.* Mais quand elle s'amusait à avoir ces pensées sur Bear, le désir la consumait. Elle était certaine d'être *trop* attirée par lui, et s'ils étaient proches, elle perdrait probablement la tête.

— Tu ne m'as pas envoyé de texto hier soir. La prochaine fois, fais-le.

Son ton était à la fois exigeant et inquiet. Il caressa doucement sa joue du bout des doigts.

— Je m'inquiète pour toi.

Elle déglutit avec difficulté, essayant de reprendre le contrôle sur ses hormones en difficulté, mais les souvenirs de la nuit dernière refirent surface. *« Je suis comme ça, parce que c'est toi ».* Elle avait envie de ce baiser *interrompu.* Dès la première fois où ils s'étaient rencontrés, il lui avait donné envie de plus. Elle l'avait vu passer en mode défensif et elle l'avait vu fondre devant les enfants de Tru et Gemma. Il était un protecteur aussi féroce et intimidant qu'il était un ami doux et gentil, et elle sentait qu'il serait capable d'aimer une femme avec une tendresse et un dévouement qu'auparavant elle n'imaginait exister que dans les livres.

Ce fut à cause de ces pensées qu'elle eut du mal à retrouver sa voix.

— Salut. Qu'est-ce que tu fais là ? Comment ça s'est passé la nuit dernière ?

Une horrible pensée lui traversa l'esprit. Et s'il n'avait pas passé la soirée devant la maison de ce petit garçon hier ? Et si c'était son look du matin après un coup d'un soir ? Elle eut l'impression qu'un troupeau d'éléphants lui piétinaient l'estomac.

— Ça s'est bien passé, dit-il, ignorant sa première question, fidèle à lui-même. On a escorté Scooter à l'école ce matin et il est directement allé voir la brute qui le harcelait en lui disant : « Je n'ai plus peur de toi. » C'était génial de le voir aussi confiant.

Elle soupira de soulagement. Il avait effectivement passé la nuit là-bas.

— J'imagine que l'intimidation y est pour beaucoup.

Réalisant qu'elle paraissait sarcastique, elle se reprit et ajouta :

— Je dis ça dans le bon sens, n'importe qui se sentirait en

sécurité avec des motards comme toi et tes frères à ses côtés.

— Ah oui ? dit-il en se penchant plus près. Et toi, comment tu te sens avec moi ?

J'ai chaud, je suis contrariée et j'ai peur de perdre le contrôle.

— Je sens qu'il est temps que je retourne au travail.

— Salut, Bear, dit Gemma en passant à côté.

— Salut, Gemma. Désolé d'avoir emmené Crystal hier soir, mais son estomac grondait comme si elle n'avait pas mangé depuis des semaines. J'ai eu peur pour sa vie.

Crystal éclata de rire.

— Pas de souci, répondit Gemma en faisant un clin d'œil à son amie. J'attends toujours les détails croustillants.

Bear enroula son bras autour de la taille de Crystal.

— Tu veux dire qu'elle ne t'a toujours pas dit qu'on était en couple ?

— Nous ne sommes *pas* en couple.

Elle se dégagea de son étreinte et poussa le portant.

— Rien n'a changé, précisa-t-elle.

— Ne sois pas timide, chérie. Gemma approuve notre couple.

Il se pavana jusque derrière le comptoir et Crystal jeta un drôle de regard à Gemma, l'air de dire « c'est quoi ce délire » ?

— Quoi ? Il a plutôt raison, dit Gemma.

Bear prit les clés de voiture de Crystal depuis le porte-clés où elle les gardait.

— Hé ! Tu fais quoi, là ? demanda-t-elle alors qu'il contournait le comptoir. Donne-moi mes clés.

Bear les mit dans la poche de son jean avec un sourire arrogant.

Elle entendit Gemma glousser.

— Rends-les-moi.

Elle tendit à nouveau la main et il attrapa son poignet, l'attirant contre lui comme il l'avait fait la nuit dernière. Il sentait la terre et l'homme, comme Tarzan. Elle s'imagina jouer dans la *jungle de Tarzan* et ces pensées déclenchèrent plusieurs alarmes en elle, alors elle s'écarta.

Il fronça les sourcils d'un air confus. Il se pencha plus près et baissa la voix.

— Je vais m'occuper de la révision de ta voiture, bébé. Pas la peine de t'énerver. Je te ramènerai tes clés plus tard.

— Tu… la *révision de ma voiture* ? Comment tu as su que j'avais besoin d'en faire une ?

Elle regarda à nouveau Gemma, se demandant si c'était elle qui l'avait tenu au courant, mais son amie secoua la tête.

— Tu l'as mentionné hier, lui rappela-t-il.

La vache ! Il s'en souvenait ?

— Mais tu n'as pas dormi de la nuit, non ?

— J'ai dormi une heure ou deux sur la pelouse. Je suis prêt à partir.

La sonnerie de la porte retentit et un groupe de filles qui pouffaient de rire entrèrent avec leurs mères.

— Bonjour, bienvenue chez *Princesse d'un Jour*, dit Crystal au groupe, avant de rapidement tourner son attention vers Bear alors que Gemma partait accueillir les clients.

Il posa à nouveau les yeux sur son costume de pom-pom girl, émettant un son d'appréciation purement masculin, assez fort pour qu'elle soit la seule à l'entendre, et, bon sang, elle eut l'impression que son ventre prenait feu.

— Tu pourras peut-être venir m'encourager plus tard.

Il lui souffla un baiser et se dirigea vers la porte.

Elle le regarda sortir de la boutique en se demandant comment elle était censée se concentrer sur une fête d'anniversaire pour sept petites filles quand son corps de grande fille était en feu.

BEAR FIT LES CENT PAS sur le parking de *Whiskey Automobile*, le téléphone collé à l'oreille, évoquant les événements de la nuit dernière avec son père. Même si son père ne montait plus à moto, il dirigeait toujours les Dark Knights. Il écoutait son discours lent, difficile à comprendre, un rappel brutal de cet AVC qu'il avait subi peu de temps après la remise de diplôme de Bear. Mais l'AVC avait emporté plus que les capacités verbales rapides et exigeantes de son père. Il avait également affaibli son côté gauche, avait rendu sa main gauche maladroite et avait empêché Bear de poursuivre son rêve d'aller à l'université pour devenir concepteur de motos. Comme à ce moment-là Bullet était en mission militaire à l'étranger, que Bones était à l'école de médecine, que Dixie n'avait que quinze ans et que sa mère, une infirmière, s'occupait de son père alors qu'il endurait plusieurs mois de soins, Bear avait pris la relève pour s'occuper du bar. Quelques années plus tard, son oncle Axel, qui tenait le garage et avait appris à Bear tout ce qu'il savait sur les voitures, était décédé. Il avait cédé le garage à la famille de Bear et ce dernier avait pris en charge la gestion de celui-ci.

— On dirait que ça s'est plutôt bien passé, dit son père. Il faut qu'on se voie pour parler du bar.

Les deux entreprises appartenaient à parts égales à son père, Bear et ses frères et sœurs. Depuis que Bullet était revenu à la vie civile, il avait pris en charge les activités quotidiennes du club, tandis que Bear et Dixie s'occupaient de la gestion du bar et de la boutique. Dixie et leur mère, qui était maintenant à la retraite, travaillaient à temps partiel au bar, et Bear travaillait parfois en tant que barman selon les besoins. Leurs emplois du temps étaient tous pleins à craquer, mais leur père refusait d'embaucher des personnes extérieures à la famille. Bear s'attendait à ce que cette décision leur revienne en pleine figure.

— Je pense qu'il est temps de faire quelques changements, dit son père. Est-ce que tu peux venir à la maison demain matin ?

Pas si tout se passe bien avec Crystal ce soir.

— Je ne suis pas sûr, Pap's. Probablement pas, mais je vais parler à Dixie et je m'assurerai qu'elle sera là. Elle pourra me tenir au courant.

Son père resta silencieux un moment. Un moment putain d'agaçant. Dixie était une associée à part entière dans l'entreprise, mais malgré ça, leur père refusait de la laisser donner son opinion. Biggs avait été élevé par un motard pur et dur qui était de la vieille école et avait des principes qui dataient de plusieurs générations. Les hommes de leur famille portaient toutes les responsabilités sur leurs épaules. Cela allait de pair avec la mentalité masculine du club de moto. Bear n'avait aucun problème avec les obligations et devoirs. Au fil des ans, il avait assumé plus que sa part de responsabilités. Mais il n'était pas d'accord pour exclure sa sœur, d'autant plus que, non seulement elle les avait aidés à maintenir leurs entreprises à flot, mais elle les avait aussi rendues encore plus rentables.

Cette lutte entre la loyauté familiale et cette façon que son père avait de discriminer Dixie faisait naître en lui une pointe de rancœur, comme une plaie suppurante qui ne voulait pas guérir.

— On fera ça une autre fois, dit son père, mettant à nouveau Dixie de côté et ne laissant aucune place à la négociation.

Harley, le chaton préféré de Bear parmi la nouvelle portée que Big Mama, le chat de la boutique automobile, avait mise au monde, se frotta contre sa jambe. Il se pencha et la ramassa, la plaçant contre son torse. De toute la portée de chatons, c'était celle qui ronronnait le plus et elle collait Bear comme de la glu. Sa mignonnerie aida à repousser ce malaise familial qui accompagnait toujours les discussions d'affaires avec son père.

— T'essaies toujours d'attraper cette petite femme ? lui demanda son père, comme s'il ne venait pas de froisser son fils.

Bear sourit face à ses propos. En tentant de se rapprocher de Crystal, il avait souvent l'impression d'essayer d'attraper un poney sauvage au lasso. Ça l'avait beaucoup énervé qu'elle ne lui ait pas envoyé de texto la nuit dernière. Il avait pourtant cru qu'ils avaient franchi un nouveau cap. Mais il n'était pas prêt à abandonner. Les yeux ne mentaient jamais et ceux de Crystal hurlaient : « *Je te veux* ».

— *Crystal*, lui rappela-t-il.

Ses parents avaient déjà rencontré Crystal en passant un soir alors qu'elle traînait avec tout le monde au bar, mais son père n'était pas très bon pour retenir les prénoms.

— Et oui, on peut dire ça, continua-t-il.

Il gratouilla la tête de Harley. Le petit calico[3] se blottit contre lui.

— Ça commence à faire longtemps, fiston. Tu es sûr que tu ne fais pas fausse route ?

À trente-trois ans, Bear avait déjà bien profité en couchant à droite à gauche, mais il n'avait jamais croisé de femme qui lui avait donné envie de vivre plus que quelques nuits torrides. *Jusqu'à ce que je rencontre Crystal.* Elle avait en elle cette petite

---

[3] Chat domestique avec de grandes taches orange et noires.

étincelle de rébellion qui avait attiré son attention dès le départ, ainsi qu'un côté plus doux et vulnérable qu'elle tentait de cacher. Le mélange des deux l'avait immédiatement séduit. Il avait envie de lui enlever toutes ces couches et d'aller jusqu'au cœur de ce qu'elle était. Et après des mois à apprendre à la connaître, à construire une amitié qui frôlait la relation de couple – sans l'aspect physique –, il avait le sentiment qu'ils seraient en parfaite symbiose.

— Certainement pas, répondit-il. Écoute, Pap's, il faut que j'y aille. J'ai sa voiture et il faut que je la lui ramène avant qu'elle ne quitte le travail.

Et il espérait enfin la convaincre de céder à cette chaleur indéniable qui régnait entre eux et de lui donner une chance. Il allait devoir travailler au bar demain soir et ne voulait pas attendre un jour de plus. Pas après qu'ils furent si près de franchir la limite entre l'amitié et quelque chose de plus.

Ils parlèrent encore pendant une minute et son père lui souhaita bonne chance avec Crystal. Il connaissait plein de types qui ne supportaient pas leurs parents et Bear se considérait chanceux à ce niveau-là, malgré leurs différences. Son père avait toujours été dur avec eux, les poussant à donner le meilleur d'eux-mêmes. *Quand tu penses que tu as terminé quelque chose, examine-le et vois comment tu pourrais l'améliorer.* Et sa mère était aussi directe qu'une fléchette. Les mensonges n'étaient pas acceptés au foyer Whiskey. Mais il savait, sans l'ombre d'un doute, que s'il avait des soucis, ils seraient toujours là pour le soutenir. Comme il l'avait fait pour son père quand il en avait eu besoin. Il n'avait jamais remis en question le dévouement ou l'amour qu'ils portaient à leurs enfants, même pour Dixie, malgré le côté vieux jeu de son père en matière d'affaires.

Il entra dans le magasin et se dirigea vers l'aire de jeux.

Lorsque Truman était arrivé avec Kennedy et Lincoln, le lendemain après qu'il les eut sauvés, il avait eu peur de les confier à quelqu'un d'autre. Alors ils avaient rénové le magasin pour y inclure une salle de jeux avec une partie extérieure clôturée et, désormais, lui et Dixie l'aidaient en s'occupant d'eux. Ils allaient finir par devoir engager une baby-sitter, car il était de plus en plus dangereux et difficile d'effectuer leur travail avec de petits curieux dans les pattes, mais Bear adorait les avoir à ses côtés.

Tru avait emmené Kennedy manger dehors pour un dîner père-fille et Dixie gardait Lincoln pendant que Gemma allait au supermarché. Dixie, qui était assise par terre avec Lincoln sur ses genoux, leva les yeux.

L'adorable petit garçon saisit les boucles rouge feu de Dixie dans son poing et tendit l'autre main vers Bear, tirant les cheveux.

— Babababa !

— Oh, petit coquin.

Dixie retira ses doigts de ses cheveux et embrassa sa main grassouillette.

— Je comprends mieux pourquoi Bullet a rasé sa barbe. Ce petit bonhomme a une sacrée poigne !

Bear posa Harley sur le sol et prit Lincoln dans ses bras. Le fait de passer du temps avec Lincoln et Kennedy avait accentué son amour pour les bébés. Il avait toujours su qu'il voulait une famille et, en voyant Truman, Gemma et les enfants construire leur vie ensemble, son désir n'avait fait que croître.

— Il pourrait être ton fils avec ses cheveux blond-roux, dit Bear.

— Babababa, gazouilla Lincoln alors que Bear l'embrassait sur la joue.

— Ne me porte pas la poisse. La dernière chose dont j'ai besoin c'est d'avoir un bébé.

Dixie était la plus jeune de sa fratrie et aussi la plus grande gueule. Du haut de son mètre soixante-dix-neuf, elle était grande et fine avec des tatouages colorés qui rivalisaient avec ceux de ses frères. Elle était la seule d'entre eux à ressembler à leur mère. Elle avait les mêmes cheveux roux et yeux verts qu'elle, tandis que Bear et ses frères ressemblaient à Biggs avec leurs cheveux bruns et leurs yeux marron.

— Tu devrais vraiment ramener Harley chez toi. Elle a envie d'être à toi.

— Elle peut être à moi ici. J'aime bien l'avoir au magasin avec moi. Elle me manquerait si elle était chez moi toute la journée.

— Oh là là, quel sentimental, dit Dixie en caressant le cha-ton. Tru m'a dit qu'il t'a déposé au travail de Crystal ce matin et qu'il était censé venir te récupérer une fois que tu aurais fait réviser sa voiture. Sauf que tu as toujours sa voiture… ?

De tous ses frères, il avait toujours été le plus proche de Dixie. Ensemble, ils avaient surmonté l'AVC de leur père, aidé leur mère à s'en sortir et avaient porté les deux entreprises vers de nouveaux sommets. Dixie était aussi surprotectrice avec lui que lui et ses frères l'étaient avec elle.

— Notre rencard a été écourté hier. J'aimerais me rattraper ce soir.

— Est-ce qu'*elle* savait que c'était un rencard ? Tru a dit que tu t'étais enfui avec elle.

Il chatouilla le ventre de Lincoln et rendit le petit garçon qui gloussait à Dixie.

— Tu t'inquiètes trop et Tru me connaît mieux que ça. Tu as vu comment elle était avec moi, Dix. Tu sais ce qu'elle ressent pour moi.

— Vous avez toujours *l'air* d'être sur le point d'arracher les vêtements de l'autre, mais ça ne veut pas dire que vous êtes un couple. Tu sais que j'adore Crystal, mais ça fait des mois qu'il y a ce jeu de séduction entre vous. J'ai peur que tu l'étouffes et que ton cœur bien costaud finisse par être brisé.

— Si j'ai de la chance, je l'étoufferai comme il le faut, rétorqua-t-il en imitant des bruits de baiser, puis il se dirigea vers la porte, la saluant en partant.

En traversant la ville, il repensa à ce que Dixie venait de lui dire, mais il avait beau retourner la situation dans tous les sens, il n'arrivait pas à se défaire du sentiment que, quel que soit ce qu'il y avait entre lui et Crystal, cela valait le coup d'attendre.

La porte de la boutique était fermée. Les lumières à l'avant du magasin étaient éteintes, mais l'arrière-boutique était allumée. Il regarda par la vitrine et vit Crystal penchée par-dessus la table. La jupe de son costume de pom-pom girl couvrait à peine ses fesses, et ses bas qui montaient jusqu'aux cuisses firent dériver ses pensées vers de sombres recoins. Il imagina un string en dentelle noir remontant sur ses hanches sous cette petite jupe sexy et se vit l'enlever avec les dents. Sa bouche se mit à saliver rien qu'en y pensant. Crystal s'étira, cambrant le dos et projetant sa poitrine magnifique vers l'avant. Son haut de pom-pom girl rouge et noir se souleva, exposant quelques centimètres de chair tendue. Ses doigts le démangeaient tellement il avait envie de la toucher. Il avait envie de sentir sa peau nue et chaude sous son corps, de voir ses cheveux éparpillés sur son coussin pendant qu'elle criait son prénom dans les affres de la passion. *Merde.* Il était dur comme de l'acier. Il ne savait pas combien de temps il pourrait supporter ça.

Mais de qui se moquait-il ? Il n'avait pas bandé pour une autre femme depuis des mois.

Comme si elle avait senti sa présence, Crystal jeta un coup d'œil à la porte et son corps entier vibra. Bon sang, mais pour qui il se prenait ? Un adolescent en chaleur ?

Non, imbécile. Un type qui s'est privé de sexe depuis bien trop longtemps et qui sait qu'il n'existe qu'une seule femme qui pourra le satisfaire.

Crystal déambula au milieu du magasin avec l'assurance d'un mannequin durant un défilé. Ses hanches se balancèrent, elle redressa les épaules et ces longs cheveux bruns qu'il avait envie d'enrouler autour de ses doigts tombaient en cascade dans son dos, comme si elle marchait face au vent. Ou bien c'était peut-être son esprit en manque de sexe qui faisait des heures sup, car il l'imaginait aussi complètement nue, à l'exception de ces bas sexy et ces talons, l'invitant à s'avancer avec un regard fixe. *Viens, bébé, viens.*

Le bruit de la serrure que l'on tourne le sortit de sa torpeur. Il secoua la tête pour chasser ces pensées cochonnes lorsqu'elle ouvrit la porte.

— Ça va ? demanda-t-elle en le regardant de haut en bas, s'attardant sur cette érection qu'il ne pouvait pas cacher. *Dure soirée ?*

Il entra dans la boutique et ferma le verrou. Elle avait la réputation d'être une fille qui aimait les durs à cuire. Bear se demanda s'il avait été assez agressif avec ses taquineries. Ce soir, il allait passer à la vitesse supérieure et lui donner ce qu'elle semblait trouver attirant chez les autres hommes. Ou du moins ce qu'elle trouvait attirant avant. Il ne l'avait pas entendue parler d'autres gars depuis des mois et son instinct lui disait que c'était parce qu'elle était totalement, à cent pour cent, à fond sur *lui*. Il avait juste besoin de surmonter ce qui semblait la retenir.

— Bébé, tu n'as pas idée de l'effet que tu me fais.

Il s'avança, la faisant reculer jusqu'à ce qu'elle heurte les costumes accrochés au portant.

— Je ne suis pas sûr d'apprécier que tu t'habilles comme ça en public par contre.

— Tu n'as pas à me dire comment je dois m'habiller.

Il la prit dans ses bras et elle se trémoussa.

— Qu'est-ce que tu *fais* ?

— Ça fait plus de huit mois, bébé.

Il descendit la main le long de son dos, jusqu'à la base de sa colonne vertébrale.

— C'est long de penser à toi pendant tout ce temps, surtout de cette façon.

— Alors, arrête de le faire, le défia-t-elle.

Il effleura sa joue de ses lèvres, sentant son cœur battre vite contre le sien.

— Qu'est-ce que tu attends, Crystal ? Tu sais que je te veux. Et je sais que tu me veux.

— Ce que je sais, commença-t-elle d'une voix ferme, c'est que si tu descends encore tes mains d'un centimètre, mon genou t'empêchera définitivement d'avoir un truc *dur* entre les jambes.

— Qu'est-ce qui ne va pas, bébé ? demanda-t-il doucement. Qu'est-ce qui te fait si peur pour que tu sois obligée de jouer avec moi ?

Elle se cramponna à son torse, son visage devenant soudain livide.

— Bear, s'il te plaît, arrête.

Il recula, choqué par ces émotions contradictoires qu'il lût dans ses yeux et il lutta contre l'envie de l'attirer à nouveau dans ses bras pour la protéger. *De lui-même ?*

— Crystal, tu sais bien que je ne te forcerai *jamais* à faire quoi que ce soit. Je ne faisais que jouer.

Elle leva les yeux au ciel, se moquant de lui en s'éloignant.

— Sans blague.

— Alors c'est quoi le problème ? Putain, bébé. La dernière chose dont j'ai envie c'est de te faire peur.

— Tu ne comprends rien aux femmes. Je n'ai pas peur. Je ne suis juste pas d'humeur. La journée a été longue et elle n'est pas encore terminée.

— Oh putain, dit-il en poussant un soupir de soulagement. Tu m'as fait peur, j'ai failli me pisser dessus.

— Te pisser dessus, t'es sûr ? dit-elle en jetant un coup d'œil à son jean et en levant les sourcils.

Il était devenu tout mou en croyant voir de la peur dans ses yeux.

— On dirait bien qu'on s'est occupé de ta puissante épée.

— Pas tout à fait comme je l'avais imaginé, marmonna-t-il.

CHAPITRE TROIS

— NON MAIS VRAIMENT, BEAR. Je peux te déposer chez toi avant d'aller au magasin de tissus.

Crystal démarra sa voiture, ayant l'impression d'avoir plus de contrôle que dans la boutique. Elle avait détesté la façon dont elle s'était figée quand c'était devenu chaud entre eux. Elle le désirait. Après avoir suivi une thérapie pendant trois ans, pour gérer non seulement le traumatisme de l'agression, mais aussi les conneries de sa mère et le décès de son père, elle était sûre de pouvoir tout affronter. Elle était sortie avec d'autres types depuis qu'elle avait quitté l'université sans problème. Pourquoi fallait-il que ce soit différent avec le seul gars dont elle avait *envie* d'être proche ? Cela l'énervait que son passé la tienne toujours entre ses griffes et il fallait qu'elle passe au-dessus avant que Bear n'en ait marre et ne s'en aille pour de bon.

— Il faut que je me rende au magasin dans tous les cas.

Il lui fit l'un de ses fameux sourires.

— Autant qu'on y aille ensemble.

— T'as besoin d'aller au magasin de *tissus* ? demanda-t-elle platement tout en sachant qu'il se moquait d'elle.

Elle réalisa que sa voiture n'avait pas la même odeur que d'habitude. *Plus propre.* Les sièges étaient brillants et le tableau de bord avait été dépoussiéré.

— T'as lavé ma voiture ?

— Je l'ai nettoyée, dit-il avec désinvolture, comme s'il faisait ce genre de chose tous les jours.

Pour ce qu'elle en savait, c'était peut-être le cas.

— J'ai changé l'huile, fait le plein de liquides. Il faut vraiment que tu le fasses tous les cinq mille kilomètres, expliqua-t-il en touchant la poupée accrochée au rétroviseur. Ça aussi, je l'ai dépoussiéré, même si j'ai peur que ce soit une poupée vaudou.

Elle ne comptait pas lui dire que c'était une poupée tracas qu'elle aimait plus que tout au monde.

— Bear, dit-elle sans pouvoir retenir son sourire en pensant à sa remarque sur la poupée vaudou tout en roulant vers le magasin. Il faut vraiment que tu arrêtes d'agir comme si tu devais prendre soin de moi. J'apprécie que tu te sois occupé de la révision de ma voiture, que je vais te rembourser d'ailleurs. Mais tu n'es pas obligé de faire toutes ces choses pour moi. Je t'aime déjà comme tu es.

Même si j'ai du mal à le montrer.

— Je sais, dit-il, plus arrogant que jamais.

Pourquoi est-ce si excitant ?

— Je ne l'ai pas fait pour attirer ton attention. Merde, déjà dix-huit heures trente, dit-il en contractant ses biceps pour faire le beau en lui faisant un clin d'œil. T'es assise à côté du trésor de Peaceful Harbor, bébé. J'ai *déjà* toute ton attention.

Elle ne put s'empêcher de rire.

— Ça, c'est sûr, et probablement celle de la moitié des femmes en ville.

— Seulement la moitié ?

Il n'arrêta pas de la faire rire jusqu'à ce qu'ils arrivent au magasin de tissus et c'était exactement ce dont elle avait besoin. Ça avait vraiment été une longue journée. Elles avaient organisé trois fêtes et l'une des mères avait été la femme la plus odieuse du monde. Elle n'avait pas arrêté de pousser sa fille vers des tenues roses à froufrous pendant la première demi-heure alors que tout ce que voulait la petite, c'était se déguiser en princesse skateuse. Gemma avait réalisé que Crystal était sur le point d'étrangler la jeune femme et avait suggéré à la cliente d'aller boire un café chez *Jazzy Joe*. Mais le reste de la journée n'avait pas été mieux. En plus, elle avait passé la matinée à cogiter sur tout ce qui concernait sa relation avec Bear, ce qui expliquait probablement pourquoi elle avait paniqué alors qu'elle mourait d'envie de l'embrasser.

Elle se gara devant le magasin de tissus. Il y avait certaines choses qui n'avaient pas leur place dans le monde que Crystal connaissait et Bear Whiskey, vêtu d'un tee-shirt noir moulant sur lequel on pouvait lire « Whiskey » sur son torse très large, portant un jean taille basse et des bottes en cuir, déambulant dans le magasin *Les Tissus de Jennilyn* était tout en haut de la liste.

Elle sortit sa liste de courses du sac alors qu'il parcourait le magasin du regard. Mais qu'est-ce qui lui était passé par la tête pour qu'il décide de l'accompagner ? C'était un acte de dévouement qu'elle ne pouvait ignorer. La définition même de l'engagement.

C'est Bear.

Mon Bear ?

Elle se mit à y réfléchir alors qu'il enroulait son bras autour de ses épaules. Elle se demanda ce qui lui avait pris tant de temps. Elle s'était attendue à ce qu'il le fasse dès la seconde où elle était sortie de la voiture, mais il était probablement encore sous le choc qu'ils aillent vraiment dans un magasin de tissus. Elle sourit intérieurement alors qu'il se penchait plus près et frottait son nez contre sa joue.

— Je peux t'aider ? demanda-t-elle en riant.

— Tu sens les bonbons en gélatine, et il se trouve que j'ai un faible pour les sucreries.

— Tu ne peux pas avoir un odorat si développé.

Il déposa un baiser inattendu et délicieux sur sa joue et fouilla dans son sac pour en retirer un sachet de bonbons en gélatine.

— On fait des réserves ? Ou bien comptais-tu les cacher sur ton corps plus tard pour que je les trouve ?

Il glissa ses lèvres vers son oreille et murmura :

— Les yeux bandés. Avec mes mains attachées dans le dos.

Il la poussa plus loin dans le magasin. *Oh merde.* Elle avait arrêté de marcher. Respirait-elle encore ? Était-ce une *tendance* d'avoir les yeux bandés et les mains attachées dans le dos ? Oh là là, le contrôle qu'elle pourrait avoir. Elle ne risquerait pas d'être dominée. Mais avait-elle envie d'avoir autant de contrôle ? Elle s'imagina allongée nue sur le lit, regardant sa bouche avide se déplacer sur ses seins, le long de son ventre, et elle se sentit mouiller.

Non, non, non ! Pense à des glaces. Des bains glacés. Des bouses de vaches !

Son corps continua de vibrer de l'intérieur. *C'est mal. Vraiment, vraiment mal.* Comme un virus dont elle ne pouvait pas se débarrasser. Elle avait besoin d'une pilule anti-Bear. *Tout de suite !*

Elle se concentra sur les produits de sa liste et étudia les morceaux de tissus contre le mur. Bear lui tendit un bonbon vert. Quand elle chercha à l'attraper, il le retira et secoua la tête, puis le tint près de sa bouche. Cet homme avait le don de tout sexualiser. Quand il déposa la sucrerie verte sur sa langue, elle eut l'impression que ses yeux étaient faits de feu liquide et elle se sentit coquine et sexy.

L'expression de son visage dut la trahir, car un sourire en coin, dégoulinant d'intentions malicieuses, étira ses lèvres.

— Du tissu.

Les mots franchirent ses lèvres comme un caillou que l'on jette.

— J'ai besoin de tissus.

— Moi aussi.

Il tendit la main par-dessus son épaule et caressa un morceau de satin rouge.

— Quelque chose comme ça, peut-être ?

Des draps en satin rouge, ses mains attachées dans le dos, les yeux bandés, plaçant stratégiquement des bonbons verts sur moi. Elle se mit à transpirer des mains. Elle se trémoussa pour se dégager de son emprise.

— De la toile de jute. De la toile de jute épaisse et laide.

Elle s'éloigna aussi vite que possible en espérant trouver plus d'oxygène à l'autre bout du magasin.

Environ deux heures, une longue discussion sur les costumes qu'elle fabriquait et plusieurs bonbons verts plus tard, Crystal commença à décharger le chariot à la caisse. Elle récupéra plusieurs mètres de satin rouge et de dentelle noire qui avaient été placés parmi les étoffes qu'elle avait choisies. Il avait dû les faire couper pendant qu'elle parlait à la vendeuse. *Petit sournois. Sournois et sexy. Un homme sournois et sexy dans un magasin de tissus.*

Je suis tellement dans la merde.

— Hum, hum… ? dit-elle en montrant le tissu terriblement doux.

Bear eut un rictus.

— Quoi ?

— Je ne vais pas acheter ça, lâcha-t-elle en basculant ses cheveux par-dessus son épaule avec fermeté. Ce tissu n'a rien à voir avec les costumes que je suis en train de fabriquer.

Il lui prit le tissu des mains et mon Dieu, que ce dernier était beau dans les siennes. *Mais c'est quoi mon problème ?* Elle était en train de se transformer en petite diablesse en manque de sexe.

Les bonbons en gélatine !

N'était-ce pas la blague que l'on faisait au lycée ? Ou bien était-ce les M&M's verts qui étaient censés exciter ? Elle observa le sourire diabolique de son motard baraqué et comprit que cela n'avait rien à voir avec des *bonbons verts*.

— Alors tu fabriques manifestement le mauvais genre de costumes.

Il glissa le tissu en satin sur son avant-bras musclé et tatoué.

Il lui fallait ce tissu.

Elle lui arracha des mains et le jeta sur le comptoir.

— Ça, c'est ma femme.

Il enroula à nouveau son bras autour d'elle. Elle commençait à se dire qu'il avait élu domicile ici.

— Je ne suis pas ta femme.

Elle disait tellement de la merde que ses yeux bleus étaient probablement devenus bruns. Elle n'était peut-être pas à *lui* comme il le souhaitait, mais elle avait mordu à l'hameçon et elle n'irait nulle part sans avoir laissé une partie d'elle au passage. Pourquoi luttait-elle autant alors qu'elle n'avait pas vraiment envie de lui résister ? Elle avait déjà embrassé des hommes depuis l'agression, mais elle n'avait *rien* ressenti pour eux. En revanche, elle ressentait tellement de choses pour Bear que ça la faisait flipper. Il fallait qu'elle arrête de s'inquiéter et qu'elle fasse le premier pas. Elle caressait l'idée de faire un saut dans l'inconnu et de s'abandonner à ses sentiments.

Dans la voiture, Bear mit une station de radio de musique country sur le chemin du retour et quand sa chanson préférée passa, « Setting the World on Fire » de Kenny Chesney, Bear la chanta mot pour mot, ébréchant un peu plus ses remparts intérieurs. Chaque note la faisait un peu plus pulser d'anticipation. Elle avait regardé ce clip vidéo plus de fois qu'elle ne voulait l'admettre. En réalité, Bear ressemblait au type canon de la vidéo – sauf que Bear était encore plus sexy, encore plus costaud et la regardait actuellement comme si elle était le milk-shake de sa frite. Le genre de frites qui allaient avec le *steak*. Les très grosses frites. Elle avait senti la chaleur qu'il dégageait et ce bijou n'était *pas* une petite frite de *McDonald's*. Elle se gara sur le parking de sa résidence, plus heureuse et nerveuse qu'elle ne l'avait été depuis des *années*. Mais c'était une bonne nervosité. Ils s'étaient bien amusés et il avait réussi à garder son corps sous tension toute la soirée. *Presque toute l'année.*

Il contourna la voiture pendant qu'elle attrapait son sac et il lui ouvrit la porte, l'aidant à sortir. Il n'envahit pas son espace personnel comme il l'avait fait dans la boutique et elle fut alors encore plus attirée par lui. Elle n'avait plus envie de lutter contre cette attirance entre eux et il n'y avait aucune raison de le faire. Ils étaient tous les deux célibataires, bons amis et…

Elle en avait *assez* de trop réfléchir. Elle se blottit entre ses bras rassurants, attirée par ses yeux chaleureux couleur miel. Il remonta les mains le long de son dos, se posant sur chaque épaule, comme les ceintures de sécurité sur les montagnes russes, les liant l'un et l'autre.

— Chérie, tu es incroyablement belle.

OhmonDieu. Je ne peux pas m'empêcher de regarder tes lèvres.

— Tu es drôle et intelligente…

Ses paroles flottaient jusqu'à ses oreilles, mais elle était hypnotisée par sa bouche qui bougeait, hors d'atteinte. Elle l'avait observée pendant tant de mois, avait rêvé d'elle nuit après nuit. Il passa la langue par-dessus sa lèvre inférieure, la laissant glissante et attirante. Elle avait envie de goûter cette langue, de la sentir bouger contre la sienne. Cela faisait si longtemps qu'elle n'avait pas embrassé un homme qu'elle n'était plus sûre de savoir faire. Mais là, tout de suite, sous ce ciel sans étoiles, dans les bras de l'homme qui l'avait courtisée sans relâche, elle se fichait de ne pas s'y prendre correctement. Elle avait juste besoin de le faire. Il fallait qu'elle *l'embrasse*.

— S'il te plaît, ma belle, dis-moi. Quand est-ce que tu vas me laisser t'embrass…

Elle saisit sa chemise dans son poing et se mit sur la pointe des pieds, l'attirant vers elle, et étouffa ses paroles en pressant fermement ses lèvres contre les siennes. Elle sentit le creux de son estomac tourbillonner avec chaleur et excitation. Il descendit la main le long de son dos, serrant leurs corps un peu plus près l'un de l'autre. Son baiser fut étonnamment doux, explorateur et *délicieux*. Ils s'embrassèrent durant un long moment, là, à côté de sa voiture, au milieu du parking. Lorsqu'ils reprirent enfin leur souffle, Bear la garda près de lui, et heureusement, car elle était assez certaine que ses jambes s'étaient transformées en spaghettis et que s'il la relâchait, elle se laisserait glisser sur le trottoir. Il effleura sa mâchoire de sa moustache, lui procurant des frissons le long de l'échine.

— Mon Dieu…

Ce fut tout ce qu'il parvint à dire.

Ses mains tremblaient alors qu'elle les tendait vers lui pour toucher son visage. Elle en avait rêvé depuis tellement longtemps qu'elle avait l'impression de connaître la texture de sa peau, mais elle s'était trompée. En dépit de l'apparence rude et ciselée de ses traits, ses joues étaient douces et lisses au-dessus de sa moustache.

Il posa la main sur la sienne, la gardant là, et effleura à nouveau ses lèvres avec un baiser aussi doux qu'un murmure. Et un autre. Encore et encore. Jusqu'à ce qu'il réclame à nouveau sa bouche, plus exigeant cette fois, plus profondément, plus brutalement, et bizarrement toujours avec tendresse. Il l'embrassait comme des vagues qui déferlent, doucement et régulièrement, puis avec force et de façon envahissante, pour se calmer à nouveau. Ce n'est que lorsqu'elle atteignit le même rythme qu'il intensifia ses efforts. Chaque vague était plus forte que la précédente et lorsqu'elle avait l'impression de s'enivrer de lui au point de s'évanouir, il soufflait de l'air dans ses poumons, l'emmenant vers un niveau d'intimité qu'elle n'aurait jamais imaginé possible. Tout ça grâce à un seul baiser incroyable.

Mon Dieu.

S'il était capable de la chambouler à ce point avec ses baisers, qu'est-ce que ce serait quand il la toucherait, quand il lui ferait l'amour ?

Comment allait-elle pouvoir survivre à Bear Whiskey ?

Un sentiment de panique commença à lui nouer l'estomac et elle lutta contre, refusant de le laisser s'installer. Cela faisait des années, et non pas quelques jours ou quelques mois. Des années que cette horrible agression avait eu lieu. Elle avait fait tout ce qu'il fallait. Elle s'était réinventée, était allée chez le psy chaque putain de semaine. Elle avait empêché ce secret de lui pourrir la vie – ou du moins, c'était ce qu'elle croyait. Mais alors que Bear descendait ses mains plus bas, attrapant ses fesses, et qu'il frottait ses hanches contre elle, lui donnant le vertige, l'enivrant, elle se sentit glisser.

Perdre pied.

Je n'ai pas peur.

Je veux être avec toi.

L'anxiété envahit ses membres, la rendant rigide malgré ses désirs.

Son souffle devint court et erratique.

— Crystal ?

La voix de Bear lui parut lointaine.

Je vais bien. Je vais bien. Je te veux tellement, putain.

— Crystal, regarde-moi. Qu'est-ce qui ne va pas ?

L'inquiétude dans ses yeux la déséquilibra presque à nouveau.

— Rien, parvint-elle enfin à dire. J'ai… *Besoin de me ressaisir.* Je suis juste fatiguée et ce baiser. Putain, Bear.

Ce baiser…

Il plaça ses mains sur son dos, cherchant son regard.

— Plus de deux cent cinquante jours de préliminaires, ça a son avantage, dit-il en caressant à nouveau sa joue du bout du nez. Tu es sûre que ça va ? Tu n'as pas l'air bien.

— Ça va, dit-elle, essayant d'ignorer ces palpitations cardiaques qui étaient déterminées à lui faire la peau.

Mais qu'est-ce qui lui arrivait, putain ? Elle avait passé des mois à le tenir à distance et désormais elle n'en avait plus envie.

— C'est à cause du baiser.

Merde, elle n'avait pas voulu le dire à voix haute.

— Crystal, dit-il d'un ton compatissant. Tu peux me parler, tu sais.

Elle s'écarta de lui, ayant besoin d'espace pour mettre en place son armure invisible. Elle n'avait absolument *pas* peur d'être intime avec Bear et cette panique lui faisait complètement perdre la tête. Elle ouvrit la portière arrière, arrachant les sacs de la banquette pour occuper ses mains avant que celles-ci ne se recroquevillent et ne forment des poings qu'elle ne pourrait plus ouvrir.

— Je vais *bien*, d'accord ?

Elle ne voulait pas s'énerver, mais s'il insistait, elle allait finir par se réfugier dans ses pensées et elle n'en avait pas envie. Elle ne voulait pas tout *ça* ! Cette négativité entre eux, cette putain d'inquiétude dans ses yeux. Elle avait envie d'embrasser l'homme dont elle voulait se rapprocher depuis un moment, sans que son cœur s'emballe, sans que ses pensées ne se tournent immédiatement vers ce connard qui l'avait prise contre sa volonté. Et que *Chrystina* la faible ne vienne pas pointer le foutu bout de son nez dans la vie de *Crystal* la dure à cuire.

Elle voulait la *normalité*.

Il tendit les mains vers ses sacs.

— Laisse-moi t'aider.

— Non, dit-elle trop rapidement.

— Non ?

Il fronça les sourcils, confus, puis la frustration marqua rapidement ses traits.

— Qu'est-ce qui se passe, Crystal ? Tu passes d'enthousiaste à super froide d'un coup. C'est quoi ton problème ?

Elle leva les yeux au ciel, une mimique qu'elle avait fini par maîtriser en réalisant que cela rendait les gens dingues – c'était le meilleur moyen de les repousser. En mode cent pour cent Crystal, elle se redressa et croisa du regard ces yeux couleur miel qui firent fondre sa détermination et la renforcèrent à la fois. La préservation de soi était aussi importante pour Crystal que l'oxygène l'était pour les autres. Alors qu'elle s'apprêtait à lui répondre d'un ton cinglant avant de partir en trombe, elle réalisa qu'il n'avait ni sa voiture ni sa moto. Merde. Elle allait devoir le ramener chez lui. Mais pourquoi le ciel lui tombait-il sur la tête ? Ses épaules s'abaissèrent et elle jeta ses sacs dans la voiture.

— Monte. Je te ramène chez toi, comme ça tu pourras aller au bar et trouver quelqu'un qui t'aidera à soulager ton abstinence, parce que ça doit commencer à être long.

Elle repoussa cette bile qui remontait dans sa gorge. Elle détestait dire des choses aussi viles et méchantes, mais c'était la seule solution.

Elle avait besoin d'être seule pour se vider la tête et il n'y avait aucun moyen d'arrêter ce train en fuite à moins de le faire dérailler complètement.

Bear l'attrapa par le bras et la fit pivoter.

— De quoi tu parles, putain ?

Elle se libéra de son emprise.

— Monte. Je te ramène chez toi.

Peut-être que, dans cette situation, certaines filles lui auraient dit qu'il méritait mieux, ou qu'elles ne pouvaient pas être ce qu'il attendait, mais elle n'y croyait pas. Pas une seule seconde. Elle n'allait pas laisser un connard de son passé lui gâcher ses chances d'être heureuse. Elle était gentille, intelligente et forte. *Tellement forte, putain.* Elle était plus que bien pour ceux qui méritaient qu'elle le soit avec eux. Ce n'était pas l'estime de soi qui posait problème et elle savait, pleinement et sûrement, qu'elle devait s'éloigner de Bear pour faire face à cette guerre qui faisait rage dans sa tête. Elle devait juste trouver un moyen de surmonter cette anxiété qui avait été provoquée par cette proximité avec le premier et seul homme qu'elle ait jamais désiré.

Il se frotta la nuque.

— Crystal, qu'est-ce que…

— Tu veux que je te ramène ou pas ?

Parce que tu ferais mieux de monter maintenant avant que je pète un plomb en t'imaginant avec une autre femme.

— Non.

Sa voix était très calme et ses yeux étaient fixés sur elle.

— Non ? Bear, ne t'imagine pas que tu vas monter dans mon appart.

Elle paraissait froide et distante. Elle détestait être froide et distante, mais elle en avait besoin. C'était la seule façon.

Il plissa les yeux.

— Oui, tu me l'as fait comprendre aussi clairement que ton joli regard d'allumeuse.

Il roula ses larges épaules en arrière, ses biceps tatoués se contractant alors qu'il sortait son téléphone de sa poche.

Elle le regarda s'éloigner, ses bottes noires avalant le goudron alors qu'il portait le téléphone à son oreille, s'avançant vers la rue.

CHAPITRE QUATRE

BEAR ESSUYA LA SUEUR sur son front, écoutant les bruits familiers du garage. Après une semaine entière de journées frustrantes et de nuits agitées où il hésitait à débarquer devant chez Crystal en insistant pour qu'ils discutent, il en avait finalement eu assez. Il s'était réveillé à l'aube vendredi et avait décidé que c'en était fini. Il en avait *assez* de lui laisser de l'espace. Sept jours c'était assez long pour qu'elle admette ce qu'elle voulait vraiment. Il n'avait pas compris ce qui s'était passé l'autre nuit, mais il était impossible que le baiser qu'ils avaient échangé soit celui d'une femme qui ne le désirait pas. Elle *le v*oulait et il était temps pour elle de l'avouer.

Une fois sa décision prise et étant incapable de se rendormir, il était descendu au garage à cinq heures trente, espérant s'occuper l'esprit pendant quelques heures. Il avait passé la matinée à travailler sur la moto qu'il construisait. Les motos avaient été son premier amour. D'après ses parents, dès qu'il avait appris à marcher et parler, il avait été attiré par elles. Même si son père avait été heureux de partager la culture motarde avec ses enfants, c'était le frère de son père, Axel, qui avait pris Bear sous son aile et lui avait appris tout ce qu'il savait sur la mécanique et plus particulièrement sur les motos. Dès son plus jeune âge, Bear avait travaillé au garage sous la tutelle de son oncle. À l'âge de seize ans, il n'y avait plus rien qu'il ne pouvait pas réparer ou construire. À dix-huit ans, il concevait déjà des motos.

Il était allé dans un lycée technique où il avait étudié la réparation et la technologie automobiles et avait obtenu suffisamment de bons résultats pour décrocher une bourse d'études lui permettant d'aller à l'université faire des études d'ingénieur et de design industriel. Hélas, tout était tombé à l'eau quand son père avait fait un AVC. Il avait pensé que ses rêves ne se réaliseraient jamais, or, quelques années plus tard, Bear avait rencontré Jace Stone à un rallye. Jace était le copropriétaire de *Silver-Stone Cycles* qui comptait parmi les fabricants de motos personnalisées les plus recherchés. À l'époque, ils venaient juste d'ouvrir un nouveau magasin en Pennsylvanie, mais Jace avait été impressionné par les dessins de Bear et avait dit qu'il prendrait contact avec lui lorsqu'ils seraient prêts à se développer à nouveau. Bear avait alors eu le faible espoir que, même sans diplôme, il puisse avoir une chance de faire de sa passion une réalité. Toutefois, quand ils étaient revenus vers lui le mois dernier pour évoquer leur expansion à Peaceful Harbor, ils avaient voulu qu'il s'engage à temps plein. Même s'il avait envie de faire passer ses designs au niveau supérieur, il n'était pas prêt à quitter complètement l'entreprise familiale. Il y a deux semaines, ils lui avaient proposé un poste à temps partiel. C'était exactement ce qu'il avait espéré. L'offre tenait toujours. Ils attendaient juste qu'il s'engage sur le planning avant de régler les derniers détails.

Lui aussi attendait. Et chaque jour, il hésitait sur la décision à prendre. Travailler pour eux voulait dire réduire ses heures au garage et au bar. Pour le bar, il avait eu son compte, mais pour le garage, c'était une tout autre histoire.

Il se racla la gorge pour chasser ces pensées frustrantes de son esprit et fit un rapide inventaire des pièces de moteur étalées sur le sol et les établis. Après avoir travaillé dans son garage à la maison pendant une heure et demie, il s'était rendu chez *Whiskey Automobile* et avait passé la journée à reconstruire un moteur. Ç'aurait dû être le remède parfait pour une putain de nuit difficile, mais même après des heures de travail alors qu'il avait retiré le vilebrequin, les bouchons, les supports, les goupilles, avait vérifié les têtes de soupapes et les tiges, étape par étape, et remplacé les gaines usées, ses pensées revenaient sans cesse vers Crystal. Il la connaissait depuis assez longtemps pour comprendre que, bien que très frustrant pour lui, elle avait besoin d'espace pour régler ses propres problèmes. Mais cela le tuait de ne pas savoir ce *qu'étaient* ces fameux problèmes.

Harley vint se frotter contre sa jambe en miaulant. Il la prit dans ses bras et l'embrassa sur le haut de la tête, croisant son regard innocent.

— Tu crois que tu pourrais discuter avec Crystal pour moi ? Pour lui expliquer ce qu'elle rate.

Harley miaula à nouveau et il la serra contre son torse en sortant son téléphone pour la centième fois depuis qu'il était parti la nuit dernière. Il lâcha un juron face à l'écran vide.

Tru s'approcha de lui.

— Toujours pas de nouvelles ?

Truman en avait fait du chemin depuis que Bear avait rencontré ce gamin perdu de seize ans qui essayait de garder la tête hors de l'eau, il y a très longtemps. Fidèle à l'ami qu'il était, Truman n'avait posé aucune question quand il était venu chercher Bear devant la résidence de Crystal pour le ramener chez lui. À part quelques regards de soutien, Tru n'avait pas fait de commentaires sur la quasi-relation de couple de Bear et

Crystal et il avait gardé son opinion pour lui. Mais il n'avait pas besoin de dire quoi que ce soit. On pouvait lire en lui comme dans un livre ouvert, ses émotions étaient aussi claires que l'encre bleue qui serpentait sur ses bras. Bear savait que Tru était aussi déconcerté que lui par la tournure que prenaient les événements. Même si Crystal et lui ne s'étaient embrassés que la semaine dernière, le monde entier pouvait sentir cette attraction magnétique entre eux.

— Non.

Il rangea le téléphone dans sa poche et leva les yeux vers les nuages qui arrivaient. Parfait, putain. Il avait espéré faire une longue balade à moto après le travail pour se vider la tête. Il se dirigea vers l'arrière de la boutique pour se laver les mains. Il était sept heures passées et Gemma était venue récupérer les enfants environ une heure plus tôt. Il mourait d'envie de demander à Tru si Gemma avait dit quelque chose concernant Crystal. Les filles parlaient entre elles, non ? Ou bien Crystal repoussait-elle tout le monde comme elle l'avait repoussé lui ?

Il espérait que non, car sinon c'était naze pour elle. Lui, il avait sa famille et Tru. Il avait tout le club de moto si besoin. Il lui suffisait d'un coup de fil pour avoir plus de soutien qu'il n'en aurait jamais voulu et cela le réconfortait de le savoir, tout comme cela réconfortait les autres membres. Mais qui Crystal avait-elle ? Elle avait évoqué une visite difficile chez sa mère et même s'il savait qu'elle et Jed étaient en contact, il n'avait pas l'impression qu'ils étaient particulièrement proches. Elle avait Dixie et Gemma, mais, pour des raisons évidentes, elle ne semblait pas entrer en contact avec Dixie. En vérité, elle avait aussi Bullet, Bones et Tru, mais il savait qu'elle ne se tournerait jamais vers eux.

Surtout après la façon dont ils s'étaient quittés la semaine dernière.

Il tendit Harley à Tru et se lava les mains.

— Tu es sûr que tu n'as pas fait ou dit quelque chose qui aurait pu la mettre en colère ? demanda Tru en lui tendant une serviette en papier. J'aime Gemma plus que tout au monde, mais, mec, les femmes sont totalement différentes de nous. Il suffit d'une mauvaise intonation pour changer le sens d'une phrase et, si tu es comme moi, tu peux facilement ne pas t'en rendre compte.

— Sans blague.

Il reprit Harley et gratouilla la tête du chaton.

— J'ai grandi avec Dixie, tu te souviens ? Je suis passé par-là un million de fois.

Était-ce possible que, malgré le baiser le plus torride qu'il ait jamais expérimenté, elle ne soit pas intéressée par lui comme lui l'était ? Il avait du mal à y croire. Il avait vu cette chaleur dans ses yeux pendant des mois.

— Tru, tu crois qu'elle en a assez de ce truc qui se passe entre nous ?

— D'après les quelques détails que m'a donnés Gemma, il semblerait que Crystal ait été mal toute la semaine.

Cette nouvelle lui fit plus plaisir qu'elle n'aurait dû.

— C'est de sa faute.

Alors que les mots franchissaient ses lèvres, il sut qu'il ne les pensait pas. Il avait envie de comprendre ce qui se passait dans sa jolie petite tête.

— Tu ne comptes pas renoncer, quand même, si ?

Bear, comme Truman, n'était pas étranger à la douleur physique ou émotionnelle. Bullet était impénétrable, Bones était pragmatique et Bear ? Eh bien, il ressentait la peine de ceux qu'il aimait comme si c'était la sienne. Il avait enduré des batailles émotionnelles aux côtés de Tru et de son frère, Quincy, quand Tru avait été condamné à la prison, endossant la responsabilité d'un crime que Quincy avait commis. Et une fois de plus, quand Quincy s'était perdu dans la drogue et avait disparu. Il se souvenait de chaque événement en éprouvant la même douleur qu'une blessure encore fraîche et avait été à nouveau secoué lorsqu'il avait appris dans quelles conditions Kennedy et Lincoln avaient vécu. Cette fois-ci, ça lui faisait pareil, sauf que c'était un peu différent. Il avait l'impression que ses tripes étaient en feu et pour la deuxième fois de son existence – la première étant quand son père avait été à l'hôpital, sa vie ne pendant plus qu'à un fil – son cœur lui faisait un mal de chien.

— Quand m'as-tu déjà vu renoncer à quoi que ce soit ? répondit-il enfin.

Il avait envoyé un texto à Crystal ce matin – *Bear* – en espérant que ce silence radio ne signifiait pas ce qu'il pensait. Elle ne lui avait pas répondu.

Tru esquissa un sourire.

— Si, il y a eu cette fois où je t'ai botté le cul aux fléchettes.

— Merde.

Bear se mit à rire en reposant Harley dans le panier à chat avec deux autres chatons et ils fermèrent le garage.

— Je savais que tu étais dans le pétrin quand tu m'as dit que tu allais dans un magasin de tissus, dit-il en le regardant avec malice. Mec, elle a probablement perdu tout respect pour toi.

Bear tendit le bras comme s'il allait lui donner un coup de poing et Tru se prêta immédiatement à ce jeu de fausse bagarre auquel ils avaient joué bien trop de fois pour être comptées. En riant, Bear tapota l'épaule de son pote et le raccompagna jusqu'à sa voiture.

— Embrasse bien ces bébés pour moi, tu veux ? Je n'ai pas

pu passer beaucoup de temps avec eux aujourd'hui. Et merci encore.

— Pour quoi ? demanda Tru. T'avoir fait chier ?

Bear sortit ses clés de sa poche et chevaucha sa moto.

— Pour t'être mis en couple avec Gemma et m'avoir fait rencontrer Crystal.

— Tu ne peux pas me reprocher toutes ces conneries, dit Tru en secouant la tête alors qu'il montait dans son 4x4.

— Oh que si !

Bear démarra sa moto et mit son casque, saluant Tru qui s'en allait. Son téléphone vibra dans sa poche et il le sortit. Le prénom de Crystal s'afficha sur l'écran et son pouls s'accéléra alors qu'il lisait le message.

Je suis désolée pour la semaine dernière. J'ai pas mal de problèmes en ce moment. On peut peut-être en parler ce week-end ?

— Oh et puis merde.

Il envoya sa réponse. *T'es où ? Je vais venir maintenant.*

Son téléphone vibra à nouveau. *Je ne peux pas. Je suis à Harbor View pour un rendez-vous.*

Je ne peux pas ne faisait pas partie du vocabulaire de Bear. Il fourra son téléphone dans sa poche et prit la route.

Il était plutôt doué pour attendre son heure. Il le faisait déjà depuis des mois. Mais attendre Crystal devant le parking professionnel de Harbor View le rendait plus agité qu'une dinde à Thanksgiving. Il fit les cent pas sur le parking, se demandant quel genre de rendez-vous elle pouvait bien avoir dans cette enceinte médicale. Alors qu'il passait mentalement en revue toutes les possibilités, les portes s'ouvrirent et Crystal sortit.

Il sentit son cœur s'emballer alors qu'il s'avançait vers elle, la regardant fouiller dans ses poches. Pour prendre ses clés ? Son téléphone ? Les portes s'ouvrirent à nouveau et un homme de grande taille en pantalon de costume et chemise blanche se précipita vers elle, lui tendant son sac à main. Bear serra les dents alors qu'elle le récupérait – et serrait le type dans ses bras.

— JE CHERCHAIS JUSTEMENT mes clés. Merci, David.

Crystal fit un câlin à l'homme qui était resté auprès d'elle pendant des années, l'aidant à surmonter les événements les plus traumatisants de sa vie.

— Je suis là si tu as besoin, la rassura-t-il.

Il regarda par-dessus son épaule au moment où la voix grave de Bear retentissait dans l'air.

— Crystal.

Elle pivota, bouillonnant de joie à l'intérieur. Elle dut faire preuve de beaucoup de volonté pour rester là où elle était et ne pas courir vers lui. Il paraissait rude et robuste dans son jean taché de graisse et un tee-shirt moulant, comme s'il sortait tout juste du travail. Ses yeux, qui avaient hanté ses rêves, étaient doux et durs à la fois. Il était magnifiquement intimidant, avalant le goudron qui les séparait, son visage n'étant plus qu'un masque de puissance et de détermination alors qu'il marquait son territoire en déposant un baiser sur sa joue.

— Salut, chérie.

Il leva ensuite le menton vers David d'un air d'alpha.

— Comment ça va ? dit-il d'un ton bourru.

Que Dieu lui vienne en aide. Elle se sentit sourire comme une idiote. Elle avait cru qu'elle l'avait perdu et elle s'était languie de cet homme autoritaire et tactile toute la semaine.

— Plutôt bien, merci, répondit David en jetant un coup

d'œil à Crystal.

Elle hocha la tête. *Oui. C'est bien le type qui me met les nerfs en pelote.* Entre le regard possessif de Bear et cette nouvelle liberté retrouvée qu'elle sentait en elle, elle chercha ses mots.

— Je… hum… Bear…

David tendit la main.

— David Lantrell. Je suis un vieil ami de Crystal.

Bear lui serra la main.

— Ravi de vous rencontrer.

Elle opta pour la désinvolture afin d'apaiser les tensions.

— Maintenant que nous avons passé cette étape gênante, David, merci encore de m'avoir reçue aussi vite. Je te recontacterai.

David s'en alla rapidement et elle lui en fut reconnaissante.

— Avant que tu ne poses la question, dit-elle à Bear. Je suis prête à t'expliquer ce qui se passe, mais pas ici. Ça ne te dérange pas si on va ailleurs pour parler ?

— Bordel, merci mon Dieu, parce qu'il y a quand même une limite, après je perds la boule, moi.

Il fit un signe vers sa moto.

— Monte.

— Je ne monte pas sur ce truc.

— Pourquoi ?

— Parce que tu veux juste que je me colle à toi.

Les mauvaises habitudes ne se perdaient pas facilement. Elle s'était tellement vendue comme une motarde pure et dure qu'il pensait probablement qu'elle avait de l'expérience en moto.

Il retroussa les lèvres.

— Et en quoi serait-ce un problème ?

Il n'avait pas tort. N'était-ce pas justement la raison pour laquelle elle était allée voir David ? Elle jeta un coup d'œil à la moto. *Je suppose que c'est le bon moment de commencer.*

Inspirant profondément pour se donner du courage, elle lui dit :

— Il faudra que tu me montres comment faire.

La chair de poule sur son corps chassa l'anxiété qui lui oppressait la poitrine comme une souris dans un labyrinthe, mais elle s'y attendait. David l'avait prévenue. Rien de ce qui allait se passer ce soir ne serait simple. Elle ne saurait pas comment agir *simplement* de toute façon.

Un V se dessina sur le front de Bear.

— Pardon ?

— Il faut que tu m'apprennes à faire de la moto. Maintenant, tais-toi et fais-le avant que je ne change d'avis.

Il baissa les yeux vers le logo Harley-Davidson sur son tee-shirt, puis vers son jean noir moulant jusqu'à ses grosses bottes de motarde en cuir.

Je sais. Je dois des explications.

— OK, laisse tomber. Je peux prendre ma voiture.

Elle fit un pas vers son véhicule.

Il prit sa main dans la sienne en marchant vers la moto.

— Est-ce que les huit piercings dans ton oreille sont faux aussi ?

— Peut-être que si tu ne te comportes pas comme un con, je te le dirai.

Il plaça ses mains sur ses hanches, baissant la tête d'un air sérieux.

— Tu es nerveuse ?

Elle ouvrit la bouche pour rétorquer d'un air cinglant, comme à son habitude, puis s'arrêta.

— Il n'y a rien entre moi et la route. Il n'y a pas d'airbags. C'est putain d'effrayant.

— On n'est pas obligés de faire ça. On peut prendre ta voiture ou bien tu peux prendre ta voiture et je prends ma moto. Je pourrai t'apprendre à conduire une autre fois. Aucune pression de ma part. Je suis juste content que tu aies envie que l'on discute, donc c'est toi qui décides.

Elle en avait assez de faire semblant, du moins avec elle-même. La vérité, c'était qu'elle mourait d'envie de monter sur la moto de Bear depuis des mois. Elle avait toujours eu sa voiture et lui son 4x4 quand ils partaient faire des courses ensemble ou manger un bout. Mais sa moto était comme une extension de lui-même et elle avait envie d'en faire l'expérience. Elle s'imposait peut-être une surcharge émotionnelle, mais quel meilleur moyen d'arracher un pansement si ce n'était d'un seul coup ?

— Je veux monter avec toi sur la moto.

Ses lèvres s'étirèrent en un sourire, comme s'il était heureux de sa décision, mais ses yeux restèrent sérieux.

— Tu es sûre ?

Elle hocha la tête avant de se dégonfler.

— OK. Une fois que tu auras mis ton casque, il faudra que tu colles ton corps aussi près du mien que possible. Les bras autour de ma taille, comme ça.

Il se retourna, collant son dos contre sa poitrine et prit ses mains, les guidant autour de sa taille avant de placer ses paumes sur son ventre.

— Accroche-toi aussi fermement que tu le peux.

Serrant ses deux mains dans la sienne, il tendit l'autre pour la passer derrière elle et appuya sur ses fesses, les rapprochant encore plus.

— T'as compris ?

Compris ? Tous ces muscles pressés contre elle ? Oh oui, elle avait bien compris. Le problème, c'était qu'elle ne voulait pas lâcher prise.

— Oui. J'ai compris.

Il gloussa et l'aida à mettre son casque puis à monter sur la moto.

— Ça va ? lui demanda-t-il en l'évaluant visuellement.

— Je suis surprise de la taille de ce truc, elle est énorme.

Le regard de Bear devint brûlant.

— OhmonDieu. La *moto* ! Je parle de la moto.

— Si j'arrive à mes fins, ce ne sera pas la dernière fois que tu sentiras quelque chose d'énorme entre tes cuisses.

Il ne fit pas de pause assez longue pour qu'elle ait le temps de se remémorer à quel point il lui avait paru costaud quand ils s'étaient embrassés la semaine dernière, ni la raison qui l'avait poussée à aller voir David.

Prenant à nouveau un air sérieux, il lui dit :

— Si tu veux que je m'arrête, tu tapotes sur mon ventre une fois. Si tu veux que je ralentisse, fais-le deux fois, OK ?

Elle acquiesça, devenant de plus en plus nerveuse à chaque seconde qui passait.

— Tu es en sécurité avec moi, bébé. Je ne te mettrai jamais en danger.

Elle le savait et, plus important encore, elle le croyait.

— On peut toujours prendre ta voiture si tu n'es pas prête.

Son expression était si sérieuse, son inquiétude si sincère, qu'elle se détendit.

— Non. Ça va. Est-ce que tu peux m'emmener au parc sur Eternity Lane ?

— À l'autre bout de la ville ? Il y a un parc juste au coin de la rue. Tu ne veux pas plutôt aller là-bas ?

— Si ça ne te dérange pas de conduire, je préfère aller à

Eternity[4].

— Buzz L'Éclair, à votre service.

Elle s'esclaffa. Comment un dur à cuire comme lui pouvait être aussi mignon ?

—Je crois qu'il dit « vers *l'infini* et l'au-delà » pas « l'éternité ».

— Sérieux ? Putain, je me suis foiré.

Il monta sur la moto et, avant qu'il ne mette son casque, il lui dit :

— Essaie de ne pas être trop excitée.

Il enroula les bras de Crystal autour de sa taille et tendit les mains derrière eux, pressant sa main contre ses fesses, l'attirant si près qu'elle eut l'impression qu'ils étaient collés l'un contre l'autre. La moto rugit en se mettant en marche, grondant entre ses jambes comme un sex-toy supersonique. Non pas qu'elle en ait déjà utilisé un, mais il n'y avait aucune chance qu'ils soient aussi performants que ce monstre.

La moto partit en avant et elle lui donna un coup dans le ventre. Cela avait probablement dû être un réflexe ou quelque chose du genre, car elle n'avait pas besoin qu'il s'arrête, mais il le fit. Immédiatement.

— Qu'est-ce qui ne va pas ?

— Rien, dit-elle. Vas-y.

Il attendit qu'elle soit à nouveau collée contre lui, son cœur dansant la gigue contre son dos. Il traversa le parking et elle le frappa à nouveau dans le ventre.

Il s'arrêta et jeta un coup d'œil par-dessus son épaule sans une once d'irritation.

— Qu'est-ce qui se passe ?

---

[4] Éternité en anglais

— Rien. C'est juste bizarre de ne pas avoir le contrôle.

Il se contorsionna pour lui tenir le bras.

— Chérie, tu as complètement le contrôle. Tu me dis vas-y et j'y vais. Tu dis stop, je m'arrête. Je suis ton chauffeur. C'est tout. Mais on peut prendre ta voiture…

Elle secoua la tête avec véhémence.

— Non. Je pense que j'avais besoin de *savoir* qu'effectivement tu t'arrêterais.

Sa remarque lui valut un sourire sexy.

— Bébé, il n'y a rien que je ne ferais pas pour toi.

Déglutissant avec difficulté, elle lui fit signe de se retourner et se blottit à nouveau contre lui.

Peaceful Harbor n'était pas une très grosse ville et pour la *traverser* il ne fallait faire que quelques kilomètres. Bear roula doucement, laissant beaucoup d'espace entre eux et les voitures, vérifiant qu'elle allait bien à chaque feu rouge. Elle fut surprise de constater à quel point elle se sentait libre sur sa moto et en sécurité avec Bear. David avait mis en lumière la profondeur de ses sentiments, lui permettant de les accepter et de les ressentir encore plus intensément.

Ils roulèrent le long des routes secondaires et sinueuses de son ancien quartier vers Eternity Lane, dépassant des maisons qu'elle n'avait pas vues depuis des années. Quand il monta la route escarpée qui menait au parc, sa nervosité ressurgit.

Il se gara sur le parking et coupa le moteur, mais son corps continua de vibrer. Il enleva son casque et descendit de la moto. Ses longues jambes donnaient l'impression que c'était facile et naturel, mais, alors qu'elle passait la sienne par-dessus la moto, elle s'imagina ressembler à une araignée essayant de descendre d'un cheval.

Bear enroula ses mains autour de ses côtes, la soulevant du

siège en plaçant ses pieds à côté des siens. Il lui enleva son casque et le posa sur la moto.

— Qu'as-tu pensé de ton premier trajet ?

— C'était un peu effrayant au début, mais ensuite c'était grisant. J'en avais bien besoin ce soir. Merci.

Elle leva les yeux vers le ciel nuageux, contente qu'il n'ait pas plu.

Il passa un bras autour de son épaule, comme si leur dispute de la semaine dernière n'avait jamais eu lieu. Elle réalisa que, depuis le temps qu'ils se connaissaient, il avait toujours passé un bras autour de son épaule ou de sa taille, la gardant aussi près que possible, au lieu de lui tenir la main comme le faisaient la plupart des couples. Mais une fois de plus, ils n'étaient pas un couple et Bear n'était clairement pas un type lambda. La plupart des mecs auraient soit insisté pour obtenir plus depuis bien longtemps, soit laissé tomber et seraient partis.

— Qu'avais-tu en tête quand tu m'as demandé de t'emmener ici ? Une petite galipette sans pantalon dans l'herbe ?

Elle se mit à rire et il l'attira contre lui, la regardant droit dans les yeux. Elle s'attendait à y voir de la chaleur, à devoir le repousser pour qu'ils puissent parler, mais elle se trompait totalement.

BEAR ESSAYAIT DE rester détendu et de ne pas laisser transparaître cette inquiétude qui montait en lui. Mais il n'arrêtait pas de penser à la visite éclair de Crystal au centre médical et il était intrigué par son *ami* David. Combien de fois son frère Bones, un oncologue, lui avait-il dit que la santé d'une personne pouvait changer du jour au lendemain ? L'AVC de son père lui en avait donné une preuve suffisante. Désormais, alors qu'il regardait Crystal dans les yeux, la petite étincelle de sarcasme qu'ils lui renvoyaient habituellement était ternie par l'inquiétude et cela le préoccupait.

Il plaqua son front contre le sien et fit tomber le masque.

— Je n'ai pas vraiment envie de plaisanter en fait. Ouvre-moi les portes, bébé. Laisse-moi t'aider et dis-moi qui a volé cette étincelle dans tes jolis yeux.

— Bear, murmura-t-elle.

À travers son prénom, il entendit à la fois une supplication et un avertissement. Il avait envie de lui remettre les rênes, de la laisser prendre les commandes, mais il sentait qu'elle avait du mal avec ça.

— « Dis-moi ce dont tu as besoin » fut tout ce qu'il parvint à lui dire.

Elle se dégagea de son emprise et lui prit la main. Il ne le vit pas comme un bon signe et il n'aimait pas ne pas pouvoir sentir ses émotions aussi clairement qu'il pouvait les voir, mais il la suivit jusqu'en haut de la colline où ils s'assirent dans l'herbe, surplombant la rue en contrebas.

Ils restèrent silencieux un moment et l'incertitude le rongeait.

— Voilà ce que je sais de toi.

Sa voix douce brisa le silence.

— Tu as grandi à Peaceful Harbor avec tes frères et ta sœur et tes parents, qui aident tous à tenir le bar. Dixie et toi tenez le garage. Tu es membre d'un club de motards et je pense que tu es la personne la plus loyale que j'ai jamais rencontrée, même si Truman n'en est pas loin non plus. Tu aimes Tru et Quincy comme s'ils étaient tes frères et quand les enfants et Gemma sont arrivés dans leur vie tu les as aimés aussi. Et puis ensuite j'ai été là, collée à Gemma comme si on était deux siamoises. Et étrangement, tu m'as toi aussi ouvert ton cœur en m'intégrant dans ta famille. J'ai l'impression que c'est beaucoup d'informations pour une seule personne, même s'il y a probablement un million de choses que je ne sais pas sur toi.

— Je te dirai tout ce que tu veux savoir.

— Je sais. On devra peut-être s'y prendre une centaine de fois avant que tu arrêtes de blaguer, mais je sais qu'on y arrivera. Le truc, dit-elle avec plus d'assurance, c'est que je me suis rendu compte que ce que je sais de toi n'est pas aussi important que ce que *toi* tu sais de toi-même. Tu sais évidemment que tu m'attires, mais je suis surtout attirée par ce qu'il y a *en* toi, parce qu'au plus profond de toi-même, *tu* sais *qui* tu es. Cette confiance en toi brille plus que la lune, les étoiles et le soleil réunis.

Elle leva les yeux vers lui et, pour la première fois de sa vie, aucune réplique cinglante ne lui vint à l'esprit. À vrai dire, il ne savait même pas quoi dire.

— Je sais que j'ai l'air folle, dit-elle.

— Non. Tu parais plus saine que tous ceux que je connais. Je suis juste en train d'assimiler ce que tu viens de me dire. C'est un drôle de sentiment de savoir que tu es attirée par ce qui justement semble te pousser à me rejeter.

Elle acquiesça, un petit sourire lui étirant les lèvres, et elle baissa les yeux vers la maison de l'autre côté de la rue.

— Oui, c'est bizarre pour moi aussi. Mais s'il te plaît, écoute-moi et avec un peu de chance tu comprendras pourquoi. Tout le monde a une histoire. Il y a des endroits où notre vie a commencé et des choses qui nous ont menés là où nous sommes aujourd'hui. Pour la plupart des gens, c'est assez évident. Et pour les gens comme toi, qui ont vécu dans une petite ville, avec une famille qui les adore et des parents qui leur apprennent comment faire face à la vie et à l'amour et toutes les choses qui rendent une personne entière, ton histoire est assez simple à suivre.

Elle s'arrêta et quelque chose sembla soudain hanter son regard.

Il ne supportait pas d'être séparé d'elle, même de quelques centimètres. Tout le monde avait besoin de quelqu'un qui puisse franchir la limite qu'ils avaient fixée quand ils avaient trop peur d'ouvrir une porte. Il ne l'avait jamais entendue être aussi sérieuse et solennelle. Il voulait être là pour elle, l'aider à lâcher prise et à partager ce fardeau qui lui pesait. Il savait ce que c'était que de porter le poids du monde sur ses épaules, et c'était beaucoup de solitude.

Il se rapprocha et la serra contre lui. Elle se raidit pendant une seconde ou deux, puis ses épaules se relâchèrent. Voilà qui était mieux. C'était compréhensible, réel. C'était *sûr*. Elle leva les yeux vers l'horizon jusqu'aux maisons de l'autre côté de la rue, jusqu'à ce que son regard se pose sur une maison à deux étages en bas de la colline.

— Certaines personnes savent où leur histoire commence, dit-elle doucement. Mais comme Truman, Quincy, Kennedy et Lincoln, certaines histoires ont des ratés et sont rafistolées ensemble avec de la colle et du ruban adhésif. Ces gens-là choisissent un nouveau point de départ et c'est là que leur *nouvelle* vie, ou nouvelle histoire commence.

Bear savait que tout le monde avait ses secrets, ses batailles intimes avec l'enfer, et il sentait à son souffle court qu'elle était sur le point de révéler la sienne. Il la serra plus fort, se sentant privilégié et reconnaissant qu'elle lui fasse assez confiance pour partager ce qu'elle comptait lui dire.

— Et mon histoire à moi n'est pas si différente, dit-elle en chuchotant presque. C'est là que mon histoire a commencé et, après plusieurs ratés et points de suture qui n'ont jamais tenu, c'est là que j'ai décidé de repartir de zéro. David m'a aidée. Il est psychologue et je le connais depuis que j'ai emménagé ici. Je l'ai vu une fois par semaine pendant environ trois ans et ensuite j'ai arrêté parce que je pensais avoir surmonté toutes les mauvaises choses qui m'étaient arrivées.

Elle parlait vite, comme si elle craignait que les mots ne s'enveniment et pourrissent en elle si elle ne les laissait pas sortir. Il se tourna vers elle, voulant la protéger, la tenir dans ses bras et attraper ces morceaux d'elle qui semblaient se répandre entre eux. Il se déplaça de façon à ce qu'elle se place entre ses jambes, ses genoux servant de remparts contre le monde extérieur.

— Mais ensuite, tu es arrivé dans ma vie, dit-elle vite et avec douceur. Comme un prince tueur de dragon qui était en mission, récupérant tous les morceaux brisés de tout le monde pour les remettre en place. Tu me fais désirer des choses que je n'espère plus depuis longtemps ou auxquelles je ne pense plus, et…

Elle leva les yeux, le ciel et l'enfer semblant s'entrechoquer en eux. Il essayait de comprendre ce qu'elle lui disait, mais il y avait trop de chaînons manquants. *Les ratés et les points de suture qui n'avaient jamais tenu.* Tout ça n'avait pas de sens pour lui. Même s'il avait désespérément envie de le comprendre.

—Je ne suis pas un prince, bébé, mais j'ai envie de comprendre. Qu'est-ce qu'il s'est vraiment passé avec ces ratés qui t'ont menée jusqu'à David ?

Le type envers qui je dois apparemment être très reconnaissant.

— Nous avons vécu là, expliqua-t-elle en pointant du doigt

la maison en bas de la colline, dans cette maison, jusqu'à mes huit ans, quand mon père a perdu son travail. Il était assureur et il voyageait beaucoup, mais quand il était à la maison, il faisait des efforts, tu vois ? Il montait des projets avec moi pour la maison et parfois, pas tout le temps parce qu'il était souvent absent, on allait au marché aux puces ensemble. Il achetait de la laine et du tissu dont il se servait pour fabriquer ces poupées avec des brindilles, des ficelles et de la laine et il les laissait sur ma commode avant de partir en voyage. Je les trouvais le lendemain matin sans aucun message ni rien. Parfois, il faisait de la paëlla et des grogs et on s'asseyait tous les quatre autour du brasero au fond du jardin. Nous étions une vraie famille autrefois, expliqua-t-elle alors que sa voix se brisait et que son regard devenait nostalgique. C'était de bons moments et ces petites poupées idiotes comptaient tellement pour moi.

— C'est normal et j'imagine que c'est toujours le cas. Ce sont les poupées dans ta voiture et sur ton porte-clés ?

— Oui.

Ce qui avait hanté son regard un peu plus tôt revint.

— Elles compteront probablement toujours pour moi. Quand nous avons quitté le port pour emménager dans le mobile home où vit actuellement ma mère, c'était assez horrible. Mais ça allait, parce que je pouvais me concentrer sur l'école et ces poupées que j'attendais avec impatience, ce qui m'a plus facilement aidée à ignorer ces voisins affreux. Et puis, un jour, mon père n'est pas rentré à la maison. Il a été tué par un conducteur ivre. C'est là que mon histoire a dérapé et a fini par se briser.

— *Mon Dieu.* Je ne savais pas. Je suis désolé, bébé.

Il repensa à l'oncle qu'il avait suivi partout dès l'instant où il avait eu le droit d'entrer dans le garage automobile. Bear avait vingt-deux ans quand ce dernier était mort d'un cancer. C'était l'année où il avait repris la gestion du garage et où il avait réalisé à quel point le deuil était différent pour tout le monde. Son père était passé par toutes les étapes du deuil dans le silence et la colère tandis que Bear, lui, avait eu besoin d'en parler. Heureusement, sa famille savait qu'il était bavard et ils avaient supporté ses longs instants de nostalgie émotionnels et douloureux. Il se demandait comment Crystal avait fait face à la mort de son père et qui avait été là pour l'aider.

Elle le regardait d'un air absent, comme si plusieurs souvenirs défilaient devant elle.

— Ma mère et mon père buvaient de temps en temps et, pour ma part, je n'ai pas le souvenir qu'ils aient été de gros buveurs. Mais quand nous l'avons perdu, tout a changé. Ma mère est devenue détestable, se saoulant à outrance, nuit après nuit. Je croyais que c'était sa façon de faire face et que ça passerait, mais non. Jed a commencé à sortir et rentrer à des heures bizarres, venant voir comment j'allais au passage. Je pense que c'est là qu'il a commencé à voler. Alors je me suis concentrée sur l'école, déterminée, même à neuf ans, à ne pas me laisser entraîner par la spirale infernale de ma mère. À garder le contrôle sur le seul aspect de ma vie que je *pouvais* gérer. J'ai passé des heures à la bibliothèque, comme si c'était mon deuxième chez moi. Je dois avouer que c'était mieux que d'être à la maison, alors je me cachais là-bas.

Il avait mal au cœur pour elle. On aurait dit qu'elle n'avait jamais eu l'occasion de faire son deuil.

Il prit le visage de Crystal dans ses mains, souhaitant l'impossible.

— Je suis désolé, bébé. J'aurais aimé être là pour toi.

— Il n'y avait aucun chevalier tueur de dragon dans ma vie.

J'ai suivi mes cours d'anglais supérieurs pendant l'été et j'ai terminé le lycée un an plus tôt que prévu. Mon conseiller m'a aidée à obtenir une bourse Pell et je suis partie à l'université. Pas loin, juste à Lakeshore State, mais c'était assez loin pour que personne ne me connaisse. Et je me suis réinventée. Lakeshore State était une petite fac à environ deux heures de Peaceful Harbor.

Sa force et son courage l'époustouflaient.

— Crystal, tu n'avais pas besoin d'un chevalier. Tu t'es battue toute seule.

— Je pensais que c'était le cas, mais…

Elle détourna le regard, mais pas avant qu'il ne voie les larmes lui monter aux yeux.

Il sentit son estomac se nouer.

— Ton père te manque.

— Non, dit-elle en essuyant ses larmes. Si. Toujours. Mais ce n'est pas ça le problème.

Il fit glisser ses jambes sous les siennes et l'attira plus près, balayant les larmes qui glissaient sur ses joues.

— Qu'est-ce qu'il y a, bébé ?

— Pour me réinventer j'ai dû apprendre à m'intégrer. Je n'avais pas envie que mon passé me définisse. Je voulais que les gens me voient comme une fille comme les autres qui allait à l'université parce que c'était ce que la plupart des jeunes faisaient après le lycée. Les deux premières années de fac ont été géniales. J'ai fait profil bas, j'ai étudié comme une folle et j'ai continué d'avoir de super notes. J'ai toujours été bonne à l'école et à l'époque je me faisais facilement des amis. J'ai même eu quelques petits copains, mais je n'étais pas une fêtarde. Honnêtement, j'essayais aussi de bien travailler à l'école pour mon père. Il a toujours été très fier de mes notes.

— Il t'aimait.

Dieu merci d'ailleurs, car il avait l'impression que l'amour qu'il lui portait l'avait sortie d'une terrible situation.

— Oui.

Sa remarque lui valut un sourire sincère.

— Mais en troisième année, j'ai levé les yeux de mes livres et j'ai regardé autour de moi.

Les coins de ses lèvres s'abaissèrent, entraînant avec eux le creux de son estomac.

— Il y avait tout cet univers autour de moi, avec les fêtes, les voyages et toutes ces choses que je ne m'étais jamais permis d'apprécier. J'avais peur de boire à cause de ma mère et de ce qui était arrivé à mon père.

— Ce qui explique pourquoi tu ne prends jamais plus d'un verre ou deux quand on se retrouve avec Tru et Gemma près du feu ou au bar.

— Oui. Je fais attention. Enfin bref, un soir, une amie m'a convaincue d'aller à cette fête. Il n'y avait pas d'alcool parce que c'était dans le bâtiment d'art pour récompenser des jeunes qui s'étaient qualifiés pour un prix national, un truc du genre. Mais bon, c'était la fac, les jeunes avaient de l'alcool dans leurs canettes de soda et bouteilles d'eau et les étudiants arrivaient d'autres soirées où il y avait *eu* de l'alcool.

Elle détourna à nouveau le regard et l'air sembla s'épaissir autour d'elle. Bear caressa son visage, ramenant ses yeux troublés vers les siens.

— Chérie, prends une grande inspiration avec moi.

Il inspira et expira doucement et elle fit de même.

— Voilà. Tout va bien. Je suis juste là et je ne vais nulle part.

— J'ai peur de te le dire, avoua-t-elle d'une voix tremblante.

Il serra les dents, sentant l'obscurité approcher.

— Avec le club et en étant barman, j'ai toujours réussi à aider ceux qui avaient besoin de surmonter des obstacles. Il n'y a rien que je n'ai pas vu ou auquel je n'ai pas dû faire face. Nous ne sommes peut-être pas un couple officiel – *pas encore* – mais ça ne veut pas dire que nous n'entretenons pas une relation. Nous avons été très amis pendant des mois. Tu comptes pour moi et je n'ai pas fréquenté une seule femme depuis la première semaine où je t'ai rencontrée. Je pense que c'est une base sacrément solide, et je ne pense pas que tu serais assise ici avec moi en ce moment si tu ne me faisais pas confiance.

— Je te fais *confiance*, dit-elle rapidement. Attends. C'est vrai ? Tu n'as pas fréquenté une seule autre femme depuis la première semaine où l'on s'est rencontrés ?

— Évidemment. Même si je blague beaucoup, je ne mens pas. Du moins, pas aux gens qui comptent pour moi, et certainement pas à toi. Je n'ai pas fréquenté d'autre femme et je me suis fait tester pour m'assurer que je n'avais pas de MST, dit-il en souriant. Juste au cas où. Je suis *à fond*, Crystal, et depuis un moment.

Elle le regarda comme si elle évaluait son honnêteté à l'odeur qui flottait dans l'air.

— Waouh, je ne m'attendais pas à entendre ça.

— Je ne m'attendais pas à le dire non plus, mais c'est vrai et il faut que tu le saches.

— C'est… merci. Je te fais confiance. C'est juste que ça fait peur. Je ne l'ai jamais dit à personne. Pas même à Gemma.

Cet aveu l'arrêta net. Elles étaient aussi proches que des sœurs.

— Mais j'ai envie de te le dire.

Il lui prit la main et y déposa un baiser, la serrant fort –

pour leur bien à tous les deux.

— Je suis là, je t'écoute.

Elle inspira profondément et, quand elle se mit à parler, sa voix trembla.

— Cette nuit-là, mon amie et moi avons rencontré ces types. Ils étaient plus âgés et étaient venus rendre visite à leurs petits frères, quelque chose comme ça. Je n'étais pas assez intéressée pour écouter ce qu'ils disaient, même si aujourd'hui je le regrette. Enfin bref, on s'amusait dans les couloirs et tu vois comment un groupe peut rapidement se séparer et chacun finit par partir en binôme… ?

Son ventre se noua. Il n'aimait pas la tournure que prenaient les choses.

— Oui.

— Eh bien, au bout d'un moment, l'un des gars avec qui j'étais m'a fait monter ces escaliers obscurs et nous nous sommes retrouvés dans ce que je pensais être une salle de classe. Il m'a expliqué qu'il voulait me montrer les sculptures que le frère de son pote avait créées et qui étaient en compétition pour remporter le prochain prix. Il faisait sombre et je savais qu'il était ivre, mais il y avait tellement de monde en bas et il était venu avec un groupe de gars. Je ne me suis pas inquiétée jusqu'à ce que je réalise qu'il n'y avait aucune sculpture dans la classe. Il y avait de gros équipements et des ordinateurs sur chaque table et j'ai compris que ce n'était pas normal. Mais à ce moment-là…

Sa voix se brisa.

— Il s'est jeté sur moi et il faut que tu comprennes. J'avais passé trois ans à m'éloigner de celle que j'étais devenue en vivant au camp de caravanes. Je m'habillais de façon plus élégante, je me comportais de manière plus féminine et, même si j'aurais pu botter le cul de n'importe qui en arrivant à l'université, j'avais enfoui cette fille au plus profond de moi pour pouvoir m'intégrer.

Les muscles de Bear se durcirent de rage. Il crispa la mâchoire pour éviter que ceux-ci ne libèrent une bête prête à se venger. Les mains de Crystal étaient moites et les larmes coulaient sur ses joues.

— Puis il s'est retrouvé sur moi, remontant ma jupe, arrachant mes sous-vêtements, en me disant que j'avais *envie* de lui. C'était comme si je regardais ce qu'il se passait d'en haut, puis mon cerveau s'est mis en marche. Je me suis débattue, Bear. Je me suis battue et je l'ai frappé et je suis redevenue *Chrissy*, la fille du camp de caravanes, qui essayait de le tuer. Je l'ai attrapé par les cheveux au même moment où il s'est enfoncé en moi et la douleur…

Elle pleurait à chaudes larmes.

— La douleur était atroce. Je n'étais pas vierge, mais être prise contre son gré n'a rien à voir avec une relation sexuelle consentie. Ça s'est vite terminé. J'étais horrifiée, blessée et tellement en colère que je n'arrivais plus à y voir clair. Il m'a ensuite relevée et je n'oublierai jamais son regard quand il m'a dit : « Maintenant t'auras quelque chose à raconter. »

CHAPITRE CINQ

CRYSTAL FERMA LES yeux, attendant que Bear réagisse à son horrible confession. Quand elle le regarda à nouveau, d'interminables secondes s'écoulèrent, telles des bombes à retardement, alors qu'elle attendait qu'il dise ou fasse quelque chose. Il regarda par-dessus l'épaule de Crystal, les muscles de son visage, de ses épaules et de ses bras se contractant. Elle était repliée contre son corps, comme s'il avait envie de l'avaler et de la protéger. Mais il ne pouvait pas la protéger du passé et elle pouvait lire sur son visage la douleur que cela lui causait.

La voix de David chuchota dans son esprit. *Ce n'est pas parce que tu es prête à te confier sur ton passé que lui est prêt à l'entendre.*

— Bear, dit-elle doucement.

Elle aurait aimé voir ce qui se passait dans sa tête. Allait-il passer à autre chose en allant vers quelqu'un qui n'avait pas un bagage aussi merdique, sans fantômes ? Quelqu'un qui avait une famille normale et saine comme la sienne ? La tristesse en elle provoqua de nouvelles larmes. Elle les chassa, se préparant au pire. Certes, il avait été son ami pendant des mois, et il avait tout laissé tomber pour venir la chercher quand elle avait besoin d'un chauffeur et était venu l'aider quand elle babysittait Kennedy et Lincoln. Peu importe combien il flirtait avec elle ou à quel point il avait été un bon ami, il y avait une grosse différence entre vouloir coucher avec quelqu'un et connaître ses secrets. Elle avait vécu l'enfer et elle avait survécu. Elle pouvait aussi survivre à ça. Les yeux pleins de colère de Bear allèrent de son front à ses joues, à sa bouche et jusqu'à son menton pour remonter ensuite. Quand il croisa enfin son regard, la tension qui se dessinait au coin de ses lèvres s'atténua et la compassion se lut dans son regard.

— Je peux te faire un câlin ?

Son cœur chavira dans sa poitrine. L'homme qui d'habitude *ordonnait*, *prenait* et *possédait*, venait de lui *demander* s'il pouvait lui faire un câlin ?

— Oui.

Alors qu'il la prenait dans ses bras, la serrant avec la force de cent hommes et la tendresse de mille autres, elle repensa au jour où elle avait essayé d'en parler à sa mère et la douleur la transperça à nouveau. C'était *ça*, dont elle aurait eu besoin il y a plusieurs années, quand la femme qui l'avait élevée, qui était censée l'aimer et prendre soin d'elle inconditionnellement, n'avait fait que cracher du venin. Et cet homme, cet homme chaleureux, merveilleux qui la connaissait depuis moins d'un an, savait exactement ce dont elle avait besoin.

Bear la serra plus fort.

— Tout va bien, chérie. Je suis là.

Il la serra pendant un *long* moment, la réconfortant et la faisant se sentir en sécurité. Chaque mot, chaque baiser tendre qu'il déposait sur son front, ébranlait un peu plus le mur qu'elle avait construit autour de son cœur, libérant des années de peurs et de chagrin non exprimés. Elle s'accrocha à lui, sanglotant, non pas seulement à cause de l'agression, mais aussi pour la mort de son père et la descente aux enfers de sa mère, relâchant toute cette tristesse qu'elle avait gardée enfermée jusqu'à ce qu'elle n'ait plus de larmes pour pleurer. Puis elle haleta, pleurnichant comme un enfant qui se remet d'une blessure qui ne menace plus de la tuer, mais qui pique comme une coupure de papier – douloureuse et tranchante, mais supportable.

En sécurité dans les bras de Bear, son cœur battant d'un rythme régulier contre le sien, ses fantômes s'envolèrent des donjons enfouis en elle, s'échappant à travers ses aveux et ses larmes jusqu'à ce qu'elle éprouve un sentiment de paix.

— Merci de me faire confiance, dit Bear dont la voix était chargée d'émotion. Il n'y a pas assez de mots pour exprimer combien je suis désolé pour tout ce que tu as dû subir.

Elle s'écarta suffisamment pour voir ses yeux brillants, ce qui la fit à nouveau pleurer. Il écarta ses cheveux de son visage et l'embrassa sur le front. Son regard était plein de remords.

— Tout ce que j'ai fait la semaine dernière, bébé. *Putain.* Je suis tellement désolé. Ce que je t'ai dit. Mon insistance. *Merde.* Je suis tellement désolé. Tu as dû être terrifiée. Crystal, je ne vais nulle part et je n'attends rien de toi. Si tu désires tout *ça*, si tu veux de *moi*, je serai l'homme dont tu as besoin. J'irai chez le psy avec toi. Je parlerai. J'écouterai…

— Bear, l'interrompit-elle, incapable de contenir ses sentiments plus longtemps. Tu *es* l'homme que je veux.

Sa mâchoire se crispa à nouveau.

— Je n'ai pas besoin de retourner voir le psy, mais j'adore savoir que, si jamais c'est le cas, tu seras prêt à y aller avec moi. Cela signifie énormément pour moi, plus que tu ne peux l'imaginer. La raison pour laquelle je suis allée voir David, c'est parce que j'ai *envie* d'explorer ce qu'il y a entre nous. J'en ai tellement envie que je n'arrive pas à penser à autre chose. Je ne pense *qu'à toi*. Et dans ma tête, je craignais de flipper si jamais on se rapprochait, pas par peur d'être intime, parce que je n'ai pas peur d'être intime avec toi. J'ai fait marche arrière à cause de ma nervosité. J'avais enfin trouvé quelqu'un avec qui j'avais *envie* d'avancer et j'avais la *trouille* de paniquer, même si je n'avais pas peur. C'est pour ça que ça m'a pris autant de temps. Et ça m'aurait sans doute pris encore plus de temps si tu ne m'avais pas embrassée. Je te promets que j'ai surmonté cette… *agression*. C'est tous ces mois de désir, d'inquiétude et *non pas* l'agression en elle-même, qui m'ont fait flipper.

Elle déglutit avec difficulté, prenant son courage à deux mains pour lui avouer le reste.

— Je n'ai pas été intime avec un homme depuis avant l'agression. J'ai du mal à faire confiance et, depuis toi, je n'avais encore jamais rencontré quelqu'un qui me fasse ressentir *quoi que ce soit*.

Il fronça les sourcils et la culpabilité se mit à l'encercler comme un vautour. En plus d'avoir fait croire à tout le monde qu'elle était une motarde, elle leur avait croire qu'elle aimait les coups d'un soir avec les hommes nerveux.

— Je sais que tout ça n'a pas de sens vu ce que je t'ai fait croire, mais ça en a pour moi, dit-elle cherchant à trouver les mots justes pour expliquer ses mensonges.

— Quand j'étais enfant, j'étais *Chrissy*, une fille qui adorait l'école et la vie, mais quand nous avons emménagé dans le mobile home, le voisinage était difficile et je suis devenue un peu dure sur les bords. J'ai appris à me battre et à répondre. Une fille ne peut pas supporter autant d'insultes sans craquer. Puis à l'université, j'ai voulu faire comme si cette partie de ma vie n'existait pas, alors je suis devenue *Chrystina*. La fille normale, intelligente, douce, un peu BCBG et studieuse. J'ai eu quelques petits amis et je suis sortie avec chacun d'entre eux pendant un moment, mais bizarrement ça n'a jamais duré. Après cette nuit-là, je n'étais plus la même personne. Je n'avais plus envie d'être la fille que tout le monde apprécie parce que, ben, regarde où *ça* m'a mené. Et je n'avais pas envie de redevenir *Chrissy* non plus, parce que c'était une fille perdue à qui son père manquait, dont la mère était une épave et qui avait envie d'être quelqu'un d'autre. Alors je suis devenue *Crystal*. Tout ça, dit-elle en désignant ses habits, et ça, expliqua-t-elle en prenant une mèche de ses cheveux. Mes cheveux, mon attitude, notamment les histoires sur les coups d'un soir, étaient destinés à *éloigner* les gens.

— Bon sang, bébé. Ça fait des années que tu fuis et que tu te caches.

Elle hocha la tête, sentant les larmes qui lui picotaient à nouveau les yeux car il la comprenait et était encore là. Il ne la jugeait pas ni ne lui disait comment elle aurait dû gérer la situation. Il la tenait et la regardait toujours comme si elle était l'essence de son moteur – et elle avait envie de l'être.

— Mais même en faisant de mon mieux pour éloigner les gens, Gemma est restée à mes côtés et *toi* aussi.

— Ainsi que mes frères, ou Dixie, ou Tru, ou les enfants, souligna-t-il. Tu fais partie de nous, peu importe comment tu t'appelles ou de quelle couleur sont vraiment tes cheveux.

Il leva un sourcil et un doux rire lui échappa.

Mon Dieu, qu'est-ce que ça faisait du bien de rire.

— Blond cendré, dit-elle en lui tapotant le menton. Tu pourras faire autant de commentaires que tu veux à ce sujet, mais pas maintenant, s'il te plaît.

Il rit très légèrement, mais elle vit bien qu'il ne prenait pas cela plus à la légère qu'elle.

— Tu ne l'as jamais dit à Gemma ?

— Non. Et je me sens terriblement coupable à ce sujet. Elle

a toujours été honnête avec moi sur tout. Je me sens mal de t'avoir menti aussi. Je suis désolée, Bear. Je suis désolée de t'avoir fait croire, à toi et aux autres, que j'étais quelqu'un d'autre. Quand je t'ai rencontré, je m'étais déjà trop enlisée dans mes mensonges. Il faut quand même que tu saches que je n'ai pas eu d'aventures d'un soir et, avant qu'on ne se rencontre, j'ai eu quelques rencards ennuyeux, mais pas un seul depuis la première fois où tu as passé ton bras autour de moi et décidé que j'étais à toi que cela me plaise ou non.

Elle sourit, et tout aussi rapidement, son sourire s'effaça.

— Et avec Gemma, j'avais enfin trouvé une véritable amie. Chaque fois que je comptais lui dire, je ne savais pas comment m'y prendre. Mais j'en ai envie. J'en ai besoin. Juste pas tout de suite. Je sais que ça te met dans une position délicate étant donné que Tru et toi êtes très proches, mais j'apprécierais vraiment que ça reste entre nous.

Il serra les dents et caressa doucement son visage.

— Tout ce dont tu as besoin. Quand tu en auras besoin.

Elle laissa échapper un soupir de soulagement.

— Merci.

— Qu'est-il arrivé au connard qui t'a fait ça ?

— Rien. J'ai eu des crises d'angoisse pendant deux jours d'affilée alors j'ai fait mes affaires et je suis partie. J'ai essayé de le dire à ma mère, mais elle était saoule et m'a clairement fait comprendre que je l'avais cherché et…

— Attends. *Putain.* D'abord, euh… ta propre mère t'a dit ça ?

— Je sais. S'il te plaît, ne parlons pas d'elle.

— OK, mais, chérie, il n'est rien arrivé au gars ? Tu n'es pas allée voir la police ?

Il éleva la voix sous le coup de la colère, or elle savait qu'elle n'était pas dirigée contre elle.

— Non. Je ne suis pas allée voir la police. Je ne connaissais même pas son vrai prénom. Ses amis l'appelaient Cas, mais j'en ai entendu un dire que c'était pour *Casanova*. Tout ce que je voulais, c'était passer à autre chose et ne plus *jamais* y penser, ce qui était ridicule. Je le savais déjà à l'époque, mais au moins j'ai fait du sacré bon boulot pour recommencer à zéro.

La colère brûlait dans sa poitrine en se remémorant ce qu'avait été ce nouveau départ. Elle avait passé des semaines à osciller entre les hurlements et les cris et à survivre chaque jour comme un automate. Elle s'était détestée d'avoir été trop faible pour rester et terminer ses études, mais elle n'avait pas été en état d'aller en cours. La peur qu'elle avait ressentie en entrant dans le bureau de David pour la première fois avait été paralysante. Le poids qu'elle avait ôté de ses épaules en lui disant enfin la vérité sur l'agression, ses parents et le fait que Jed vole, avait été tout aussi apaisant.

— Et Jed ? demanda-t-il d'un ton bourru. Il a fait quelque chose au type ?

Elle sentit ses muscles se crisper.

— Il ne le sait pas.

— Donc ce *connard*, ce *salaud*, dit-il entre ses dents serrées, est toujours dans la nature ? Il n'a jamais été puni pour ce qu'il a fait ?

— Bear, écoute-moi, *s'il te plaît*. Il faut que tu laisses passer cette colère. Tu ne peux pas chercher à te venger. Je veux avoir une vie normale. J'ai besoin d'avoir une vie normale. Et je ne pourrai pas le faire si je me laisse rattraper par *lui* et mon passé.

— *Rattrapée* par lui ? grogna-t-il. Je vais m'assurer que tu ne te sentes plus jamais en danger. Je vais trouver cet enfoiré et le réduire en miettes.

Elle s'écarta, sentant l'anxiété remonter le long de sa colonne vertébrale.

— Non. Je ne suis pas l'un de ses enfants que tu peux aider en intimidant une brute. Je suis une adulte et cette période de ma vie est loin derrière moi. J'ai une nouvelle vie – une *belle* vie…

Bear détourna ses yeux pleins de rage.

— Regarde-moi.

Elle prit son visage entre ses mains, l'attirant vers le sien et prit sa voix la plus calme possible, qui n'était pas vraiment calme.

— Je sais que tu veux te venger, ou que justice soit faite, mais ce n'est pas la question. Il n'existe aucune vengeance possible pour ce qu'il a fait. Entre le fait de perdre mon père, l'alcoolisme de ma mère et ce qui m'est arrivé, je n'ai pas un beau passé. Je n'ai eu personne vers qui me tourner depuis mes neuf ans et j'avais tellement de merdes dans ma vie que je me sentais crouler sous leur poids. J'ai fait un choix. Au lieu de m'effondrer complètement, je suis partie et j'ai tout recommencé à zéro. J'étais obligée. Je sais qu'il y a des gens qui ne comprendront jamais pourquoi je ne suis pas allée voir la police. Mais ils ne sont pas moi. Je n'avais personne en qui j'avais assez confiance et vers qui me tourner. Ni mes parents, ni une meilleure amie, pas même un conseiller. Et lorsque j'ai rencontré David et que nous avons résolu suffisamment de problèmes pour que je puisse envisager d'aller voir la police, il était trop tard. Il n'y avait pas de témoins et, honnêtement, je voulais surtout passer à autre chose. J'ai pris la décision qui était la bonne *pour moi* et je m'y tiens. Et désormais, tout ça, ça appartient au passé et aucune vengeance ne pourra le réparer. Il n'y a que l'agression et comment j'ai réussi à la surmonter. Et –

son ton s'adoucit – le fait que j'ai envie de me mettre en couple avec toi. S'il te plaît, ne laisse pas ta colère par rapport à mon agression se mettre entre nous, car c'est ce qui se *passera*.

— *Merde.*

Il ferma les yeux. Puis il prit son visage dans ses mains, et elle sentit la rage contenue à travers la pression de ses doigts.

— Tu me demandes d'aller contre tout ce en quoi je crois. Tu me demandes de laisser un violeur en liberté.

— Oui. C'était il y a plus de quatre ans, Bear. Il n'y a aucune preuve. Tu m'as dit que tu serais ce dont j'ai besoin. Voilà de quoi j'ai besoin.

BEAR ARRIVA SUR le parking du *Whiskey* autour de minuit, surpris de voir la voiture de son père garée parmi la file habituelle de motos et de camions. Son père venait souvent au bar, mais il n'avait pas l'habitude de rester aussi tard. Bear vérifia son téléphone pour s'assurer qu'il n'avait pas un appel manqué de Bullet lui demandant de prendre la relève. Il était prévu qu'il soit barman ce mercredi soir, or parfois ils l'appelaient sur un coup de tête si le bar était bondé. Il avait été tellement bouleversé par ce que venait de lui dire Crystal que ça ne l'aurait pas étonné de ne pas avoir vu son SMS. Heureusement, il n'avait pas reçu de message de la part de son frère.

Pour un passant lambda, le bâtiment en bois aux piliers rugueux et marqués, fréquenté par les motards et que la plupart des gens évitaient, ne ressemblait pas à autre chose qu'un bar louche. Le club des Dark Knights, localisé derrière le bar, était tout aussi peu impressionnant. Mais pour Bear, qui avait pratiquement été élevé dans le bar, entrer au *Whiskey* était comme rentrer à la maison et, vu la bataille qui faisait rage dans son esprit et comment ses entrailles bouillonnaient, il avait besoin d'autant de stabilité que possible.

Il entra dans le bar, inhalant les odeurs de cuir, d'alcool, de réconfort et de stabilité. Il n'y avait que quelques clients assis autour de plusieurs tables et du bar, le saluant alors que Bear passait à côté. Son père était assis à une table avec deux gars du club et Bear alla tout droit derrière le comptoir où Bullet était absorbé par quelque chose sur son téléphone.

— Quoi de neuf ? lui demanda Bullet sans lever les yeux de son mobile.

Ses épais sourcils foncés étaient baissés en signe de concentration. Du haut de ses deux mètres, il était le plus intimidant des frères et sœur de Bear. Bullet avait en lui un guerrier. Le genre mortel qui pouvait tuer un homme d'un seul coup de poing. Bear avait vu son frère aîné faire reculer les plus redoutables adversaires avec un simple regard mortel qu'il avait appris à maîtriser durant ses années au sein des forces spéciales. Mais Bear l'avait aussi vu mettre des femmes à genoux quand son regard glacial et noir comme du charbon brillait d'un air séducteur.

Quoi de neuf ? Eh ben, j'ai envie de traquer un connard et de le torturer jusqu'à ce qu'il ne puisse plus respirer, et j'ai ensuite envie de l'aider à reprendre son souffle pour pouvoir le torturer à nouveau.

Bear se prépara un double shot de whiskey. Ne se sentant pas capable de donner une réponse plus civilisée, il ignora sa question.

— De quoi parle Pap's avec Viper et Bud ?

Viper et Bud Redmond étaient frères et membres des Dark

Knights. Ils tenaient le *Snake Pit*[5], un bar haut de gamme à l'autre bout de la ville, ainsi que *Petal me Hard*, un magasin de fleurs local.

— D'après ce que j'ai compris, il veut à nouveau faire évoluer le bar et ils lui donnent des conseils.

Leur père avait déjà plusieurs fois évoqué l'expansion du bar ces dernières années. C'était une bonne idée, mais Bear savait que cette initiative assez lourde allait lui être confiée.

Bullet tourna la tête vers Bear et rangea son téléphone dans sa poche.

— Qu'est-ce qui t'est arrivé ?

Bear posa le verre sur le comptoir et le contourna pour grimper sur un tabouret, sentant le poids de l'aveu de Crystal le ronger. Il fixa le liquide ambré qu'il avait été prêt à boire trois secondes plus tôt.

Il repoussa le souvenir douloureux de ce que Crystal avait dû endurer au bar.

— Enlève-moi ça, tu veux bien ?

Bullet le prit et le but d'un trait avant de poser ses avant-bras sur le comptoir, regardant Bear droit dans les yeux.

— Maintenant, je suis sûr qu'il t'est arrivé une merde.

— Oui, il s'est passé un truc, mais…

Je ne peux pas en parler.

Il regarda autour du bar alors qu'il se remémorait la soirée pour la énième fois. Après que lui et Crystal eurent quitté le parc, il l'avait raccompagnée en moto jusqu'à sa voiture et l'avait ensuite suivie jusque chez elle. Il l'avait accompagnée jusqu'à sa porte, s'attendant à entrer et la tenir dans ses bras, pour la faire se sentir en sécurité, mais elle lui avait dit qu'elle avait juste

---

[5] Nid de vipères en anglais

besoin de dormir et s'était excusée à plusieurs reprises. Il avait lu la fatigue dans ses yeux et dans sa façon de baisser les épaules. Alors que son aveu l'avait pratiquement éviscéré pour ensuite remplir ce vide de rage et de tristesse, celui-ci avait vidé Crystal de toute son énergie. Cela l'avait tué de ne pas pouvoir insister pour qu'elle le laisse rester, mais il savait qu'elle avait déjà fait un grand pas en lui confiant ses secrets et il avait juré de respecter ses souhaits, même si c'était difficile pour lui.

— Mais… ?

Bullet lui lança un de ses regards furieux. Il avait la patience d'un saint avec les enfants de Tru, mais il avait le nez pour le mensonge et les problèmes et, quand sa famille était concernée, il ne supportait ni l'un ni l'autre.

Ce regard menaçant suffit presque à lui faire cracher le morceau. *Presque.* Mais il ne trahirait jamais la confiance de Crystal. Pas même pour Bullet.

— Rien.

Bullet se pencha si près de Bear qu'il put sentir son haleine alcoolisée.

— Soit tu craches le morceau, petit frère, soit tu arrêtes de faire cette tête. On dirait que tu vas arracher la tête de quelqu'un, et dans ce cas-là je dois te soutenir, ou bien que tu vas tout casser et, pour ça, il faudra que je te plaque au sol.

Bear ricana.

— Je n'ai pas besoin de soutien. J'ai juste besoin de conseils.

Son frère s'écarta du bar en riant et secoua la tête.

— C'est une première. D'habitude, c'est toi le psychologue de salon qui se tient de l'autre côté du bar et qui distribue des conseils comme les prostituées distribuent des pipes.

— Sans blague.

— Qu'est-ce qui te perturbe tant que ça ?

Bullet remplit un verre d'eau glacée et le lui tendit par-dessus le comptoir, l'observant comme un faucon. Bullet arrivait à entrer dans la tête des gens. C'est pourquoi Bear garda les yeux rivés sur le verre tout en parlant.

— Merci. Qu'est-ce que tu ferais si quelqu'un qui compte pour toi avait été agressé mais que la personne te demandait de ne pas t'en mêler et de prendre du recul ?

Bullet rit à nouveau et en une fraction de seconde, il lui jeta un regard noir.

— *Personne* ne me dit si je dois prendre du recul ou non.

Il posa ses mains sur le comptoir, se penchant à nouveau.

— Tu fais toujours ce qui est juste, petit frère. C'est aussi simple que ça.

— Non, frérot. C'est putain de compliqué.

Il but son verre d'eau d'un coup.

— C'est Crystal.

Bullet fronça les sourcils en signe de désapprobation.

— Il s'est passé un truc il y a plusieurs années, mais… *Putain*, B. Je ne sais pas quoi faire.

Bear sentit soudain son père poser la main sur son épaule. Il leva les yeux, reconnaissant les rides familières. La peau de son père était comme du vieux cuir usé par les années passées à rouler toute la journée et faire la fête toute la nuit. *Motard un jour, motard toujours.* C'était dans leur sang. Il était évident que Biggs était un *motard,* avec sa veste en cuir noir parée du logo des Dark Knights, ses bottes en cuir qu'il portait depuis que Bear était enfant et tout son corps tatoué. Sa place avait l'air d'être sur un sacré bolide, jusqu'à ce qu'on remarque sa canne et le côté gauche de son visage qui s'affaissait, cependant assez bien caché par sa barbe blanche et sa moustache.

— Salut, Pap's.

— Qu'est-ce qui te turlupine mon garçon ?

Il se laissa retomber sur le tabouret à côté de Bear et fit un signe de tête à Bullet.

— Tu veux bien me servir un verre d'eau, fiston ?

Leur père les appelait rarement par leurs vrais prénoms ou leurs noms de motards. C'était toujours mon *garçon*, *fiston* ou *gamin*. Demander la permission n'avait jamais vraiment été son fort non plus, jusqu'à ce qu'il fasse un AVC. Mais cela restait rare quand même. Bear supposa que c'était comme ça qu'il avait appris à faire ou prendre ou ordonner. Aussi longtemps qu'il s'en souvienne, son père lui avait toujours donné des ordres. *Prends ta moto et viens au bar après l'école pour aider à faire l'inventaire. Va au magasin me chercher* (ce dont il avait besoin à ce moment-là). Son père ne donnait pas de leçon de vie comme le faisaient la plupart des parents, avec des discussions réfléchies et des conversations bienveillantes.

Non, monsieur. Biggs était convaincu que l'on tirait des leçons en *agissant* et non pas en *écoutant*. Depuis que Bear avait obtenu son permis de conduire, son père le tirait du lit en l'appelant pour ramener des clients ivres chez eux. Bear conduisait la voiture du client et l'un de ses frères ou Dixie, quand elle avait appris à conduire, le suivait derrière et le ramenait ensuite à la maison. Quand personne d'autre n'était disponible, Bear ramenait le client chez lui et appelait ensuite un taxi. Il gérait ces trajets comme personne, jusqu'au jour où il avait ramené un homme ivre chez lui et le type n'avait pas arrêté de parler de sa petite fille belle et intelligente et de son fils qui mettait sa patience à rude épreuve. Quand il l'avait déposé, il avait vu une petite fille regarder par la fenêtre. À ce moment-là, il avait su que, même s'il serait fatigué le lendemain à l'école, son père avait fait ce qu'il fallait. L'image du visage de cette petite fille collé à la fenêtre l'avait marqué.

— Sa femme a vécu de sales trucs et elle ne veut pas que Bear s'en préoccupe, expliqua Bullet.

— Bon sang, B. Tu peux me laisser parler, oui ?

Bullet haussa les épaules et partit aider un client à l'autre bout du bar.

— Un truc que tu peux réparer ? demanda son père.

— Un truc pour lequel quelqu'un devrait payer.

— Il faut toujours faire ce qui est juste, fiston, dit son père en buvant son verre d'eau. T'as besoin d'impliquer la justice ?

Bear sentait au fond de lui qu'il le fallait, pourtant Crystal lui avait dit non, le laissant dans une terrible position. Il regarda son père qui était loin d'être parfait, mais il était sage, avait vécu une vie assez respectable et avait aidé beaucoup de gens.

— Ce qui est *juste* ? Et si tu apprenais qu'une femme avait été – *merde*, il fallait qu'il fasse attention à ce qu'il disait – malmenée, mais qu'elle ne voulait pas que tu t'en occupes ? Est-ce que tu agirais quand même ou bien tu laisserais passer ? Est-ce que la bonne chose à faire c'est de respecter son souhait ou de traquer ce connard et de le mettre hors d'état de nuire ?

— Il y a tout un monde qui souffre dehors, fiston. J'imagine que cela dépend de quel niveau de souffrance tu parles. Tu as vu beaucoup de choses dans ta vie, alors pose-toi cette question : quand on a aidé ce petit garçon la semaine dernière, est-ce que ton objectif était de le faire se sentir en sécurité ? Ou bien de faire passer un message à cette brute pour qu'elle ne recommence plus jamais ses conneries ?

— Les deux.

Mais ce n'était pas aussi simple, Bear ne savait pas qui était l'ennemi, il ne connaissait que son surnom probablement utilisé par une centaine de types en soirée à la fac.

— Alors, dans ce cas-là, je pense que tu as ta réponse.

Son père caressa sa barbe. Une gestuelle qu'il adoptait quand il comptait aborder un sujet sensible. Peu importe que Bear n'obtienne pas de réponse claire de la part de son père. Il savait que Crystal avait raison. Sans aucune preuve, il n'y aurait pas de justice pour ce qui lui était arrivé. Mais il s'assurerait qu'à partir de maintenant elle serait en sécurité.

— J'aimerais te parler d'autre chose, lui dit son père. Il est temps qu'on fasse évoluer le bar.

Bear serra les dents. Il n'avait plus vraiment de temps libre entre le bar, la gestion du garage et, avec un peu de chance, le temps passé avec Crystal. Et s'il se donnait un coup de pied aux fesses en acceptant l'offre de Silver-Stone, il travaillerait moins de temps au bar, pas plus. Il jeta un coup d'œil à Bullet qui leva un sourcil. Bullet travaillait déjà plus de soixante heures par semaine.

— Qu'est-ce que tu as en tête ? lui demanda Bear qui envisageait de parler de l'offre qu'on lui avait faite à son père afin d'étouffer ce projet d'expansion dans l'œuf.

— J'ai *en tête* que nous allons y réfléchir ensemble et faire en sorte que cela se produise, dit son père. Il est temps de faire bouger les choses et d'attirer de nouveaux clients. J'ai envie de laisser à mes enfants quelque chose qui a de la valeur. Un héritage Whiskey.

Des souvenirs douloureux lui revinrent. Il n'oublierait jamais le chagrin dans la voix de sa mère quand elle l'avait appelé pour lui dire que son père avait fait un AVC, ni la peur qui l'avait envahi à l'idée de perdre l'homme qui comptait tellement pour lui.

— Pap's, tu ne vas pas t'en aller de sitôt.

Il décida de tenir sa langue et de ne pas évoquer l'offre de

Silver-Stone. Il ne pouvait pas briser le rêve de son père alors que tout ce à quoi il pensait, c'était ses enfants.

— À vrai dire je m'en vais tout de suite. Il faut que j'y aille avant que ta mère ne débarque ici et me ramène à la maison. Je vous aime, les garçons.

Il se leva et tapota Bear dans le dos.

— On se voit à l'église lundi soir. On en parlera là-bas. Commence à réfléchir à comment tu vas pouvoir mettre ça en place.

Les réunions des Dark Knights étaient surnommées « l'église ».

Quand il s'en alla, Bear et Bullet échangèrent un long regard nerveux. Ce n'était pas un secret que leur père faisait peser beaucoup de responsabilités sur les épaules de Bear, autant qu'à un sherpa.

— Mec, tu t'en occupes ? demanda Bullet. Je me serais bien proposé, mais je ne connais rien à part garder le bar en ordre et servir des boissons.

— Oui. Je m'en occupe. Je ne vais pas le laisser tomber.

Il sortit son téléphone et envoya un message rapide à Crystal, au cas où elle soit allongée dans son lit sans parvenir à dormir. Il ne supportait pas de la savoir seule la nuit. *Je pense à toi. Est-ce que ça va ?*

— T'as besoin d'aide pour fermer le bar ? demanda-t-il à Bullet.

— Non. Va-t'en, va. T'as une sale tête.

Bullet contourna le bar et posa une main sur son épaule.

— Ne fais pas de bêtise.

Bear rangea son téléphone dans sa poche et se dirigea vers la porte.

— Je ne peux rien te promettre, frérot. Je ne peux rien te promettre.

CHAPITRE SIX

L'APPARTEMENT DE CRYSTAL N'ÉTAIT pas au bord de l'eau. Il y donnait à peine vue. Mais si elle se mettait sur la pointe des pieds et se penchait de la bonne façon par-dessus la balustrade, tenant en équilibre avec une main contre le mur de briques, elle pouvait apercevoir l'eau, comme elle le faisait maintenant. Chaque fois, elle en avait des frissons, comme si elle volait un aperçu de quelque chose de sacré. Le fait de voir l'eau l'aidait à se vider la tête et elle en avait bien besoin ce matin. Elle retomba sur ses talons, le téléphone en main, envisageant d'envoyer un texto à Bear. La nuit dernière avait été l'une des soirées les plus dures et les plus émouvantes de sa vie, mais elle avait aussi été la plus libératrice. Elle s'était réveillée en se sentant plus légère que jamais et elle savait que c'était grâce à lui. Et probablement grâce à David pour ne pas l'avoir laissée se servir de lui comme une béquille tout en la soutenant de la meilleure façon possible. En lui faisant savoir qu'il était là pour elle et en lui rappelant qu'elle avait fait tout ce qu'il fallait et avait tous les outils en main pour vivre une vie épanouie et une relation intime quand elle serait prête. Il n'avait pas essayé de lui faire croire que ce serait facile, mais il lui avait rappelé qu'elle était une femme intelligente, responsable, sensible et capable de prendre ses propres décisions. Elle n'avait pas besoin de sa permission pour se mettre en couple avec Bear. Elle n'avait besoin que de la sienne.

Elle serra le téléphone un peu plus fort. C'était une drôle de sensation que de vouloir appeler Bear pour simplement entendre sa voix. De vouloir compter sur lui. Elle s'était toujours sentie en sécurité avec lui, mais, la nuit dernière, il était allé encore plus loin. Il était devenu son refuge, ce qui la réconfortait et l'effrayait à la fois. Depuis la mort de son père, elle n'avait eu personne sur qui compter dans sa vie.

Elle fit défiler ses messages, ignorant le selfie que Jed lui avait envoyé hier soir, accompagné de la légende « *Un tout nouveau Jed !* ». Elle espérait que c'était vrai, mais elle préféra ne pas se réjouir trop vite. Elle lut le message attentionné de Bear pour la dixième fois et cette sensation de papillons dans le ventre qu'elle avait éprouvée les neuf premières fois revint. Elle lui avait répondu ce matin par : « *Je vais bien. Merci* ». C'était une réponse assez nulle, mais elle ne savait pas vraiment quoi dire. Aurait-elle dû lui dire la vérité ? *Tu me rends heureuse et me fais me sentir en sécurité et j'ai à nouveau envie d'être dans tes bras. Est-ce que tu veux bien venir ?* Elle ne saurait même pas *comment* être la personne qui envoie ce genre de message. Or elle en avait envie. Mon Dieu, elle en avait tellement envie.

Elle avait détesté devoir lui dire qu'elle était trop épuisée pour l'inviter la nuit dernière, toutefois elle était exténuée émotionnellement et elle avait un peu peur d'ouvrir une autre porte. Monter derrière lui sur sa moto avait déjà été un petit pas, même si elle avait eu l'impression qu'il avait été immense. Lui confier son secret avait été comme lui donner son cœur sur un plateau et il l'avait pris avec des gants tendres et respectueux. Si elle l'avait autorisé à entrer et la réconforter, elle aurait eu peur de ce que cela aurait pu donner – de son côté à *elle*, pas du sien. Et elle n'avait pas envie de franchir cette étape avant qu'il n'ait eu le temps de digérer ce qu'elle avait vécu.

Mais elle désirait Bear.

Et elle voulait entendre sa voix.

Elle se laissa retomber sur le fauteuil du balcon, fixant son téléphone du regard, comme s'il contenait tout son courage. *Pourquoi c'est si difficile ? C'est juste un texto. Demande-lui simplement de venir.*

Elle se répéta qu'elle ne comptait pas sur lui, qu'elle voulait simplement le voir.

Expirant bruyamment, elle savait très bien pourquoi c'était si dur pour elle. Parce que les personnes sur lesquelles elle aurait dû vouloir compter, qui auraient dû être là pour elle, l'avaient laissée tomber. Comment pouvait-elle compter sur quelqu'un d'autre qu'elle-même ?

Elle posa son téléphone à côté d'elle et prit son visage entre ses mains en gémissant. Elle devait aussi penser à le dire à Gemma. Les parents riches de sa meilleure amie lui avaient tout offert *à part* l'amour et l'attention dont elle avait besoin. Son rêve était d'avoir des enfants et de leur donner tout l'amour qu'elle n'avait jamais eu, mais à cause de raisons médicales, elle ne pourrait jamais donner la vie. Quand elle avait rencontré Truman, il n'avait guère plus que les vêtements qu'il portait, deux enfants qu'il avait sauvés d'un squat et un frère addict à la drogue pour qui Truman était allé en prison afin de le protéger. Désormais, elle savait ce qu'elle ignorait quand elles s'étaient rencontrées. S'il y avait bien une personne qui pouvait faire face à son passé, c'était Gemma. La culpabilité éprouvée après lui avoir menti pesait lourdement sur Crystal.

On y va petit à petit.

Elle resta assise là pendant un moment, essayant de faire le vide dans sa tête. Elles n'avaient que deux fêtes organisées à la boutique aujourd'hui, et elles ne commençaient pas avant onze heures. *Ça me laisse largement le temps de me changer les idées avant d'aller au travail.* Un petit tour chez la marchande de glaces s'imposait. Ou bien la boulangerie. En tout cas, il lui fallait du sucre. Elle entra, prit son sac et ouvrit grand la porte de son appartement, manquant de heurter Bear.

— Salut, dit-il avec un sourire sexy.

Surprise, elle ouvrit la bouche, mais aucun son n'en sortit. Il tenait une boîte avec deux milk-shakes du glacier *Luscious Licks* dans une main et, de l'autre, le chaton calico le plus mignon qu'elle ait jamais vu. Mais ce ne fut pas le sex-appeal de ce sourire ou même l'adorable chaton qu'il tenait dans sa main qui la laissait sans voix. C'était le fait qu'il soit apparu quelques instants après qu'elle l'eut souhaité. Comme un miracle. Il lui fallut plusieurs secondes pour faire abstraction de ce vide qu'il remplissait progressivement en elle et pour retrouver sa voix.

— Oh, tu es là ? Je pensais justement à toi. Et...

Elle se mordit la lèvre inférieure pour empêcher son excitation de la faire divaguer. Comment avait-il su qu'elle avait besoin de lui ? Elle baissa les yeux vers le petit chaton dans ses mains. Y avait-il plus sexy qu'un tout petit chaton lové contre un gros bras musclé et tatoué ? Le bras musclé de *Bear* ? Elle était un peu jalouse de ce chaton mignon, autorisant Bear à le câliner si facilement.

— Je peux... ? Il est à toi ? Est-ce que je peux le prendre ?

— *Elle* est à toi, chérie. Elle s'appelle Harley.

Il se pencha en avant, lui remettant le petit chaton câlin.

Elle s'extasia.

— À moi ? Tu m'as pris un chaton ?

Elle lui caressa le menton par-dessus sa fourrure soyeuse.

— Bear… ?

— Je détestais te savoir seule hier soir.

Crac. Crac. Crac. D'autres morceaux de ses remparts s'effondrèrent.

— C'est…

Elle eut l'impression qu'elle allait pleurer. Qu'est-ce qui lui arrivait, bon sang ? Elle n'était pas du genre à pleurer. Elle était une femme audacieuse avec beaucoup de franc-parler. Mais, alors qu'elle se tenait devant l'homme qui lui avait arraché quelques larmes hier soir et l'avait ensuite soutenue durant ce moment difficile, qui avait vérifié qu'elle allait bien au milieu de la nuit et qui se tenait désormais juste devant elle, cette femme audacieuse refusait d'apparaître. Elle tourna la tête pour ne pas qu'il voie ses yeux humides et cligna des paupières pour les sécher rapidement.

— C'est tellement gentil et cette petite nana est tellement mignonne. Merci.

Elle baissa la tête vers le chaton et baissa la voix.

— Qu'est-ce que tu en penses, petit chou ? Est-ce qu'on invite ce beau gosse sexy à l'intérieur ?

Elle sentit son ventre s'emballer alors qu'elle croisait le regard de Bear. Cela ressemblait plus à un grand saut qu'un petit pas.

Il désigna la boîte avec les gobelets.

— Je t'ai apporté un milk-shake mangue, pistache, myrtille et citron, mais ne t'inquiète, y a pas de frite pour tremper.

Sa remarque sur les frites la fit rire.

— Comment est-ce que tu connais ma combinaison de parfums préférée ?

— Grâce à la parade de Pâques avec Tru et les enfants. Comment pourrais-je oublier ? dit-il, prenant soudain une voix grave. Je n'arrivais pas à détacher mes yeux de toi pendant que tu léchais ce cône à quatre boules de glace.

La parade avait eu lieu il y a quelques semaines. Comment avait-il pu se souvenir de quelque chose d'aussi insignifiant ? *Ça me paraît désormais significatif.* Elle se souvint de ses regards lascifs et elle tourna à nouveau la tête, espérant cacher ses joues rouges.

— Je crois que je me souviens que Dixie essuyait la bave de ta bouche, le taquina-t-elle. J'ai l'impression de recevoir une overdose de douceur ce matin. Merci, dit-elle en embrassant Harley sur la tête. Où l'as-tu trouvée ?

— Elle fait partie de la portée de Big Mama.

— C'est vrai ?

Pouvait-elle avoir plus chaud au cœur ? Elle n'était pas allée dans son garage depuis que Truman et Gemma avaient emménagé dans leur nouvelle maison et que Quincy, le frère de Truman, avait emménagé dans leur ancien appartement au-dessus du garage, il y a quelques semaines. Mais elle avait vu comment Bear était avec Big Mama et elle savait à quel point il l'aimait.

— Ça la rend encore plus spéciale, dit-elle.

Il la suivit à l'intérieur et posa les boissons sur le tronc de bois vieilli qu'elle utilisait comme table basse à côté des bougies et du magazine de design qu'elle avait feuilleté un peu plus tôt.

— J'ai tout ce dont tu auras besoin pour elle.

Il sortit et revint avec un sac rempli d'affaires et de croquettes pour chat ainsi qu'une litière, qu'il avait dû laisser dans le couloir.

— Bear, tu n'étais pas obligé de faire tout ça, mais merci. Tu m'as épargné un trajet jusqu'au supermarché avant d'aller au travail. Oh, mon Dieu, je n'ai pas envie de la laisser. Je vais la prendre avec moi.

— Tu penses que Gemma sera OK ?

— Elle adore les chatons. Je la garderai dans le bureau. Je ne veux pas qu'elle soit seule toute la journée.

Elle le regarda inspecter son appartement éclectique d'une pièce. Elle n'avait encore jamais accueilli d'homme chez elle et Bear était si costaud et large qu'en sa présence l'appartement semblait rétrécir, mais dans le bon sens. Vraiment dans le bon sens. Elle aimait le voir là, parmi ses affaires.

— Je me suis toujours demandé à quoi ressemblait ton appartement.

Il s'avança vers les étagères qui séparaient la cuisine du salon. Elles étaient remplies de livres, de plantes, de vases en verre et, bien sûr, de plusieurs poupées que son père avait fabriquées pour elle. Elle gardait ses préférées dans sa chambre, où elle avait le plus besoin de se sentir en sécurité.

Il prit l'une des poupées, l'inspectant de près, et le plus chaleureux des sourires apparut sur son beau visage.

— Ça me fait plaisir que tu en aies autant.

De là où il se tenait, il ne pouvait pas voir la salle à manger, son atelier de création où d'autres poupées tracas étaient alignées sur le rebord de la fenêtre.

— Merci. Mon père m'en a beaucoup fabriqué. Ça montre à quel point il voyageait souvent.

Elle l'observa étudier ses affaires et eut un peu le sentiment d'être exposée. Mais ce n'était pas un sentiment désagréable. C'était simplement *nouveau*.

— C'est juste de la laine, du tissu et des brindilles, mais elles renferment de nombreux tracas. Elles m'ont aidée à m'en sortir.

— *Tu* t'es aidée à t'en sortir.

Il reposa la poupée sur l'étagère.

— C'est le premier appartement que tu loues ici ?

— C'est le seul endroit qui ait jamais été à moi. Je suis passée de chez mes parents à l'université, puis ici. Quand j'ai loué l'appartement pour la première fois, je n'avais aucun argent et je ne vivais avec rien d'autre qu'une chaise de plage et un matelas sur le sol durant les premières semaines. Mais ça ne me dérangeait pas, parce que c'était *à moi.* Chaque fois que j'allais acheter des meubles bon marché, j'avais la nausée, parce qu'ils me rappelaient la personne que ma mère était devenue.

— Je suis désolé, bébé.

— C'est pas grave. Les fameux ratés, tu sais. Je travaillais dans une grande surface et je ne gagnais presque rien. Mais quand j'ai commencé à travailler avec Gemma, j'ai fait des heures sup et je cherchais à faire de bonnes affaires. J'ai trouvé de beaux accessoires comme le tapis zèbre et cette commode antique à des prix incroyables, dit-elle en désignant le meuble sur le balcon. C'était mon nouveau départ. *Ma maison.* J'avais envie d'aimer rentrer chez moi et c'est le cas.

C'était son *premier* refuge.

— Je comprends pourquoi.

Il promena sa main sur un coffre antique, touchant chacune des bougies colorées sur le dessus et jeta un coup d'œil dehors.

— On voit presque la plage. C'est un bel endroit.

Elle observa son regard se déplacer vers le canapé gris tapissé de velours qui lui rappelait le café hipster du coin. Le mur derrière le sofa était fait de briques rouges et noires et les autres murs étaient de couleur pêche. De l'autre côté de la pièce se trouvaient un fauteuil rouge rembourré avec un creux usé qui épousait parfaitement la forme de son arrière-train et un pouf en patchwork Pier One. Elle adorait ce pouf. Derrière le fauteuil pendait une énorme horloge bleu ardoise de deux mètres de circonférence, entourée de photos qu'elle avait collectionnées au fil des ans.

— J'aime bien, dit-il après ce qui lui sembla être des heures, mais qui, en réalité, n'avait pas dû durer plus de deux minutes. C'est très cool. Très *toi*.

Il s'approcha d'elle avec un regard tendre. Il se faisait toujours du souci pour elle et cela la rendait nerveuse. Elle allait bien. Du moins *pour le moment*, et elle avait besoin qu'il le sache.

— Je suis content que tu aies envie de prendre Harley avec toi. Elle n'a pas l'habitude d'être seule toute la journée, expliqua-t-il en gratouillant la tête du chaton. Elle t'aime bien.

— Bien sûr qu'elle m'aime bien. Je suis plutôt géniale. Qu'est-ce qu'on pourrait ne pas aimer chez moi ?

— Je n'ai rien qui me vient en tête.

Son regard s'enflamma alors qu'il tendait la main vers elle et, tout aussi rapidement, il serra les dents et s'arrêta juste avant de la toucher.

— Est-ce que je peux t'embrasser sur la joue ?

Son ventre se noua.

— Bear…

Il leva les sourcils d'un air interrogateur.

— Ne fais pas ça, d'accord ? S'il te plaît, ne me traite pas comme si j'étais en sucre. Je sais que tu veux bien faire, mais ça ne fera que me mettre mal à l'aise. Je ne t'ai pas raconté ce qui m'est arrivé pour que tu prennes tes distances. Je te l'ai dit pour qu'on puisse être plus proches, justement. J'aime ta personnalité. Et crois-le ou non, j'aime que tu sois présomptueux. Juste, peut-être, ne sois pas trop entreprenant ? Au moins jusqu'à ce que je sois capable de gérer les moments d'intimité comme une personne normale – ce que je pense être, mais, après la réaction que j'ai eue suite à notre baiser, qui sait ?

Il posa doucement la main sur sa hanche et sourit, un sourire terriblement sexy qui lui indiquait que même s'il la traitait différemment, il éprouvait toujours la même chose pour elle.

— Bébé, tu *es* une personne normale. Les gens normaux ont eux aussi des problèmes à gérer. Comme moi. Gemma et Tru. Kennedy et Lincoln en auront aussi. Tout le monde. Nous avons peut-être des soucis différents, mais ils sont toujours là. J'essaierai de ne pas être trop entreprenant, mais j'ai peur qu'avec toi je ne m'emporte facilement. Je ne suis qu'humain et être proche de toi, te tenir dans mes bras, c'est tout ce dont je rêve depuis des mois. Alors si, ou *quand* je m'emballe un peu trop et je t'embrasse trop intensément ou que je te tiens trop fort, ou que j'oublie que je ne peux pas te déshabiller, te jeter sur le sofa et t'aimer à mort, s'il te plaît, frappe-moi à la tête, ou mords-moi la langue, ou fais quelque chose pour me dire de me calmer.

Son regard s'enflamma à nouveau.

— *Attends.* Non, ne me mords pas la langue, ça risquerait de me plaire.

Elle éclata de rire.

— Tu es terrible. Tu ne devrais pas plutôt me dire que tu ne t'emporteras *jamais* ou un truc comme ça ?

— Seulement si tu veux que je te mente. Je ne te forcerai plus jamais à sortir de ta zone de confort, mais si l'on s'embrasse et que mes mains s'égarent, c'est par désir et non pour t'agresser. J'aurais besoin de signaux, comme un néon qui clignote et dit : « Aujourd'hui, tu ne passeras pas la deuxième ».

Elle caressa le dos du chaton.

— Bear ?

— Oui ?

— Je n'ai pas de lumière clignotante, mais embrasse-moi pour me dire bonjour, s'il te plaît.

Il effleura ses lèvres des siennes, y déposant un baiser léger, et elle se mit à rire.

— Un baiser de grande fille, s'il te plaît.

Ses bras musclés l'entourèrent, le chaton se retrouvant blotti entre eux. Son corps la chatouilla, plein d'anticipation, alors que sa bouche descendait vers la sienne dans un baiser brûlant. Elle attendit que la panique s'empare d'elle, mais plus ils s'embrassaient, moins elle s'inquiétait. Le baiser de Bear lui donna l'impression d'avoir les jambes en coton, caressant sa bouche autant qu'il la possédait et au moment où il ralentit le rythme et qu'elle crut qu'il allait s'écarter – *Non, pas tout de suite* – il l'embrassa plus intensément, l'empêchant de penser clairement. Elle avait embrassé assez d'hommes pour savoir qu'il y avait les baisers et les *vrais baisers*. Celui-ci était différent d'un doux baiser et plus puissant qu'un baiser torride. C'était un baiser intime qui évoquait la confiance *et* le désir.

Il la combla de baisers envoûtants qui lui donnaient des frissons et la rendirent étourdie.

— Bonjour, ma beauté, dit-il d'une voix rocailleuse qui l'électrisa autant que leurs baisers.

Il observa son visage de ses yeux chaleureux.

— Ça allait ?

— Hum. Je ne suis pas sûre. Je crois qu'on devrait essayer à nouveau.

GEMMA ÉTAIT OCCUPÉE à dérouler le tapis rouge pour la

première fête de la journée quand Crystal arriva à la boutique. Elle posa la caisse d'Harley derrière la porte. Encore un autre cadeau de Bear qu'il avait caché dans son 4x4.

— T'as reçu mon message ?

Crystal lui avait envoyé un texto pour lui demander si cela ne la dérangeait pas qu'elle amène un chaton au travail, mais Gemma ne lui avait pas répondu.

— Non. Désolée. Mon téléphone doit être dans mon sac. J'étais un peu en retard. Tru et moi, on réfléchissait à différentes couleurs de peintures pour la salle de jeux. Je n'arrive toujours pas à croire qu'on va se marier dans moins de trois mois. Et je suis tellement contente qu'on fasse le mariage dans le jardin. Ça me paraît être une bonne idée pour les enfants.

Gemma sourit alors qu'elle se relevait, portant de longues bottes noires qui lui remontaient jusqu'aux genoux. Un corsage noir et rouge épousait ses courbes, s'évasant en une jupe courte et noire. Elle portait de longs gants violets et une cape noir et rouge ornée d'or.

— Waouh, madame. La princesse Reine de Cœur n'a jamais été aussi sexy. Tu veux que je gère la fête pour que tu puisses faire une surprise à Tru et t'amuser un peu ?

— Non, mais je compte porter cette tenue ce soir, dit Gemma en ondulant des sourcils. Qu'est-ce que tu m'as dit dans ton message ?

Crystal prit la caisse du chat.

— Tu as pris un chaton ?

Gemma contourna les bancs qui séparaient le tapis de l'entrée du magasin et sortit le chaton de la caisse.

— On dirait Harley.

— C'est Harley. Bear me l'a donnée.

— Bear te l'a *donnée* ? Il adore ce chat, autant qu'il aime

Lincoln et Kennedy.

Elle tressaillit soudain, les yeux écarquillés.

— OhmonDieu. Tu m'as caché des choses !

— Non. Peut-être un peu ? Mais ce n'était pas volontaire.

Il aimait le chaton autant qu'il aimait les enfants ? *Et il me l'a donné ?* Son cœur gonfla un peu plus dans sa poitrine.

— Crystal Moon, je te raconte tout et toi tu sors avec Bear et me laisses dans l'ignorance ?

— Non, non, non, dit Crystal en agitant la main. Ce n'est pas ce que j'ai voulu dire. On n'est pas sortis ensemble. Je te le promets. On s'est juste embrassés. On… *tâte le terrain.*

— Vous tâtez le terrain ? C'est bien un truc que j'aurais pu dire. Je crois me souvenir que tu m'avais un peu titillée avec *princesse Avale* et *princesse Cunnilingus.*

— Tu dois reconnaître que c'était drôle.

Elles avaient toujours plaisanté comme ça. Crystal avait même inventé des blagues sur les types avec qui elle prétendait sortir.

— C'était hilarant, mais bon, Bear a beau avoir un grand cœur, je ne l'imagine pas *tâter* le terrain. Il est plus du genre à s'élancer la tête première et voir ce qui se passe ensuite. Il est impossible que cet homme se restreigne.

Des émotions que Crystal ne reconnaissait pas la tiraillèrent soudain. Gemma avait raison. Bear était du genre à plonger la tête la première. Il pouvait avoir toutes les femmes qu'il voulait et il était clairement *trop* sexuel pour se restreindre. Cet homme sentait la testostérone à plein nez, pire que de l'eau de Cologne. Évidemment, Gemma pensait qu'ils s'envoyaient en l'air. Crystal fut prise de culpabilité. Gemma méritait de connaître la vérité et de savoir pourquoi elle ne *se tapait pas le motard,* mais elle n'était pas encore prête à partager son secret. Pas juste après l'avoir dit à Bear. Elle ne pouvait supporter qu'un aveu à la fois.

— On peut éviter de parler des penchants sexuels de Bear ? dit-elle en prenant Harley des bras de Gemma. Ça ne te dérange pas si je la garde dans le bureau ? J'ai une litière et tout ce dont elle a besoin dans la voiture.

— Bien sûr. Hé, dit Gemma en lui touchant le bras. Je suis désolée. Je ne voulais pas te contrarier. Je croyais que tu me cachais quelque chose. Honnêtement, je croyais que toi et Bear sortiez ensemble depuis longtemps. Je n'aurais jamais imaginé que ce n'était pas le cas.

— Tu ne m'as pas contrariée. J'étais surprise que tu penses que nous sortions ensemble. Je te l'aurais dit si je me tapais le motard.

Son sarcasme habituel lui paraissait inapproprié quand il était lié au fait de coucher avec Bear. En vérité, si elle n'avait pas eu ce passé-là, elle aurait probablement sauté le pas avec Bear depuis bien longtemps et l'aurait dit à Gemma.

Rapidement, elle ajouta :

— Il est différent de ce qu'on pensait, Gemma. Mais bon, ne le sommes-nous pas tous ? Je vais mettre Harley dans le bureau et prendre ses affaires pour que j'aie le temps de me changer. Je pensais être la princesse Pocahontas aujourd'hui.

— La plus sexy des Pocahontas ! lui cria Gemma pendant que Crystal s'éloignait.

Alors qu'elle s'avançait vers le bureau, son esprit glissa vers un chemin sombre qui la mena directement vers une mare de pensées horribles où elle imagina Bear avec d'autres femmes. Elle ferma la porte du bureau derrière elle et s'assit sur un fauteuil avec Harley sur ses genoux. Quiconque connaissait Bear n'aurait jamais cru qu'il pouvait se passer de sexe.

Pouvait-il vraiment ?

Le chaton ronronna bruyamment. Il s'avéra que le chat de Bear avait un sacré moteur. Elle baissa les yeux vers la petite chatte douce et câline. Il ne l'aurait jamais donnée à personne s'il n'avait pas su qu'elle ferait toujours partie de sa vie. Elle déposa un baiser sur la tête de Harley, chassant cette inquiétude passagère. Bear avait été là pour elle pendant des mois, même lorsqu'elle l'avait repoussé. Elle repensa à cette soirée chez Woody's et à son regard inquiet quand elle avait reculé avant qu'il ne l'embrasse. Elle pouvait toujours sentir ses bras autour d'elle quand il l'avait serrée contre lui la nuit dernière, elle entendait toujours sa voix quand il lui avait dit la vérité et lui avait demandé de lui envoyer des signaux au lieu de mentir sur ce qu'il était capable de faire —ou de ne pas faire.

Bear lui avait avoué qu'il n'avait pas fréquenté d'autre femme depuis la première semaine où ils s'étaient rencontrés et, aussi étonnant que cela puisse paraître, elle l'avait cru.

CHAPITRE SEPT

BEAR PRIT BIG Mama et regarda par-dessus l'épaule de Dixie, passant en revue les écritures comptables du mois dernier pour *Whiskey Automobile*, essayant tant bien que mal d'empêcher les images de l'agression de Crystal de le ronger. Mais elles étaient aussi présentes que ces putains de nombres sur l'écran.

— Allô la terre ? dit Dixie en agitant la main devant son visage.

— Oui. Pardon.

Il chassa ces pensées sombres et essaya de se concentrer sur Dixie.

— Tu étais où ce matin ?

— Au bar. Bullet n'a pas pu arriver à temps pour la livraison du jour.

Bullet l'avait appelé, peu de temps après qu'il eut quitté Crystal. Il avait eu des affaires à régler dans la ville voisine et avait oublié la livraison. Bear l'avait réceptionnée, puis son père avait débarqué pour discuter du développement du bar. Il avait dû se dépêcher de boucler les réparations sur lesquelles il travaillait, avait sauté le déjeuner et il devait encore dire à un client que sa voiture ne serait prête que lundi matin et non pas aujourd'hui. Il détestait décevoir les clients.

— J'ai fait des recherches concernant nos fournisseurs. Je

pense que je peux leur faire baisser les prix d'un ou deux pour cent, dit-elle en ouvrant un nouvel onglet pour le budget de l'année suivante. Ça devrait aider pour l'an prochain. Quand on avait eu l'inspection du bâtiment, le gars avait dit qu'on allait avoir besoin d'un nouveau toit d'ici cinq ou six ans. L'an prochain ça fera cinq ans, donc je l'ai budgété aussi.

Lorsqu'il avait repris la gestion du garage, celui-ci était à peine rentable. Cependant, Bear était très doué pour le réseautage et les négociations et Dixie avait un don incroyable pour les finances et les affaires. Ensemble, ils avaient élargi leur clientèle au-delà de la communauté des motards, là où son oncle avait trouvé sa niche. Chaque mois, ils faisaient de bons bénéfices, mais Bear n'avait plus une minute à lui. Il ne comprenait pas comment son père avait pu se mettre en tête qu'il aurait le temps de gérer l'expansion du bar.

Et ce dernier ne s'était jamais vraiment inquiété de savoir si Bear avait le temps. Il partait du principe que Bear s'en chargerait, comme il l'avait toujours fait. Il pouvait difficilement reprocher à son père son incapacité à poser des limites.

— Je me disais, ajouta Dixie, peut-être qu'il est temps de refaire la cuisine de l'appartement.

— Quincy s'en plaint ?

— Non, mais on a toujours dit qu'on l'améliorerait dès qu'on le pourrait. Et maintenant, on peut.

Il avait totalement oublié les suggestions de l'inspecteur et la cuisine, mais comme toujours, Dixie gardait les échéances en tête.

— Dix, tu aimes ce que tu fais ici au garage ?

— Oh que oui. J'adore, répondit-elle en croisant les bras, plissant ses yeux de chat verts. Pourquoi ? Tu ne peux pas me virer. Je suis copropriétaire.

Il ricana.

— Comme si j'allais te *virer* un jour. Tu voudrais faire plus ?

— *Pff*, ben oui. Toujours !

Elle rassembla plusieurs documents sur le bureau et les rangea dans un tiroir.

— Papa parle d'agrandir le bar.

— Je sais. Maman m'a dit et elle a aussi dit qu'il voulait que ce soit toi qui t'en occupes.

— Oui.

Il appuya ses hanches contre le bureau.

— Mais si je dois consacrer plus de temps à quelque chose, ce sera pour concevoir des motos, pas pour redynamiser un bar qui bat de l'aile.

— Le bar ne bat pas de l'aile. On fait des bénéfices tous les mois. Et puis, tu es très doué pour redresser les entreprises et développer la clientèle et je t'aiderai. J'adorerais m'occuper du *Whiskey* et engager un cuisinier et un serveur pour faire comme ce qu'ils font à la brasserie *M. B's*, avec des enchères caritatives pour la communauté. C'est tout à fait en accord avec les valeurs des Dark Knights et de Papa qui veulent toujours aider les autres. On pourrait organiser une course caritative et la faire se terminer au bar, mettre en place une tombola pour des repas gratuits pour rapporter de l'argent à la communauté et attirer de nouveaux clients.

Elle continua de lui parler, exposant une idée fantastique après l'autre, soulignant ce que Bear savait déjà. Il fallait que Dixie *gère* le bar.

— Je vais demander à Papa que ce soit toi qui gères l'expansion du bar. Tu es là-bas la moitié du temps de toute façon et la gestion et supervision des affaires, c'est vraiment ton truc. C'est logique.

— Économise ton énergie, dit-elle d'un air dépité. Je l'adore, mais cet homme a des idées très archaïques sur les femmes. Je m'occuperai des projections financières, parce que tu sais que c'est ce qu'il voudra ensuite. Tu devrais commencer à t'occuper du projet d'expansion.

Il devait effectivement mettre quelque chose en place, toutefois il n'était pas pressé de perpétuer les inégalités et il ne pouvait pas s'engager sur le projet alors qu'il étudiait encore l'offre de Silver-Stone.

— Merci, Dix. Mais je ne peux pas m'empêcher de me dire qu'il serait temps que tu partes et que tu trouves une autre entreprise à gérer. Quelque chose qui te permettrait d'obtenir enfin une certaine reconnaissance pour tout le travail que tu fais. Pour moi, tu mérites mieux que de jouer les seconds rôles. Je peux trouver quelqu'un d'autre pour gérer les comptes et le magasin.

— Tu es fou ou quoi ? J'adore travailler avec toi et Tru et au bar avec tout le monde. Même si Papa est très vieux jeu, je préfère toujours travailler avec ma famille plutôt que pour un idiot qui pense en savoir plus que moi.

Bear ne fut pas surpris par sa véhémence.

— Alors il faut que ce soit toi qui gères l'expansion.

Il hésita à lui parler de l'offre de Silver-Stone, mais il ne voulait pas la mettre au milieu de tout ça. Dixie risquait d'être sur son dos jusqu'à ce qu'il accepte et il avait d'abord besoin de comprendre les choses par lui-même.

— Je suis déjà très occupé et, avec Crystal dans ma vie, je n'ai pas vraiment envie de passer mes nuits à gérer un nouveau projet de cette ampleur.

Elle rassembla ses cheveux par-dessus son épaule et tapota de ses ongles rouges sur le comptoir, observant Bear.

— Elle est tout pour toi, n'est-ce pas ?

Il caressa le chat.

— Big Mama et moi sommes assez proches, mais je ne suis pas sûr que nous soyons compatibles au pieu, dit-il avec un rictus en baissant la voix. Désolé, Big Mama.

— T'es bête, pouffa Dixie. Je parle de *Crystal*. Je n'arrive toujours pas à croire que tu lui *aies donné* Harley.

— Elle avait plus besoin d'elle que moi.

En réalité, il aurait bien aimé *être* Harley et être là pour Crystal, nuit et jour. Le fait de se retenir le tuait. Tout comme cela le rongeait de savoir qu'elle avait dû traverser autant de choses, entre le décès de son père, l'alcoolisme de sa mère et ce connard qui l'avait forcée.

— Pourquoi, vous êtes en couple, maintenant ?

— Arrête, Dix. Tu sais tout aussi bien que nous sommes en couple depuis maintenant des mois, mais pas de manière conventionnelle.

Elle plissa les yeux d'un air suspicieux.

— Alors pourquoi a-t-elle soudain besoin de Harley ?

La porte du garage s'ouvrit et Quincy entra, évitant à Bear de devoir trouver une réponse. Quincy avait bien changé depuis le junkie en manque qu'il était devenu pendant que Truman était en prison. Ses yeux bleus étaient clairs et, avec ses longs cheveux bruns et sa barbe de trois jours, il ressemblait à Brad Pitt dans *World War Z*[6]. Il s'épaississait et paraissait fier et confiant.

— Comment ça va ?

Il traversa la pièce et se pencha sur le bureau.

---

[6] Film américain

— Salut, Quincy, dit Bear. Quoi de neuf ?

Il y avait eu une période où leur relation était tendue. Quand Truman était parti en prison, laissant un Quincy de treize ans aux mains de leur mère toxicomane, Bear avait essayé de garder Quincy sur le droit chemin. Il l'avait emmené rendre visite à Truman chaque semaine jusqu'à ce que Quincy se mette à disparaître, traînant avec les mauvaises personnes, se saoulant et se droguant. Bear avait essayé de l'aider jusqu'au jour où Quincy avait disparu pour de bon, pour refaire finalement surface quelques années plus tard, se tenant au-dessus de sa mère dans ce squat où elle avait fait une overdose.

Mais tout ça était derrière eux désormais. Quincy avait suivi une cure de désintoxication intensive, avait passé son GED[7] et suivait désormais des cours à l'université en ayant un travail stable à la librairie du coin. Il avait même blanchi son frère pour le crime que lui avait commis.

— Est-ce que ça vous dérange si je prends un coloc ? demanda Quincy. L'université communautaire ne propose pas certains cours que j'aimerais suivre et les cours en ligne des plus grosses universités sont plus chers.

Dixie échangea un sourire fier avec Bear.

— Pourquoi est-ce que ça nous dérangerait ? Mais ça ne va pas te gêner pour ramener des filles ?

— Pourquoi ? Il y a deux chambres. C'est pas comme si on allait dormir à deux dans la mienne, dit-il en passant une main dans ses cheveux. Mais ça pourrait être intéressant que je prenne une fille comme colocataire.

Bear se mit à rire.

— Pas de souci. Tu connais les règles. Pas de drogues, pas

---

[7] Équivalent du BAC

de fauteur de troubles. On a des enfants ici toute la journée et leur bien-être passe avant tout.

— Mec, je le sais mieux que personne. Tu crois vraiment que je foutrais en l'air tout ce que toi et Tru avez fait pour moi ?

Il se pencha par-dessus le comptoir et prit un air sérieux.

— Il n'y a aucune chance. La famille d'abord. Je ne merderai plus *jamais* à ce niveau-là.

Lui et Bear se tapèrent dans la main.

— C'est ça, frérot, dit Bear.

— Avant que j'oublie, Tru m'a dit de te dire que tu allais l'aider avec les enfants et la peinture de la salle de jeu à la maison mardi prochain pendant que les filles feront du shopping.

— On va faire ajuster la robe de mariée de Gemma et choisir des robes pour Crystal et moi, expliqua Dixie en lui tapotant les côtes. Ce qui veut dire que tu seras libre, parce que *ta copine* sera occupée.

Bear adorait que Dixie parle de Crystal comme étant *sa* copine.

— Ça me va. Tu vas où ?

— Chez Tru, dit Quincy. Je dîne avec mon petit frère et ma petite sœur puis j'irai chez *Luscious Licks*. Un jour, Penny réalisera que c'est moi le meilleur coup de langue qu'elle ait jamais eu.

Penny était la gérante du glacier *Luscious Licks* et Quincy craquait pour elle depuis leur première rencontre.

— *Mon Dieu*, dit Dixie en levant les yeux au ciel. Il va vraiment falloir que tu trouves mieux pour que cette femme te remarque. Vous ne connaissez rien au romantisme ou quoi, les gars ?

— Le romantisme ? se moqua Bear. Dit la fille qui cloue les

couilles des mecs au mur au moindre truc.

Elle se leva et balança ses cheveux par-dessus son épaule.

— Le romantisme. Des fleurs, du chocolat et tous ces trucs. Je suis peut-être dure, mais au moins je sais ce que j'aime.

Quincy se dirigea vers la porte.

— Je dirai à Crow que le romantisme pourrait être une porte d'entrée pour lui, alors.

Bear lui jeta un regard noir.

— Sors d'ici avant que je ne t'étouffe avec tes idées.

Crow était un motard avec qui ils avaient grandi et qui en pinçait pour Dixie depuis qu'ils étaient gamins. Il avait la réputation d'être un serpent et il était hors de question qu'il s'approche de sa sœur.

Le rire de Quincy résonna alors qu'il sortait.

Bear baissa les yeux vers Dixie, qui souriait en faisant défiler ses messages.

— Efface ce sourire de ton visage. Crow ne t'approchera pas.

— Je devrais coucher avec lui, juste pour te montrer que tu n'es pas mon patron.

Elle fit le tour du bureau en se déhanchant de façon spectaculaire pour souligner son indépendance.

— C'est un bon moyen de faire tuer un homme.

Bear sortit son téléphone qui vibrait de sa poche, heureux d'y voir un message de Crystal.

Il l'ouvrit et une photo de Crystal, vêtue du costume le plus sexy qu'il ait jamais vu, apparut. Un collier en cuir avec un pendentif bleu pendait à son cou et une minirobe en daim à franges avec un ourlet terriblement court remontait jusqu'en haut de ses cuisses. Elle tenait Harley dans ses bras et le chaton portait un collier noir clouté avec un nœud rose. Elle avait pris la photo face au miroir et affichait un sourire narquois et sexy. Le message disait : *Salut, le motard. Ça te dit de passer voir tes femmes ce soir ?*

Oh que oui.

Après une douche rapide, Bear s'arrêta chez *Petal Me Hard*. Il était hors de question que sa copine n'ait pas le droit au meilleur romantisme possible. L'odeur florale et piquante réveilla ses sens après qu'il eut passé la journée au garage.

— Salut, Bear, dit Isla, la fille de Bud, de derrière le comptoir, alors qu'elle préparait un bouquet. J'arrive tout de suite.

— Super, merci.

Il déambula dans le magasin, observant toutes les fleurs. Il n'avait encore jamais acheté de fleurs à une femme et il ne savait pas qu'il y aurait autant de choix.

— Qu'est-ce qui t'amène ?

Elle se pencha par-dessus un vase rempli de fleurs, ses cheveux blonds et épais encadrant son visage.

— Je cherche quelque chose de spécial.

— Pour Crystal ? demanda-t-elle en se relevant, haussant un sourcil brun.

Sa chemise en flanelle était nouée à la taille, dévoilant sa peau au-dessus de son jean moulant.

— Qu'est-ce que tu sais de Crystal et moi ?

— Tu veux dire ce que tout le monde dans cette ville sait sur toi et Crystal ? Juste que chaque fois que les frères Whiskey sont de sortie, tu as ton bras autour d'elle. D'après les rumeurs, tu es pris. J'imagine que ça veut dire quelque chose.

C'était une première pour lui et il en était ravi.

— Ça veut dire beaucoup, oui.

— Donc il te faut quelque chose de spécial. Spécial du genre des roses rouges qui disent je t'aime ?

— Il va falloir un plus gros hameçon que ça pour venir pêcher dans mon lac, ma petite.

Isla avait vingt-deux ans et était rebelle comme tout et, à cause des relations de son père au sein du club, elle était considérée comme membre de la famille. Comme une autre petite sœur fouineuse.

— T'es pas drôle.

Elle contourna le comptoir.

— Elle a des allergies ?

— Je ne suis pas sûr, mais j'ai besoin de quelque chose qui ne soit pas dangereux pour les chatons. Et j'aimerais quelque chose qui ne soit pas commun. Elle est unique, et les fleurs devraient l'être aussi.

— Ah, là on avance. J'aime quand un homme est en mission. Dis-moi comment elle est.

Il réfléchit à sa question en regardant autour de lui, repérant soudain les plus belles fleurs qu'il ait jamais vues. *Parfait.* Il les pointa du doigt.

— Est-ce que celles-ci sont sans danger pour les chatons ?

Ce qui avait commencé comme une mission romantique avait fini par venir directement de son cœur. Une demi-heure plus tard, il franchit deux par deux les marches qui menaient à l'appartement de Crystal, se rappelant de ne pas la bousculer en la prenant immédiatement dans ses bras. Mais il avait l'impression qu'il ne l'avait pas serrée contre lui depuis une éternité et il savait que, dès l'instant où il verrait son sourire éclatant et ses yeux bleus perçants qui le défiaient et le séduisaient à la fois, il aurait du mal à se retenir.

Il pria pour faire preuve de volonté alors qu'il frappait à la porte.

La porte de l'appartement s'ouvrit et sa déesse aux cheveux

de jais se tint devant lui, portant un pull gris qui pendait sur une épaule, révélant une bretelle de soutien-gorge noire avec des têtes de mort violettes imprimées dessus, une minijupe noire avec de petits diamants blancs cousus sur l'ourlet, des bottes qui remontaient jusqu'à ses genoux et des yeux maquillés dans lesquels brillait une lueur de passion. *Putain de merde.*

La retenue : *disparue.*

Il l'attira contre lui, respirant et la serrant trop fort, et se détestant d'agir ainsi.

— *S'il te plaît*, demande-moi de t'embrasser.

Elle plissa ses yeux bleus, glissant les mains dans ses cheveux, le déstabilisant avec ce geste possessif.

— Arrête de parler et embrasse-moi.

En entendant le désir dans sa voix, il eut l'impression de prendre feu. Il plaqua sa bouche contre la sienne et lui rendit la pareille avec un abandon insouciant, tirant ses cheveux jusqu'à ce que la douleur lui transperce le crâne et se dirige plus bas. Elle se mit sur la pointe des pieds, pressant ses douces courbes contre lui et le rendant aussi dur que la pierre. Le désir, la luxure et l'avidité s'entremêlèrent, s'enroulant en lui comme le diable, le poussant à continuer. Il avait une main pressée contre son dos et la deuxième tenait toujours les fleurs. Il devait faire attention de ne pas les écraser, mais, à cet instant précis, il n'en avait rien à faire des fleurs ni de quoi que ce soit d'autre que – *Mon Dieu, enfin* – de tenir Crystal dans ses bras.

Merde. Il fallait qu'il ralentisse.

Mais comment pouvait-il *arrêter* de l'embrasser ? Elle était trop bien contre lui, elle avait trop bon goût.

Un petit *miaou* vint s'immiscer au milieu de cette bataille qui faisait rage dans son esprit et il sentit les petites griffes d'Harley s'enfoncer dans son jean, lui rappelant qu'ils étaient toujours sur le palier de son appartement.

Crystal gémit quand il s'écarta à contrecœur et prit le chaton qui venait lui casser son coup. Il reprit sa copine en passant un bras autour d'elle, la gardant tout près, et murmura :

— Je suis désolé.

CRYSTAL ESSAYA DE reprendre le contrôle de son esprit embrumé par le désir. Elle avait pensé à Bear toute la journée et, avec Harley à ses côtés, il lui avait encore plus manqué. Le fait de se souvenir de ses baisers, de toutes ces choses gentilles qu'il lui avait dites et de recevoir ses messages attentionnés tout au long de l'après-midi l'avait rendue encore plus impatiente de le voir.

— J'espère que tu t'excuses parce que tu t'es *arrêté* et non pas pour le baiser en lui-même, parce que j'en avais très envie, le rassura-t-elle. Tu pourras te rattraper plus tard.

Il eut un petit rire, et elle remarqua le soulagement qu'il éprouvât soudain. Elle ne voulait pas qu'il s'inquiète, mais elle adorait savoir que c'était le cas.

— On ne voudrait pas que notre petite Harley aille en bas et se perde.

Alors qu'ils entraient dans l'appartement et qu'elle sentait son cœur fondre après qu'il eut employé le terme « notre », il ajouta :

— Quand tu dis *plus tard*, c'est quand exactement ?

Mon Dieu, ce côté arrogant, c'était tellement *lui* ! Et elle adorait ça !

— Ça, c'est à toi de le découvrir.

Elle était assez surprise que même après tout ce qu'elle lui avait révélé et tout en sachant qu'elle n'était pas prête à se jeter sous la couette, elle arrivait encore à lâcher quelques remarques sarcastiques et sexy. Elle avait eu peur que les changements qu'elle expérimentait en s'ouvrant à lui n'altèrent sa personnalité et elle s'était réinventée tellement de fois qu'elle ne savait plus vraiment qui elle était. Après tout, peut-être que le sarcasme faisait vraiment partie de sa personnalité. Elle sourit à cette idée, car même si elle était passée de blonde à brune, qu'elle avait dû adopter un nouveau prénom, une nouvelle personnalité et un faux passé amoureux, elle trouvait qu'elle était une fille plutôt cool. Il déposa un baiser sur la tête de Harley et Crystal fondit un peu plus. Il portait sa veste en cuir, avec l'emblème des Dark Knights dans le dos, qu'elle l'avait souvent vu porter, mais, ce soir, il avait l'air encore plus dur à cuire. Ou bien peut-être était-ce parce qu'elle s'autorisait enfin à voir *vraiment* qui était Bear au lieu de le garder à distance. Elle avait même changé son nom sur son téléphone passant de *Lui* à *Bear*, ce qui faisait vraiment du bien.

Elle ferma la porte derrière eux et remarqua qu'il tenait dans ses mains un magnifique bouquet d'orchidées. Il devait y avoir au moins une douzaine de couleurs différentes. Émerveillée, elle lui dit :

— Dis donc, mon motard, tu m'as apporté des *fleurs* ?

Il regarda le bouquet d'un air amusé.

— Elles étaient pour Harley, mais je suppose que je peux te les donner.

Il posa Harley sur le canapé. Le chaton les regarda d'un air triste.

— Elle sait que tu viens de donner ses fleurs à quelqu'un d'autre, le taquina Crystal.

Il lui tendit les fleurs et elle inhala leur parfum splendide. Le fait de lui avoir raconté ce qui lui était arrivé avait fait ressortir chez eux un côté plus doux. Elle fut surprise de constater à quel point cela lui plaisait, mais ses émotions croissantes l'inquiétaient et elle se demandait comment cela allait se passer par la suite. Trop fillette ? Trop faible ? Elle opta pour quelque chose de confortable et de familier et le taquina.

— On ne m'a jamais offert de fleurs. Est-ce que ça veut dire que c'est du *sérieux* entre nous ? En mode on sort ensemble…

— Ça veut dire que tu es ma *femme*.

Il l'attira contre lui, assez près pour que leurs poitrines se heurtent l'une contre l'autre, et elle rit de sa possessivité.

— Désormais, il faudra que tu portes un collier avec écrit « Propriété de Bear Whiskey » dessus.

— Dans tes rêves.

Elle s'assit sur le canapé, observant les fleurs de plus près, et il se laissa tomber à côté d'elle.

— Elles sont vraiment magnifiques. Merci.

— Et un collier avec juste écrit « À Bear » ?

Elle gloussa.

— Et si j'admettais simplement que j'étais ta petite amie et que tu le savais *là*, dit-elle en posant la main sur son torse, vers son cœur. Est-ce que ça pourrait suffire pour un gars possessif comme toi ?

— Bébé, après tout ce temps, je pense que je mérite le collier. Mais OK, ça me va.

Il se pencha vers elle pour l'embrasser et elle ne put s'empêcher de penser qu'il méritait le titre de Meilleur Petit Ami de l'Année. Il avait endossé ce rôle avant même qu'elle ne l'autorise à le faire et oui, il insistait beaucoup, mais il était aussi protecteur et aimant et plein d'autres choses qui l'avaient convaincue de rester près de lui pendant tout ce temps. Dieu merci, il avait su au fond de lui qu'ils étaient faits l'un pour l'autre et avait refusé d'abandonner. Elle ne porterait pas de collier, mais elle était fière d'être *volontairement* à son bras à partir de maintenant.

Elle sentit à nouveau le merveilleux bouquet.

— Je ne savais même pas que les orchidées existaient dans toutes ces couleurs.

Il enroula un bras par-dessus son épaule.

— Moi non plus et, honnêtement, je ne savais même pas que c'étaient des orchidées. Et au fait, elles sont sans danger pour mademoiselle je-te-casse-ton-coup là-bas. J'ai demandé.

Crystal se mit à rire.

— *Hors de question* qu'on l'appelle comme ça.

— Peut-être pas à voix haute, murmura-t-il. Je l'adore, mais c'est une casseuse de coup, dit-il en souriant et en pressant ses lèvres contre les siennes. J'avais envie de t'offrir quelque chose de spécial.

Il lui prit le bouquet des mains et désigna l'une des fleurs.

— Ces merveilles sont encore en train de chercher leur voie. Elles s'émancipent de leurs bases jaunes et innocentes, se démarquent par leurs tâches orange et rouge foncé. Elles paraissent fortes, mais un peu incertaines. On dirait qu'il y a écrit « Chrissy » sur leur front. La petite fille dont la vie a été bouleversée et qui a été forcée de grandir trop tôt dans un monde plus dur qu'elle ne le méritait.

Chrissy. Il avait écouté tout ce qu'elle lui avait raconté. Elle tendit les bras vers Harley, essayant de se distraire alors qu'elle était soudain submergée par une vague d'émotions inattendues. Elle n'aurait jamais eu la moindre chance de lui résister. Il avait beau être arrogant et possessif, il était tout aussi tendre et aimant, drôle et gentil et elle n'arrivait pas à croire qu'après tout ce qu'elle avait subi, Bear se révélait être l'homme qu'elle avait imaginé et bien plus encore.

Il la serra plus fort, déposant un baiser sur le haut de sa tête.

Il désigna les fleurs rose et blanc du doigt.

— Ces demoiselles délicates, dit-il d'une voix si pleine d'amour qu'elle eut envie de s'envelopper dedans pour s'y blottir, elles étaient si intelligentes qu'elles ont su comment se fondre dans la masse et passer inaperçues. Regarde-les, elles sont si féminines et fortes. Elles m'épatent, *Chrystina*. Et ces jolies beautés là sont audacieuses et captivantes, expliqua-t-il en touchant l'une des orchidées bleu et violet. Elles disent « Ne te fous pas de moi. Je suis peut-être vénéneuse, mais je suis trop tentante pour que l'on me résiste. »

Il s'arrêta assez longtemps pour qu'elle ne sache plus comment respirer.

— Comme toi, *Crystal.*

Elle pinça les lèvres pour empêcher ses émotions de jaillir, mais quand il guida son visage vers le sien en pressant doucement ses doigts sous son menton, son regard sérieux la retint captive et elle eut les larmes aux yeux.

— On dit que les orchidées sont des symboles d'amour et d'affection, dit-il doucement. Et que plus elles sont difficiles à trouver, plus elles sont porteuses de cet amour et cette affection. Quand tu réunis toutes ces beautés ensemble, tu obtiens la fleur la plus exceptionnelle sur terre.

Il la regardait comme s'il pouvait lire ses pensées les plus intimes et le monde autour d'eux s'effaça. Elle ne voyait, ne sentait, et *n'entendait* que lui. Quand il prit sa main dans la sienne, un courant familier lui traversa le bras. Était-ce possible de vivre cet instant pour toujours ?

— Il y a certaines personnes qui pourraient penser que ces couleurs vives sont trop excessives, dit-il, la ramenant à la réalité. Ils pourraient percevoir ce rose et ce blanc délicats comme trop doux, ou trouver les autres fleurs trop rudes. Mais quand je les vois, quand je te vois *toi*, je vois la femme qui m'a fait m'arrêter net la première fois que je l'ai vue. Et quand tu as ouvert cette petite bouche sexy, pleine de sarcasmes et souvent bien trop adorable, j'ai su que j'allais avoir de gros ennuis.

Pendant un long moment, elle ne bougea pas, ne respira pas, ne pensa pas. Elle resta simplement assise à côté de lui, engourdie par toute cette honnêteté qu'elle lisait sur son visage. Elle ne savait pas comment y faire face, alors elle tourna la tête, bouleversée et gênée par ces émotions qui s'accumulaient en elle.

— Je crois que je suis allergique à ce genre de tirade romantique.

Il attira à nouveau son visage vers le sien.

— Ne fais pas ça.

— Quoi ? Bouger ?

Elle se détestait d'être aussi sarcastique. Elle n'avait pas prévu de se réinventer à nouveau, mais elle ne pouvait pas nier les changements qui s'opéraient en elle. Elle s'était cachée d'elle-même, de la vérité et du jugement des autres pendant si longtemps que la chaleur et l'amour qu'il lui procurait la faisaient se sentir vulnérable et elle ne savait pas comment le gérer.

— *Esquiver.*

Son ton était purement autoritaire. Il lui disait quoi faire, il ne lui suggérait pas.

Son instinct la fit ricaner et, tout aussi rapidement, elle le regretta. Elle n'était pas en train de se réinventer par peur ou nécessité. Elle n'était pas en mode survie. Elle n'était pas en mode quoi que ce soit et c'était la sensation la plus incroyable au monde. C'était également effrayant, car elle ne savait plus vraiment qui elle était. Mais quand elle regardait Bear, elle avait envie de le découvrir. *Désespérément.*

— Je suis désolée. C'est…

— L'habitude ?

Il souleva Harley de ses genoux et prit sa main dans la sienne.

— Je comprends. Mais si nous sommes en couple – et nous le sommes, alors n'essaie même pas de prétendre qu'il y a une autre option – je vais toujours devoir dire ce que je ressens. Si je dois restreindre mes démonstrations affectives, il faut bien que mes émotions s'expriment d'une manière ou d'une autre.

— Ah, donc ce baiser torride, c'est ce que tu appelles se restreindre ? Putain de merde, Bear. Maintenant, je suis en train de te construire une image dans ma tête avec des proportions épiques que tu ne pourras jamais atteindre.

Son regard s'enflamma.

— Tu veux qu'on parie ?

Non, elle n'avait pas envie de parier, elle avait envie de le découvrir.

— Est-ce que c'est une ruse ? Je dois soit endurer ce genre de compliments gênants, soit coucher avec toi ? Et qu'est-ce qu'il se passera quand on aura couché ensemble ? Les petites attentions disparaîtront ? Comme un cercle vicieux ?

Il ricana.

— Mais que se passe-t-il dans cette jolie petite tête ?

— Vaut mieux pas que tu le saches. C'est difficile pour moi de faire confiance, même quand je n'aimerais pas que ce soit le cas.

Elle se leva, son cœur battant à cent à l'heure.

— Je vais les mettre dans l'eau.

Il la suivit dans la cuisine.

— Tu te trompes, Crystal. J'ai envie de savoir à quoi tu penses et ce que tu ressens. Je veux tout savoir sur toi.

Il se tint derrière elle alors qu'elle remplissait un vase et il enroula les bras autour de son ventre. Il était doux et réconfortant, chassant cette peur de l'inconnu.

Mais alors qu'il approchait sa bouche de son oreille, il lui murmura :

— Parle-moi, bébé.

Le désir qui grimpait le long de ses membres créa en elle une certaine anxiété.

Elle posa le vase sur le comptoir et pencha la tête en arrière contre son torse.

— Je n'ai pas l'habitude d'entendre ce genre de choses et je ne sais pas comment leur faire confiance. Mais je *te* fais confiance. Et le plus dur dans tout ça, c'est que je ne suis pas quelqu'un de faible et le fait de ne pas savoir comment gérer cette situation me donne l'impression de l'être. Et c'est frustrant parce que ce dont j'ai vraiment envie c'est de t'embrasser. J'ai envie de me retourner et que tu me poses sur ce comptoir pour m'embrasser jusqu'à ce que je voie flou comme dans les films. J'ai envie d'enrouler mes jambes autour de ta taille sans avoir à me demander si tu t'inquiètes pour moi, ou si *je* m'inquiète pour moi.

Elle se retourna, son pouls s'emballant, et elle dit :

— J'ai juste envie d'accepter ce que je ressens et d'arrêter de penser, et peut-être que ça m'aidera à supporter le reste.

La seconde suivante, elle se retrouva assise sur le comptoir avec les hanches larges de Bear entre ses jambes, sa bouche plongeant vers la sienne. Le premier contact de leurs lèvres fut comme sauter d'une cascade, puis elle s'envola dans les airs. Ses membres l'encerclèrent, étreignant sa liberté, sa passion, cette affection qu'elle avait pour cet homme incroyable qui la possédait de plus en plus.

Ses mains se déplacèrent comme le vent le long de son dos, jusque dans ses cheveux, le long de ses bras pour se poser sur ses hanches. Elle sentit sa résistance et elle tomba encore plus amoureuse de lui en réalisant qu'il se retenait.

Elle lui attrapa les fesses, lui faisant comprendre qu'elle n'avait pas peur et *Dieu merci*, il glissa ses mains sur son derrière et fit de même, attirant leurs corps l'un contre l'autre. Elle respirait à peine durant leurs baisers, perdue dans le plaisir de s'autoriser à ressentir leur chaleur – et l'apprécier. Elle l'apprécia tellement. *Je ne suis pas brisée.* Une bouffée d'énergie, comme elle n'en avait jamais connu, la traversa. Pas même à travers leurs baisers. Elle se libérait. Totalement, s'autorisant vraiment à laisser le passé derrière elle. Cette réalisation la frappa et elle rompit leur baiser, haletant, souriant et riant comme une folle.

Elle était folle. Folle de Bear Whiskey.

— J'ai envie de t'embrasser pour toujours, lâcha-t-elle.

Elle saisit sa tête entre ses mains, plaquant sa bouche contre la sienne et elle le sentit sourire à travers leur baiser. Il la souleva du comptoir, sans rompre leur connexion, alors qu'il avançait de quelques pas, ralentissant pour donner plus d'intensité à leur baiser. Son dos heurta le mur avec un bruit *sourd* et le désir remonta jusque dans sa colonne vertébrale. Elle ouvrit les yeux et il se retira si rapidement qu'elle l'aima encore plus.

— Ça m'a plu, lui assura-t-elle, aussi choquée qu'il en avait l'air. C'était intense et putain de *torride*. Comme un shot de… *Whiskey*. Je veux plus de Whiskey, s'il te plaît.

Le sourire satisfait qu'il lui adressa remonta jusqu'à ses yeux qui s'embrasèrent alors qu'il déposait à nouveau sur ses lèvres un baiser incroyable. Il la porta dans le salon et se laissa retomber sur le canapé, les genoux de Crystal le chevauchant.

Elle s'attendait à ce qu'il l'allonge, à ce qu'il la domine sans réfléchir, mais elle réalisa qu'il lui laissait une échappatoire. Il lui donnait le contrôle. Et en agissant ainsi, il lui donnait envie de *renoncer* à ce contrôle.

Il passa les mains dans ses cheveux, sa bouche se déplaçant le long de sa mâchoire, jusqu'à ce point sensible derrière son oreille.

— Aussi douce que du sucre, murmura-t-il.

L'instant d'après, il dévorait son cou, lui procurant des frissons de désir dans tout le corps. Elle ferma les yeux, savourant ces plaisirs illicites qu'elle convoitait depuis si longtemps. Inhalant les parfums capiteux du cuir et du *mâle* puissant, elle se concentra sur les sensations de sa langue, ses lèvres se pressant fermement contre sa peau, le frottement de ses dents scintillantes. Il était dur et quand il déplaça sa bouche sur son épaule nue, ses tétons se raidirent, brûlant d'impatience.

Fermant toujours les yeux, elle caressa la longueur de son bras jusqu'à ce qu'elle trouve sa main et l'amena jusqu'à son sein en chuchotant :

— Touche-moi.

Il la revendiqua à travers un autre baiser passionné tout en la caressant, taquinant les pointes sensibles à travers son pull. Des fourmillements la brûlèrent dans le ventre, s'accumulant entre ses jambes, et elle lâcha un long gémissement. Elle attira la main de Bear sous son pull, lui arrachant un geignement entêtant qui occulta toutes ses pensées. Sa grande main rugueuse recouvrit sa poitrine et elle se cambra contre lui, voulant sentir son désir de partout. Il l'embrassa plus intensément, se balançant sous son corps au même rythme qu'elle ondulait des hanches et, quand il prit son téton entre ses doigts et son pouce, un puissant désir la traversa de toute part.

— Oh, mon Dieu, *c'est bon.*

Elle se tortilla contre lui, posant son front contre le sien et s'appuyant contre ses épaules pour tenir.

Il prit ses cheveux dans son poing et plaqua sa bouche contre son cou, le suçant et l'embrassant, lui faisant perdre la tête. Elle avait rêvé de tout ça – de *lui* – mais ses rêves avaient été loin d'être aussi incroyables que ce qu'il lui faisait ressentir. Il glissa à nouveau ses lèvres contre les siennes, pressant et vorace, enfonçant sa langue au même rythme que ses hanches s'élevaient. Quand il serra son téton, elle ne put contenir le flot de gémissements et de miaulements qui jaillit du plus profond d'elle-même.

Il saisit sa lèvre inférieure entre ses dents et tira doucement dessus.

— OhmonDieu, ne put-elle s'empêcher de dire. Encore, le supplia-t-elle.

Il recommença, puis plongea la tête en avant, réclamant à nouveau son cou, telle une torture divine. Elle haleta, happée par ces sensations envahissantes qui la traversaient. Ses mains glissèrent de ses cheveux jusqu'au haut de ses fesses, exerçant plus de pression contre leur friction délicieuse. *Oui, oui, oui.* Elle se balança plus fortement et descendit ses lèvres jusqu'à son cou, goûtant pour la première fois sa peau salée. Elle était incapable de lutter contre ses désirs alors qu'elle léchait et suçait, provoquant chez Bear un autre gémissement avide et plusieurs jurons.

— J'ai besoin de poser ma bouche sur toi, bébé. Mais…

Pas de « mais ». Pas maintenant. Jamais. Pas avec toi.

— Oui. *Oui.*

Elle ne parvint pas à soulever son pull et à défaire le devant de son soutien-gorge assez vite. Elle guida sa bouche jusqu'à sa poitrine et le maintint là, se sentant victorieuse de lui faire autant confiance. C'était *ce* dont elle avait rêvé depuis longtemps. Cette capacité à lâcher prise et avoir le courage de s'autoriser à *ressentir* ses désirs, de *vivre* cette passion qu'elle avait fuie durant tous ces mois. Tout *ça* lui paraissait être juste.

Sa bouche enflammait son corps entier à chaque succion. Elle s'accrocha à la vie alors que des éclairs de plaisir la traversaient de toute part. Elle le chevaucha avec force, les vêtements entre eux ne faisant qu'accentuer son désir. Quand il gémit, elle le sentit vibrer jusque dans sa poitrine, lui donnant plus chaud, la rendant plus mouillée et *avide*. Elle s'était totalement perdue en lui et elle n'avait jamais envie qu'on la retrouve. Elle voulait vivre dans ce havre magique qu'était Bear pour toujours.

La chaleur grimpa le long de ses membres, s'enfonçant dans sa poitrine, brûlant de plus en plus profond. La pression monta jusqu'à cette jonction entre ses cuisses, la faisant monter encore et *encore*. Elle était au bord de l'extase, respirant à peine, son corps entier pulsant, sur le point d'exploser, puis il raffermit son emprise, la possédant tellement qu'elle tomba par-dessus bord, virevoltant telle une spirale, en chute libre vers ce monde qu'était *Bear.*

CHAPITRE HUIT

CRYSTAL S'EFFONDRA SUR Bear, murmurant :

— Waouh, waouh, *waouh*.

Bear la tint contre lui, embrassant sa joue le temps que son cœur se calme.

— Je suis là, bébé.

La voir jouir, la sentir s'abandonner à leur passion était si sexy qu'il avait failli devenir fou, putain.

— C'était incroyable. *Intense.* Comment as-tu réussi à faire ça sans… ?

Elle posa sa joue contre son épaule.

— On le refera, c'est certain.

— Encore et encore, lui promit-il. Mais tu n'es pas obligée de me flatter, bébé. Ce sera encore mieux quand on sera plus proches.

« *Mieux ?* » dit-elle en silence. Elle écarquilla les yeux et il comprit soudain.

— Tu n'as jamais… ?

Elle secoua la tête, l'embarras la faisant rougir. Il l'embrassa à nouveau, gentiment et tendrement et de façon rassurante, du moins il l'espéra.

— Pas même… en *te* faisant du bien ? demanda-t-il doucement.

— Mon Dieu, c'est tellement gênant. Non, je ne me suis jamais *masturbée* et pas parce que je suis tordue. J'ai déjà eu des relations sexuelles, à l'université, et ça n'a jamais vraiment été agréable. Et même si je sais qu'il est possible d'éprouver du plaisir, je n'ai pas voulu essayer toute seule. Et puis je t'ai rencontré et je pensais tellement à toi que j'ai eu *envie* d'essayer, mais… Disons que chaque fois que j'y pensais, que je pensais *vraiment* à me lancer, j'avais peur de ne pas pouvoir… *tu vois quoi*. Et je ne voulais pas associer une autre expérience désagréable à cette partie de mon corps. Alors je n'ai jamais essayé.

— Oh, bébé, dit-il en la prenant dans ses bras. Je te promets qu'on rattrapera tous ces orgasmes que tu n'as pas eus.

Elle éclata de rire.

— Tu es *si* généreux. J'en ai raté *beaucoup*. Genre des heures et des heures, dit-elle en tortillant des fesses.

— Je ne préfère pas qu'on fasse *ça* maintenant.

Il la souleva de ses genoux, se délectant de ce regard curieux et sensuel qu'il lisait dans ses yeux. En voyant ce regard, il eut envie qu'elle continue de bouger son beau corps contre lui, mais il se sentait déjà comme un volcan prêt à entrer en éruption et ce serait une torture de devoir s'arrêter à nouveau.

— Bon sang, bébé, ne me regarde pas comme ça.

Il se leva, réajustant son érection douloureuse.

Elle se leva du canapé et enroula ses bras autour de sa taille.

— Je suis désolée. Je ne suis pas prête à, *tu sais quoi*, mais je peux te proposer un magazine de mode et un peu d'intimité dans la salle de bains pour soulager cette pression.

— Seigneur, lâcha-t-il. Tu vas finir par me tuer, toi.

— Je suis sérieuse. Ce n'est pas comme si j'avais eu beaucoup d'expériences récentes sur lesquelles m'appuyer. Je n'ai même jamais eu d'homme dans mon appartement. Je ne sais pas ce que font les couples dans ces moments-là, et je me sens mal de te laisser tout excité et sans aucune perspective après la façon dont tu m'as mise en ébullition.

Il l'embrassa à nouveau.

— Bébé, *tu* n'as pas à faire quoi que ce soit. Je ne suis pas un animal.

— Ton prénom suggère le contraire[8].

Il eut un petit rire.

— J'ai attendu huit mois et j'en attendrai encore huit de plus ou même *cent* de plus, si c'est le temps qu'il te faut pour être prête.

Elle jeta un coup d'œil vers la bosse sous son pantalon en fronçant les sourcils.

— Tu es sûr que tu ne veux pas de ce magazine ?

Il lui donna une tape sur les fesses.

— Quoi ? fit-elle en riant. Je te proposerais bien mon aide, mais je ne me fais pas assez confiance.

Il serra les dents.

— Bébé, ne me mets *pas* des images comme ça en tête, sinon je ne me calmerai jamais.

— Ne t'emballe pas trop. Je n'ai jamais…

Elle serra la main et l'agita d'avant en arrière comme si elle le branlait.

— Super. Encore une autre image que je ne pourrai pas oublier.

Quelqu'un frappa soudain à la porte.

— Sauvé par le gong. Tu attends quelqu'un ?

Il sortit sa chemise de son pantalon pour cacher son excitation et se dirigea vers la porte.

---

[8] Bear signifie Ours en anglais

— Non.

Il ouvrit la porte et tomba sur un jeune homme qui tenait une boîte à pizza dans les mains.

— Enfin, mec. J'étais là y a quinze minutes, mais personne ne m'a répondu.

— Mince, dit Crystal en attrapant son sac à main sur la table près de la porte et en se mettant à fouiller dedans. J'ai oublié que j'avais commandé une pizza pour nous avant que tu n'arrives ici.

— T'inquiète, bébé.

Bear sortit son portefeuille et paya le type.

— Désolé pour l'attente. Merci d'être revenu.

Il ferma la porte et enroula un bras autour de Crystal.

— C'est gentil d'y avoir pensé, mais je t'aurais bien invitée à dîner.

— Je me nourris exclusivement de pizza et de nourriture chinoise. Oh, et je sais faire griller des toasts : c'est à peu près tout.

Il haussa les sourcils.

— Sérieusement ?

— Ne me juge pas.

Elle se rendit dans la cuisine et prit deux assiettes dans un placard.

Il se nota de lui cuisiner un fabuleux dîner un de ces jours et se dirigea vers la salle à manger.

— Et puis, cette pizza est super, dit-elle en venant à côté de lui. Par contre, il n'y a pas la place pour manger ici.

— Je vois ça.

Il posa la pizza sur une chaise et entra dans la pièce.

Trois longues tables étaient alignées sous les fenêtres, recouvertes de plusieurs couches de tissus colorés parsemées de croquis. Plusieurs autres poupées que son père avait fabriquées avaient été posées sur le bord de la fenêtre. Il sentit son cœur se serrer. Des boîtes de boutons, des bobines de fil et d'autres accessoires de couture jonchaient les surfaces. Dans le coin de la pièce, un mannequin portait une jupe à pois noirs et blancs et un morceau de tissu rose vif avait été drapé sur son épaule. Des dessins de mode faits main et des échantillons de tissu, ainsi que des photos de costumes et de vêtements arrachées à des magazines et journaux étaient accrochées à un tableau de liège. De l'autre côté de la pièce, une chemise avec une seule manche, une jupe avec plusieurs épingles fixant la dentelle à l'ourlet et d'autres pièces à différents stades de conception étaient suspendues à un portant métallique à côté d'une machine à coudre. Il adorait son chaos créatif et coloré.

— On dirait que quelque chose a explosé ici.

— L'explosion de mon esprit, sans doute, dit-elle en ouvrant la boîte à pizza. Tout le monde a besoin d'un endroit pour disparaître. Voici le mien.

Elle déposa une part de pizza dans chaque assiette et lui en tendit une.

— Eh ben, ma copine a d'autres secrets et je veux tous les connaître.

Il se pencha pour l'embrasser et se força à se concentrer principalement sur les quelques éléments de sa vie qu'elle lui partageait déjà.

— Je savais que tu fabriquais des costumes, mais je ne savais pas que tu créais aussi des vêtements. Ils sont tous de toi ?

Il étudia les croquis épinglés au tableau tout en mangeant.

— Mmh, mmh. J'ai étudié le design à l'école. *Je bricole.* Je dessine, redessine et j'essaie de fabriquer quelques trucs chaque année.

Elle mordit dans sa pizza.

— Tu es incroyablement talentueuse, dit-il en observant les croquis étalés sur les tables, impressionné par la complexité des dessins. Gemma et toi, vous allez faire tout ça vous-mêmes ? C'est génial.

— Nous allons en réaliser quelques-uns et nous allons voir s'ils se vendent. Si c'est le cas, on essaiera de recruter quelques étudiants en design pour nous aider.

— C'est ça que tu aimerais finir par faire ? Designer de mode ?

Elle haussa les épaules.

— J'adore travailler avec Gemma et si on arrive à vendre nos propres costumes ça sera suffisant pour le moment. Je ne suis pas prête à retourner à l'école et j'en aurai besoin si je veux vraiment me faire un nom dans le monde de la mode, sans parler des stages à New York, etc. Rien qui ne m'intéresse vraiment. Peut-être que ça changera un jour, mais pour le moment je suis heureuse comme ça.

Il pointa un croquis du doigt sur la table de couture, reconnaissant l'imprimé diamant.

— C'est la jupe que tu portes ?

— Oui, répondit-elle en mordant à nouveau dans sa pizza. Je l'ai terminée il y a quelques semaines. Regarde ça.

Elle termina sa part de pizza et souleva un gros rouleau de tissu désignant l'extrémité du carton autour duquel il était enroulé.

— C'est ce qu'on appelle un *boulon* de tissu. Ça peut t'être utile au cas où tu déciderais de te mettre à fréquenter les magasins de tissus pour satisfaire ton addiction au satin et à la dentelle.

— Je crois que tu veux plutôt dire mon addiction à *Crystal.*

Il se pencha en avant pour lire l'étiquette sur le rouleau – *Ours Noir* – et éclata de rire.

— Je n'ai pas pu résister, dit-elle avec un sourire sexy. Je l'ai trouvé il y a trois mois et je me suis sentie obligée de tout acheter.

— Il y a trois mois ? Tu étais donc bien à fond sur moi depuis tout ce temps.

Elle leva les yeux au ciel.

— Tu n'imagines même pas…

Il passa son bras autour de sa taille, l'attirant plus près.

— Tu vois ? Même les dieux des tissus veulent nous voir ensemble.

Il pressa ses lèvres contre les siennes. Le goût de la pizza et du désir s'entremêlèrent à la saveur unique de Crystal.

— Merde, chérie. Je ne me lasserai jamais de toi.

— Tant mieux, dit-elle en se hissant sur la pointe des pieds, déposant un baiser sur ses lèvres. Alors on a beaucoup de choses en commun.

— On est bien loin de « Je ne suis pas ta chérie », là. Tu es sûre de vouloir me revendiquer comme ton petit ami de façon si flagrante ? Parce que je pourrais très bien promulguer la règle de « pas de retour en arrière possible ».

— Comme si j'avais vraiment eu le choix de te revendiquer comme mon petit ami ? dit-elle alors qu'un sourire étirait ses lèvres. Tu as fait en sorte que ce soit impossible pour moi de penser à *autre chose* que toi.

— Bébé, je n'ai pensé qu'à toi pendant si longtemps que je ne me souviens même plus de ce à quoi je pensais avant toi.

— C'est une sacrée déclaration.

— Mais je suis un sacré type. Tu vois ? J'ai encore plus de points communs avec ma copine qui déchire.

Elle se mit à rire.

— En vérité, on a beaucoup de choses en commun, dit-il plus sérieusement. Tu conçois des vêtements et moi des motos.

— Mais non ! Tu me fais marcher ! dit-elle en haussant les sourcils, très surprise.

— Désolé, bébé : personne ne va marcher. À vrai dire, tu pourrais même avoir du mal à me faire quitter cet appartement.

— Pff, tu aimerais bien, rétorqua-t-elle, mais son regard enflammé démentait ses propos. Comment ça se fait que, depuis le temps que je te connais, je ne sache toujours pas que tu fabriques des motos ?

Elle leur servit tous les deux une autre part de pizza et apporta la boîte jusqu'au salon.

— Je pourrais te dire la même chose concernant la création de vêtements.

— Je suis sérieuse. C'est incroyable. Je veux dire, moi je fabrique des vêtements dans ma salle à manger. Personne n'est au courant à part Gemma et Dixie. Mais des motos ? C'est incroyable.

— C'est juste un passe-temps. Je le fais dans mon garage à la maison.

— Qu'est-ce qui t'empêche d'en faire plus qu'un passe-temps ?

— J'ai besoin de temps pour m'investir un peu plus et le faire correctement et je ne peux pas laisser tomber les entreprises de ma famille.

— Mais concevoir et fabriquer des motos, ce n'est pas quelque chose que tout le monde peut faire. Je suis sûre qu'ils comprendraient si tu voulais te lancer. Bones est docteur et Bullet a fait l'armée.

Il se racla la gorge pour essayer de repousser le malaise qui accompagnait cette conversation.

— J'ai reçu une offre de *Silver-Stone Cycles* : ils m'ont proposé de travailler avec eux à temps partiel sur la conception de motos.

— Tu veux dire *les fameux Silver-Stone Cycles* ? Ils sont aussi connus que *Harley-Davidson*. Ce serait incroyable !

Incroyable, c'était le mot, mais il faudrait que la terre change d'orbite pour que ce rêve devienne réalité.

— Tu vas dire oui ?

L'excitation dans sa voix lui donnait envie de répondre par l'affirmative, or il n'en était pas encore là.

— Il y a beaucoup de choses à prendre en compte.

Il n'avait pas envie de se laisser entraîner dans une longue discussion sur ce dilemme auquel il faisait face, alors il essaya de changer de sujet.

— Comment est-ce que tu connais *Silver-Stone Cycles* ?

Elle haussa les épaules d'un air taquin.

— Il faut bien que je m'occupe les soirs de week-end quand je fais semblant de mener une vie de débauche avec des motards sexy. Je regarde *Chop Shop*[9] et *Sons of Anarchy*[10] et…

Il se mit à rire.

— Je crois que tu viens de devenir dix fois plus sexy.

— Tout ça au nom de la recherche. J'adore les tatouages et les barbes hirsutes et le cuir. *Hmm, le cuir.* Et le fait de te voir sur une moto ? Eh bien, ce sont les meilleurs préliminaires qui soient.

— Je m'en souviendrai, dit-il alors qu'ils s'asseyaient sur le canapé. Et je me souviendrai aussi de ne *pas* t'amener au bar

---

[9] Comédie dramatique de 2007

[10] Série télévisée américaine où des motards décident de protéger leur ville des dealers

quand les gars y sont.

— Tu es le seul motard que je veux. J'ai commencé à regarder tout ça parce qu'il fallait que j'apprenne le jargon, mais c'est vrai que c'est un *régal pour les yeux*, dit-elle d'un air taquin.

Il posa les assiettes sur la table basse et se mit à lui chatouiller les côtes, la faisant couiner de rire.

— Je ne veux plus entendre parler de régal pour les yeux.

— Je ne *t'appartiens* pas, dit-elle entre deux rires. *Régal pour les yeux, régal pour les yeux, régal pour les yeux* !

Il la chatouilla à nouveau et ses gloussements redoublèrent.

— OK, OK, OK, haleta-t-elle. Il n'y a que *Bear* qui me régale.

Il plaqua sa bouche contre la sienne qui riait, la prenant dans un long baiser sensuel qui transforma ces doux rires en gémissement lascifs.

Harley monta sur la jambe de Bear et il s'écarta à contrecœur pour la prendre et embrasser son petit nez rose.

— Salut, petite CC.

— Je *t'interdis* de l'appeler comme ça !

Crystal tendit les bras vers Harley. Il éloigna le chaton plus loin. Crystal se pencha sur ses genoux, essayant de l'attraper, et il passa un bras autour de sa taille avant de l'embrasser dans le cou.

— Ah, je préfère, dit-il en l'embrassant le long de l'épaule. *Hmmm*, aussi douce que le sucre.

Elle gloussa.

— Et toi, tu es aussi diabolique que des épices cajun.

— Bébé, tu n'as encore rien vu de mon côté *diabolique*, rétorqua-t-il en ondulant des sourcils et en câlinant le chaton. Il y a trop de femelles ici, j'aurais dû te prendre un matou.

— J'en ai déjà un qui s'appelle *Bear*, dit-elle en lui donnant un coup d'épaule avant de prendre une autre part de pizza.

— Je ne suis plus un matou.

Il ne regrettait pas ses expériences passées, mais il voulait qu'elle sache qu'elle était la seule femme qu'il voulait.

Elle cala ses pieds sous ses fesses. Sa jupe remonta le long de ses cuisses et son regard suivit.

— Tu es toujours un matou, même si je suis ta seule proie. Je parie que les types de ton grand méchant club de motards se moqueraient de toi pour ne fréquenter qu'une seule femme.

— C'est *pas* comme ça que ça marche, bébé.

— Alors, *comment* ça marche ?

— Ça dépend à qui tu parles et ce ne sont pas juste des motards. Ce sont des gars normaux. Certains sont célibataires, d'autres ont des petites amies ou des familles. Les hommes sont tous différents. Certains ne pensent qu'à coucher à droite à gauche, d'autres ne pensent qu'au fait que leur femme doit leur appartenir et d'autres…

— Ah, ça me fait penser à mon mec, marmonna-t-elle.

— *Non*, c'est faux. Je suis peut-être un peu possessif et *protecteur* mais je ne crois pas que tu *m'appartiens*.

— Alors tu ne me vendras pas au plus offrant ?

Il sut à son sourire qu'elle plaisantait.

— Non, sauf si tu n'es pas sage.

Il posa Harley sur ses genoux. Elle les connaissait depuis assez longtemps, lui et ses frères et sœur, pour comprendre que leur club était composé de personnes qui partageaient un intérêt pour les motos et la culture motarde, contrairement aux gangs de motards, qui étaient généralement connus pour leurs activités illégales.

— Il n'y a aucune différence entre sortir avec moi et sortir avec un type qui ne fait pas partie d'un club de motards, à part que je suis plus beau, plus dur, plus intelligent et un million de fois plus doué au lit.

— Mon motard est très arrogant, n'est-ce pas ? murmura-t-elle à Harley.

Il ricana.

— Tu es une femme forte, Crystal, et j'imagine que certaines choses concernant le fonctionnement du club ne vont pas te plaire.

Elle leva des yeux sérieux vers lui.

— Dixie m'a dit qu'elle n'avait pas le droit d'être membre, donc tu ne me choqueras pas avec cette histoire de femmes non autorisées.

Il fut immédiatement soulagé. *Merci, Dix.*

— Je sais que ça paraît macho, mais je respecte les raisons derrière tout ça, c'était une tradition au départ et désormais c'est une sorte de fraternité entre les membres. Vois ça comme un club de garçons. Une fois que l'on intègre des femmes au groupe, les relations amoureuses entre les membres s'installent, puis il y a des ruptures et la fraternité se divise.

— J'adore cette *fraternité*. Toi et tes frères, vous êtes là pour Tru, Gemma et les enfants. C'est incroyable. Et ce que vous avez fait pour ce petit garçon la dernière fois, c'est vraiment un acte héroïque.

— Non, chérie. C'est un acte *humain*.

Il était ravi qu'après des mois elle avoue enfin ses sentiments pour lui au lieu de faire des remarques sarcastiques.

— Mon père nous a bien éduqués à ce sujet. J'aimerais juste qu'il y ait plus d'équité concernant Dixie.

— Où est la *place* de Dixie dans tout ça ? La mentalité de club de garçons des Dark Knights ne semble pas la déranger, en tout cas elle ne le laisse pas paraître.

— Malheureusement, dans la tête de mon père, Dixie est coincée dans la case « princesse ».

Crystal éclata de rire.

— *Princesse* ? Ta sœur n'est *pas* une princesse. Elle est la femme la plus forte que j'ai jamais rencontrée dans ma vie. Elle ne laisse personne lui marcher dessus.

— Je ne dis pas « princesse » dans le sens où elle se prend pour une princesse. Elle est la fille du président du club. C'est de *l'or* en barre. Personne ne s'en prend à la famille du président. Notamment aux femmes. Et mon père l'adore, mais il est tellement vieux jeu qu'il la freine. Elle travaille tout aussi dur que mes frères et moi mais n'a pas son mot à dire concernant les grandes décisions de l'entreprise. Je respecte mon père, or ça ne veut pas dire que je suis d'accord avec tout ce qu'il fait.

— Elle gère ton garage et elle travaille au bar. Comment peut-il la freiner ? Elle adore travailler là-bas.

— Elle a fait de grandes choses pour notre garage parce que je lui ai donné ce poste contre la volonté de mon père. Je lui ai donné sa chance et elle a fait ses preuves. Mais elle gaspille son talent en travaillant au garage et en tant que serveuse au bar. S'il y a bien une personne qui devrait *diriger* une entreprise, c'est Dix. S'il la laissait s'occuper de l'expansion, elle pourrait faire de grandes choses. Me demander de m'en charger avec Dix qui m'aide en coulisses est un vrai manque de respect pour elle.

Il lut soudain une lueur de défi dans ses yeux.

— Alors qu'est-ce que tu comptes faire monsieur Je-te-ferai-me-désirer ?

— Ça ne marche pas comme ça. Tout est une question de respect, bébé, et je respecte beaucoup mon père.

— Et Dixie ?

C'était bien là que résidait le problème. Et Dixie ?

CRYSTAL VIT LES REMPARTS DE BEAR s'élever dès l'instant où ils commencèrent à parler de sa famille. Elle connaissait bien ses frères et Dixie, mais pas ses parents qu'elle n'avait fait que croiser. Maintenant qu'elle connaissait le point de vue de son père concernant la place des femmes dans la société, elle était un peu inquiète. Elle n'était pas vraiment douée pour tenir sa langue.

— Viens, on sort.

Elle se leva et porta la boîte à pizza et les assiettes dans la cuisine pour emballer les restes. Bear la suivit.

— Où ça, ma beauté ?

Elle enroula ses bras autour de sa taille et lui dit :

— Au *Whispers*.

Le *Whispers* était l'une des boîtes de nuit les plus fréquentées de Peaceful Harbor. Ils avaient dû faire face à des émotions si intenses ces derniers jours qu'elle espérait que le *Whispers* serait la distraction dont ils avaient besoin pour se changer les idées pendant un moment.

Il gémit, embrassa le chaton sur le haut de la tête et l'assit à côté de son assiette.

— Et si on allait chez *Whiskey*, plutôt ?

— Si on va chez les Whiskey, tu seras encore dans tes pensées, celles qui te donnent un air crispé, dit-elle en glissant un doigt sous la ceinture de son jean. J'ai envie de danser dans tes bras sans penser à autre chose que toi. Et peut-être à cette sensation incroyable que tu m'as procurée un peu plus tôt.

Son regard s'assombrit et il saisit ses fesses.

Elle guida ses mains jusqu'à sa taille.

— Emmène-moi danser, mon motard.

— Tu ne t'assoiras pas sur ma moto avec cette jupe, sauf si tu veux que je tue tous les hommes qui se rinceront l'œil.

— Sérieusement ? Tous mes atouts physiques seront pressés contre toi. Personne ne verra rien. Mais OK, je vais me changer pour apaiser ta jalousie. Donne-moi une seconde.

Elle se dirigea vers sa chambre, sentant la brûlure de son regard dans son dos, et elle adora ça. Elle enfila un short en cuir noir tout en sachant qu'il l'adorerait et prit une minute de plus pour arranger sa coiffure et son maquillage et pour se laver les dents.

Elle débarqua dans le salon en se pavanant, anticipant une lueur avide dans ses yeux, mais rien n'aurait pu la préparer à ces pensées coquines qui lui traversèrent soudain l'esprit quand elle le vit de dos. Son jean noir était serré au niveau de ses hanches puissantes et s'étirait le long de ses jambes musclées. Il avait rentré sa chemise, accentuant alors ses épaules larges et sa taille fine. Elle se lécha les lèvres en s'approchant et enroula ses bras autour de sa taille, appréciant cette nouvelle façon qu'elle avait d'accepter ses émotions.

Il se retourna, un sourire coquin étirant ses lèvres et ses pensées devinrent immédiatement cochonnes, telle une course à travers un labyrinthe de relations sexuelles. Leur petit rapprochement un peu plus tôt avait ouvert une sorte de vortex, libérant la femme fatale qui était en elle. Des images de Bear dans son lit jaillirent dans son esprit à une vitesse folle. *Gloups.* Elle n'était pas encore prête pour ça. Ou bien l'était-elle ? En tout cas, elle en avait envie.

Elle se força à prendre du recul et à reprendre le contrôle sur ses hormones en folie. Désignant son short de la main, elle lui demanda :

— C'est mieux ?

— Bon sang, bébé. Tu es la chose la plus sexy que j'ai jamais vue.

Il se pencha pour l'embrasser à nouveau.

— *Danser*, dit-elle, légèrement étourdie en lui remettant ses clés. Poche ?

Il ricana et rangea ses clés dans sa poche alors qu'ils sortaient par la porte.

Le vent fouetta les cuisses de Crystal et les abdos de Bear se contractaient sous ses mains alors qu'ils roulaient jusqu'au *Whispers*. Elle se sentait libérée, comme si tous les liens qui la rattachaient à son passé avaient été rompus. Si seulement elle savait comment faire face à la dernière attache qui devenait de plus en plus tendue au fur et à mesure qu'elle s'accrochait à son secret. *Le dire à Gemma.*

CHAPITRE NEUF

CELA FAISAIT LONGTEMPS que Bear n'avait pas été dans une boîte de nuit branchée comme le *Whispers*, où la tension sexuelle coulait autant à flots que la bière. Il raffermit son emprise sur Crystal, étudiant le visage de tous les hommes alors qu'ils se faufilaient dans la foule, se demandant s'ils étaient le connard qui l'avait agressée. Il savait qu'il devait lâcher prise, mais il pouvait être n'importe où. Comment avait-elle pu tourner la page alors que lui luttait constamment contre le besoin de retrouver cet enfoiré et de le tuer ?

Elle pressa ses doigts contre sa taille, le ramenant à la réalité.

Des femmes trop maquillées se glissaient contre des hommes pleins de testostérone, se cognant et se frottant, se pelotant et s'embrassant la bouche ouverte. Crystal se dégagea de son étreinte et se retourna pour lui faire face. Prenant sa main, elle marcha à reculons, l'attirant plus profondément dans la foule avec un regard de prédatrice qui aurait pu faire bander un homme impuissant. Elle agita ses épaules au rythme de la musique alors que la mer de monde s'écartait pour la laisser passer et Bear se demanda si elle fréquentait régulièrement le club. Il sentit la jalousie grimper le long de sa colonne verté-brale. Elle était terriblement sexy dans ce short moulant qui l'avait presque fait mouiller son boxer et rien qu'en l'imaginant danser avec un autre gars, son sang se mit à bouillir.

Elle s'arrêta au milieu de la piste de danse, les lumières violettes éclairant son sublime visage alors qu'elle l'attirait plus près. Cuisses contre cuisses, son menton contre son torse, elle bougeait avec la fluidité d'une vipère aspic et la sensualité d'une panthère en chaleur. Elle glissa ses mains sous sa veste, jusqu'à son torse, puis par-dessus sa tête à elle, dansant sensuellement. Ses longs doigts gracieux se pliaient au rythme de la musique alors que ses hanches se balançaient contre lui. La chaleur longea son torse, réveillant l'animal qui se trouvait dans son boxer.

Bordel. Il scruta la foule, repérant quelques types qui observaient le spectacle érotique de Crystal et leur jeta un regard noir.

Bear n'était pas un danseur et, avec son mètre quatre-vingt-dix, sa veste en cuir et ses tatouages, il se démarquait de la foule chic. Ce n'était certainement pas un crétin en chemise qui allait lui voler la vedette. Se concentrant sur Crystal, il suivit son rythme. Ses mains se déplaçaient de façon possessive sur son corps, entraînées par sa danse séduisante. Elle se déplaça, plaçant les cuisses de Bear entre ses jambes, accentuant cette tension sexuelle qui bouillonnait entre eux depuis le début de la soirée. Elle enroula ses bras autour de son cou et il se pencha et approcha sa bouche de la sienne, plongeant dans ce baiser, dévorant sa douceur. Ils dansèrent sur toutes les chansons, s'embrassant et se touchant, le stress de leurs aveux écarté. Une toile de fond sombre sur leurs désirs qui battaient à leur propre rythme. Le temps s'écoula à travers un flot de baisers profonds, une chaleur oppressante et leur danse coquine en devint plus libidineuse encore. Il la retourna dans ses bras, se frottant contre ses fesses, ses mains glissant le long de ses côtes, par-dessus ses hanches, pour venir se poser sur son ventre alors qu'il l'embrassait dans le cou. Sa peau était lisse et salée. *Délicieuse.*

Elle se frotta contre son érection, ses mains s'agrippant à l'arrière de ses cuisses. Elle tourna la tête, capturant sa bouche avec la sienne par-dessus son épaule, le rendant complètement fou, putain. Il la fit pivoter dans ses bras, écrasant sa silhouette souple contre son corps dur.

Il se perdit dans cet état d'excitation. Il enfonça ses mains dans ses cheveux à la base de son crâne et inclina la tête pour intensifier leur baiser. Mais quelque part, sous le désir et l'avidité qui poussaient ses hanches plus fermement contre elle et enfonçaient plus profondément sa langue, retentit un avertissement confus.

Il recula, réalisant qu'il devait se rappeler d'être prudent avec elle. Ses yeux sombres le retinrent captif, pleins de déception et prenant rapidement un air férocement déterminé. La musique retentit plus clairement et il reconnut le rythme provocateur de « Way Down We Go » de Kaleo. Les pulsations sensuelles augmentèrent lentement pour atteindre un crescendo explosif, ralentissant à nouveau telles des vibrations provocantes avant de s'intensifier encore vers un grondement électrisant et dominant.

Crystal serra les mains de Bear contre sa taille, frottant son magnifique corps contre lui, perturbant son besoin de contrôle. Elle lui murmura :

— *Ne me lâche pas.*

Puis elle se cambra, ses bras retombant mollement sur le côté, ses épaules se balançant comme des branches dans le vent. S'il la relâchait, elle tomberait et il comprit que c'était une autre preuve de confiance.

CRYSTAL S'ABANDONNA À cette adrénaline qui coulait dans ses veines, à ce désir qui s'accentuait en elle. Le regard pénétrant de Bear réchauffa chaque centimètre de sa peau entre son visage et la jonction de leurs deux corps, là où ses mains puissantes la maintenaient ancrée contre lui. Il avait jeté des regards si menaçants en direction des autres hommes qu'elle s'était demandé s'il se détendrait assez pour danser, mais ses tentatives pour attirer *totalement* son attention avaient fonctionné. Elle avait commencé à laisser la musique l'envahir comme quand elle était seule le soir dans son appartement, peu de temps après être retournée à Peaceful Harbor. Ces nuits où elle était si agitée que rien ne pouvait faire taire ses fantômes. Elle était venue au *Whispers* quelques fois avec Gemma avant que celle-ci ne se soit mise en couple avec Tru, mais elle n'avait jamais dansé comme ça avec un homme. Désormais, alors que des côtés d'elle qu'elle pensait avoir perdus il y a bien longtemps revenaient à la vie, elle avait *besoin* de cette extase sombre et érotique. C'était une autre étape pour se retrouver, se faire confiance. Et elle savait qu'elle pouvait explorer ce domaine avec Bear en toute sécurité.

Elle s'agrippa à sa veste en cuir, sentant sa force à travers la pression de ses mains sur son dos, s'imprégnant de sa puissance tandis qu'elle se redressait. Guidés par cette séduction auditive, leurs corps fusionnèrent comme le soleil se fondant sur l'horizon. La musique se transforma en murmure, les basses presque silencieuses pulsant sous sa peau. Les yeux de Bear brillaient de désir.

— Embrasse-moi à nouveau, dit-elle en attirant sa bouche vers la sienne, anticipant le rythme dominant du refrain.

Il l'embrassa avec la force du tonnerre. Elle lui rendit la pareille avec ferveur, son corps vibrant en souvenir de ce qu'ils avaient fait plus tôt. Ses mains glissèrent le long de ses biceps, sentant les nervures de ses muscles alors qu'il raffermissait son emprise sur elle.

Lorsque la chanson se termina et que leurs lèvres se séparèrent, elle lui dit :

— Je veux continuer à t'embrasser.

Son aveu fut spontané, mais il était aussi sincère que possible.

— Pas ici.

Sa voix rauque la fit vibrer.

Il la prit par la taille, la tenant si fermement qu'elle eut l'impression qu'il voulait ouvrir sa peau pour qu'elle s'y blottisse. Il traversa la foule, se dirigeant tout droit vers les portes. L'air frais effleura sa peau chaude, lui donnant la chair de poule. Lorsqu'ils s'éloignèrent du dôme de lumière que projetait le club, Bear la serra contre lui, lui offrant un baiser qui lui donna des frissons. Ils trébuchèrent, s'embrassant jusqu'à ce qu'ils atteignent le trottoir.

— Où est-ce que tu as appris à danser comme ça ?

— J'ai appris toute seule. J'avais besoin de décompresser. Embrasse-moi.

Et il le fit. Pressé et brutal, puis lentement et intensément à un rythme enivrant qui lui donnait envie encore et *encore*. Ils se touchaient de partout et, quand ils arrivèrent à sa moto, ils s'arrêtèrent tous les deux et la fixèrent du regard. Monter sur la moto signifiait ne plus pouvoir s'embrasser. Mais elle avait envie qu'ils continuent ! Elle jeta un coup d'œil en direction de Bear et comprit à sa grimace qu'il était face au même dilemme.

Il effleura ses lèvres des siennes avec un baiser si doux qu'elle fondit de l'intérieur.

— J'adore *ces baisers*-là aussi.

— Chérie, j'ai prévu de t'embrasser pendant des mois encore.

Il la prit dans ses bras, l'embrassant jusqu'à ce qu'elle se sente étourdie. Elle agrippa sa veste.

— Il faut que tu arrêtes.

Il le fit. *Immédiatement.*

Elle cogna son front contre son torse, haïssant ce passé qui interférait à tous les niveaux, mais surtout à ce *niveau-là*.

— T'es obligé d'obéir aussi bien ?

— Bien sûr que oui.

Il leva le menton de Crystal et la regarda dans les yeux d'un air sérieux.

— J'adore que tu sois aussi prudent avec moi et je veux que tu le sois. Mais ce que je veux te dire c'est que je t'ai demandé d'arrêter parce que j'étais tellement captivée par toi que j'avais les jambes en coton.

Ses lèvres s'étirèrent en un sourire d'appréciation.

— Ah oui ?

— Oui. Et ça m'énerve que ma remarque sexy se perde dans ton inquiétude parce que tu fais attention à ce dont j'ai besoin. Je ne dois pas savoir envoyer les bons signaux. Mais je finirai par trouver.

— Fais-moi confiance, bébé. Tu m'envoies tous les bons signaux.

Un groupe de gars sortit d'une voiture quelques places de parking plus loin et Bear l'attira plus près.

— Viens, on rentre chez toi, là où je ne suis pas obligé de voir des hommes reluquer ma femme.

— Pour un type qui prétend savoir que je ne lui appartiens pas, c'est une remarque très possessive.

Il l'aida à monter sur sa moto, ignorant ses moqueries.

— En combien de temps peux-tu nous ramener chez moi en toute *sécurité* ?

— Moins de dix minutes. Pourquoi ?

— Parce que j'ai envie de t'embrasser !

Elle l'attira pour un autre baiser et il chevaucha la moto, lui faisant face, et l'embrassa jusqu'à ce que chaque centimètre de son corps s'engourdisse. Quand il se pencha pour l'embrasser à nouveau, elle posa la main au centre de son torse et secoua la tête.

— Encore un baiser comme ça et je tombe de la moto.

— Pas de baisers alors, mais tu auras une énorme bête vibrante sous toi, dit-il en lui faisant un clin d'œil avant de lui donner un dernier bisou rapide. Tiens-toi bien, ma belle.

Après avoir mis leurs casques et s'être remis en place, Bear tendit les mains vers l'arrière et la tira en avant, comme il l'avait fait la dernière fois. Le moteur se mit à gronder et ses parties intimes s'amusèrent pas mal. Elle enroula les bras autour de lui, sentant la ceinture de son jean sous ses doigts alors qu'il sortait du parking. Elle pensait encore à leurs baisers et son corps était totalement absorbé par la vibration qui avait lieu en dessous d'elle. Elle se demanda si cela affectait Bear aussi, et plus ils roulaient, plus elle était curieuse. Alors qu'il tournait pour entrer dans le parking de sa résidence, elle glissa sa main plus bas, par-dessus sa fermeture Éclair. La grosse bosse du jean était chaude. *Tellement* chaude. Elle jeta un coup d'œil dans le rétroviseur et vit qu'il souriait.

Il se gara et alors qu'elle enlevait sa main, il plaça la sienne par-dessus, serrant doucement pour qu'elle puisse le sentir *tout* entier. Elle enfouit son visage dans son dos, comme une gamine surprise avec un pétard qui n'aurait pas pensé aux répercussions si elle se faisait prendre. Elle le sentit grossir sous sa paume et son pouls s'accéléra, mais elle n'essaya pas de se retirer. Elle aimait cette atmosphère coquine et silencieuse. Elle sentit qu'il enroulait ses doigts autour des siens et il retira sa main d'entre ses jambes. Enlevant son casque, il se tourna vers elle avec un sourire féroce. Pendant un moment, ils ne dirent rien, elle n'était même pas sûre de respirer encore.

Il lui enleva son casque – parce qu'elle restait figée après avoir été surprise en train de jouer avec – et lui dit :

— Il y a d'autres choses que tu aimerais découvrir encore ?

— Hum…

Oui, s'il te plaît.

— Dois-je te faire une liste ? continua-t-elle.

Il descendit de la moto et rangea les casques. Puis il la repositionna pour qu'elle soit assise de côté sur le siège. Il se plaça entre ses jambes et l'attira vers l'avant. La position en elle-même accéléra son rythme cardiaque de la meilleure des façons. Il prit son visage dans ses mains, rapprochant leurs bouches si près qu'elle se prépara à un baiser. Un baiser *torride*. Ses lèvres s'écartèrent et elle se sentit étourdie par l'anticipation, mais il la tint simplement là, cherchant son regard comme s'il attendait qu'elle dise quelque chose. Mais elle ne savait pas quoi, car tout ce qu'elle voulait, c'était plaquer sa bouche contre la sienne.

— Je te rends nerveuse ? En me tenant comme ça devant toi ? demanda-t-il en chuchotant presque.

— Seulement parce que j'attends que tu m'embrasses et tu ne le fais pas.

Sa remarque lui valut un autre sourire coquin.

— Oh, si, je vais t'embrasser, bébé. Je vais t'embrasser jusqu'à ce que tu ne te souviennes plus de me l'avoir demandé. Et ensuite je vais continuer de t'embrasser, jusqu'à ce que tu sois si excitée et nerveuse que tu n'arrives plus à penser correctement.

Elle n'arrivait pas à faire autre chose que le regarder fixement, imaginant ces fameux baisers.

— Mais d'abord, je vais passer une minute de plus debout devant toi. Sans t'embrasser.

— Parce que tu aimes me torturer ?

— Non, chérie. Parce que cette curiosité que tu éprouves est tellement putain de sexy que j'ai envie que tu sois encore plus curieuse.

Il se lécha les lèvres et elle saliva en voyant à quel point il laissa la surface lisse.

— Ça marche, avoua-t-elle. Je suis *super* curieuse.

Après ce qui lui sembla durer une heure, mais n'avait probablement duré qu'une minute, elle se leva de la moto, essayant de se rapprocher, et il la souleva du sol en passant un bras autour de sa taille et commença à marcher vers l'appartement.

— Repose-moi, dit-elle en riant.

Il relâcha sa prise et elle glissa le long de son corps, ses orteils touchant le sol. Il la hissa à nouveau vers le haut. Ils rirent et s'embrassèrent tout le long des escaliers jusqu'au palier où il la prit dans ses bras et la plaqua contre la porte, l'embrassant si intensément qu'elle le sentit dans tout son corps. Elle attrapa la poche de son pantalon, cherchant ses clés et voulant désespérément sentir cette bosse dure entre ses jambes. Il s'écarta assez longtemps pour sortir les clés et ouvrir la porte. Ils trébuchèrent dans l'appartement et il ferma la porte derrière eux. Elle entendit vaguement le bruit des clés qui heurtaient le sol alors qu'ils se laissaient tomber sur le canapé.

Il s'éloigna d'elle et son poids sur elle lui manqua immédiatement. Elle l'attira plus près et il inclina ses hanches pour qu'ils soient allongés côte à côte, le genou de Crystal entre les siens, sa cuisse par-dessus la sienne.

— Est-ce que tu es bien, là ? demanda-t-il entre deux baisers.

— Plus que bien, haleta-t-elle, le tirant vers elle pour l'embrasser à nouveau.

Ils s'embrassèrent pendant un long moment. Les caresses lentes et aimantes de leurs langues se transformèrent en ballet de domination, pour finalement redevenir douces et tendres. Cela suffit à la rendre folle. Elle tira sur sa chemise et il prit doucement sa main.

— Dis-moi, bébé.

— Je veux sentir ta peau.

Il enleva sa veste, la jeta sur la table basse et sortit sa chemise de son jean.

— Je l'enlève ?

Oh, comme elle aimait qu'il lui demande ! Et comme elle le détestait aussi… Cela lui donna le temps de s'arrêter et de réfléchir, puis elle secoua la tête.

— Juste déboutonnée pour le moment.

L'expression la plus tendre se lut sur son visage. Il souleva sa chemise jusqu'à sa taille et guida sa main sous le coton doux. Cette première caresse n'aurait pas dû être différente de celles sur son bras ou sa joue, mais il n'y avait rien de familier à explorer cette partie de son corps sans la protection du tissu. Sa peau était plus douce que sur ses joues, ses bras ou ses mains. *Plus chaude.* Les muscles durs en dessous étaient très tentants. Remontant la main le long de son dos, elle sentit ses muscles se contracter et posa la paume entre ses omoplates. Ses doigts parcoururent les profondes rainures de sa peau, rugueuse et inégale à certains endroits, lisse et glissante à d'autres.

— Tu as des cicatrices, dit-elle doucement.

Elle avait entendu des histoires concernant l'origine de son surnom.

— Alors c'est vrai ? Tru a dit que tu as hérité de ce surnom parce que tu t'es battu avec un ours noir ?

— Oui, mais j'ai pas envie de parler de ça maintenant.

Elle savait ce que c'était de ne pas vouloir parler de certains souvenirs et elle laissa tomber. Il approcha sa bouche de son oreille et chuchota :

— Je suis à toi, bébé. Pas de pression ni d'attentes. Tu me touches quand tu as envie de me toucher. Tu as le contrôle total. Je veux que tu t'habitues à être proche de moi sans penser que ça doit être sexuel.

— Et si j'ai envie que ce soit sexuel ? demanda-t-elle doucement.

Il mordilla sa lèvre inférieure.

— Il n'y a rien de mal à vouloir toucher quelqu'un qui t'attire. On sera aussi sexuels que tu le voudras.

— Embrasse-moi, Bear.

Il sourit.

— T'aimes bien m'embrasser, hein ?

— C'est comme un goûter, ça me permet de tenir jusqu'à ce que j'aie envie de plus.

— Goûte, bébé. Goûte.

Ses baisers la consumèrent. Il déplaça ses mains sur ses hanches, puis le long de ses cuisses, puis remonta. Ses doigts glissaient le long de l'ourlet de son short dans un rythme hypnotisant. Ses hanches prirent le rythme et les siennes firent de même. Alors qu'ils s'embrassaient, leurs corps se frottant l'un contre l'autre, il se mit par-dessus elle et elle s'allongea sur le dos. Il garda son corps collé au sien, s'écartant de temps en temps. Lorsque sa main toucha sa taille, il rompit leur baiser, lui demandant silencieusement la permission. Elle déplaça sa main sous ses vêtements à elle, maintenant son regard.

Il s'écarta, plongeant la tête vers l'avant pour embrasser son ventre. Des frissons de plaisir parcoururent sa poitrine. Il continua de l'embrasser, adorant son ventre et ses côtes, montant plus haut, caressant ses seins, ralentissant assez pour obtenir son approbation visuelle avant de défaire son soutien-gorge et écarter les bonnets sur le côté.

Il déposa un baiser sur l'un de ses tétons et leva à nouveau les yeux vers elle.

— Si tu veux que j'arrête, tu me le dis. Tu as le contrôle sur tout ce que nous faisons.

— Est-ce que tu veux bien enlever ta chemise ? Je veux sentir ta peau sur la mienne.

Alors qu'il l'enlevait et la jetait par terre, elle retira son soutien-gorge tout en gardant son haut. Un truc qu'elle avait appris dans le vestiaire du collège quand elle était trop pudique pour se changer devant tout le monde. Elle posa les mains sur ses épaules qui lui parurent plus larges et fortes maintenant qu'elles étaient dévêtues.

— Continue de me toucher, dit-elle.

Ce qui lui valut un petit gloussement alors qu'il baissait à nouveau la tête, la taquinant et la narguant jusqu'à ce qu'elle se torde de plaisir.

Il se positionna entre ses jambes, touchant ses seins des deux mains et embrassant son ventre. Elle ferma les yeux, se laissant porter par les plaisirs qui l'envahissaient. Il tourna la langue autour de son nombril, l'enfonçant et la caressant autour, encore et encore. Il la traîna le long de sa taille et ses hanches se soulevèrent des coussins. Il l'embrassa en remontant à nouveau entre ses seins, jusqu'à leurs pointes où il s'attarda assez longtemps pour lui arracher plusieurs gémissements haletants.

Quand il pressa sa bouche contre la sienne, elle remua et se tordit sous son corps. Il était prudent. Elle sentait sa retenue alors qu'il enroulait ses doigts autour de ses hanches. Elle bougea pour que ses jambes ne se retrouvent pas coincées et défit la fermeture Éclair de son short.

— Bébé, murmura-t-il.

— Je veux que tu me touches.

Elle s'attendait à ce que la peur, la gêne ou *quelque chose* l'arrête, mais elle était tant imprégnée de Bear qu'il n'y avait plus la place pour quoi que ce soit d'autre. Elle le désirait depuis tellement longtemps et son corps lui donnait le feu vert. Plus rien ne la retenait et elle avait envie de se prélasser avec lui, d'expérimenter ce dont elle rêvait sans aucun regret et sans que son passé ne pende au-dessus de sa tête comme une épée de Damoclès.

Il l'embrassa tendrement, tout en déplaçant sa main sur son ventre pour la glisser dans sa culotte. Elle sentit son ventre se crisper et chauffer en même temps que ses doigts épais saisissaient son sexe, comme s'il attendait encore un dernier signe d'approbation. Elle inclina ses hanches pour que le bout de ses doigts touche sa peau mouillée et lorsqu'il les enfonça entre ses jambes, il gémit. Le son chargé de plaisir vibra jusque dans sa gorge et s'enroula autour de son cœur. Sans rompre leur baiser, elle se trémoussa pour enlever son short et le jeter, gardant sa culotte. Ses doigts épais glissèrent entre ses lèvres lisses et humides, la faisant trembler de désir.

— Bear, supplia-t-elle enfin, les yeux fermés. S'il te plaît, touche-moi plus.

— Regarde-moi, chérie. J'ai besoin de savoir que tu vas bien.

Elle ouvrit les yeux et il maintint son regard en enfonçant ses doigts en elle. La chaleur de son regard et le fait de le regarder dans les yeux pendant qu'il lui donnait du plaisir était si coquin que ce qu'ils étaient en train de faire parut encore plus torride. Elle battit des cils lorsqu'il s'enfonça jusqu'à ce point magique qui lui envoya des décharges de chaleur.

— Tu es toujours avec moi, bébé ?

Elle écarta un peu plus les cuisses en guise de réponse et il posa sa bouche sur la sienne, l'embrassant tout en lui faisant du bien un peu plus bas. Il appuya son pouce contre ses nerfs les plus sensibles et des électrochocs remontèrent jusqu'à sa poitrine. Des picotements apparurent dans ses cuisses, remontant jusqu'à son entrejambe et le long de ses membres, lui crispant les doigts de pieds. Son souffle devint saccadé et elle pencha la tête en arrière. Même à travers ses paupières fermées, elle sentit son regard qui la transperçait, accentuant son frisson. Sa moustache effleura sa joue – encore une autre sensation exaltante.

— Je suis à toi, bébé, dit-il d'une voix rauque. Lâche prise pour moi.

Puis il posa la bouche sur son cou et ses doigts bougèrent plus vite, son pouce pressa plus fort et son excitation se balança contre sa cuisse. Quand il embrassa sa poitrine, la première succion provoqua son orgasme.

— Bear, Bear, *Bear* !

Une avalanche de plaisir la traversa de toute part. Elle serra ses cuisses l'une contre l'autre, coinçant sa main.

— Embrasse-moi, embrasse-moi !

Et il le fit. Des baisers intenses et passionnés qui n'en finissaient pas, l'accompagnant jusqu'à la dernière pulsation de son orgasme, puis il l'embrassa encore et encore.

SUBMERGÉ PAR DES émotions trop fortes pour être maîtrisées, Bear se focalisa sur la sublime et courageuse femme qu'il adorait et qui se tenait dans ses bras. Il la serra contre lui durant les secousses de son orgasme, durant ses expirations de plaisir jusqu'à ce qu'elle commence à s'endormir. Il déposa un baiser sur sa tempe, ayant les mots « *Je t'aime* » sur le bout de la langue.

— Reste, murmura-t-elle, se blottissant plus près en plaçant sa jambe entre les siennes.

Elle n'eut pas besoin de lui dire deux fois.

CHAPITRE DIX

ALORS QUE LE BROUILLARD provoqué par le sommeil se dissipait, Bear réalisa qu'il était seul sur le canapé de Crystal, à l'exception d'un chaton qui ronronnait très fort sur son torse. Il ouvrit les yeux et Harley leva la tête et poussa sur ses petites pattes pour se lever, enfonçant ses griffes dans sa poitrine alors qu'elle s'étirait. Elle trottina le long de son ventre et de sa jambe pour finalement atteindre le bout du canapé où elle se roula en boule et ferma les yeux.

— Rien de mieux qu'un petit coup de griffes dès le matin.

Il essuya le point de sang sur ses pectoraux et se tourna vers Crystal qui était assise sur le vieux tronc d'arbre dont elle se servait comme table basse, portant *son* tee-shirt. Elle avait un regard sérieux et avait croisé ses magnifiques jambes tandis que ses pieds étaient recouverts de chaussettes roses et duveteuses. Elle était penchée en avant, le coude appuyé sur le genou, le menton sur la main, l'observant alors qu'elle avalait des bonbons en gélatine. Il avait eu peur que Crystal n'éprouve plus les mêmes sentiments que la veille en se réveillant. Il s'était préparé au pire.

— Salut, dit-elle en avalant un autre bonbon.

— Salut, bébé. Ça va ?

Il s'appuya sur ses avant-bras pour s'asseoir, étirant ses bras sur le côté. Il adora la lueur lascive qu'il lut soudain dans ses yeux lorsqu'il positionna ses jambes autour d'elle.

— Mmh, mmh.

Son regard se déplaça sur chacun de ses bras, le long de son torse nu jusqu'à la bosse sous son pantalon.

— *Petit Ours* n'hiberne-t-il jamais ?

Il éclata de rire.

— Premièrement, il n'y a rien de *petit* concernant mon anatomie. Deuxièmement, il a besoin de se nourrir avant d'hiberner et l'hiver a été long et froid.

— *Hum.*

Elle sembla y réfléchir une seconde.

— Désolée. J'ai été assez égoïste niveau orgasme, non ?

— Pas du tout. Ne te prends pas la tête – qui est très jolie d'ailleurs – avec ce genre de choses.

Elle lui tendit une poignée de bonbons.

— Non merci, chérie. J'aime commencer la journée avec un liquide chaud et sombre.

— Dommage, dit-elle en en avalant un autre. Je croyais que tu voulais la commencer avec une *femelle* chaude et sombre qui aime le goût des friandises dès le matin.

Il lui arracha les bonbons des mains et les mâchouilla, ce qui lui valut un sourire espiègle.

— T'apprends vite.

Elle se leva et il aperçut une culotte rose avant que son tee-shirt ne lui tombe sur les cuisses. Ses tétons pointèrent sous le tissu alors qu'elle chevauchait ses genoux, ses cheveux noirs lui tombant sur le visage.

— Est-ce que c'est trop injuste ?

Il serra les dents contre la douleur lancinante derrière sa fermeture Éclair.

— La seule chose qui est *injuste* chez toi, c'est que tes lèvres sont trop loin des miennes.

Inhalant le parfum des bonbons et du bonheur, il glissa ses mains dans ses cheveux et l'attira plus près pour un baiser matinal sucré.

— Hum, bébé. Après tout, j'aime bien le goût des bonbons en gélatine dès le matin.

Elle lui sourit et promena ses doigts le long de sa moustache.

— Ça fait combien de temps que tu me regardes dormir ?

Il aurait pu rester assis comme ça toute la journée avec Crystal qui le regardait comme si elle ne voulait jamais qu'il parte et qui le touchait comme si elle était persuadée qu'il était à elle.

— Je me suis réveillée il y a deux heures et demie, j'étais trop agitée pour dormir et je t'ai *peut-être* observé pendant quelques minutes.

— Donc tu es d'accord avec tout ça ? Avec nous ?

— Après huit mois de couple sans sexe, sans s'embrasser ou autre. Je crois que tu as tapé dans le mille, mon motard. Je ne panique *pas*, ce qui veut dire que tu es déjà là, expliqua-t-elle en posant la main sur son cœur. J'avais juste besoin de me donner la permission et de ne plus avoir peur de paniquer. L'inquiétude engendre l'anxiété, du moins c'est ce que dit David. Donc, oui. Je suis d'accord avec tout ça. Avec nous.

Il l'attira plus près.

— Bébé, ça me rend heureux.

— J'ai aimé me réveiller dans tes bras. Et j'ai surtout aimé que tu me tiennes *vraiment* dans tes bras pendant que tu dormais.

— Au lieu de faire semblant de te tenir ? la taquina-t-il.

— Chaque fois que je bougeais, tu me serrais plus fort. C'était agréable. Je me sentais en *sécurité*.

Elle posa la main sur sa joue et pressa ses lèvres contre les siennes.

— C'était sexy aussi. J'ai essayé de me rendormir, mais *Petit Ours* n'arrêtait pas de se frotter contre moi et ma *grotte* devenait un peu trop accueillante, alors je me suis levée pour travailler sur mes costumes.

Il ne put s'empêcher de sourire. Le fait de savoir qu'elle l'avait désiré pendant qu'il dormait lui fit énormément plaisir.

— Ta *grotte* ? demanda-t-il en s'accrochant à ses hanches, voulant *explorer* cette fameuse grotte.

Avec sa bouche.

Elle se pencha et l'embrassa sur la joue.

— Tous les ours ont besoin d'une grotte.

Elle embrassa son autre joue, puis ses lèvres chaudes touchèrent les siennes.

Était-ce une invitation ? Ses pensées furent alors pleines d'espoir pendant que ses mains descendaient jusqu'à ses fesses, l'attirant plus près pendant qu'il intensifiait leurs baisers. Elle lui caressa les bras de façon séduisante, s'attardant sur ses triceps, puis glissant doucement jusqu'à ses coudes pour remonter ensuite. Il imagina ces doigts délicats autour de son membre. Bon sang, lui donnait-elle des indices ? Putain, il l'espérait en tout cas. Mais il ne pouvait pas se permettre de se tromper, alors il se retint et profita pleinement de leurs baisers.

Elle caressa à nouveau ses joues, embrassant les coins de sa bouche et enflammant ses terminaisons nerveuses. Elle embrassa le centre de son torse et un gémissement tourmenté s'en échappa.

— Pardon, dit-elle. Enfin, *plus ou moins.*

Il gémit à nouveau et elle pouffa.

— Trop injuste ? demanda-t-elle avec une lueur de malice

dans les yeux.

— Tu essaies de l'être ?

Il effleura de ses dents les endroits de son cou qui l'avaient rendue folle la veille et leva son tee-shirt – *qui était surtout le sien* –, plaquant ses seins contre son torse, tâtant le terrain.

— J'adore te voir porter ma chemise, mais je pense que ça t'irait encore mieux si elle était par terre.

Elle se pencha en arrière, triturant l'ourlet de sa chemise, ses yeux sombres et curieux.

— Je n'ai pas envie d'être une allumeuse.

— Tu n'es pas une allumeuse, mais ne le fais pas si tu n'es pas à l'aise.

Elle mordilla sa lèvre inférieure, jouant toujours avec l'ourlet. Puis elle passa la chemise par-dessus sa tête et la jeta doucement sur le sol. *Bordel de merde.* Elle était déjà terriblement sexy quand elle était habillée, mais quand Crystal Moon ne portait rien d'autre qu'une culotte en dentelle rose et un sourire confiant, c'était *putaindincroyable*.

— J'aime bien être nue avec toi, mais si nous sommes complètement nus ça risque d'être compliqué pour tous les deux. Est-ce que ça ne te dérange pas si je garde ma culotte ? demanda-t-elle en fronçant le nez d'un air adorable et sexy et cela suffit à lui faire totalement perdre la tête.

Rien ne me dérange, bébé, avait-il envie de lui dire. *Sauf ça. Ça, c'était trop.* Il enroula les doigts autour de ses hanches. Il salivait à l'idée de la dévorer.

— Que tu gardes ta culotte…, répéta-t-il, plus à lui-même qu'à elle.

Le sourire de Crystal s'élargit, comme si elle lisait dans son esprit. Elle promena son doigt le long de son torse, jusqu'aux boutons de son jean.

— Vu que tu es torse nu mais que tu as toujours ton pantalon…

— Je peux arranger ça très vite, lâcha-t-il avant qu'il n'ait le temps de se retenir. Pardon. Je plaisante, ajouta-t-il rapidement.

Elle baissa les yeux sur son torse, ce qui l'excita encore plus. La *torture visuelle*, elle était très douée pour ça.

— Je ne suis pas encore prête à faire plus, donc je pense que je devrais *garder* ma culotte. Et quand je dis *garder* je veux dire… pour couvrir la *grotte de Bear*.

— Le pantalon et la culotte restent. Ça marche.

Il la souleva de ses genoux et la posa sur le coffre en bois en un clin d'œil.

— Tu viens de me déplacer ? dit-elle en faisant une moue boudeuse.

Il se mit à genoux entre ses jambes, remontant les mains le long de ses cuisses.

— C'est pour pouvoir mieux t'atteindre.

Il déposa un baiser à l'intérieur de sa cuisse et elle enroula ses doigts sur le rebord du coffre. Il embrassa son autre cuisse et elle laissa échapper une longue et lente expiration. Bear sentit son pouls s'accélérer alors qu'il continuait de l'embrasser, promenant ses mains le long de ses jambes, les écartant un peu plus au fur et à mesure qu'il s'approchait. Elle le regarda faire d'un œil avide alors qu'il passait sa langue le long du pli entre sa cuisse et son sexe.

— Tu veux que j'arrête ? murmura-t-il.

Elle secoua la tête.

— Je le ferai si ça te met mal à l'aise.

— C'est le meilleur genre de malaise.

Il l'attira jusqu'au bord du coffre et s'appuya sur ses genoux, revendiquant sa bouche à travers un baiser vorace, comme s'il voulait l'emmener en bas, vers les profondeurs, la goûter *tout entière*. Quand leurs lèvres se séparèrent, elle garda les yeux fermés et il approcha sa bouche de sa poitrine, la vénérant comme cela lui plaisait. Elle se cambra, lui en offrant plus et il passa sa langue sur les pointes dures, puis l'embrassa jusqu'à son ventre. Quand il arriva au niveau de sa culotte, il promena son nez sur son sexe, inhalant le parfum de son désir, et il embrassa à nouveau ses cuisses.

— *Mon Dieu.*

Son murmure s'attarda dans ses oreilles.

Leurs yeux se croisèrent et l'air entre eux sembla grésiller.

— Ne t'arrête pas, lui ordonna-t-elle.

Il positionna sa bouche devant son entrejambe, par-dessus sa culotte, goûtant son excitation à travers le tissu fin. Il était si dur, si prêt à lui faire l'amour qu'il avait l'impression qu'il allait exploser, mais il avait envie qu'elle savoure chaque seconde de leur intimité et qu'elle décide de la vitesse à laquelle ils évolueraient, sans pression. Refoulant ses désirs au plus profond de lui, il pressa sa langue contre sa culotte, se déplaçant lentement et durement le long de son sexe. Elle respira plus fort, agrippant le coffre si fermement que les jointures de ses doigts se mirent à blanchir. Il leva la main et pinça son téton entre son doigt et son pouce, déterminé à la faire jouir. Il la dévora à travers le tissu fin, faisant attention à ne pas enfreindre les règles alors que ce dont il avait vraiment envie, c'était d'arracher cette culotte sexy et d'enfoncer sa langue en elle.

Il se leva à nouveau, plaquant sa bouche sur la sienne, et l'embrassa avec force. Une main taquinant son téton, pendant que l'autre se déplaçait sur son sexe, frottant et caressant au même rythme que le balancement de ses hanches. Elle se cambra, gémissant à travers leurs baisers et, juste au moment où il était prêt à demander la permission de glisser ses doigts en elle et de lui donner ce dont elle avait besoin, ses hanches se soulevèrent et elle pencha la tête en arrière, fermant les yeux. Elle s'agrippa à ses biceps et les bruits les plus sexy qu'il ait jamais entendus franchirent ses lèvres. Son sexe se crispa contre sa main et il approcha sa bouche pour sentir le rythme, le goût, l'amour.

Quand la dernière vague de plaisir la traversa, il prit son corps tremblant dans ses bras.

— Je suis accro aux orgasmes, haleta-t-elle, posant sa joue contre son épaule.

Il éclata de rire.

— Comme je te l'ai dit, bébé. Tu as des années à rattraper.

— Je n'ai pas envie de rattraper quoi que ce soit, dit-elle en le regardant d'un air hagard, comme une amante satisfaite. Je crois que c'est parce que je ressens beaucoup de choses pour toi. Je ne laisserai personne faire *ça*. Il faut vraiment faire confiance. C'est trop intime.

L'homme des cavernes en lui adora savoir qu'il était le seul et l'unique.

— Je suis déjà sortie avec quelques gars depuis l'université. Pas avec beaucoup. Juste quelques rencards par-ci par-là. Je n'ai jamais paniqué quand je les ai embrassés pour leur dire bonne nuit, car il n'y avait rien entre nous. Pas même l'envie d'un deuxième rendez-vous. Et puis tu es arrivé et tu t'es immiscé dans ma vie comme si tu en faisais partie.

— Je ne compte pas m'excuser.

Elle s'esclaffa.

— Je n'ai pas envie que tu le fasses. Ce que j'essaie de dire, c'est que ce ne sont pas aux orgasmes que je suis accro. Mais à l'homme qui me les donne.

— Moi aussi, bébé. J'ai une sacrée addiction à Crystal Moon. Passe la journée avec moi et on pourra essayer de lutter contre nos addictions ensemble. On va à la douche, on prend un petit déjeuner et ensuite on ira faire un tour.

— Un petit déjeuner ? Mais j'ai déjà mangé les restes de pizza, dit-elle en jetant un coup d'œil vers sa cuisine. J'imagine que je peux te faire griller des toasts si tu es d'humeur aventureuse.

Il prit son tee-shirt et le lui tendit pour l'aider à se rhabiller.

— Merci, mais ça ira.

— Attends, je vais aller mettre un tee-shirt à moi pour que tu n'aies pas à rentrer chez toi torse nu, expliqua-t-elle en se précipitant dans le couloir. J'adore manger de la pizza au petit déjeuner. Pas de jugement, tu te souviens ?

Il regarda sa culotte rose disparaître dans sa chambre et, une minute plus tard, elle en sortit, vêtue d'une nouvelle culotte noire et enfilant un tee-shirt par-dessus sa tête.

— OK, donc pas de petit déjeuner, dit-il en mettant son tee-shirt. Dis-moi que tu es à moi pour la journée et laisse-moi te préparer un *vrai* dîner pour ce soir.

— Tu cuisines ? Quels sont tes autres talents cachés ? lui demanda-t-elle en enroulant ses bras autour de sa taille et en le regardant avec un doux sourire.

— Bébé, j'ai des talents qui vont te faire tourner la tête.

— Je n'en doute pas et je suis de plus en plus curieuse, dit-elle en le serrant plus fort. Je promets de ne pas torturer Petit Ours. C'est juste que ça faisait des *heures* que je pensais à toi, comme on pense aux glaces quand on est au régime. Je n'arrivais pas à penser à autre chose que toi.

— Je crois que je suis bien placé pour savoir ce que c'est que de vouloir ce que tu ne peux pas avoir, dit-il en levant un sourcil.

Elle enfouit son visage contre son torse.

— OhmonDieu. Je suis une vraie allumeuse.

Il lui releva le menton.

— Une très belle allumeuse et qui vaut la peine d'attendre. Et pour notre rencard ?

Elle eut un grand sourire.

— Il faut encore que je travaille sur les costumes un petit moment. Est-ce qu'on peut y aller plus tard ? Peut-être autour de midi ?

— Parfait. Je te laisse retourner au travail et je te retrouve pour midi. Mets un pantalon et ta veste en cuir.

— Mais il va faire chaud aujourd'hui, se plaignit-elle.

— On va faire un long trajet. Tu ne m'appartiens peut-être pas, mais j'ai quand même très envie de te protéger. Mets du cuir, ma beauté. Si tu veux prendre l'un de tes shorts sexy dans ton sac, c'est avec plaisir, lâcha-t-il en se penchant en avant pour l'embrasser avec force. En fait si, prends un short sexy, *s'il te plaît*.

CRYSTAL TRAVAILLA SUR ses costumes durant la majeure partie de la matinée, prenant une courte pause pour faire un couvre-lit pour Harley avec le satin rouge que Bear avait choisi. Elle y ajouta quelques bandes de dentelle noire et l'ajusta sur le panier du chaton. Harley ronronna en se roulant dans le tissu luxueux avec l'un de ses jouets en forme de souris. Crystal prit son téléphone pour envoyer un message à Gemma, jetant un coup d'œil aux magnifiques orchidées que Bear lui avait offertes.

Elle les avait placées près de la fenêtre pour qu'elle puisse les admirer tout en travaillant.

Elle sursauta quand la sonnerie annonçant un appel de Jed vibra dans sa main.

— Salut ?

— Salut, sœurette. T'as l'air d'être un peu trop énergique ! Elle fit les cent pas.

— Désolée. Grosse journée de prévue.

— Avec… ?

— Je ne te donnerai pas les détails, dit-elle avec un sourire.

— Je serais bien venu te torturer pour obtenir des réponses, mais je ne peux pas conduire, c'est pour ça que je t'appelle.

Elle leva les yeux vers le plafond.

— Oh, Jed. Qu'est-ce que t'as fait encore ?

— J'ai apporté des cigarettes à Maman, malheureusement c'est *pas* sur le chemin du travail. Du coup, ce con de McCarthy m'a arrêté.

— Tu es à quelques semaines de récupérer ton permis. Pourquoi t'as pris ce risque pour *elle* ?

— Parce qu'elle m'a culpabilisé. Mais je vais aller au tribunal avec l'amende pour éviter qu'on m'enlève des points et espérer récupérer mon permis à temps. Mon pote m'a conseillé un avocat, mais j'ai besoin qu'on m'amène dans une semaine à partir de mardi, vers treize heures. Tu pourras passer me prendre ?

Elle leva les yeux au ciel.

— Oui. Faudra que je voie ça avec Gemma, mais elle t'adore, donc je suis sûre que ça ne la dérangera pas.

— Merci. Et remercie aussi Gemma pour moi. Et j'ai un autre service à te demander.

— Putain, tu veux aussi que j'aille contester l'amende pour

toi ou quoi ?

— Je me suis dit que c'était mieux de tout te balancer d'un coup. La femme de mon pote va devoir se faire opérer donc je vais faire plus d'heures au boulot. Est-ce que tu pourras dîner chez Maman dimanche dans deux semaines au lieu de la voir en semaine ?

— Bien sûr. T'as aussi besoin que je t'amène chez elle ?

— Je te tiendrai au courant.

— OK.

— Crevette, t'es sûre que tu ne veux pas me dire avec qui tu sors ?

Sa curiosité la prit par surprise. D'habitude, il ne s'immisçait jamais dans sa vie privée.

— Oui, je suis sûre.

Il essaya de le faire rire. Mais chaque blague était pire que la précédente.

— Jed, *s'il te plaît*. Pourquoi ça t'intéresse ?

— Ça fait longtemps qu'on n'a pas parlé tous les deux. J'imagine que tu me manques.

Elle avait envie de le croire, mais elle avait été déçue tellement de fois dans sa vie qu'elle avait peur de le laisser entrer à nouveau. Car si elle le faisait, ce serait encore plus dur quand il la laisserait tomber.

— Merci, Jed. Tu me manques aussi. On se donnera des nouvelles au dîner.

Après avoir mis fin à l'appel, elle ouvrit et relut le message que Bear lui avait envoyé une demi-heure après son départ.

Tu manques à Gros Ours. Elle avait répondu à son message par un texto espiègle. *Comment un texto peut-il me faire autant d'effet ?* Sa réponse avait été immédiate. *C'est pas le texto. C'est le souvenir de mes pattes sur toi.* Se sentant d'humeur coquine, elle avait répondu par : *C'est vrai que j'aime tes pattes, et ta bouche et ton… Maintenant, laisse-moi travailler avant que mon copain ne découvre que tu m'envoies des messages et qu'il ne te botte le cul.* Il avait répondu par le mot : « *Grrr* » et un emoji ours.

Elle adorait les émotions qu'il suscitait en elle et se réjouissait de pouvoir enfin les éprouver. Mais ce qu'elle aimait le plus, c'était pouvoir partager cette confiance renouvelée avec lui.

Souriant comme une idiote, elle prit une photo du costume sur lequel elle avait travaillé et l'envoya à Gemma en disant : *La princesse Guerrière est presque prête !*

Elle alla dans sa chambre et sortit ses grosses bottes noires à clous argentés de son placard. Elle avait choisi sa tenue préférée pour son rencard avec Bear. Une robe courte en dentelle noire avec une ceinture en cuir cloutée, des boucles d'oreilles cloutées et une multitude de bracelets noirs et argentés. Elle enfila un legging en cuir sous sa robe pour le trajet.

Son téléphone vibra et elle s'assit sur le bord du lit en ouvrant le texto de Gemma tout en laçant ses bottes. Un flot de pénis tatoués apparut et elle éclata de rire. C'était les photos qu'elle avait envoyées à Gemma quand elle avait commencé à sortir avec Tru. Crystal lui avait alors demandé d'un air espiègle si Tru avait de l'encre sous la ceinture.

Une incroyable vague de culpabilité la traversa quand elle reçut ensuite le second texto de Gemma : *Alors ?*

Son sourire s'estompa alors qu'elle tapait la réponse—*Je n'ai pas encore exploré cette zone* — se demandant comment elle allait pouvoir révéler ce mensonge à sa meilleure amie sans la perdre. Son doigt survola le bouton d'envoi, hésitant à lui envoyer : *Est-ce qu'on peut parler plus tard ?* Mais elles étaient au milieu de l'organisation du mariage de Gemma. Si elle lui disait la vérité maintenant, elle serait blessée et en colère et…

La gorge de Crystal se noua à l'idée de la blesser. Elle ne pouvait pas faire ça. Pas avant le mariage. Elle avait déjà attendu si longtemps, et ce n'était pas comme si Gemma savait qu'elle avait quelque chose à lui avouer. Au moins, après le mariage, elle ne lui ferait pas de mal *et* ne gâcherait pas le grand jour. Un coup à la porte chassa soudain ses pensées. Elle envoya rapidement le texto et alla accueillir son homme.

Elle ouvrit la porte et fut immédiatement subjuguée par Bear, qui avait l'air diaboliquement dur à cuir, habillé de noir de la tête aux pieds. Il avait taillé sa barbe, faisant ressortir son menton sculpté et lui donnant un air encore plus sexy. Il la regarda de haut en bas et, comme une feuille dans le vent, son corps entier trembla.

— Putain, ma beauté. J'ai envie de te manger.

Elle l'attrapa par la chemise et le tira en avant, son ventre se nouant en se remémorant que c'était exactement ce qu'il avait fait un peu plus tôt.

— Si on veut sortir un jour de mon appartement, tu ne peux pas dire des choses comme ça, parce que mes nouvelles hormones en folie sont comme des fils sous tension qui cherchent désespérément une prise.

Il leva un sourcil.

Oh oui, avec plaisir.

— Non, dit-elle fermement en pressant ses lèvres contre les siennes, s'écartant rapidement. Pas de longs baisers lascifs non plus. Après j'ai l'impression que dans mon ventre c'est le 14 juillet.

— J'adore cette nouvelle Crystal qui crache tous ses secrets.

Il la prit par la taille et il l'embrassa si délicieusement qu'elle envisagea mentalement de faire fi de toute prudence et d'oublier leur rendez-vous.

Harley s'enroula autour des pieds de Bear.

— CC, dit-il en la prenant dans ses mains. Je t'ai manqué ?

— Elle s'appelle *Harley*.

Elle attrapa son sac à dos et mit ses clés dans sa poche, où elle avait rangé une poupée tracas. *Un peu de courage supplémentaire ne fait jamais de mal à personne.* Son téléphone vibra et elle regarda rapidement le message. C'était une photo de Jed tenant une feuille de paie accompagnée de la légende : *Je t'avais dit que je travaillais vraiment.*

— Tout va bien ? demanda Bear.

— C'est Jed. Je crois qu'il essaie vraiment de se racheter une conduite. Il m'a envoyé une photo de sa feuille de paie.

Elle lui répondit : *Ça me fait tellement plaisir ! Je t'aime !*

Puis elle rangea son téléphone dans son sac.

— C'est super ! Quand est-ce que tu le revois ?

— Dimanche, dans deux semaines, quand on ira dîner chez ma mère.

— Ah oui ? J'aimerais beaucoup rencontrer la femme qui t'a élevée.

— Non, crois-moi tu n'aimerais pas. Elle est dans un sale état.

Elle passa son sac par-dessus son épaule.

— Je m'en fiche. J'aimerais quand même venir.

— Tes parents ne t'ont-ils jamais appris que c'était impoli de s'inviter chez les gens ?

— Pas quand il s'agit de toi. J'ai envie de rencontrer ta mère pour savoir à quoi tu fais face. J'ai envie de passer du temps avec Jed et l'entendre me raconter toutes les histoires embarrassantes de quand tu étais petite. Et ce n'est pas discutable.

— T'es pénible.

Même si elle avait honte de sa mère, elle était quand même

étrangement contente qu'il insiste autant pour la rencontrer. Il embrassa Harley et la posa dans son nouveau panier en satin avec un air surpris.

— C'est *ça* que tu as fait avec le satin et la dentelle que j'ai choisis ?

— En partie.

Elle le prit par la veste et le tira hors de l'appartement. Elle ne comptait pas lui dire que pour le reste elle avait eu d'autres idées sexy. Il fallait bien qu'elle ait quelques tours dans son sac.

Vingt minutes plus tard, ils traversaient le pont, laissant Peaceful Harbor derrière eux. Rouler à l'arrière de la moto de Bear sur des routes larges et dégagées était complètement différent des courts trajets qu'ils avaient faits en ville. Alors qu'ils dépassaient de longues étendues de terres rurales, l'air paraissait plus frais et même si elle portait une veste en cuir et un pantalon, elle sentait quand même les courants d'air froids et chauds. Elle essaya de les associer aux nuages, mais c'était impossible.

Quelles autres choses mystérieuses et incroyables avait-elle manquées en roulant dans sa voiture avec les fenêtres fermées ?

Elle s'accrocha fermement, se demandant où ils allaient. Bear avait été très secret, mais, avec le temps, l'odeur âcre de la mer revint et la chaussée apparut. Elle réalisa qu'il se dirigeait vers Capshaw Island[11]. Elle serra ses mains un peu plus fort sur son ventre, prise d'excitation. Elle n'était jamais allée sur l'île, même si elle n'était qu'à un peu plus d'une heure de route. Capshaw Island était une petite ville de pêcheurs et elle avait entendu plusieurs histoires sur des poneys sauvages et le manque de commerces sur place, ce qui avait piqué sa curiosité. Elle était

---

[11] Île, en anglais

surprise que son motard dur à cuire ait envie d'aller dans un endroit si calme. Elle les avait imaginés sur l'autoroute, s'arrêtant dans des bars de motards. Mais Bear savait qu'elle avait perdu son père et avait été si prévenant avec elle sur tous les autres aspects. C'était encore un autre geste attentionné de sa part. Ce qui rendit sa première visite sur place encore plus spéciale.

Alors qu'il roulait sur la chaussée, elle aurait aimé pouvoir enlever son casque et laisser l'air caresser son visage. De longues herbes marécageuses poussaient à travers l'eau ondulante. Ceux qui faisaient du paddle se déplaçaient avec aisance sur l'eau et, au loin, un bateau à moteur naviguait, laissant une traînée d'écume derrière lui.

Ils descendirent la rue principale qui parut démodée à côté de Peaceful Harbor. Les briques peintes et les façades en bois arboraient des auvents dentelés qui faisaient de l'ombre à des bancs en bois et des jardinières remplies de fleurs d'été. D'après ce qu'elle voyait, il n'y avait que deux petites zones commerciales, comme elle en avait entendu parler. Bear se gara dans une rue latérale. Il souriait en accrochant leurs casques, la regardant tout observer autour d'elle.

— Tu es déjà venue ici ?

— Non, mais j'en ai toujours eu envie.

— Alors je suis content qu'on soit venus. J'ai déjà traversé la ville avec le club, mais je ne me suis jamais arrêté pour me balader. C'est une première pour tous les deux – il n'y a rien de plus cool.

— Justement, en parlant d'être plus à la cool.

Elle passa les doigts derrière la ceinture de son legging en cuir et l'enleva. Quand son legging fut bloqué par le haut de ses bottines, elle éclata de rire :

— Oups. Pas cool, ça.

Bear était déjà en train de se baisser pour lui enlever ses lacets.

— Être sexy, ça a un prix, dit-il en lui faisant un clin d'œil tout en lui enlevant une bottine.

Elle s'appuya sur ses épaules pour garder l'équilibre alors qu'il faisait glisser le legging sur son pied.

— Si jamais tu t'ennuies en bas, je peux trouver quelque chose pour t'occuper.

Le désir scintilla dans les yeux de Bear.

— Attention, on ne titille pas un ours affamé.

Après qu'il l'eut aidée avec son legging – et à enfiler ses bottines – il promena ses mains le long de ses cuisses en se levant et ajusta de façon assez flagrante la formidable bosse sous son jean.

— Pardon, murmura-t-elle avec un grand sourire.

— C'est quoi que tu m'as dit la nuit dernière ? Je me rattraperai plus tard ? C'est donnant-donnant, bébé.

Il l'embrassa à nouveau et rangea son legging dans son sac à dos. Elle tendit la main pour le prendre et il lui lança un regard, l'air de dire « tu plaisantes j'espère » en le mettant sur son épaule.

Personne n'avait jamais pris soin d'elle comme il le faisait et, même si elle aimait secrètement ça, elle ne pouvait pas s'empêcher de le taquiner.

— Ça ressemble à de la possessivité pour moi.

Il passa un bras autour de son épaule et elle se blottit dans son petit coin préféré.

— Appelle ça comme tu veux, dit-il.

Ils marchèrent jusqu'à la rue principale, Bear scrutant les visages de tous les hommes qui passaient, prenant à nouveau cet air menaçant comme il l'avait fait au *Whispers*. Elle commençait à accepter le fait qu'être avec lui était comme être surveillée et protégée par un faucon. Ce n'était peut-être pas une si mauvaise chose, mais elle avait l'impression que derrière sa vigilance se cachait quelque chose d'autre qui allait au-delà du simple côté protecteur d'un petit ami. Il n'avait rien dit de plus concernant ce qui lui était arrivé à l'université, mais elle sentait bien que cela le rongeait de l'intérieur.

Alors qu'ils se promenaient dans une galerie de sculptures et de peintures nautiques, elle se demanda ce qu'elle exigeait vraiment de lui. Était-ce juste de sa part qu'elle s'attende à ce qu'il ferme les yeux sur son passé ? Elle avait eu des années pour y faire face, mais lui, en revanche, elle lui avait simplement tout balancé en lui demandant de ne rien faire.

Ils quittèrent la galerie et visitèrent un magasin d'accessoires marins et, tandis qu'ils marchaient, elle réalisa que sa décision était la bonne. C'était ce dont elle avait besoin et elle espérait qu'il finirait par arrêter de prendre cet air meurtrier. En sortant, Bear acheta un petit mousqueton violet foncé.

Quand ils quittèrent le magasin, il ouvrit son sac à dos et accrocha le mousqueton à ses clés.

— C'est pour quoi ? Tu vas acheter une laisse ensuite ?

— Si tu ne fais pas attention, je pourrais.

Son regard taquin la titilla alors qu'il accrochait le mousqueton à une boucle en cuir à l'intérieur du sac à dos.

— Tu peux l'accrocher à tes clés, ou sur ton jean ou dans ton sac. Comme ça tu ne chercheras pas tout le temps tes clés. C'est plus sûr.

Elle se blottit à nouveau contre lui, adorant le fait qu'il ait tout remarqué chez elle.

— Tu te soucies vraiment de moi.

— Bébé, si tu te poses encore la question, tu as un train de retard.

Peut-être, mais elle rattrapait vite son retard.

— Tu me surveilles si attentivement, et je l'apprécie beaucoup. Tu étais déjà protecteur avant que je ne te raconte ce qui m'est arrivé, mais depuis, tu es encore plus vigilant.

Il la guida pour s'écarter du trottoir afin de laisser passer un autre couple et prit un air sérieux.

— Tant que ce type est en liberté, je serai inquiet.

Son ventre se noua.

— Bear, s'il te plaît. Je sais que c'est dur, je suis désolée de te demander de lâcher prise, mais j'aimerais que tu puisses simplement oublier ce qu'il s'est passé. J'ai laissé cette partie de ma vie derrière moi.

— Et moi tout ce que je veux, c'est m'assurer qu'elle y reste.

Ils visitèrent quelques magasins de plus et s'arrêtèrent dans un café pour déjeuner. Après que Bear eut commandé des frites, Crystal ajouta un milk-shake à leur commande. Bear plongea sa frite dans son milk-shake et la lui tendit, la regardant avec intensité alors qu'elle l'avalait.

— Tu aimes vraiment bien que je trempe ma *frite* dans ton *milk-shake*.

— Si tu ne le comprends que maintenant, tu as un train de retard, le taquina-t-elle.

Ils s'embrassèrent pour la millionième fois, et elle espéra qu'ils le fassent à nouveau autant de fois.

La serveuse leur parla du marché dominical hebdomadaire de l'île au bord de l'eau et d'un pont d'observation situé sur Ocean Drive, où ils pourraient observer les poneys sauvages dans leur habitat naturel.

Quand ils eurent fini de manger, ils descendirent jusqu'au marché, passant devant des rangées de petits cottages abîmés par les intempéries.

— C'est sympa de sortir de la ville pour faire autre chose que voir ma mère.

— On fera plein de promenades ensemble.

Il sourit et ajouta :

— Tu sais depuis combien de temps j'ai envie de partir sur ma moto avec toi ?

— Je suis désolée qu'il m'ait fallu si longtemps pour me décider. Mais tu es un peu intimidant – dans le bon sens, pas dans le sens effrayant. Rien qu'en étant près de toi, mon pouls s'emballe. Ce n'est pas facile d'entrer sur ton territoire.

Elle leva les yeux vers le soleil, appréciant la chaleur sur ses joues.

— Ne sois pas désolée, bébé. J'aurais attendu encore plus longtemps. J'aurais peut-être été frustré, mais je n'aurais pas abandonné avant que tu ne me dises que je n'avais aucune chance.

— Tu dis n'importe quoi, dit-elle en riant. Je t'ai dit au moins une douzaine de fois qu'il ne se passerait rien entre nous.

— Verbalement, oui. Mais tes yeux disaient l'inverse.

Elle savait que c'était vrai. Gemma lui avait dit la même chose.

— Je suis contente que tu aies été si perspicace.

Quand ils arrivèrent au marché, la route était bloquée par des barrières de chantier blanc et orange. Des ballons à l'hélium dansaient dans la brise et une bannière bleue et brillante s'étendait en travers de la route portant l'inscription MARCHÉ DU DIMANCHE. Derrière les barrières, une foule de personnes s'agitait sous une mer de chapiteaux blancs. Ils se joignirent à la population en passant devant les stands de fruits et légumes, de confitures et de gelées maison, d'artisanat et de bijoux de perles. L'odeur du pop-corn flottait dans l'air depuis le stand d'un vendeur à l'autre bout de la rue.

— Regarde ça, bébé.

Bear fit un signe de tête en direction d'un vendeur de tee-shirts où un homme petit et costaud parlait à des clients tandis qu'une grande femme fine utilisait un fer à repasser.

— J'ai envie de ramener un petit quelque chose à Kennedy et Lincoln.

Ils parcoururent les tee-shirts pour enfants.

— Qu'est-ce que tu penses de ceux-là ? suggéra-t-elle en lui montrant des tee-shirts sur lesquels était écrit « *J'adore Maman* » et « *J'adore Papa* ».

— En prenant ceux-là, vous faites toujours le bon choix, dit l'homme derrière la table en leur souriant avec gentillesse.

— Est-ce que je peux avoir quelque chose de personnalisé ? demanda Bear.

— Bien sûr.

L'homme prit un bloc de papier et un stylo.

— Qu'est-ce que vous aimeriez ?

— J'aimerais un tee-shirt rose taille trois ans avec l'inscription : J'adore oncle Bear, mais écrivez Bear avec un H à la place du R.

Bear baissa la voix et dit à Crystal :

— Elle a besoin de quelque chose d'unique, comme toi.

Puis il s'adressa à nouveau à l'homme.

— Et je vous prendrai aussi un tee-shirt noir pour un petit garçon d'un an avec écrit : Futur Dark Knight.

— Personne ne peut nier que tu es le meilleur oncle du monde, dit Crystal alors que l'homme et la femme se mettaient au travail pour préparer sa commande. Pendant que tu attends, je vais aller aux toilettes, annonça-t-elle en montrant un panneau indiquant les W.C.

— Je t'accompagne dès qu'il a terminé.

— Mais non, arrête. Je suis une grande fille.

Il l'embrassa comme si elle partait à la guerre puis l'embrassa à nouveau jusqu'à ce qu'elle se mette à rire.

— Je reviens dans quelques minutes.

— Ça me semble très long.

Il lui tint la main alors qu'elle s'éloignait, ses doigts glissant jusqu'au bout des siens jusqu'à ce qu'ils se séparent.

Elle suivit les panneaux qui indiquaient les toilettes publiques et fit la queue. Une fois qu'elle eut terminé, alors qu'elle se lavait les mains, elle se regarda longuement dans le miroir. Elle se sentait différente à l'intérieur, mais elle était étonnée de voir à quel point elle avait aussi changé physiquement. Ses yeux paraissaient plus clairs et même sa peau semblait briller. Elle aurait aimé que son père puisse la voir, là, tout de suite. Il serait content pour elle et fier qu'elle s'en sorte aussi bien. C'était un sentiment agréable de penser à lui et elle sourit sur le chemin du retour.

Bear parlait avec un type à la barbe épaisse devant un autre stand. Le sac à dos paraissait plus rempli qu'auparavant et elle en conclut qu'il avait déjà récupéré les tee-shirts des enfants. Elle demanda au vendeur de lui en faire un également et, après avoir payé, elle attendit que Bear termine sa conversation. Elle cacha le tee-shirt dans son dos, sautillant sur place, essayant– et échouant– de contenir son excitation.

Bear se retourna, les yeux rivés sur elle alors qu'il s'approchait. Quand il fut à quelques pas d'elle, elle sortit le tee-shirt et le brandit, le regardant lire les lettres dorées. *Trempe-moi dans du miel et laisse Bear me manger.*

Il la serra contre lui, l'embrassant avec force, comme un tsunami sur le point de déchaîner sa colère.

— Attention, chérie, dit-il d'un ton bourru. Tu titilles un ours affamé.

— Peut-être que je n'ai pas envie de faire attention. Peut-être que *j'aime bien* titiller mon ours affamé.

CHAPITRE ONZE

BEAR N'AVAIT JAMAIS vraiment pris le temps de penser aux relations amoureuses, mais alors que Crystal et lui se rendaient sur le pont d'observation pour contempler les poneys sauvages, il réalisa qu'il n'avait jamais su qu'il était possible de tomber encore plus amoureux de quelqu'un en seulement quelques heures. Il se gara au bout de la route et aida Crystal à descendre de la moto. Elle avait remis son legging et sa veste en cuir pour le trajet et on aurait dit qu'elle posait pour la couverture d'un calendrier Biker Babe[12]. Mais ce n'était pas seulement sa beauté et son côté sexy qui le faisaient tomber de plus en plus amoureux au fur et à mesure qu'ils passaient du temps ensemble. C'était *elle*. Elle tout entière. Son côté doux et vulnérable. Son insolence et son assurance. Son côté tendre qu'elle avait si bien caché tout ce temps. Il aimait la voir aussi épanouie et il ne voulait pas être ailleurs qu'à ses côtés. Et si elle avait besoin d'un jour, d'une semaine ou d'un an pour être aussi à l'aise que lui dans leur relation, ça n'avait pas d'importance.

Le fait qu'il ressente tout ça alors qu'ils n'avaient toujours pas couché ensemble ne lui échappa pas. Il réalisait également qu'il ressentait déjà ça bien avant qu'ils s'embrassent. Ils

---

[12] Beauté motarde, en anglais

suivirent un chemin jusqu'au pont d'observation et il ne se souvenait pas de la dernière fois où il avait passé une après-midi aussi agréable. Crystal se pencha par la balustrade, observant à travers les arbres.

— Regarde ! Ils sont là.

Elle désigna une bande de chevaux sauvages qui broutaient de l'herbe au bord de la plage à travers les branches. Ils étaient robustes et avaient des poils hirsutes.

— Ils sont magnifiques, hein ? demanda-t-elle.

— Sauvages et libres. Ça me rappelle quelqu'un, dit Bear en la prenant dans ses bras par-derrière.

Elle se dégagea de son emprise, se plaçant à côté de lui.

— Merci pour cette journée. Le marché m'a rappelé ceux où j'avais l'habitude d'aller avec mon père.

— Je suis content que ça t'ait plu. Je ne me souviens même plus de la dernière fois où j'ai passé une aussi bonne journée. Merci de m'avoir laissé te monopoliser. Mais j'ai une mauvaise nouvelle.

Elle fronça les sourcils.

Il effleura ses lèvres des siennes.

— Cette journée n'a rien fait pour atténuer mon addiction. Je crois que j'ai besoin d'une nouvelle dose.

— Heureusement pour toi, il se trouve que j'ai une énorme réserve de baisers.

Elle se mit sur la pointe des pieds et le rejoignit à mi-chemin pour nourrir son addiction.

Ils observèrent les poneys jusqu'à ce que quelque chose les effraie et qu'ils s'enfuient, leurs jambes musclées martelant le sol, soulevant la poussière dans leur sillage. Ils rentrèrent en moto alors que le soleil se couchait. Une fois arrivés à Peaceful Harbor, ils passèrent devant le *Whisky Bro's* où les motos de ses frères et de Dixie étaient garées avec la voiture de leur mère. Le bar n'était pas ouvert les dimanches, mais Dixie s'y rendait pour s'occuper des comptes, et quelques membres de la famille finissaient généralement par passer du temps avec elle. D'habitude, il s'y serait arrêté, mais ce soir, tout ce qu'il voulait c'était passer du temps avec Crystal.

Il traversa la ville et quitta la route principale en direction des montagnes, serpentant à travers des routes étroites et bordées d'arbres jusqu'à sa maison. L'une des choses que Bear aimait le plus à Peaceful Harbor, c'était qu'en plus de tous les avantages de la plage, à quelques kilomètres de là, il y avait aussi la tranquillité, au bord du lac dans les montagnes.

Il s'engagea dans l'allée et s'arrêta devant le garage. Les lieux étaient sombres, à l'exception du clair de lune qui traversait et scintillait sur le lac en bas de la colline sur leur droite. Sa mère insistait toujours pour qu'il installe des lumières à énergie solaire et ne rentre pas chez lui dans le noir, mais personne n'osait s'en prendre à un Dark Knight.

Il appuya sur le bouton de la télécommande sur son porte-clés pour ouvrir le garage et rangea sa moto à l'intérieur. En descendant de celle-ci, il imagina Crystal arriver seule ici. Il s'emballait peut-être un peu, mais même ces quelques heures loin l'un de l'autre ce matin l'avaient rendu fou. Il en avait profité pour préparer ce qu'il voulait être une belle surprise : cela ne l'avait pas empêché de vouloir être à ses côtés. Il se nota d'installer des lumières à énergie solaire.

— Je ne savais pas que tu vivais près du lac, dit Crystal en regardant autour d'elle, observant sa moto partiellement assemblée et les étagères en métal autour d'eux qui étaient jonchées d'équipements, d'outils et de diverses pièces de véhicules. Une grue de moto et de vieux coffres à outils en bois étaient posés contre le mur du fond, ainsi que trois établis.

— Et dire que tu trouvais que mon atelier de design était en bazar. C'est quoi tous ces trucs ?

— C'est la moto que je suis en train de construire. Elle ne ressemble pas à grand-chose, mais c'est en cours.

Elle s'en approcha, contournant les outils et autres objets qui traînaient sur le sol.

— Si, ça ressemble à *quelque chose*, dit-elle avec un sourire. C'est génial ! J'ai hâte de voir ce que ça va donner quand ce sera terminé.

Elle pointa du doigt les motos garées sur la mezzanine à l'arrière du garage.

— Et ces motos-là ? Ce sont tes *extras* ?

— J'ai conçu et construit deux d'entre elles.

— Tu devrais vraiment accepter l'offre de Silver-Stone. Je veux dire, regarde cet endroit. Les motos, c'est toute ta vie. Tu as dit que tu avais conçu et construit deux d'entre elles, est-ce que ça veut dire que tu as acheté les deux autres ?

— C'était celles de mon oncle Axel. Je lui ai acheté cette maison avant qu'il ne meure. Beaucoup de ces trucs étaient à lui.

Il ressentit soudain une vague de tristesse familière.

— Il m'a appris tout ce que je sais sur...

Il agita la main.

— On l'a perdu à cause d'un cancer des poumons quand j'avais vingt-deux ans.

Elle lui prit la main.

— Je suis tellement désolée.

— C'était il y a longtemps.

Elle jeta un dernier long coup d'œil aux motos, puis remarqua les photos derrière son établi. Elle s'approcha et son regard s'arrêta sur le calendrier de pinup sexy qui avait appartenu à son oncle. Il se demanda ce qu'elle allait dire en voyant cette brunette nue qui chevauchait une moto, son regard sensuel et ses lèvres rouge rubis séduisant l'appareil photo.

Crystal lui lança un regard enflammé.

— On pourrait peut-être remplacer cette femme nue par une autre – elle s'approcha de lui – plus *familière*.

— Chérie, si tu crois que je vais accrocher une photo de toi nue sur le mur de mon garage où mes frères pourront la voir, tu te trompes lourdement, dit-il en la prenant dans ses bras. Mais j'accrocherai fièrement cette photo dans ma chambre en revanche.

— Hum, la *fameuse* grotte de l'ours. Je suis impatiente de voir à quoi ressemble ta maison. J'imagine un tapis en peau d'ours et beaucoup de cuir.

Il ricana et prit le sac à dos.

— Tu as une sacrée imagination.

Il la conduisit le long de l'allée pavée jusqu'à la maison, inhalant les odeurs de pin et d'eau fraîche, si différentes des parfums de la mer. Sa cabane en cèdre et en pierre, avec deux chambres, se trouvait sur une crête, à une trentaine de mètres du bord de l'eau. Elle n'était pas immense, mais en plus des chambres, il disposait d'un salon et d'une mezzanine, et le large porche à l'entrée ainsi que la terrasse grillagée offraient un espace de vie supplémentaire.

Crystal se tint sur le haut de la colline flanquée de grands arbres, contemplant le lac. Sa robe en dentelle flottait au gré de la brise et il l'avait imaginée là si souvent qu'il avait du mal à croire que tout ça était réel.

— Tu te réveilles avec cette vue tous les matins ?

— La plupart du temps, oui. Aujourd'hui, je me suis réveillé avec une vue encore plus magnifique.

— Oh, mon motard, dit-elle en se dirigeant vers la maison. Tu as une très bonne répartie.

— J'ai *tout* ce qu'il faut.

Il adorait jouer avec elle de la sorte, car ça la faisait sourire et ce n'était pas un sourire narquois ou séducteur. C'était le sourire d'une fille qui était toujours en train de réfléchir, de chercher à comprendre ce qu'il disait. Cherchait-elle une réponse sarcastique ? Essayait-elle de décider s'il était vraiment arrogant ? Il n'en savait rien, mais il aimait beaucoup ce regard.

Il déverrouilla la lourde porte en bois et l'ouvrit, la suivant à l'intérieur de cette cabane qu'il considérait comme sa deuxième maison étant plus jeune et posa le sac à dos sur le sol près de la porte.

La surprise illumina son regard.

— Waouh, c'est le nec plus ultra des garçonnières de mécano, ici ! T'as une table de billard au lieu d'une table à manger ? C'est génial.

Elle effleura le bord en bois poli du doigt, jetant un coup d'œil à la mezzanine qui surplombait le salon.

— Merci. Mon oncle et mon père ont construit cette cabane. Mes frères et moi avons rénové la cuisine, restauré la cheminée et refait le parquet il y a quelques années. Pas besoin d'une table à manger. D'habitude, je mange là.

Il désigna le bar qui séparait le salon de la cuisine. Le salon ouvert correspondait très bien à son mode de vie, tout comme le mobilier de type « *mécano* », comme ce lustre suspendu au-dessus de la table de billard, fabriqué à partir de cuir, de chaînes et d'une roue de moto Silver-Stone. Ainsi que la table d'appoint que son pote avait fabriqué à partir de vieux outils, d'écrous et de boulons.

— Attends de voir la salle de bains.

— La salle de bains ?

— J'ai le sentiment que tu vas adorer mes appareils électro-ménagers.

Elle le regarda de haut en bas.

— C'est vrai que j'aime vraiment bien tes *appareils*.

Elle regarda ensuite le canapé convertible.

— Est-ce que je dois m'inquiéter d'attraper une maladie sur ton baisodrome ?

Il sourit face à sa question insolente. Il avait acheté le grand canapé pour sa double fonctionnalité. Mais il préférait large-ment son idée à elle.

— Ça risque d'être compliqué, étant donné que je n'ai ja-mais fait l'amour dessus.

Elle lui jeta un regard incrédule.

— Chérie, tu te fais de fausses idées sur moi. Mes *conquêtes* ont pris fin il y a bien longtemps.

Il l'aida à enlever sa veste en cuir et la jeta sur le canapé, attirant Crystal plus près.

— Je n'ai pas envie que tu te fasses du souci concernant mon passé, d'accord ? Tu es la seule femme que je veux, alors quel que soit ce que tu t'imagines à propos d'autres filles, laisse tomber. OK ?

Elle acquiesça.

— J'ai déjà amené quelques filles ici quand j'ai racheté l'endroit, mais quand je l'ai rénové, tout a changé. C'était une garçonnière et c'est devenu une maison et depuis aucune femme n'est rentrée ici avec moi. Enfin, à part Dixie, ma mère, les petites copines et épouses de mes potes, mais pas *avec* moi. Compris ?

Elle l'attrapa par la veste.

— Compris, mon motard.

OBSERVER BEAR CUISINER était comme regarder le Yéti traverser le désert. Ça n'aurait pas dû aller ensemble. Et pourtant si, de façon très sexy d'ailleurs. Il coupait des poivrons, des saucisses et du poulet comme un pro et jeta la viande dans un bol avec de l'huile d'olive et une poignée d'épices sans devoir consulter de recette. Après l'avoir recouvert, il le mit dans le réfrigérateur qui était rempli d'aliments sains, contrairement au sien, et elle en eut honte. Il fit chauffer de l'huile d'olive dans une poêle et y ajouta de l'ail, du riz et des copeaux de piment rouge.

Crystal s'appuya contre le comptoir à côté de lui. Ils avaient tous les deux retiré leurs bottes et elle avait enlevé son legging alors qu'ils s'embrassaient, se pelotaient et qu'il lui disait : *Je t'ai vraiment invitée ici pour dîner, pas seulement pour t'embrasser.* Elle adorait être chez lui et le fait qu'il n'ait pas vu beaucoup de filles défiler dans cette cabane en disait long sur Bear.

— Tu ne comptes vraiment pas me laisser t'aider avec ton plat secret ?

Il refusait de lui dire ce qu'il préparait.

— Non.

Il lui donna un baiser chaste et continua de remuer, mélangeant le bouillon de poulet avec de nombreuses épices et autres ingrédients. Il porta le tout à ébullition, réduit le feu et couvrit la casserole. Il la prit par la taille et sa bouche se mit à explorer son cou de façon tentante.

— *Hmm.* J'aime bien t'aider à cuisiner.

Elle le sentit ricaner.

— Qui t'a appris ? demanda-t-elle.

— Le même type qui m'a tout enseigné sur les motos et les voitures. Quand j'étais petit, ma mère était de garde en tant qu'infirmière et mon père était toujours au bar. J'ai passé beaucoup de temps au garage. J'y allais après l'école et je suivais mon oncle partout. Parfois je restais avec lui jusqu'à l'heure du coucher.

Il plaça ses jambes autour d'elle. Même sa posture était possessive et elle n'était plus surprise de constater à quel point elle aimait ça.

— Je faisais mes devoirs pendant qu'il préparait le dîner et il m'expliquait les étapes de ses préparations. Je suppose que ses compétences ont fini par déteindre sur moi. Arrivé à l'adolescence, je préparais le dîner avec lui et, quand il est tombé malade, je cuisinais pour lui. Même quand il vivait ses derniers jours et qu'il ne pouvait plus rien avaler, il me demandait de cuisiner. Je pense qu'il savait que nous avions tous les deux besoin d'une distraction.

Le cœur de Crystal se brisa.

— Tu étais ici avec lui vers la fin ?

Il sortit une autre poêle et y versa un filet d'huile d'olive pour y jeter les ingrédients qu'il avait fait mariner.

— Ma mère s'est occupée de lui ici. Elle avait fait pression pour qu'il soit placé en soins palliatifs, mais c'était un putain de battant. Dur et fort jusqu'à la fin.

Il coupa les oignons et les mit dans la poêle, clignant des yeux alors que ceux-ci lui piquaient. Elle ne savait pas si c'était à cause des oignons ou des souvenirs.

Elle tendit la main vers lui.

— Je suis désolée que tu aies perdu quelqu'un qui comptait

tant pour toi. On dirait que vous aviez une relation spéciale.

Il passa un bras autour de son cou, la serrant contre lui.

— C'était un sacré bonhomme. Quand j'étais au lycée, il m'a aidé à faire des demandes de bourses et à remplir des dossiers pour l'université.

Il se lava les mains et garda le silence pendant qu'il mélangeait le reste des ingrédients.

— Je voulais faire du design industriel et des études d'ingénieurs. J'ai obtenu une bourse, mais mon père est tombé malade. Bones était en école de médecine et Bullet était en mission pour l'armée.

— Donc tu n'y es jamais allé, dit-elle, réalisant que sa loyauté était encore plus importante que ce qu'elle croyait.

Il resta silencieux quelques instants avant de répondre.

— Ma famille avait besoin de moi. Et quand nous avons réalisé que mon oncle ne vaincrait pas son cancer, j'ai su où était ma place.

Il ouvrit un autre placard et commença à mélanger du rhum, du jus de citron vert, du sucre brun et de l'eau dans une grande casserole. Puis il versa un bol de crevettes dans l'autre poêle et elle comprit enfin ce qu'il préparait.

— Tu prépares une paëlla et un grog chaud.

Comment avait-elle pu mettre autant de temps à le comprendre ? Et après tout ce qu'elle lui avait avoué ce soir-là sur la colline, comment avait-il pu se souvenir de chaque petit détail ?

— Pour ma copine. Je suis allé au supermarché pendant que tu travaillais ce matin.

Une boule se logea dans sa gorge.

— Bear.

Ce fut tout ce qu'elle parvint à dire.

— C'est bien mon nom, chérie.

Il prit deux assiettes dans le placard et y étala le riz et les garnit du mélange de viandes et des fruits de mer.

— Merci.

Elle ouvrit les tiroirs à la recherche de couverts.

— Ça sent incroyablement bon.

— J'espère que le goût sera encore meilleur.

Il tendit la main à côté d'elle et ouvrit le tiroir des couverts, révélant des ustensiles qui ressemblaient à des outils. Elle leva les sourcils.

— Quoi ? Tu n'as pas de fourchettes avec des extrémités de clé à molette chez toi ?

Il prit les ustensiles et les lui montra un par un.

— Tu n'as pas de cuillères avec une clé à fourche au bout ou un couteau avec une pince en guise de manche ?

— Non, j'ai un ours avec une boîte à outils.

Il se mit à rire.

— Ça, c'est clair, bébé. Une très *grosse* boîte à outils.

— Tu devrais faire attention à ne pas exagérer la taille de ton engin.

Elle baissa la voix et murmura :

— Et si je suis déçue ?

— Tu l'as bien senti, dit-il, arrogant comme jamais en ouvrant le placard pour en sortir deux verres de vin. Je sais que tu fais attention à ta consommation d'alcool, donc si tu veux éviter de boire le grog, je comprends très bien.

Il avait pensé à tout.

— Non. J'en veux bien un peu. Ça me paraît parfait.

Il sortit un plateau argenté d'un meuble qui se trouvait plus bas, près du lave-vaisselle, et le posa sur le comptoir. Il y avait deux cercles à l'intérieur, dont l'un qui indiquait BLUE HAWK[13] et PLATEAU MÉCANIQUE MAGNÉTIQUE EN ACIER INOXYDABLE. Il plaça les assiettes dessus, et quand il y ajouta les ustensiles, ils *cliquetèrent*.

— Sérieux ? Tu te sers d'un plateau de mécanicien ?

— Un bon mécanicien a toujours les bons outils à disposition, dit-il en lui donnant une petite tape sur les fesses, puis il versa le grog dans un pichet. Tu veux bien porter ça ? lui demanda-t-il.

Elle porta le pichet et il posa les verres à vin sur le plateau. Ils sortirent de la cuisine et empruntèrent un couloir qu'elle n'avait pas remarqué à leur arrivée. Après être restée debout si longtemps, elle sentit que ses muscles commençaient à souffrir.

— J'ai des courbatures aux jambes et aux fesses à cause du trajet.

— T'inquiète pas, bébé. Je vais te masser pour soulager tes douleurs et je te promets de bien me tenir.

— Dommage.

Le mot franchit ses lèvres avant qu'elle ne puisse l'arrêter.

— Je veux dire… hum, *zut*.

Il se mit à rire.

— C'est toi qui mènes la danse et moi je te suis avec plaisir.

— Ça me va.

Elle s'arrêta pour observer plusieurs photos sur le mur. Elle étudia la photo de trois adorables petits garçons torse nu aux cheveux longs et d'une petite fille aux cheveux roux et emmêlés. Ils étaient assis sur une marche en béton. La petite fille était penchée en avant mais regardait les garçons derrière elle, comme si elle ne voulait rien manquer. Crystal repéra facilement Bear,

---

[13] Marque d'outils américaine

assez maigrichon, tenant un chat sur ses genoux et regardant les autres garçons.

— C'est toi, tes frères et Dixie ? demanda-t-elle.

— Oui, la photo a été prise chez mes parents.

Elle regarda ensuite la deuxième photo où un garçon aux yeux couleur miel et aux épais cheveux noirs, qui ne pouvait être que Bear, regardait sous le capot d'une voiture. À côté de lui, un homme mince et barbu se tenait debout, un bras autour des épaules de Bear, lui désignant quelque chose au niveau du moteur.

— C'est mon oncle Axel et moi, expliqua-t-il.

Elle fut envahie par un sentiment de tristesse alors qu'ils avançaient pour voir les autres photos.

— C'était ma première moto.

Il fit un signe de tête vers une photo de lui quand il était plus jeune, debout à côté d'une moto noire brillante. Son père se tenait à côté de lui, les mains sur les hanches, regardant Bear, mais ce dernier souriait fièrement en direction de la caméra.

Il désigna une autre photo.

— Ça, c'est Bullet, comme tu peux le voir à sa taille, et c'est moi sur ses épaules.

Bullet regardait l'appareil d'un air agacé, tenant les jambes de Bear qui levait les poings en l'air, comme s'il était en train de taper sur le dos de son frère.

— Qu'est-ce que tu avais fait ?

— Cet abruti faisait le con. Il m'a jeté dans le lac. Ce n'est pas le moment dont je suis le plus fier, mais j'aime ce connard.

— Je suis sûre que tu ne l'as pas laissé s'en tirer comme ça.

— Oh que non. Tu vois ces cheveux hirsutes ? Je les ai coupés pendant qu'il dormait. Il m'a presque battu à mort le lendemain. On a tous les deux fini avec le crâne rasé cet été-là.

Il sourit alors qu'ils se dirigeaient vers les escaliers, passant devant une chambre, un bureau et une salle de bains. Elle jeta un coup d'œil à la dernière pièce, remarquant le robinet pompe à gaz et la perceuse servant de porte-papier.

— Tu ne plaisantais pas pour ta salle de bains. C'est très *masculin*.

Alors qu'il grimpait les escaliers jusqu'à la mezzanine, elle lui dit :

— Ton enfance paraît si normale. La mienne était comme ça aussi, jusqu'à ce qu'on déménage.

— Si tu considères que s'asseoir dans l'arrière-salle d'un bar, traîner dans un garage automobile plusieurs nuits par semaine ou être réveillé à toute heure durant ton adolescence pour reconduire des clients ivres chez eux, c'est normal, j'imagine que oui. Mais ça va. On a vécu de bons moments.

Quand ils atteignirent enfin la mezzanine, il dit :

— Voici ma chambre.

Des murs en pin et un haut plafond à poutres apparentes donnaient à la pièce un aspect chaleureux. Une baie vitrée, avec un siège rembourré devant, offrait une vue spectaculaire sur le lac. Elle s'imagina se blottir avec lui sur ce siège et regarder le coucher de soleil en hiver, lorsque le lac serait gelé, avec Harley blottie à leurs pieds. Une chaise longue en cuir était posée à côté d'une table en bois flottant et en verre sur laquelle étaient empilés quatre livres. Au centre de la pièce se trouvait le plus grand lit qu'elle ait jamais vu, drapé d'une couverture marron.

— Ton lit est *immense*.

— Ce n'est pas la seule chose qui est immense chez moi. Viens, chérie.

Il cala le plateau contre sa hanche.

— C'est peut-être une question stupide, mais pourquoi est-il aussi grand ?

— Ce n'est pas stupide du tout, et ce n'est pas pour ce à quoi tu penses. Quand j'étais petit, on s'entassait tous dans le lit de mes parents les matins de week-end pour les réveiller. Tous les quatre. Mon père râlait, mais on finissait par se battre et rire. C'est bête, mais c'est mon meilleur souvenir. Quand je suis allé acheter un lit, j'ai décidé d'en prendre un qui soit assez grand pour ça.

Plus elle apprenait à le connaître, plus elle tombait amoureuse.

— Donc… donc tu veux fonder une famille ?

— Certainement, un jour, oui, dit-il en fronçant les sourcils. Et toi ?

Elle réfléchit à sa réponse, se demandant si la vérité l'effraierait et réalisa rapidement que pour Bear, il n'y avait que la vérité qui l'intéressait.

— J'ai renoncé à avoir une famille quand ma mère a sombré dans l'alcool. J'avais peur de finir comme elle et je ne voulais pas faire ça à un enfant. Mais en passant du temps avec Kennedy et Lincoln et en voyant l'amour que Gemma et Tru leur portent, ça m'a fait réfléchir. On dit que quoi qu'on fasse, on finit par être comme ses parents, mais je ne pense pas que ce soit vrai. Ça demande des efforts, mais je pense qu'on est capable de choisir sa propre voie.

— Je respecte mon père, dit Bear d'un ton étrangement sérieux. Mais il est hors de question que je devienne comme lui. Je pense que Tru et Gemma sont la preuve que nous ne sommes pas destinés à devenir comme nos parents et *toi* tu nous prouves qu'on peut choisir sa propre voie. La seule chose que nous sommes destinés à être, c'est ce que nous décidons d'être. Tout le reste n'est que tentation, bonne ou mauvaise. Au final, c'est nous qui contrôlons tout.

Il ouvrit une porte derrière lui, révélant une véranda rustique encerclée d'une moustiquaire, une vieille table en bois et quatre chaises usées, ainsi qu'un autre lit qui était au ras du sol. Une lanterne trônait sur la table. Tout comme les murs, le plafond était en moustiquaire, offrant une lumière naturelle et une vue sur la beauté du ciel nocturne. Les poutres marquées et éraflées étaient assorties au bois noueux sous leurs pieds.

— J'adore cette pièce !

Elle posa le pichet sur la table et regarda le lac.

— Tu sens cette brise ? Tu n'aimerais pas que ta maison entière soit faite de moustiquaire et qu'ensuite, juste pour l'hiver, on puisse la refermer ?

Il posa le plateau sur la table et la serra contre lui par-derrière. C'était son deuxième endroit préféré, le premier étant contre lui, à ses côtés.

— Je passe presque toutes mes nuits ici. Je me suis dit que ça te plairait.

Elle se retourna dans ses bras, complètement séduite par son attrait pour le plein air.

— C'est pas que ça me plaît, c'est que *j'adore*.

Il soutint son regard pendant tellement longtemps qu'elle eut l'impression qu'il lisait entre les lignes, comme elle l'espérait.

Ils dînèrent sous la faible lumière de la lanterne, partageant le grog et bien trop de baisers pour pouvoir les compter. La paëlla était encore plus délicieuse que dans ses souvenirs, mais c'était peut-être parce qu'elle savait tout ce que Bear avait fait pour lui concocter cette soirée si spéciale. Désormais, ils étaient allongés sur le dos sur le lit, leurs doigts entrelacés, regardant les étoiles à travers la moustiquaire en discutant.

— C'est quoi ton plus grand rêve ? lui demanda-t-elle.

— C'est une question difficile, ça. Tu veux dire à part toi ? dit-il en lui serrant la main. Probablement de me faire un nom dans le milieu de la moto. Et toi ?

— C'est ça mon plus grand rêve. J'ai travaillé tellement dur pour avoir une vie normale et je sais que ça paraît simpliste. Mais être là avec toi, comme ça ? C'est déjà énorme pour moi.

Ils restèrent allongés en silence, écoutant les bruits de la nature. C'était agréable de ne pas cogiter ni d'être divertie. Le simple fait d'être là avec Bear était incroyable.

— Pour ton prénom, dit-il doucement. Tu préfères que je t'appelle comment ?

Elle sentit ses terminaisons nerveuses la chatouiller. Elle n'avait pas envie de se lancer dans une discussion sur son passé, mais elle appréciait qu'il lui pose la question.

— Mon vrai prénom, c'est Christine. Mais le seul prénom qui me convient désormais, c'est Crystal, expliqua-t-elle en se tournant sur le côté alors qu'il faisait de même. Mais ce que je préfère, c'est quand tu m'appelles comme tu en as envie. *Chérie, ma belle*, ta *copine*.

— Je croyais que tu n'aimais pas la possessivité.

— C'est le cas. Mais tu n'es pas un connard qui me traite comme un objet qui lui appartient. Sinon je ne serais pas là, ici, avec toi.

Il effleura ses lèvres des siennes.

— C'est parce que je t'adore et, si je me transforme en connard, je suis sûr que tu me stopperas net.

Elle promena ses doigts le long de sa moustache, souriant face à sa réponse.

— Je t'ai dit tellement de choses sur moi. J'ai eu l'impression que tu ne voulais pas parler de ton surnom ou de tes cicatrices, mais j'aimerais bien entendre ton histoire. Si tu n'en as pas envie, je comprends.

Il prit soudain un air sérieux.

— Bébé, la seule raison pour laquelle je ne voulais pas en parler, c'était parce que je voulais être proche de toi à ce moment-là. Pas parce que je ne voulais pas en parler avec toi.

Il enleva sa chemise et roula sur le ventre, posant son visage sur ses avant-bras.

De longues cicatrices en forme de spirale se trouvaient entre ses omoplates. Certaines étaient lisses et plus pâles que sa peau, d'autres étaient foncées et sombres. Trois d'entre elles paraissaient plus saillantes, plus larges et sévères que les autres.

— Tu peux les toucher, lui dit-il en la regardant.

Elle les effleura du bout des doigts, les comptant silencieusement au fur et à mesure. *Cinq.*

— Ça a dû faire très mal.

— L'adrénaline était trop forte pour que je ressente la douleur. Nous sommes allés faire du camping avec plusieurs familles du club. Je suis parti pisser hors du camping et, quand je suis tombé sur deux oursons, j'ai su que j'allais avoir des ennuis. Les poils de ma nuque se sont hérissés avant que je n'entende la maman ourse gronder et, quand je me suis retourné, ses griffes se sont abattues sur mon dos, me faisant tomber. Je me souviens avoir hurlé mais je ne me rappelle pas ce que j'ai crié. Je me suis *battu* de toutes mes forces. Bullet faisait de la boxe depuis l'âge de huit ans et il était toujours sur mon dos, en train de me dire qu'il fallait que je sois fort. C'est pour ça qu'il avait l'habitude de me faire de sales coups, comme me jeter dans le lac. Il m'endurcissait. Enfin bref, il s'est fait un devoir de nous apprendre à nous battre. Même quand il était enfant, Bullet était immense. Inutile de discuter avec lui. Alors j'ai appris la boxe et le combat de rue, en l'ayant *lui* comme adversaire, raconta-t-il en riant légèrement, comme s'il se souvenait de ces fameux matchs de boxe. J'ai frappé l'ourse au niveau du museau, ce qui l'a assommée pendant quelques secondes, me laissant assez de temps pour me relever. Et assez longtemps pour que Bullet déboule dans la forêt comme une furie et se place entre l'ourse et moi. Tout s'est passé très vite et quelqu'un devait veiller sur nous de là-haut, car l'ourse a rugi une seconde fois avant de s'en aller avec ses petits.

Elle posa la main sur ses cicatrices.

— Ton cœur bat super vite.

— C'est l'adrénaline. C'est comme si j'étais de retour là-bas, face à cette bête. Bullet n'a pas hésité une seule seconde à se mettre entre nous. Il m'a sauvé la vie.

— Vous êtes si courageux, tous les deux.

Elle s'allongea à nouveau à côté de lui, et il l'attira plus près.

— Je pense que c'est toi la plus courageuse, dit-il doucement. J'imagine qu'on sait tous les deux ce qu'est la survie.

Elle se blottit dans ses bras, écoutant les bruits du lac et des feuilles qui bruissaient sous la brise. Être allongés ensemble, parlant et se confiant sur leur vie, était comme un tout nouveau degré d'intimité pour eux. Elle était surprise d'avoir perdu autant de temps à s'inquiéter à ce sujet.

— Est-ce que parfois tu regrettes de ne pas être allée voir la police ? demanda-t-il finalement.

Elle ferma les yeux. Elle avait senti qu'il avait beaucoup ruminé concernant ce qu'elle avait vécu, mais elle avait espéré qu'il n'en reparlerait pas.

— Pas vraiment, mais parfois je regrette de ne pas avoir été assez forte pour rester à l'université, de ne pas avoir fait assez preuve de contrôle pour terminer mon diplôme. Et devoir rembourser une partie de ma bourse Pell Grant, c'est plutôt naze. Mais bon, avec le temps on prend du recul, admit-elle. Parfois, je regarde en arrière et je suis surprise de constater que j'ai réussi à quitter le camp de caravanes, et parfois je sais que j'ai toujours su que j'y arriverais. Est-ce que toi tu regrettes de ne pas avoir été à l'université ?

— Je ne suis pas sûr que le terme « regretter » soit le plus approprié. Mais est-ce que je regrette de ne pas avoir pu en apprendre plus ? Oui, évidemment. Qui ne le regretterait pas ? D'ailleurs, cette semaine risque d'être nulle. J'ai une réunion avec le club demain soir et je vais aider Tru à peindre mardi soir. Je pensais pouvoir te voir après, mais il veut repeindre la salle de jeux ainsi que la salle de repos. Je pense qu'il a peur que la maison ne soit pas prête pour le mariage. Et mercredi et mardi je dois tenir le bar jusqu'à deux heures du matin, expliqua-t-il en crispant la mâchoire.

— Ce ne sera pas nul et je suis contente que tu aides Tru et Gemma. Ça me laissera le temps de travailler sur mes costumes.

Et du temps pour que tu me manques.

— Est-ce que je peux te voir vendredi soir ? On peut se promener au bord de l'eau et manger un bout.

— Je pense que je peux me caler ça, oui.

Il promena sa main le long de sa cuisse.

— Comment as-tu fait pour que je t'aie dans la peau au point que le fait de ne pas te voir pendant une nuit me donne l'impression qu'on m'arrache le cœur ?

— Ne dis pas ça à Bullet, le taquina-t-elle. Sinon il voudra à nouveau t'endurcir et moi je t'aime comme tu es. Et je ne peux pas répondre à ta question, parce que j'essaie toujours de comprendre comment tu as fait pour que je te dévoile tous mes secrets et que je baisse ma garde si vite.

— Vite ? Ça fait huit mois. Ce n'est *pas* vraiment rapide.

Elle éclata de rire. Il n'avait pas tort.

— C'est quoi ton vrai prénom ? Freddy le rapide ? le taquina-t-elle avant de réaliser qu'elle ne le connaissait effectivement pas. Quel est ton nom de naissance ?

— Bob. Comme mon grand-père, Robert Whiskey.

— Bobby. Ça me plaît beaucoup. Je t'appellerai peut-être comme ça.

Il plissa les yeux.

— Bébé, tu peux m'appeler comme tu veux, tant que tu le fais souvent.

Il lui pinça les fesses et elle tressaillit.

— Qu'est-ce qu'il y a ?

— J'ai mal aux fesses, murmura-t-elle. Je n'ai pas l'habitude de chevaucher un engin si longtemps.

Son regard s'assombrit et ça la fit rire.

— Tu es un *vilain* motard.

— Tu n'as pas encore vraiment découvert mon côté vilain, ma douce.

Sa voix rauque et ses mots coquins l'attirèrent comme un aimant. Il massa ses fesses et déposa un doux baiser sur ses lèvres qui devint rapidement insistant.

Leurs corps se touchèrent et elle sentit tous ses muscles durs contre elle.

Il effleura ses lèvres des siennes.

— Laisse-moi masser tous tes muscles endoloris. Enlève ta robe, bébé. Tu peux garder ta culotte.

CHAPITRE DOUZE

BEAR LAISSA UN PEU D'INTIMITÉ à Crystal pour qu'elle puisse se déshabiller et alla dans la chambre chercher l'huile pour le corps que Dixie lui avait offerte le Noël dernier. Il fouilla dans sa table de nuit et la trouva sous le reste de babioles qu'il y avait dans le tiroir. Quand il revint sous le porche, il s'arrêta sur le seuil. Voir Crystal allongée sur le ventre au milieu de son lit, seulement vêtue d'une culotte en dentelle noire, était une torture, mais il était déterminé à tenir sa parole et à bien se comporter.

Du moins, il essaierait.

Elle rougit lorsqu'il s'approcha du lit.

— Je suis plus nerveuse que je ne l'étais ce matin quand j'étais tout aussi nue.

Il s'allongea à côté d'elle, repoussant ses cheveux derrière son épaule et promenant ses doigts le long de sa joue. Il l'avait tellement dans la peau ; il avait autant envie de la rassurer que de lui faire l'amour.

— Tu n'as pas à être nerveuse. Je t'ai fait une promesse et je vais l'honorer. Je ne te toucherai pas là où tu n'en as pas envie.

Elle se mordilla la lèvre inférieure avant de chuchoter :

— Je crois bien que c'est ça le problème. J'ai envie que tu me touches. Et j'ai envie de te toucher. Mais je ne sais pas si je suis prête à…

Il l'embrassa doucement et lentement pour la rassurer.

— Alors nous ne le ferons pas, lui promit-il. Est-ce que tu me fais assez confiance pour me laisser enlever mon jean pour qu'il ne soit pas trop taché par l'huile ?

— Oui.

Elle le regarda se déshabiller, enroulant ses doigts autour des draps en promenant son regard de haut en bas, s'attardant sur son érection.

Il s'agenouilla près du lit.

— Tu es sûre que ça ne te dérange pas ?

— Oui.

Il observa son dos fin, baissant les yeux jusqu'au creux en bas de sa colonne vertébrale et par-dessus la dentelle noire.

— Où est-ce que ça te fait le plus mal ?

— Sur mes cuisses et mes fesses et un peu dans le bas du dos. Et mes épaules aussi à force de te tenir si fort, dit-elle alors que son sourire s'élargissait. Je crois que j'ai besoin d'un massage complet du corps.

Il éclata de rire et se mit à cheval sur ses hanches sans s'appuyer sur elle. Il versa de l'huile dans sa paume et frotta ses mains l'une contre l'autre pour les réchauffer avant de lui masser les épaules. Elle laissa échapper un long soupir. Il descendit le long de chaque bras, éliminant les tensions. Il la massa entre les omoplates, évacuant le stress de son corps, de sa colonne vertébrale, et sur les côtés, sentant sa respiration ralentir et s'accélérer quand il caressa ses seins. Il approcha sa bouche de sa joue et y déposa un baiser, puis sur sa mâchoire, son cou et son épaule. Ses hanches se balancèrent sous son corps et il se focalisa à nouveau sur le massage qu'il lui avait promis.

Descendant plus bas, il élimina la tension autour de sa taille et de ses hanches. Elle gémit doucement et il vit un sourire étirer ses lèvres.

— Décale-toi, bébé.

Elle s'avança vers la tête de lit, lui laissant de la place pour qu'il lui masse les pieds. Alors qu'il en malaxait la plante, elle laissa échapper un autre son envoûtant. Il prodigua la même attention à son autre pied avant de remonter le long de ses mollets. Il ne put s'empêcher d'embrasser l'arrière de ses genoux.

— Recommence.

Il s'exécuta, glissant sa langue le long de sa peau sensible. Ses hanches se soulevèrent du matelas.

— C'est excitant, murmura-t-elle.

Elle n'imaginait pas à quel point.

Son corps entier brûlait d'une soif insatiable pour elle. Il continua de lui masser les jambes et, quand il atteignit ses cuisses, il ralentit, la frottant profondément et sensuellement, sachant que c'était là que se concentraient la plupart de ses douleurs. Elle écarta un peu plus les jambes, le laissant y placer ses genoux, et il caressa ses ischio-jambiers, remontant le long de la courbe de ses fesses, effleurant doucement ses joues. Il pressa ses lèvres contre l'une d'elles, puis l'autre. Son corps était très détendu mais à chaque pression de ses lèvres il la sentait se crisper un peu plus, alors il recula.

Il versa un peu plus d'huile dans ses mains et caressa doucement l'intérieur de ses cuisses, mais elle était trop attirante pour qu'il résiste à l'envie de l'embrasser. Lorsque ses pouces effleurèrent sa culotte, il embrassa le creux entre ses fesses et sa jambe. Elle serra le drap dans ses poings, l'excitant encore plus. Il promena ses mains le long de ses côtes, caressant ses seins sur le côté jusqu'à ses bras et le bout de ses doigts.

En descendant à nouveau vers elle, il murmura :

— Ça va toujours ?

— OhmonDieu, oui, dit-elle d'une voix chevrotante.

— Je peux t'enlever ta culotte, bébé ? Je ne veux pas mettre de l'huile dessus.

— Oui.

Elle souleva ses hanches vers le haut.

S'il lui avait demandé d'enlever sa culotte, c'était vraiment pour éviter qu'elle ne devienne grasse. Mais alors qu'il se déplaçait sur le côté pour l'enlever, il serra les dents face aux pensées sombres qui lui traversaient l'esprit. Et alors qu'il la touchait, ces pensées se bousculèrent, testant sa volonté. Avec délicatesse, il lui massa les fesses, ses mains sur les globes souples. Elle bougea avec lui, écartant les jambes alors que ses pouces se rapprochaient de son sexe en une invitation explicite ; c'était une torture de résister à ce besoin de la toucher là, mais il ne voulait pas seulement supposer avoir compris ce qu'elle voulait.

— C'est bon, dit-elle doucement. Touche-moi.

Il expira soudain, n'ayant pas réalisé qu'il retenait son souffle, et continua de lui masser les fesses, taquinant son sexe avec ses pouces. À chaque caresse, elle laissait échapper un son plein de désir. Il embrassa chacune de ses joues la bouche ouverte tout en la caressant entre les jambes. Quand elle souleva les fesses, ce fut trop dur de résister. Il écarta ses fesses et glissa la langue le long de son sexe humide, recouvrant celle-ci de son excitation. Un pur bonheur. Elle gémit, levant ses fesses plus haut, et il n'hésita pas à enrouler un bras autour de son ventre pour la titiller à l'avant tout en la léchant. Son membre mourait d'envie de participer à cette fête sensuelle.

— Fais-moi jouir, le supplia-t-elle. J'ai besoin de jouir.

Oh que oui. Il déplaça sa main vers sa poitrine, utilisant l'autre entre ses jambes, et la dévora avec sa bouche, enfonçant sa langue en elle au même rythme qu'il aurait voulu lui faire l'amour. Elle se tordit contre sa bouche et il glissa ses doigts en elle, recherchant ce point secret qui lui donnerait ce dont elle avait besoin. Elle émit un long gémissement, remuant contre lui alors qu'elle criait son prénom. Il enroula ses bras autour d'elle, l'embrassant alors qu'elle était en pleine extase.

La retournant doucement sur le dos, il plaça ses jambes de chaque côté de ses genoux et ses paupières papillonnèrent.

— Ça va, bébé ? demanda-t-il, voyant qu'un sourire étirait ses lèvres.

— Je suis dans le coma, Bear. Ne t'arrête pas.

Il rit tout bas en l'embrassant entre les seins et posa sa bouche sur sa poitrine, sa langue s'enroulant autour de son téton. Elle se cambra, serrant la couverture un peu plus fort alors qu'il plaquait à nouveau sa bouche sur son mamelon tendu.

— Bear, le supplia-t-elle. Mon corps entier est comme un fil électrique.

Il se mit à genoux, remarquant pour la première fois cette touffe de boucles blondes entre ses jambes. Son cœur fit un bond dans sa poitrine. Elle avait changé son apparence extérieure, mais elle n'avait pas besoin de changer ce que les gens ne voyaient pas. Un rappel douloureux de ce qu'elle avait vécu qui lui confirmait également à quel point elle lui faisait confiance.

Elle ouvrit les yeux.

— S'il te plaît, ne t'arrête pas. J'ai besoin de toi.

Pas autant que j'ai besoin de toi.

Il approcha sa bouche de la sienne, l'embrassant avec tout cet amour qu'il sentait grandir en lui. Il descendit le long de son corps, la désirant autant qu'elle avait besoin de lui, et déposa ses lèvres sur sa chaleur lisse et humide, l'amenant à nouveau vers l'extase.

Alors qu'elle était allongée sur le matelas, essayant de reprendre son souffle, il s'allongea à côté d'elle, essayant d'ignorer cette chaleur qui pulsait en lui.

Elle ouvrit les yeux et roula sur lui, pressant ses lèvres contre son torse.

— J'adore quand tu me touches.

Ses doigts remontèrent le long de ses côtes et elle embrassa son sternum, descendant jusqu'au bord de son slip.

— Bébé, l'avertit-il.

— *Arrête*, dit-elle en plissant des yeux, le défiant. Je suis une grande fille. Je peux décider ce pour quoi je suis prête. Je veux que tu saches à quel point tu m'excites et je n'ai pas envie de devoir peser mes mots ou de me protéger de mes propres désirs.

— Moi je vais peser tes mots, car je tombe tellement amoureux de toi que je n'y vois plus clair, dit-il avec force. Je n'ai pas envie de tout gâcher en négligeant quelque chose ou en forçant trop.

— Tu ne me forces jamais, dit-elle si doucement qu'il faillit ne pas l'entendre.

La séduction brillait dans les yeux de Crystal.

— Je ne veux pas que tu recules ou me fasses reculer, expliqua-t-elle en caressant sa lèvre inférieure du doigt et il le coinça entre ses dents. Je ne suis pas prête à coucher avec toi, mais je suis prête pour *plus*. Je *veux* expérimenter plus de choses avec toi.

Il prit sa main dans la sienne et déposa un baiser sur le bout de ses doigts.

— Je suis plus que prêt pour plus.

— Tant mieux. Alors allonge-toi ici et laisse-moi…

Elle s'arrêta et rougit.

— Bébé. Tu n'es pas obligée de faire *quoi que ce soit.*

— Tais-toi, mon motard. Je viens de réaliser que je ne suis peut-être pas très douée pour ça. Toute mon expérience a principalement eu lieu dans ma tête, dit-elle en fronçant le nez, plus mignonne que jamais. Je devrais peut-être trouver quelqu'un sur qui m'entraîner.

Elle se détourna avec un sourire taquin et il l'attira sur lui alors qu'ils riaient tous les deux.

— Ne plaisante pas avec ça.

— Je croyais que tu n'étais pas possessif.

— Imaginer ta bouche sur un autre type ? Putain, si, pour ça je suis possessif.

Elle gloussa en se laissant glisser le long de son corps, l'embrassant entre deux rires.

— Mon motard est plutôt jaloux.

— Et tu es en train de le torturer de la tête aux pieds. Viens ici, bébé.

Il tendit la main vers elle et elle pressa son doigt sur ses propres lèvres, lui intimant à nouveau de se taire.

— Ça ne doit pas être si dur que ça non ?

Elle pouffa en baissant la tête vers son ventre avant de laisser libre cours à son hilarité.

— Je veux dire, ça ne doit pas être difficile.

Il s'assit et elle posa sa main sur son torse, le repoussant vers le matelas.

— Je t'interdis de bouger. C'est quoi, déjà, le titre de la musique ? *Candy Shop*[14]. Je vais juste la lécher comme une sucette.

— Mon Dieu, marmonna-t-il.

---

[14] Chanson de 50 Cent

Il l'attrapa sous les bras et d'un geste rapide elle se retrouva devant lui et il l'embrassa jusqu'à ce que son rire se transforme en supplications sexy et pleines de désir.

Elle tira sur son boxer.

— *Enlève-le*, Bear, dit-elle entre deux baisers. *Enlève* ton boxer.

Il l'enleva et le jeta sur le sol. Le fait de sentir sa peau douce contre lui était presque trop dur à supporter. Il savait ce qu'il avait à faire. Se retirer et lui laisser complètement les rênes, mais alors qu'il était collé contre elle, les doigts de Crystal s'enfonçant dans son dos, il ne pouvait pas s'empêcher de l'embrasser. Il avait envie de disparaître en elle.

L'amour bouillonnait au plus profond de lui.

— Bébé, dit-il en l'embrassant à nouveau. Ça me suffit.

Il l'embrassa sur l'épaule.

— *Tu* me suffis. Juste comme ça.

CRYSTAL EUT DU MAL À CONTENIR ses émotions alors qu'elle était allongée sous Bear. Il était en train de tomber amoureux d'elle. Elle avait envie de l'entendre le dire encore et encore.

— Alors laisse-moi te montrer à quel point moi aussi je suis amoureuse, dit-elle finalement.

Elle le poussa sur le dos, admirant son physique très tentant. Il était large et musclé, mais la profondeur des émotions qu'elle lisait dans son regard adoucissait toutes les aspérités de son motard. Alors qu'elle baissait les yeux vers son sexe dur, enraciné dans un écrin de poils sombres et remontant jusqu'à son nombril, son cœur se mit à battre de façon erratique. Elle était nerveuse, mais non pas à cause de ce qu'elle voulait faire ni à cause de son manque d'expérience. Elle était assez certaine qu'il était impossible que le contact de sa bouche sur lui ne soit *pas* agréable. Elle était nerveuse à cause des sentiments profonds qu'elle ressentait pour lui. Le fait qu'elle soit assise nue sur son lit, *voulant* lui montrer son amour avec sa bouche, était, dans son esprit, aussi intime que le fait de coucher avec lui.

Il lui prit la main.

— Chérie, dit-il doucement, attirant son regard vers le sien.

Seigneur. Elle aurait pu se noyer dans ses yeux pleins d'amour.

— Pas de pression, bébé, dit-il en tapotant le lit à côté de lui. Allonge-toi là et laisse-moi te prendre dans mes bras.

Son affection inconditionnelle lui donna le courage dont elle avait besoin pour s'autoriser à décrocher le gros lot.

— Je le ferai. Bientôt.

Elle pressa ses lèvres contre son ventre et l'embrassa en descendant plus bas, enroulant ses doigts autour de son épaisseur. Elle ne pensa pas à ce qui était bien ou mal, ou à ce qu'elle avait lu concernant le fait de toucher un homme. Elle ne pensa à rien. Elle laissa son cœur la guider alors qu'elle faisait glisser sa langue de la base à la pointe, goûtant sa chaleur, le sel de sa peau, se délectant des gémissements qu'elle suscitait. Elle lécha le bout large et enroula sa langue autour de ses glandes gonflées, sentant sa retenue à travers son corps rigide, et elle glissa sa langue le long de son membre, le mouillant assez pour pouvoir le caresser avec sa main. Lorsqu'elle le prit dans sa bouche, il gémit et il souleva ses hanches du matelas, puis s'arrêta net et elle sut qu'il se retenait pour elle. Elle l'aima avec sa main et sa bouche, le sentant gonfler sous son emprise. Elle était consciente de tout :

son parfum masculin puissant, la raideur de son excitation, son souffle court.

— Bébé, bébé, bébé, la supplia-t-il.

Elle accéléra et sentit sa main saisir l'arrière de sa cuisse. Il caressa son sexe de ses doigts et des courants électriques la traversèrent de toute part. Elle se perdit dans leur rythme, vaguement consciente des mouvements de son corps, de sa main qui la soulevait.

— Enjambe mon visage, bébé, dit-il et elle le fit.

Puis il posa sa bouche sur elle et elle fut parfaitement positionnée pour le prendre encore plus profondément. Elle l'explora, léchant son sexe, autour de ses testicules, à l'intérieur de ses cuisses. Il dévora son sexe avec encore plus de voracité à chaque coup de langue.

— Serre-moi plus fort, dit-il de façon pressante. Vers le haut.

Elle s'exécuta, obtenant les mêmes avantages et adorant l'entendre lui dire ce qu'il aimait. Elle serra et lécha, suça et caressa, se trémoussant sous le plaisir délicieux qu'il lui procurait. Ses jambes se mirent à la chatouiller et elle le prit plus vite, plus fort, le voulant tout entier. Voulant qu'il jouisse *avec* elle.

Il gémit, un son fort et torturé qui la fit se redresser.

— Je t'ai fait mal ?

Oh, mon Dieu, comme c'est gênant.

— Non, haleta-t-il. Tu vas me faire jouir. Sers-toi de ta main. Tu n'es pas obligée de…

Elle n'allait *pas* rater l'occasion d'expérimenter *toute* la passion de Bear.

— Jouis avec moi, dit-elle, souriant en le prenant à nouveau dans sa bouche, si profondément qu'elle le sentit heurter le fond de sa gorge.

— Bébé, bébé…

Il agrippa ses cuisses et fit quelque chose avec sa langue qui la fit basculer vers l'extase, lui faisant oublier toute notion de temps et d'espace alors qu'il laissait échapper un gémissement sauvage et que le premier jet salé de son soulagement coulait dans sa gorge. Elle faillit s'étouffer, mais elle l'avala, sentant cette chaleur couvrir sa gorge à chaque coup de ses reins alors que son propre orgasme la traversait de toute part tel un tremblement de terre.

Ses jambes tremblèrent alors qu'elle s'éloignait de lui. Il l'attira contre lui, la retournant facilement comme si elle faisait partie de lui, et enroula ses bras puissants autour d'elle. Il sentait son odeur, sa barbe encore mouillée par son excitation. La saveur de Bear imprégnait encore sa langue, mais rien ne pouvait stopper cette attirance irrésistible entre eux. Leurs bouches fusionnèrent, leurs saveurs s'entremêlèrent, salées, chaudes et étrangement satisfaisantes. Il posa sa cuisse sur la sienne et il l'embrassa plus intensément, comme s'il voulait sceller l'instant. Le revendiquer et ne jamais le laisser partir.

Elle aussi avait envie de ça.

Quand leurs lèvres se séparèrent enfin – une minute, ou vingt minutes plus tard – les siennes lui manquaient déjà.

— J'avais tort, lâcha-t-elle précipitamment. C'est vrai que je *t'appartiens*.

— Non, bébé. Nous ne nous *appartenons* pas. Nous ne faisons *qu'un*. Nous partageons, nous aimons, nous protégeons, mais nous *n'appartenons* pas.

CHAPITRE TREIZE

LE CLUBHOUSE DES DARK KNIGHTS était situé derrière le bar des frères Whiskey dans un bâtiment similaire qui avait bien besoin d'être rénové. Bear s'assit à une table avec Bullet et Bones lundi soir à *l'église*, alors que les membres du club discutaient des prochaines perspectives à venir, de la prochaine course caritative prévue pour l'automne et de la situation avec Scooter qui semblait s'être calmée depuis leur démonstration de soutien. Même si Bear était heureux de l'apprendre, il avait l'esprit ailleurs. Après le week-end qu'il avait passé avec Crystal, il avait envie de partager plus de moments avec elle et non pas moins, ce qui risquait d'arriver s'il aidait son père avec l'expansion du bar. Et comme si cela ne suffisait pas à le distraire, il avait reçu un appel de Jace Stone un peu plus tôt. Lui et son associé, Maddox Silver, étaient prêts à finaliser leur offre. Bear resta dans les parages avec la réunion, attendant que son père vienne le voir pour parler du bar. Pendant que les gars jouaient au billard et aux fléchettes, en évoquant leur dernière virée en moto et leur prochaine, Bear se préoccupait de son avenir.

Bones prit une gorgée de sa bière en le regardant. Son frère était venu directement après avoir été de garde à l'hôpital. Il avait enfilé un tee-shirt des Dark Knights et avait jeté sa chemise de costume sur sa chaise. Le jour, il était le docteur Wayne Whiskey, l'incarnation même du professionnel propre sur lui, cachant ses tatouages et surveillant son langage, et la nuit il devenait *Bones*, le motard pur et dur que Bear connaissait.

— Bullet dit que t'as du mal à te remettre d'un truc qui s'est passé avec Crystal, dit Bones. Tu veux qu'on en parle ?

Bullet s'enfonça dans sa chaise, caressant sa barbe et lançant à Bear un regard qu'il connaissait trop bien. Celui qui disait : *Allez, crache le morceau. On est là pour toi.*

— Je lui ai fait une promesse, dit Bear, regrettant de ne pas être né avec un visage moins expressif. Je ne vais pas la briser pour satisfaire votre curiosité.

Bones baissa le menton et regarda Bear d'un air sérieux.

— Est-ce qu'elle est toujours en danger ?

C'était bien ça, le putain de problème. Le type était toujours en liberté. Bear serra les poings sous la table.

— Pas de façon imminente. Peut-être même pas du tout. Mais j'ai quand même envie de retrouver cet enfoiré et de le tuer.

Il s'écarta de la table car il avait besoin d'air.

Bullet le prit par le bras.

— Ne te venge *pas*, mon frère. Tu vas finir en prison et Tru pourra te dire à quel point c'est putain de sympa. Et ta jolie petite pouliche n'appréciera pas de devoir attendre les visites conjugales pour te voir.

Il se leva, jetant un regard sombre en direction de Bones, et raffermit son emprise sur le bras de Bear.

— Et quoi que tu fasses, ne le fais *pas* seul. Si tu tombes, on tombe. T'as compris ? Tu ne t'occupes pas de ça tout seul.

Oui, il avait compris. Désormais, il était dans le *radar* de Bullet, ce qui voulait dire que son frère allait surveiller ses moindres faits et gestes. Ah, c'est beau la fraternité.

Bear se libéra de son emprise et alla dehors. Inspirant une bouffée d'air frais dans la nuit, il fit les cent pas, essayant de détendre son ventre noué, et envoya un texto rapide à Crystal :

Comment va ma copine ?

Le fait de se réveiller avec elle dans ses bras lui avait permis de tenir toute la journée. Il lui avait préparé son petit déjeuner, et elle avait avoué à contrecœur que c'était bien meilleur que la pizza froide. Ils avaient eu beaucoup de mal à se dire au revoir quand il l'avait déposée devant son appartement ce matin, mais le SMS de Gemma qui lui avait rappelé de venir tôt à la boutique pour parler de leur emploi du temps les avait mis en mouvement.

Elle lui répondit rapidement. *Je fais des câlins à Harley et je travaille sur mes costumes.*

La porte du club-house s'ouvrit et Bones pointa le bout de son nez.

— Viens. Le vieux est prêt.

— J'arrive.

Son téléphone vibra à nouveau et une photo de Crystal en train d'embrasser Harley sur le nez apparut. Bon sang, comme elles lui manquaient toutes les deux. Il lui envoya un autre texto, regrettant de devoir rapidement retourner à l'intérieur. *T'es toujours libre pour voir ton petit ami vendredi soir ?*

Son téléphone vibra alors qu'il recevait une réponse avant même d'avoir atteint la porte du club. *Oui ! Tu manques à ta petite peluche.*

Il entra dans le club et se fraya un chemin jusqu'à une table au fond, là où ses frères et son père discutaient. Le son des boules de billard qui roulaient, des rires chaleureux et le bruit sourd des fléchettes qui frappaient la cible étaient aussi réconfortants qu'un repas fait maison. Ou peut-être qu'un dernier repas, vu la conversation qu'ils étaient sur le point d'avoir.

Il tira une chaise, ignorant le regard inquisiteur que lui lançait Bullet. *Devine quoi, B. Celui-là n'est pas sous ta coupe.*

— Pap's était en train de me parler de ses projets d'expansion pour le *Whiskey*, expliqua Bones.

— Il est partant, dit son père d'une voix traînante, comme si Bones allait s'impliquer dans autre chose que l'investissement de capital.

Bones était le seul de la famille qui ne travaillait pas au bar ou au garage, mais, en tant qu'associé à part entière – et homme –, il était inclus dans les décisions importantes. Après l'université, il avait intégré une école de médecine et, une fois diplômé, il avait directement pratiqué la médecine. Bear ne doutait pas une seule seconde que Bones serait prêt à tout abandonner pour sa famille si besoin, c'est pourquoi lorsqu'il avait dû reprendre la gestion du bar après l'AVC de leur père, il n'en avait pas fait tout un plat. Il n'aurait jamais volé les rêves de ses frères.

Son père s'assit d'un air détendu, comme à son habitude, sa canne pendant de sa chaise. Mais Bear n'était pas dupe. Son père aimait réfléchir et planifier. Bear savait que, même après son AVC, il n'hésiterait pas à s'interposer au milieu d'un combat pour protéger ceux qu'il aimait – ou des inconnus qui auraient besoin d'aide, si nécessaire.

Comme le reste d'entre nous.

— J'y ai réfléchi aussi, dit Bear. La cuisine a besoin d'être rénovée et il va falloir embaucher du personnel. Si l'on sert de quoi manger, on ne pourra plus gérer le bar comme une entreprise familiale, ce sera trop de travail. Il faut que tu sois OK avec ça avant de faire quoi que ce soit.

Son père jeta un regard autour du club-house.

— Rien n'est jamais trop pour la famille. Et notre famille est sacrément grande.

— Ces gars ont un travail, lui rappela Bear. Et on travaille tous comme des fous. Il nous faudra un cuisinier, quelqu'un pour la plonge, des serveurs… Tu ne peux pas demander à Dixie, Bullet, Red ou moi de tout gérer.

Il surnommait sa mère Red depuis qu'il était petit ; quand il avait entendu ses amis l'appeler *Wren*, qui était son vrai prénom, il pensait qu'ils disaient *Red*. Depuis, le nom était resté.

Son père eut un sourire de travers, le côté gauche restant ancré vers le bas.

— Tu vois ? Tu sais exactement ce dont le bar a besoin. C'est pour ça que tu vas en être le gérant et le rendre rentable.

Bear se rassit, serrant les dents.

— Je m'occupe déjà de la boutique du garage et j'aide au bar un soir ou deux par semaine. Je suis déjà au max. Mais Dixie peut s'en occuper. Elle est au bar quasiment tous les soirs de toute façon et elle s'est occupée des rénovations au magasin quand on a ajouté la salle de jeux. Elle pourrait…

— Elle sera bientôt mariée et avec des enfants avant même qu'on ne s'en rende compte, dit son père. Et ensuite, on fait quoi ?

— Donc tu la rejettes encore ? se moqua Bear.

Il avait déjà mené ce combat et il savait pertinemment que son père gagnerait, car sans le soutien de ses frères, après qu'il eut dit ce qu'il avait à dire, le respect l'emporterait et Bear renoncerait. Comme. À. Chaque. Putain. De. Fois.

— Elle fait un sacré boulot au garage et c'est une très bonne serveuse, dit leur père. Elle n'a pas besoin d'en faire plus. Elle peut t'aider, comme elle l'a fait la dernière fois.

— *M'aider ?* Elle rentrait à la maison les week-ends quand elle était à l'université et travaillait aussi dur que moi pour faire tourner le *Whiskey*. Et une fois qu'elle a été diplômée, elle a aussi travaillé dur au magasin, lui rappela Bear. À l'université, tu l'as poussée pour qu'elle se surpasse. Ce n'était pas pour la préparer à tout ça ? Tu ne crois pas qu'elle a gagné le droit de gérer une entreprise *toute seule* ? Je suppose que tu vas juste la faire participer comme nous tous ?

Pour une fois, il aurait aimé que ses frères ouvrent leur bouche et défendent Dixie. Mais même si Bullet était prêt à donner sa propre vie pour protéger leur sœur, il n'en allait pas de même pour tenir tête à leur père. Quant à Bones ? Il savait reconnaître une bataille perdue quand il en voyait une, et choisissait ses combats avec soin. Peut-être que Bear était poussé par la colère qui coulait dans ses veines après avoir appris ce qui était arrivé à Crystal sans pouvoir agir, ou peut-être qu'il en avait marre que l'on refuse de donner à Dixie ce qu'elle méritait. *Ou peut-être que c'est parce que j'ai une offre qui me plaît vraiment, et que je n'ai pas les couilles de l'accepter.* Quelle que soit la raison, sa patience pour ces conneries atteignait ses limites.

— Évidemment qu'elle va participer.

Son père appuya ses avant-bras sur la table, son regard faisant lentement le tour de la table pour se poser sur Bear, mettant silencieusement fin à cette bataille qui n'avait pas vraiment été menée.

— La question, c'est de savoir dans combien de temps vous pourrez élaborer un plan ensemble ?

— Il faut que je voie avec Dixie, répondit Bear d'un ton énergique. C'est elle qui gère le budget.

Son père grommela quelque chose que Bear ne parvint pas à

comprendre.

Ils parlèrent encore pendant deux heures de ses idées et de ce que Biggs avait imaginé pour le bar. Bear avait envie de partir, mais on attendait de lui qu'il reste et, même si ses convictions n'étaient pas les mêmes que celles de son père, il resta jusqu'à ce que Red envoie un texto à Biggs, peu de temps après minuit. Bear se leva pour suivre son père dehors.

Mais Bullet grogna :

— Assieds-toi.

Bear reposa ses fesses sur la chaise, sachant qu'il valait mieux ne pas s'opposer à Bullet après une longue soirée.

— Quoi ?

— Pourquoi tu le fais chier avec Dixie ? lui demanda Bullet. Tu sais très bien qu'il ne changera pas d'avis.

— Parce qu'il faut bien que quelqu'un le fasse.

— Il a raison, Bear, dit Bones. Tu sais que je ne suis pas d'accord avec les conneries vieux jeu que sort Papa, mais là tu t'attaques à des générations entières de croyances archaïques. Ce vieil homme ne veut rien savoir.

— N'importe quoi, dit Bear en croisant les bras avant de s'adosser à sa chaise. Ça ne t'a jamais traversé l'esprit que je pourrais avoir envie de faire autre chose que de consacrer tout mon temps au bar et à la boutique ? Dixie est très compétente et elle mérite de gérer le projet – et d'obtenir les félicitations qui vont avec. *De la part de Papa.* Si l'on est tous les trois ensemble, il sera obligé d'écouter. Il n'a qu'un cinquième des voix en ce qui concerne les entreprises.

— Il ne s'agit pas de ça. C'est une question de respect. Tu ne t'opposes pas à l'homme qui t'a mis au monde.

Bullet but sa bière, ignorant clairement le fait que Bear puisse avoir envie de faire autre chose que de travailler pour les entreprises de la famille. Il ne pouvait probablement même pas le concevoir, car Bear était Bear et c'était forcément de sa faute.

— Sérieusement, B ? C'est quoi ces conneries ? Tu trouves ça cool que les femmes fassent tout le boulot en coulisse sans avoir cette reconnaissance qu'elles méritent ?

Bullet se pencha en avant, ses yeux noirs comme du charbon aussi méchants que ceux d'un serpent.

— Je n'ai aucun problème avec le fait qu'une femme fasse quoi que ce soit. Il ne s'agit pas de savoir si Dix est capable ou mérite de le faire. Il s'agit de respecter les décisions de l'homme qui nous a élevés.

Les mots de Crystal lui revinrent en pleine face.

— Et Dixie ? Qui la respecte ?

Comme Bullet ne répondait pas, Bear se leva.

— C'est bien ce que je pensais. Oui, notre père est *vieux jeu* et toi t'es tellement militariste que tu salues tout ce qu'il fait. Mais nous avons une sœur et elle est putain de brillante et a une éthique de travail tout aussi importante que chacun d'entre nous.

Bullet ricana.

— C'est surtout que tu n'as plus envie de donner de ton temps maintenant que tu te tapes enfin une fille.

Bear l'attrapa par le col et se mit en face de lui, serrant les dents.

— Respecte-la, B, sinon je te jure que je te réduis en miettes.

— Bear, l'avertit Bones.

— Oui, je risque de me faire botter le cul parce que B est un putain de yéti, fulmina Bear. Mais je donnerai assez de coups pour me faire entendre. J'ai appris du meilleur.

Il relâcha le tee-shirt de Bullet et jeta un regard noir à

Bones.

— Et si tu agissais comme un homme pour ta sœur, hein ?

Des émotions contradictoires se lurent sur le visage de Bones.

Bullet croisa les bras, ses énormes biceps se contractant, mais il arborait un putain de regard satisfait, *essayant* d'agacer Bear. Il leva sa bière comme s'il allait porter un toast et dit :

— Je respecte Crystal, et tu le sais très bien, putain. T'as de sacrées couilles, mon frère, c'est pour ça que, quoi que tu penses faire concernant son passé, ne le fais pas seul. T'as compris ?

— Ah oui pour ce genre de chose tu me soutiens, mais pas pour ta sœur ? Oui, B. Je commence à *comprendre*. On se voit au bar mercredi soir.

Bear se tourna vers Bones.

— À plus.

Alors qu'il roulait jusque chez lui, ses pensées se tournèrent à nouveau vers Crystal, et il ne pensa plus qu'à elle durant cette longue et foutue nuit.

CHAPITRE QUATORZE

— BONES EST EN CHEMIN pour aller chez Tru. On va peindre pendant des heures, dit Bear.

Ils étaient sur le parking de *Whiskey Automobile*, attendant que Gemma et Tru préparent les enfants à partir. Crystal retrouvait Gemma et Dixie pour faire ajuster la robe de mariée de Gemma et pour acheter une robe pour elle et Dixie.

— Je ne peux pas attendre jusqu'à vendredi, dit-il. Tu es toujours partante pour notre rencard ?

— Oui. Je compte les nuits solitaires.

Crystal sentit son estomac se nouer. Elle avait hâte de dîner avec lui et de marcher au bord de la plage, mais, la nuit dernière, elle s'était sentie oppressée, repensant à ce qu'ils avaient fait – et combien elle avait envie de faire plus. Elle avait veillé tard pour terminer deux des costumes qu'elle avait commencés la semaine dernière, puis elle s'était ensuite retournée dans tous les sens toute la nuit, envisageant de s'occuper elle-même de son désir. Mais elle savait que même si elle pouvait avoir un orgasme, ce ne serait rien comparé à l'effet que lui faisait Bear. Le fait d'attendre ne l'avait rendue que plus désespérée et impatiente de le retrouver. Même Gemma l'avait remarqué, la taquinant en lui disant qu'elle ressemblait à une *fille amoureuse*. Elle ne l'avait pas contredite. Et désormais, elle comptait les heures jusqu'à ce qu'elle puisse être à nouveau proche de lui.

— Si ça ne tenait qu'à moi, tu ne serais jamais seule, dit-il en caressant sa joue du bout du nez. Pourquoi est-ce que tu ne crées pas ta propre robe pour le mariage ? Quelque chose en dentelle noire avec une touche de satin rouge ?

Rien que de l'entendre parler comme ça, elle était tout excitée. Comment allait-elle faire pour tenir jusqu'à vendredi ?

— Je suis trop occupée à faire les costumes et aussi parce qu'on n'arriverait jamais à temps au mariage si tu me voyais dans cette tenue.

— Ça, c'est sûr.

Alors qu'il se baissait pour l'embrasser, Dixie cria :

— Oh là là, prenez une chambre !

— Qu'est-ce que ça veut dire ? demanda Kennedy en traversant le parking en courant pour les rejoindre.

Elle était adorable avec le nouveau tee-shirt que lui avait acheté Bear et un short violet. Elle se jeta dans ses bras et il l'embrassa sur la joue.

— J'ai vu que t'embrassais Cwystal, dit Kennedy avec un doux sourire. Maman dit que les filles embrassent les garçons seulement quand elles les aiment. Alors Cwystal t'aime.

— Espérons-le, dit Bear en faisant un clin d'œil à Crystal.

Dixie baissa la voix pour que seule Crystal l'entende.

— Maman sera surprise quand sa petite fille entrera au lycée.

— Je t'aime, Oncle *Beah*, dit Kennedy en pressant ses lèvres contre sa joue.

— Moi aussi, je t'aime, ma puce.

Le regard de Bear s'adoucit. Il irait jusqu'au bout du monde pour réaliser les rêves de Kennedy. Crystal avait le sentiment qu'il ferait de même pour elle.

Truman sortit du magasin avec Gemma sous un bras et Lincoln de l'autre.

Lincoln était très mignon dans son tee-shirt de *Futur Dark Knight*. Il tendit les bras vers Bear.

— Babababababa.

Bear le prit dans ses bras alors que Kennedy se dégageait de son emprise. Crystal fondit à nouveau en voyant Bear couvrir Lincoln de baisers, faisant glousser le petit garçon de façon adorable.

Gemma embrassa Kennedy.

— Au revoir, ma puce. Je t'aime.

— Au revoir, Maman. Oncle *Beah* et moi on va faire de la zolie peinture.

— J'en suis sûre, dit Gemma alors que Tru l'attirait pour l'embrasser.

— Salut, princesse, dit Tru. On se voit dans quelques heures.

— Je t'enverrai un texto plus tard, chérie.

Bear embrassa Crystal, lui donnant une petite tape sur les fesses alors qu'elle s'en allait.

— Ça suffit maintenant ! dit Dixie en tirant les deux filles vers la voiture de Gemma. Je vous jure que quand j'aurai un petit ami, il m'appellera *Dixie*. Je suis surprise que vous vous souveniez encore de vos prénoms. *Chérie, princesse…*

Les filles éclatèrent de rire en entrant dans la voiture de Gemma. Dixie leur fit passer un sale quart d'heure durant leur trajet jusqu'à la boutique *Chelsea's*. Elles venaient tout juste d'arriver quand le téléphone de Crystal vibra en recevant un texto.

— Dix dollars que c'est mon frère, dit Dixie.

Crystal ouvrit le SMS et tendit son téléphone pour le montrer à Dixie.

Bear.

— Quel imbécile, dit Dixie.

— Ce n'est pas un *imbécile*, mais s'il l'était, ce serait *mon* imbécile. Alors fais attention à ce que tu dis.

— Waouh, il y en a une qui est possessive ici, lâcha Dixie en plissant les yeux. Ça veut dire que c'est sérieux. Dieu merci, parce que toute cette perte de temps me rendait dingue. S'il te plaît, dis-moi que t'es à *fond* sur lui. Parce qu'il est fou de toi.

— Je pense qu'on peut dire que je suis à fond sur lui, Dix.

Elle ne put retenir son sourire alors qu'elle terminait de répondre à Bear. *Si ça te va, peut-être que tu peux visiter ma grotte à ours vendredi soir.*

La réponse de Bear fut immédiate. *Si ? Ça me va plus que jamais. Mais tu le sais déjà, ce qui veut dire que ma copine sait ce qu'elle veut.* Un léger frisson la parcourut. Elle glissa son téléphone dans son sac et elles se dirigèrent vers la porte.

— T'es à fond, *c'est vrai* ? demanda Gemma en s'approchant d'elle. Mais je croyais que vous n'étiez pas passés à l'acte.

Marchant devant elle, Dixie se couvrit les oreilles.

— Tu parles de mon frère, là, dit-elle en se retournant quand même pour lui jeter un regard perplexe. Mais ça ne peut *pas* être vrai.

Crystal ouvrit la bouche pour répondre et Dixie leva la main pour la faire taire.

— Oublie ça. Ne me dis pas. Mais… depuis tout ce temps ? Sérieux ? Vous attendez quoi, bon sang ?

Elle agita à nouveau la main.

— Oh mon Dieu, non. Ne me dis pas. Je n'ai pas besoin d'avoir ce genre de détails sur mon frère. Je vais à l'intérieur.

Dixie se précipita dans le magasin *Chelsea's* et Gemma serra le bras de Crystal.

— T'es *à fond* alors ?

— *Complètement*, Gem. On n'est pas encore passés à l'acte, mais je… *il*…

Elle inspira rapidement et souffla fort.

— Je tombe tellement amoureuse de lui. Ou je suis tellement tombée amoureuse. *Je le suis* en tout cas. Tout ce temps, tous ces *mois*. Ça ne faisait que grandir et toutes les émotions étaient là et je ne pouvais pas…

Dixie ouvrit grand la porte et pointa le bout de son nez.

— Dépêchez-vous, les sexe-symboles ! Beurk. Du coup, ça me fait à nouveau penser à Bear.

— Je suis *tellement* contente pour toi, dit Gemma alors qu'elles entraient. On en parlera une autre fois.

Crystal avait hâte de parler à Gemma de cette nouvelle prise de conscience et de l'acceptation de ses sentiments, même si elle n'était pas encore prête à partager tous les détails sur son passé. Elle était assez nerveuse à ce sujet, surtout en ce qui concernait les mensonges qu'elle lui avait racontés sur ses rencards nuls et les coups d'un soir.

Une belle blonde qui se trouvait derrière le comptoir leva les yeux de son magazine.

— Salut ! Tu dois être Gemma, dit-elle en souriant et tout en contournant le comptoir. Je m'appelle Tegan, c'est moi qui vais m'occuper de retoucher ta robe.

Gemma jeta un coup d'œil à Dixie et Crystal.

— Comment tu sais qui je suis ?

— C'est le côté étoiles plein les yeux de la future mariée. Et aussi parce que quand tu t'es avancée vers la porte, Jewel a couru vers l'arrière-boutique en disant : « Gemma est là ! J'ai oublié d'apporter sa robe devant », rit Tegan.

— Je suis sûre que j'ai aussi des étoiles plein les yeux, dit Gemma. J'ai vraiment hâte de me marier.

Jewel se précipita dans le magasin en portant la robe de Gemma.

— Salut, Gemma, l'accueillit-elle en la serrant rapidement dans ses bras. Je vois que tu as rencontré Tegan. Elle sait faire des choses incroyables avec une aiguille et du fil.

— Ne te laisse pas berner, dit Tegan. *Tout* ce que je fais est incroyable. Savoir me servir d'une aiguille et d'un fil n'est qu'un de mes nombreux talents.

Crystal l'aimait déjà. Elle lui rappelait un certain mâle arrogant.

— Pourquoi est-ce que tout a toujours l'air d'être en rapport avec le sexe ? remarqua Dixie en secouant la tête.

— Parce que tu te sens seule, la taquina Gemma. Tegan, je te présente mes meilleures amies, Dixie et Crystal. Jewel, elles aussi ont besoin de robes.

Dixie jeta un coup d'œil au magasin.

— Gem, est-ce que tu veux qu'on porte une couleur en particulier ?

— Non, répondit Gemma. Je veux que vous vous sentiez à l'aise et que vous soyez *vous-mêmes*.

— Comment as-tu pu oublier que Gemma adore que *nous soyons nous-mêmes* ? dit Crystal. C'est pour ça qu'elle aime mon côté taré.

— Je parie que mon frère adore ton côté taré aussi. Oh merde. Oublie que j'ai dit ça.

Dixie se tourna vers Jewel.

— Est-ce que tu aurais une robe qui me donnera l'air forte et sexy ?

— On en a toujours, dit Jewel en désignant la boutique

d'un geste de la main. Pourquoi pas du cuir brun et de la dentelle florale ?

— OhmonDieu, dit Dixie. Ça a l'air divin.

— Du cuir et de la dentelle ? C'est tout toi et moi, ça, dit Gemma à Crystal.

— C'est vrai, mais ton homme a fait ressortir ton côté sauvage. Tu veux que je reste avec toi pendant qu'on t'habille ? lui demanda Crystal.

— Non. Fais un tour. Ils ont peut-être quelque chose pour toi aussi.

— Tu serais hyper canon dans la petite robe sexy que Jewel a mise sur le mannequin dans la vitrine tout à l'heure, lui suggéra Tegan. Gemma, tu n'as qu'à aller te changer pendant que je montre la robe à Crystal.

Tegan la conduisit à l'avant du magasin et prit une robe bleu-gris de style années soixante du présentoir.

— Cette robe est à tomber par terre. J'adore le tissu crêpe et la découpe au niveau du cou avec le collier cousu. Ma belle, tu vas être sexy comme jamais.

Crystal prit la robe et l'admira. Les épaules nues allaient le rendre fou. Il adorait embrasser ses épaules.

— Elle est magnifique. Et pour la couleur ? C'est tellement féminin. Je n'ai pas l'habitude de porter ce genre de tenues.

Tegan jeta un coup d'œil au tee-shirt des Rolling Stones de Crystal. C'était son préféré, avec les grosses lèvres rouges. Elle baissa les yeux sur son pantalon moulant et ses bottines, puis étudia à nouveau son visage. Crystal avait pris plus de temps à se maquiller ce matin, donnant à son regard un côté charbonneux pour aller avec sa tenue sombre.

— Il n'y a pas beaucoup de filles qui peuvent donner l'impression que la tenue que tu portes est faite pour un défilé de mode, mais toi si. Je pense que cette robe t'ira plus que bien. Si tu relèves tes cheveux et que tu laisses pendre quelques mèches, tu seras *plus* qu'élégante. Ajoute à ça une paire de jolis talons et aucun homme ne pourra te résister.

— Je n'ai pas besoin de tous les hommes, juste d'un, particulièrement sexy.

Crystal joua avec la pointe de ses cheveux. Elle pouvait compter le nombre de fois où elle avait relevé ses cheveux ces dernières années sur les doigts de la main. C'était une autre couche de protection, quelque chose derrière lequel se cacher. Il était peut-être aussi temps de sortir de derrière ce bouclier.

— Viens, dit Tegan en s'avançant vers l'arrière du magasin. Je vais te montrer les cabines d'essayage.

Dixie les rattrapa.

— *J'adore* cette couleur.

Elle tendit une robe courte en dentelle, blanc cassé avec une large ceinture en cuir marron.

— Qu'est-ce que t'en penses ?

— C'est totalement toi. Elle est parfaite.

Crystal entra dans une cabine, essayant de ne pas penser au fait que la dernière fois qu'elle avait acheté quelque chose d'aussi féminin, c'était quand elle était à l'université. Elle accrocha la robe à un crochet et se regarda dans le miroir, se sentant nerveuse et à la fois extrêmement fière d'avoir envisagé d'essayer cette robe.

Elle avait les cheveux noirs depuis si longtemps qu'elle ne se rappelait plus à quoi elle ressemblait avec ses cheveux blond cendré. Comment réagirait Bear si elle redevenait blonde ? Son cœur se serra en se remémorant son silence quand il avait vu ses poils pubiens blonds et elle savait que la couleur de ses cheveux n'aurait aucune importance. L'affection que Bear lui portait était profonde.

Elle enfila la minirobe, se sentant immédiatement plus jolie et même un peu plus libre, même si elle était nerveuse par rapport à sa féminité. La découpe sous le collier et les épaules nues la rendait super sexy. Si elle y ajoutait l'un de ses bracelets épais, la robe passerait d'ultra féminine à osée et *sexy*.

Et Bear aimait ce qui était *sexy*.

— Crys ? l'appela Gemma.

— Je suis là.

Elle promena nerveusement ses mains sur la robe, se préparant à la réaction de Gemma.

Son amie passa la tête derrière les rideaux et s'exclama :

— Oh mon Dieu ! Tu es sublime ! Dixie, viens voir !

La tête de Dixie apparut au-dessus de celle de Gemma.

— Oh putain !

Elle tendit son téléphone et prit une photo.

— N'envoie pas ça à Bear ! dit Crystal en essayant de prendre le téléphone de Dixie, mais celle-ci le tint en l'air. Non, s'il te plaît, Dixie. Je veux lui faire une surprise.

Gemma prit la main de Dixie dans la sienne.

— Tu ne peux pas gâcher sa surprise.

Dixie leva les yeux au ciel.

— OK, très bien. Mais regarde comme tu es jolie. Et il va devoir attendre des *semaines* avant de te voir avec ? Bear va péter les plombs quand il va te voir.

— Tu crois ?

Crystal espérait qu'elle disait vrai.

— Vous aussi vous êtes magnifiques. Gemma, tu es faite pour cette robe, à part l'espace excessif au niveau de la poitrine qui a besoin d'être rempli.

Elles éclatèrent toutes de rire.

— Je m'en occupe, dit Tegan en agitant une pelote à épingles.

— Et toi, Dixie, dit Crystal en secouant la tête. Je ne t'ai jamais vue qu'en jean. T'es superbe. Tu devrais porter des robes plus souvent.

— Ah oui ? demanda Dixie en baissant les yeux vers sa robe. Pour faire quoi ? C'est pas comme si j'avais besoin d'avoir facilement accès à quoi que ce soit. Si seulement je pouvais trouver un gars qui *n'a pas* peur de mes frères.

Elle leur avait déjà raconté qu'elle était sortie avec quelques types ces dernières années, mais trouver un homme qui était assez alpha, assez gentil *et* qui ne se faisait pas remarquer par ses frères était quasiment impossible.

— Oh arrête, dit Jewel. Il doit bien y avoir un gars en ville qui n'a pas peur des gros motards.

— Tu es désormais sur ma liste de Recherche un Homme, dit Crystal.

— Tu as une liste Recherche un Homme toi ? demanda Gemma.

Excitée à l'idée d'aider Dixie à trouver un homme, elle répondit :

— Avant non. Mais maintenant oui.

— Je vais t'aider, dit Gemma. Le projet Trouver un Homme pour Dixie. Ça me plaît.

Dixie leva les yeux au ciel.

— Autant commencer les entretiens par : « As-tu peur des types dangereux qui font de la moto ? »

— Oui, acquiesça Gemma. Ça viendra juste après « Est-ce que tu sais courir vite ? »

— OK, mesdemoiselles. On y va pour les retouches, dit Tegan en désignant le triple miroir. Gemma, monte sur cette plateforme et je vais t'arranger ça. Il faut que je sois partie d'ici à neuf heures. Je fabrique un costume de clown pour ma nièce et elle en a besoin pour vendredi.

Gemma et Crystal échangèrent un regard curieux.

— Tu fabriques des costumes ? demanda Gemma.

— Juste pour Melody. Elle adore se déguiser, dit Tegan en repliant et épinglant le bustier de la robe de Gemma. Je crée mes propres vêtements depuis des années.

— Est-ce que tu fais des travaux de couture pour d'autres magasins ? la questionna Gemma.

— Non. Je travaille ici quand Jewel a besoin de moi et je retouche des photos pour ma sœur, Cici. Elle est photographe. Un jour, je saurai ce que je veux faire quand je serai plus âgée.

Gemma et Crystal lui parlèrent des costumes qu'elles fabriquaient pour la boutique.

— J'adorerais faire partie de ce genre de projet, dit Tegan. Quand vous êtes prêtes à embaucher, faites-moi signe.

Elles continuèrent de discuter alors qu'elle terminait de retoucher la robe de Gemma et échangèrent ensuite leurs numéros de téléphone. Crystal choisit des escarpins taupe à bout ouvert pour aller avec sa robe et Dixie prit une paire de bottines tandis que Gemma optait pour des escarpins blancs ornés de bijoux.

— Crystal, dit Dixie en lui montrant un bijou en cuivre serti de pierres bleues, tu as déjà porté un bracelet de cheville ? C'est totalement *toi*. Ils en ont tout un panier.

— J'ai des bracelets pour cheville épais et fins, oui.

Elle saisit le joli bracelet de cheville et l'enfila. Une fine corde de cuivre s'enroulait autour du bas de sa jambe comme un serpent. Des tourbillons complexes partaient de la branche principale de cuivre, et un colibri était visible juste au-dessus de sa cheville.

— Est-ce qu'il y en a un avec un ours ? demanda Crystal.

Les filles fouillèrent dans le panier et Crystal faillit hurler quand elle en trouva un avec un ours debout sur ses pattes arrière.

— Ça ne pourrait pas être plus parfait.

— C'est vrai qu'il aime bien montrer son côté dominant, dit Dixie.

Crystal savait que c'était vrai, mais il était aussi très prudent avec elle et lui laissait prendre le contrôle quand il savait qu'elle en avait besoin.

Elles réglèrent leurs achats et remontèrent dans la voiture de Gemma, s'arrêtant à la boulangerie sur le chemin car Dixie avait besoin de sa dose de sucre. Elles regardèrent à travers la vitrine, salivant devant les délicieux éclairs, donuts, gâteaux et cookies pendant que Cassie, la propriétaire de la boulangerie, et son assistante, Anna, aidaient les autres clients.

— J'aime bien Tegan, dit Crystal. Je pense qu'elle s'adapterait bien à nous.

— Moi aussi, approuva Gemma.

— On verra comment les deux costumes que j'ai terminés seront accueillis. On pourra les mettre sur notre site internet et les porter dans la boutique, pour informer les gens qu'ils peuvent les commander.

— Vous devriez aussi prendre des commandes pour ceux que vous n'avez pas encore faits. Faites juste des croquis, suggéra Dixie. Les gens veulent toujours ce qui est en quantité limitée.

— Elle n'a pas tort, dit Crystal.

Dixie tapota la vitre avec son ongle.

— Laquelle de ces pâtisseries est le meilleur substitut au sexe ?

Repensant à sa nuit sous le porche avec Bear, Crystal répondit :

— Tout ce qui est à la crème.

— Elle a raison, dit Gemma. Tout est question de crème.

Cassie afficha un grand sourire et posa les mains sur les hanches. Ses cheveux châtain clair étaient relevés en un chignon désordonné et elle avait des traces de poudre blanche sur son short.

— Vous êtes prêtes pour la dégustation, ce week-end ?

— Absolument ! répondit Gemma. J'ai tellement hâte de voir ce que tu as préparé.

— Ce sera délicieux.

Cassie replia son doigt, leur faisant signe de la suivre.

— Venez avec moi. J'ai fait quelque chose pour un enterrement de vie de jeune fille et je *sais* que vous allez adorer. J'ai quelques extras.

— Ça a l'air alléchant, dit Crystal en la suivant jusqu'à la cuisine.

Cassie saisit un plateau sur le comptoir et l'apporta.

— Des sucettes en forme de pénis !

— OhmonDieu, dit Gemma.

— C'est *exactement* ce dont j'ai besoin, dit Dixie.

— C'est dur en ce moment, Dixie, hein ? remarqua Cassie en fronçant les sourcils.

— On peut dire ça, répondit Dixie. Je crois que j'ai besoin d'aller faire un tour dans une autre ville ou quelque chose comme ça.

— C'est une très mauvaise idée, dit Gemma. Si tu sors avec un motard d'un autre club, il se fera tuer *et* toi tu finiras comme Raiponce, enfermée dans son château.

— Pas de motards, dit Dixie avec un air déterminé. Je crois

que j'ai besoin d'élargir mes horizons.

— Est-ce qu'on peut se reconcentrer sur *ça*, s'il vous plaît ? C'est du gâteau ?

Crystal observa les formes de pénis gonflés sur des bâtons.

— Bien sûr, dit fièrement Cassie. Regarde.

Elle enfila un gant en plastique, appuya sur le gâteau spongieux et de la crème blanche sortit par le bout.

Le groupe éclata de rire et Crystal sentit soudain la saveur de Bear dans sa bouche. Elle eut des papillons dans le ventre et la sensation s'accentua au fur et à mesure que sa nuit spéciale avec lui approchait. Ces trois jours de plus lui paraissaient durer à la fois une éternité et un instant.

CHAPITRE QUINZE

BEAR GRAVIT LES marches qui menaient à l'appartement de Crystal ce vendredi soir, impatient de disparaître en elle et d'exclure le reste du monde un instant. Il n'avait pas envie de penser à sa rencontre imminente avec Jace et au fait qu'il allait probablement devoir refuser cette opportunité afin d'aider sa famille avec l'expansion du bar. Quand il atteignit l'étage de Crystal, il se tint dehors, massant la tension dans sa nuque. Il lui faudrait bien plus que ça pour se débarrasser du poids de sa famille qui lui pesait.

Crystal ouvrit la porte, portant un haut sexy en cuir noir sans manches qui descendait jusqu'à sa taille et s'évasait sur ses hanches et une jupe noire légère. Ses pieds étaient nus et elle paraissait coquine et adorable, faisant battre son cœur dans tous les sens.

— Tu es en avance, dit-elle joyeusement, l'attrapant par le tee-shirt et l'attirant dans l'appartement.

Il adorait ce geste possessif, putain.

— J'étais trop impatient de te voir. Tu es magnifique.

Il pressa ses lèvres contre les siennes et elle enroula les bras autour de son cou. Elle émit un doux son d'abandon alors qu'ils s'embrassaient et ses pensées suivirent ce bruit plein de désir jusqu'à son sexe avide. Il l'embrassa plus intensément, provoquant un autre gémissement séduisant. Il la voulait *tout entière*. Rien ne pourrait freiner leur passion. La nuit d'avant lui avait permis d'avoir un avant-goût de ce que serait leur connexion. Le fait de laisser tomber leur dîner et promenade lui traversa l'esprit.

— Tu m'as manqué, dit-elle. C'était la semaine la plus longue du monde.

Elle enfila une paire de sandales noires.

Tant pis pour l'annulation de leurs plans.

— Toi aussi, tu m'as manqué, bébé.

Harley se frotta contre sa jambe et il la prit dans ses mains.

— Toi aussi, tu m'as manqué, petite chose. Tu as tenu compagnie à ma copine, la nuit ?

— Chaque nuit. C'était comme dormir avec un moteur en marche.

Elle glissa la clé de son appartement dans la poche de Bear et le tira vers la porte.

— T'es pressée ?

Son estomac gronda et ils ricanèrent tous les deux.

— Oui, mais pas seulement parce que je meurs de faim. Est-ce qu'on peut prendre notre dîner à emporter chez *Jazzy Joe* et manger sur la plage ? Je n'ai pas envie de m'asseoir dans un restaurant.

Après avoir pris des sandwiches, ils roulèrent jusqu'à la plage. Il était assez tôt pour qu'il y ait encore quelques couples et familles sur place. Ils laissèrent leurs chaussures dans la voiture et s'avancèrent jusqu'au bord de l'eau pour manger. Crystal raconta sa semaine chargée à Bear, parlant si rapidement qu'il se demanda pourquoi elle était nerveuse.

— On a mis les costumes sur le site internet. J'ai hâte de voir s'ils vont se vendre.

Elle parla de sa rencontre avec une femme nommée Tegan et lui expliqua comment elles l'avaient à nouveau rencontrée hier soir pour voir certaines de ses créations.

— Gemma est prête à l'embaucher si le projet de costumes décolle.

Elle se leva.

— On peut aller faire un tour ?

Après avoir jeté leurs déchets, ils marchèrent au bord de l'eau. C'était une soirée douce et l'eau fraîche était agréable sur ses pieds nus, mais il avait le ventre noué en se demandant ce qui tracassait Crystal.

— Alors, comment se passe l'expansion du bar ? demanda-t-elle.

Il l'attira dans ses bras et plongea son regard dans le sien qui était troublé.

— Et si tu me disais plutôt ce qui se passe vraiment dans ta jolie petite tête ?

— Je suis si nulle que ça pour le cacher ?

— La question, c'est pourquoi tu me caches quelque chose ?

Elle soupira et un sourire étira ses lèvres.

— J'ai allumé et éteint des bougies dans mon appartement une douzaine de fois avant que tu n'arrives.

La réalité le frappa de plein fouet. Ses inquiétudes concernant sa carrière n'étaient rien comparées à ce qui devait traverser l'esprit de Crystal quand ils étaient proches.

— Tu as peur d'être plus intime avec moi. C'est compréhensible, et je pensais ce que je t'ai dit quand j'ai précisé que c'était toi qui décidais jusqu'où nous pouvions aller au lit, expliqua-t-il en la serrant plus fort. Ce n'est pas parce qu'on a échangé des textos sexy toute la semaine qu'on est obligés de faire quelque chose. Je ne te mettrai jamais la pression. Je te le promets.

— Ce n'est pas ça. Je suis plus que prête. Je voulais te traîner directement dans la chambre, c'est pour ça que je me suis dépêchée de quitter l'appartement.

Elle s'arrêta et prit un ton plus doux.

— J'ai juste besoin de m'assurer que toi aussi tu es prêt.

Il sourit, la serrant un peu plus.

— Bébé, mon sexe est en berne depuis des mois. Je suis plus que prêt.

— Je le sais, ça, dit-elle en souriant. Mais est-ce que tu peux arrêter de jeter des regards meurtriers aux autres hommes et nous laisser vivre notre vie sans que mon passé ne plane au-dessus de nos têtes chaque fois que nous sommes en public ?

Waouh.

— On dirait bien que c'est moi qui suis nul pour cacher des choses, finalement.

Elle rapprocha son index et son pouce en disant silencieusement : *Un peu.*

— Désolé, bébé. Je ne vais pas te mentir. Toutes sortes de trucs fous me sont passés par la tête. Je veux que tu te sentes en sécurité et je ne sais pas comment tu fais pour que ce soit le cas tout en sachant que ce type est en liberté. Puis je t'observe et je vois que tu vis ta vie sans regarder par-dessus ton épaule et je sais que je dois prendre exemple. Je réalise que ce n'est pas ma décision, mais ce ça ne rend pas les choses plus faciles pour autant.

— Bear…

Les larmes lui montèrent aux yeux.

— Oh putain. J'ai merdé. Je suis désolé. Qu'est-ce que j'ai dit ?

— Non, pas du tout. Tu me fais juste me demander si c'est

possible de trop se soucier des autres. Tu essaies d'être tout pour tout le monde et c'est quelque chose que j'adore chez toi. Et j'adore le fait que tu n'aies pas essayé de faire quelque chose dans mon dos.

— J'y ai pensé beaucoup trop de fois, alors je suis à peu près certain de vouloir encore commettre quelque chose de stupide.

Elle enroula ses bras autour de lui et il la tint contre lui.

— Je ne connais qu'une seule façon de vivre ma vie, expliqua-t-il. Quand il s'agit de l'un des nôtres, on se bat ensemble. Je n'ai jamais dû reculer ou demander de l'aide. Même pas quand mon père a eu un AVC et que j'ai dû reprendre le bar, pas quand j'ai perdu mon oncle et que j'ai dû gérer le garage, pas quand Tru et Quincy avaient besoin d'aide. Mais, ma douce, je veux faire les choses bien avec toi et, pour ça, je crois que j'ai besoin de ton aide. J'ai besoin que tu sois patiente avec moi.

Elle lui sourit avec un air soulagé.

— Je crois que nous avons tous les deux besoin de patience. J'ai gardé mon secret pendant tellement longtemps, il n'y avait personne d'autre que David pour remettre en question ma décision, et il voulait seulement comprendre mes motivations. Il n'a pas essayé de me faire changer d'avis. Honnêtement, je ne sais pas si c'est trop te demander d'accepter ma décision sans poser de questions. C'est peut-être pour ça que je ne l'ai jamais dit à Gemma ou à Jed. Je pensais peut-être qu'ils me pousseraient à aller voir la police, dit-elle en haussant les épaules, comme si elle n'avait pas de réponse. Tout ce que je sais, c'est que j'ai fait ce que j'avais à faire pour aller de l'avant et je maintiens cette décision. Maintenant, est-ce que c'est la bonne décision sur le long terme ? Ça, je n'en sais rien.

— Je ne te demande pas de la changer, dit Bear. Mais il faut que tu saches que j'essaie de mettre cette colère de côté. Seulement, ce n'est pas facile à faire en ayant envie de massacrer ce type.

— Tu me proposes de changer la personne que tu es pour me donner ce dont j'ai besoin.

Elle déglutit avec difficulté et pressa ses lèvres sur son torse. Elle l'avait fait tellement de fois qu'il aurait dû être habitué, mais, chaque fois, une vague d'amour le traversait de toute part.

— Tu t'offres à moi en tant qu'homme imparfait et ça me fait encore plus tomber amoureuse de toi.

— Je suis désolé, murmura-t-il. Je ne sais pas être autrement.

— Moi non plus, dit-elle doucement. C'est être un grand homme que de prendre du recul comme tu le fais au lieu de chercher à te venger. Quand j'ai perdu mon père, que ma mère s'est mise à boire et que j'ai été agressée, je n'avais plus aucun contrôle. J'ai lutté chaque seconde pour avoir ce contrôle et toi, monsieur Contrôle, tu me l'as offert. Je me rends compte que ça te tue de ne rien pouvoir faire, probablement autant que cela me tue de savoir que j'ai eu beau avoir l'impression d'être allé de l'avant, ça m'a quand même assez freinée pour ne pas que je te traîne dans ma chambre et pour avoir cette conversation à la place.

— Je suis désolé, bébé, fut tout ce qu'il parvint à dire.

Il semblait le dire souvent ce soir.

— Ce n'est pas une mauvaise chose. Le mieux dans tout ça, c'est que je ne suis pas terrorisée à l'idée de perdre le contrôle quand je suis avec toi. J'en ai *envie*. Mais pour être avec moi, il faut que tu sois d'accord avec mes choix, même si tu ne les aimes pas.

Sa voix était si sérieuse que même la mer semblait se calmer.

— C'est un peu comme avaler du verre brisé, avoua-t-il. Tu sais que le Whiskey en moi voudrait rejeter ces règles, mais je ne le ferai pas. Ce que tu veux et ce dont tu as besoin sont ce qui compte le plus. Alors à la place, je ne te demanderai qu'une chose.

Elle hocha la tête, le serrant un peu plus fort.

— Laisse-moi t'aimer, chérie. Laisse-moi apprendre à t'aimer comme tu en as besoin. Laisse-nous apprendre ce dont nous avons tous les deux besoin. Il n'y a rien que je ne ferai pas pour toi, mais devoir me libérer de ce côté de moi qui veut que les choses soient justes n'est pas facile. J'aurai besoin que tu me le dises si je vais trop loin, comme tu l'as fait maintenant. Peut-être qu'en ayant besoin de ton aide cela fait de moi un homme moins bon, mais si ça veut dire que je peux être avec toi, alors ça me va.

DURANT TOUTES CES ANNÉES, il n'y avait eu que peu de fois où Crystal avait été sûre de ce qu'elle faisait à cent pour cent. Elle avait su, lorsqu'elle était retournée à Peaceful Harbor, que la relation forte qu'elle avait eue avec son père l'aiderait à reprendre pied. Elle avait été certaine que le fait de voir un thérapeute lui permettrait de vivre pleinement sa vie sans avoir peur de l'intimité, et elle avait su dès la première fois où elle avait rencontré Gemma que c'était le destin. Alors qu'elle guidait Bear jusqu'à sa chambre, elle eut le sentiment que la pièce elle-même l'avait attendu. Alors même qu'il la retournait dans ses bras, ses sentiments pour lui s'intensifiaient.

Les rayons de la lune traversaient les rideaux qui gardaient le reste du monde à distance, se reflétant dans ses yeux. Elle étudia son visage, y voyant autant de force et d'amour qu'il y en avait dans ses caresses. Elle savait à quel point c'était difficile pour lui de prendre du recul quand il avait l'habitude de foncer et elle sentait que leur discussion avait été libératrice, même si le travail était encore en cours.

— Ça va toujours, chérie ?

Il caressa sa mâchoire avec son pouce, la regardant intensément.

— Oui. J'en ai envie, Bear. Je n'ai pas peur, pas même un peu, alors s'il te plaît, n'aie pas peur pour moi.

— Tout ce que je veux, c'est que tu te sentes aimée et en sécurité.

Il déplaça ses mains le long de ses bras, douces et lentes, mais aussi fortes et rassurantes.

Harley se déplaça autour de leurs pieds, son doux miaulement les faisant tous les deux sourire. Il la prit dans ses bras et la plaça contre son torse, l'embrassant sur le haut de la tête. Ses yeux parcoururent la pièce, s'arrêtant sur le rebord de la fenêtre où elle avait placé ses orchidées au milieu d'une rangée de bougies, séparées en trois vases.

Ses lèvres s'étirèrent en un doux sourire.

— Est-ce que je peux les allumer ? J'ai envie de te voir ce soir.

— Bien sûr.

Elle était un peu nerveuse, même s'il l'avait déjà vue nue. Mais la voir nue pendant qu'ils feraient l'amour serait différent. Excitant et intime, mais différent.

Utilisant le briquet qu'elle avait laissé sur le rebord de la fenêtre, il fit briller une lumière chatoyante dans la pièce sombre. Il caressa Harley, observant sa chambre, remarquant les étagères remplies de livres et quelques-unes des poupées que son père avait fabriquées. Des écharpes et sacs pendaient de façon instable au bout. Il s'approcha du lit, touchant le tambour bongo qu'elle utilisait comme table de nuit. Une grande lampe en laiton avec un abat-jour à franges noires était posée à côté de sa chaîne stéréo.

Il leva un doigt, comme s'il allait allumer la musique et la regarda d'un air interrogateur. Elle acquiesça et, quelques secondes plus tard, une musique jazz assez lente retentit.

— Mon chaton, dit-il avec nostalgie en traversant la moquette noire à poils longs avant de poser Harley au centre d'un fauteuil violet, là où Crystal aimait lire. Reste ici, ma petite, dit-il au chat, son regard se portant sur le matelas jusqu'à l'énorme tête de lit à médaillon blanc, qui atteignait presque le plafond, et la guirlande de lumières colorées de Noël tombant de façon inégale sur un côté.

Son sourire s'élargit alors qu'il se déplaçait autour du lit, trouvant l'interrupteur pour les lumières et les allumant.

Le pouls de Crystal s'accélérait à chaque mouvement qu'il faisait.

L'observant attentivement alors qu'il s'approchait, il lui dit :

— Tu veux que je *demande* ou simplement que je *prenne* ?

— *Prends*, dit-elle légèrement essoufflée. Avec précaution.

Son regard s'enflamma, la clouant sur place alors qu'il se baissait pour l'embrasser, avec force et insistance. La *revendiquant*. Il remonta ses mains chaudes et puissantes le long de son dos et jusque dans ses cheveux, alors qu'il inclinait sa tête pour pouvoir l'embrasser plus intensément. Elle sentit l'adrénaline couler dans ses veines, la libérant de ses inhibitions. Sa langue taquina sa lèvre inférieure, s'enfonçant dans sa bouche, lui donnant envie, la faisant désirer. Elle s'abandonna à ses caresses, au rythme de la musique, à ce désir qui pulsait entre eux. Il écarta sa bouche de la sienne et glissa légèrement le doigt sur ses lèvres. Elle essaya de le capturer, mais elle fut trop lente et ouvrit les yeux alors qu'il se plaçait derrière elle.

Son souffle chaud glissa sur sa peau et il repoussa ses cheveux derrière son épaule.

— T'es toujours avec moi, chérie ?

— Oui, murmura-t-elle. *Tellement* avec toi.

Elle sentit le cuir de son haut se détendre alors qu'il ouvrait sa fermeture Éclair terriblement lentement. Le premier contact de ses lèvres contre son dos provoqua des vagues de chaleur dans son entrejambe. Il lui fallait plus de hauts avec des fermetures Éclair dans le dos. *Des hauts, des pantalons. Toute une garde-robe dont tu devras m'aider à sortir.*

Il glissa ses mains sous le cuir, caressant ses épaules alors que son haut tombait sur le sol, atterrissant lourdement à ses pieds. Ses doigts se déplacèrent le long des bretelles noires du caraco en satin rouge qu'elle avait cousu.

— Bébé, murmura-t-il. C'est toi qui l'as fait ?

— Pour toi. Ça te plaît ?

Il enroula les bras autour de sa taille et alors qu'il parlait, sa voix séduisante se glissa en elle.

— Presque autant que ce qu'il y a à l'intérieur.

Il promena ses doigts le long de ses bras, jouant avec les bretelles en dentelle noire. Cette caresse lui donna la chair de poule. Il l'embrassa dans le cou en touchant l'ourlet de la camisole.

— Ma beauté, dit-il en la lui enlevant et en la faisant tomber par terre.

— Embrasse-moi encore.

Elle pencha la tête sur le côté, lui donnant un meilleur accès à son cou pour qu'il lui prodigue les baisers les plus sensuels qu'elle ait jamais connus. Il lui mordit l'épaule, assez fort pour qu'elle tressaille. Elle tendit les mains derrière elle et serra l'arrière de ses cuisses.

— Trop fort, ma douce ?

— Non. *C'est tellement* bon.

Il glissa sa langue sur le point sensible de sa nuque. Puis ses mains se déplacèrent plus bas, sur son ventre. L'anticipation grandit en elle, à la fois une agonie et une extase. Elle ferma les yeux alors que ses lèvres touchaient son cou, l'embrassant et la taquinant jusqu'à ce qu'elle gémisse, se cambre, cherchant désespérément à en avoir plus.

Il glissa ses doigts sous sa jupe.

— Donne-moi ta bouche.

— *Oui.*

Son corps entier s'électrisa alors qu'elle tournait la tête et qu'il capturait ses lèvres, pressant son membre dur contre ses fesses. Ses doigts épais allèrent directement vers son sexe. *Seigneur.* Il la tenait si fermement qu'elle sentait son cœur battre contre son dos et savourait ses baisers pressants et passionnés. Le désir s'enroulait au plus profond d'elle-même, martelant, brûlant, *suppliant* qu'on le libère tandis qu'il la taquinait, glissant le long de son sexe gonflé et lisse. Elle se balança, encourageant ses doigts talentueux à aller en elle, mais il refusait d'obéir. Quand sa bouche s'écarta de la sienne, elle ne put s'empêcher de gémir.

— Je suis là, bébé.

Sa promesse fit battre son cœur encore plus vite. Elle avait envie de se retourner et de lui arracher ses vêtements. De le plaquer par terre, sur le lit, partout où elle le pouvait pour enfin le sentir enfoncé profondément en elle. Mais ces préliminaires délicieux étaient trop bons pour qu'elle en rate une seule seconde.

Il ne dit pas un mot alors qu'il baissait la fermeture Éclair de sa jupe, la laissant tomber au sol. Puis il déplaça sa bouche le long de son cou, de sa colonne, l'embrassant de plus en plus bas. Il descendit les mains sur sa poitrine, agrippant ses hanches alors qu'il descendait encore, embrassant ses fesses, l'arrière de ses cuisses. De l'air frais effleura sa peau et le tee-shirt de Bear chuta à côté d'elle.

La chaleur irradiait de son corps tandis qu'il se redressait et la retournait dans ses bras. Ses lèvres se plaquèrent contre les siennes, taquinant et lui murmurant :

— Même quand tu essaies de te cacher derrière des couleurs sombres, ta luminosité brille au travers.

Elle se perdit dans sa voix, ses caresses, et la façon dont il la *vénérait*. Quand il passa un bras autour de sa taille, rapprochant leurs bustes, ce fut comme rentrer à la maison. Chaleureux, sûr. *Parfait.*

Il baissa la tête jusqu'à son oreille.

— Ça va, ma belle ?

— Oui, dit-elle avec assurance.

Il sortit son portefeuille de sa poche et le jeta sur le lit.

— Pour se protéger.

Elle ne lui dit pas qu'elle aussi avait tout préparé. Une boîte ouverte de préservatifs qu'elle avait achetée pour ce soir se trouvait dans sa table de nuit.

Il guida sa main jusqu'aux boutons de son jean, cherchant silencieusement son approbation. Elle l'ouvrit rapidement et il l'enleva, se tenant devant elle seulement vêtu de son boxer. C'était le moment dont elle avait rêvé, le moment qui l'avait fait se précipiter chez son psy pour ouvrir la voie. Mais rien n'aurait pu la préparer au gonflement de son cœur dans sa poitrine lorsqu'elle vit Bear dans sa chambre, plein de désir pour elle.

Quand il déposa à nouveau un baiser étonnamment doux sur ses lèvres, elle se mit sur la pointe des pieds, impatiente d'avoir plus. Il gémit en l'embrassant et la passion brute de ce son la libéra de ses dernières chaînes. Le sang battait dans ses veines alors qu'il relevait sa jambe jusqu'à sa hanche, balançant sa chaleur dure contre son entrejambe. *Oui, oui.* Elle s'agrippa à son dos, mais il était trop large et trop grand pour qu'elle s'y accroche. Puis elle se retrouva dans ses bras, l'embrassant alors qu'il la portait jusqu'au lit, jetant les coussins décoratifs sur le sol et repoussant les couvertures.

Il la posa sur le lit, son corps large descendant vers elle. Mon Dieu, comme c'était bon. Puis sa bouche fut sur la sienne, l'embrassant intensément, amoureusement, *magistralement.* Elle avait envie de se souvenir de chaque seconde, chaque caresse, chaque bruit qui s'échappait de ses poumons. Ses mains se glissèrent sous ses fesses, levant et inclinant ses hanches, encore vêtues de sa culotte. Son membre dur était glorieux, collé contre elle, bougeant à un rythme qui leur était propre. Mais leur baiser — *mon Dieu, ce baiser* — s'intensifia, l'empêchant de penser. Alors qu'elle croyait ne plus pouvoir supporter la situation une seconde de plus, il écarta sa bouche de la sienne et il descendit plus bas, embrassant ses seins, son sternum, son ventre. Ses mains s'accrochèrent à sa culotte et il croisa à nouveau son regard. Ce regard silencieux en quête d'approbation lui brisa le cœur. Elle souleva ses hanches du matelas pour lui donner le feu vert.

Affichant un sourire diabolique, il n'hésita pas à l'enlever. Il embrassa ses cuisses et chaque caresse de ses lèvres la fit mouiller un peu plus, accentuant son désir. Il savait comment faire durer son plaisir.

Il glissa sa langue le long de sa cuisse et elle attrapa ses épaules.

— C'est fou à quel point j'aime ta bouche.

Écartant un peu plus les jambes, il plaça enfin sa langue là où elle en avait le plus besoin et poussa un gémissement purement masculin. Le son la traversa de toute part, laissant une traînée d'étincelles sous sa peau. Elle se cambra, enfonçant ses talons dans le matelas alors qu'il la léchait, l'embrassait et se servait soudain de ses mains, l'amenant au bord de la folie. Son orgasme était à portée de main, la narguant avec cette tension au creux de son ventre. Elle prit sa tête entre ses mains, se balançant d'avant en arrière, essayant de guider sa bouche là où elle la voulait le plus – même si elle ne savait pas vraiment où était cet endroit magique. Chaque mouvement de sa langue la rapprochait un peu plus de l'extase. Il contrait chacun de ses mouvements, l'emmenant étonnamment plus haut, jusqu'à ce qu'elle soit sûre que son corps allait exploser en mille morceaux.

— Bear, s'il te plaît…

Alors qu'elle prononçait ces mots, il fit quelque chose avec sa langue et ses doigts, et son orgasme la submergea de vagues de plaisir. Il plaqua à nouveau sa bouche contre son sexe, plongeant sa langue en elle, et elle atteignit à nouveau le sommet. Puis il enleva son boxer et la prit dans ses bras. Sa barbe mouillée s'écrasa contre son menton alors qu'il l'embrassait à nouveau passionnément. Elle se fichait qu'il ait le même goût qu'elle. Elle avait envie de pénétrer sa bouche et d'expérimenter tout ce que celle-ci avait à donner.

Elle s'agrippa à l'arrière de ses cuisses, se cambrant, glissant son sexe mouillé contre son membre, provoquant un autre gémissement étourdissant. Tous deux haletants, alors que leurs bouches se séparaient, il tendait la main vers son portefeuille et en sortait un préservatif. Il l'embrassa doucement et, quand il croisa son regard, elle entendit sa question silencieuse très clairement.

— Oui, chuchota-t-elle avec assurance.

Il enfila le préservatif et se pencha vers elle, embrassant ses joues, son front, ses lèvres. Son amour pour elle se glissa sous sa peau, s'enfouissant dans ses os quand il lui dit :

— Je t'aime, ma douce.

Elle était tellement captivée par lui que tout ce qu'elle parvint à lui répondre fut :

— Je sais.

Il souriait alors que leurs bouches se rapprochaient, le bout de son excitation se pressant contre elle. Elle n'avait pas peur, n'était pas anxieuse, elle avait seulement besoin et envie – et aurait aimé que son cerveau fonctionne, car *Je sais*, n'était rien par rapport à ce qu'elle ressentait.

— Attends, haleta-t-elle.

Il s'arrêta si brutalement qu'elle sut qu'il croyait qu'elle avait changé d'avis.

— Moi aussi je t'aime, Bear. Tellement. Il fallait juste que je te le dise.

Le sourire qui se dessina sur son visage valait bien la crise cardiaque momentanée qu'elle était certaine d'avoir provoquée chez lui.

— Je sais que tu m'aimes, chérie. Je le vois dans tes yeux chaque fois que tu me regardes.

— C'est vrai ?

— Oui, bébé.

Elle sentit son cœur se gonfler si fort, son corps était si vivant qu'elle n'hésita pas à l'attirer vers elle pour l'embrasser. Il la pénétra doucement, ses bras puissants la serrant alors que son corps s'adaptait à ce visiteur inconnu, mais qui était le *bienvenu*. Elle arrivait à peine à respirer alors que leurs corps s'entremêlaient pour la toute première fois. Il paraissait si parfait, si juste. Quand il fut enfoncé jusqu'au bout, ils s'arrêtèrent tous les deux. Son cœur battait aussi vite que le sien. Elle ouvrit les yeux et vit qu'il la regardait, cherchant cette approbation silencieuse qu'il avait déjà cherchée avec tant de bienveillance, encore et encore. Elle ne pouvait pas parler, mais espérait seulement que son sourire indiquait à quel point elle était *d'accord*. Elle souleva ses hanches, lui faisant comprendre qu'elle était prête pour plus. Prête pour *lui*.

Elle s'attendait à être mal à l'aise, à se demander *comment* et *s'ils* trouveraient le bon rythme, mais il n'y avait pas de place pour l'inquiétude. Il n'y avait que Bear qui prenait le contrôle, qui trouvait leur rythme *pour* eux, la tenant, l'aimant, l'embrassant et lui murmurant les choses les plus gentilles et les plus sexy qu'elle ait jamais entendues. Son corps était dur et insistant, ses caresses étaient douces et aimantes. Comme elle était trop absorbée pour pouvoir réfléchir, son corps prit le dessus, se levant pour le rejoindre.

Chaque mouvement de ses hanches était accompagné d'un murmure amoureux :

— *Il n'y a que toi, bébé. C'est tellement bon. Je suis à toi, ma douce.*

Son sexe dur l'électrisait, sa tendresse la faisait fondre, créant une tempête passionnelle incontrôlable. Voulant savourer cette excitation, leur proximité, le parfum nouveau et enivrant de leurs ébats, elle enfonça ses doigts dans ses bras, essayant de retarder son orgasme. Mais plus elle résistait, plus cela la consumait. Chaque coup de reins lui apportait une vague de sensations nouvelles et bouleversantes et son corps la trahissait, cédant à ce besoin brûlant qui grandissait depuis des mois. Son entrejambe prit feu quelques secondes avant que son prénom ne lui échappe dans un cri d'extase pure.

— *Bear... !*

Il enfouit son visage dans son cou alors que son corps pulsait autour de lui. Il s'enfonça une fois, *deux fois*, puis se redressa, son visage déformé par la passion alors qu'il basculait avec elle.

— *Putaiin*, bébé. *Si* doux. *Si* bon, dit-il en embrassant son épaule. *Si* juste.

Elle s'accrocha à lui, étourdie par les émotions, alors qu'ils retombaient mollement sur le matelas dans les bras l'un de l'autre. Il pressa ses lèvres contre les siennes, serrant son corps contre lui.

— Salut, ma douce, dit-il tendrement, lui faisant lever les yeux vers les siens.

Il cherchait à nouveau, ayant besoin de cette confirmation qu'elle allait bien et elle l'aima encore plus.

Elle effleura ses lèvres contre les siennes et murmura :

— C'était parfait.

Il s'occupa du préservatif, puis roula sur le dos l'attira sur lui, la faisant se sentir petite et spéciale dans ses bras. Elle posa sa joue contre son torse et ferma les yeux. Ses jambes retombèrent naturellement entre les siennes, son sexe se blottit contre le sien.

Il passa un bras derrière sa tête, la tenant en place et déposant un baiser sur son front. Il remonta la couverture jusqu'à leurs tailles, l'enveloppant dans la position la plus rassurante et aimante.

Elle se blottit contre lui et ferma les yeux, enchantée par leur nouvelle bulle d'intimité, et s'endormit au rythme sûr et régulier de son cœur.

CHAPITRE SEIZE

BEAR ÉTAIT ALLONGÉ avec un chaton ronronnant blotti contre lui d'un côté et sa sublime petite amie de l'autre. Il l'avait considérée ainsi pendant si longtemps que, lorsque le soleil se glissa à travers les stores, mettant en lumière son univers, il ne fut pas surpris par l'intensité de ses sentiments. Il avait envie de s'endormir avec elle dans ses bras toutes les nuits et de se réveiller avec elle chaque matin. Il avait envie d'observer son esprit créatif au travail, de cuisiner avec elle et de l'emmener faire de longues balades en moto. Il avait envie de lui offrir assez de beaux souvenirs pour effacer les mauvais. Mais ce soir il devait à nouveau faire le barman et s'il respectait les exigences de son père et acceptait de s'occuper de l'expansion du bar, il n'aurait bientôt que peu ou plus de temps libre.

Alors qu'il jetait un coup d'œil autour de la pièce, il repensa à leur conversation de la nuit dernière sur la plage et les mots de Bullet lui revinrent en mémoire.

Tu fais toujours ce qui est juste, petit frère. C'est aussi simple que ça.

Juste pour qui ? C'était bien ça la question.

Bullet soutenait ses convictions, même s'il était clair pour Bear que lorsqu'il s'agissait de Dixie, les convictions de son frère n'étaient pas les bonnes. Bullet savait-il quelque chose que lui ignorait ? Ou bien était-il aussi têtu que leur père ? Il était prêt à se battre pour ses frères, même si les chances étaient de cinquante contre un. Les frères du club, Truman, Quincy, des frères de sang. La fraternité, c'était la fraternité. La différence entre Bear et Bullet, c'était que pour le bien de leur sœur, Bear était prêt à s'opposer au seul homme que Bullet n'affronterait jamais. Et même s'il n'avait aucune preuve concrète de ce que ferait Bullet dans une situation comme celle de Crystal et lui, il avait le sentiment que pour son frère, faire ce qui était juste signifiait clouer l'enfoiré qui l'avait agressée au mur et gérer la peine que cela suscitait chez Crystal plus tard.

Crystal leva le menton, lui souriant avec des yeux endormis et son cœur gonfla dans sa poitrine. Si c'était ça que pensait Bullet, il avait tort. Bear avait fait son choix et il comptait bien le respecter. Le bien-être de Crystal passait avant tout le reste.

Ils avaient fait l'amour pour la deuxième fois au milieu de la nuit et ils s'étaient réveillés enlacés l'un contre l'autre.

Il avait attendu qu'elle prenne l'initiative, ne voulant pas paraître trop pressant, et c'était ce qu'elle avait fait. En prenant du recul par rapport à l'amant plus offensif qu'il avait toujours été, cela lui avait permis de se sentir plus proche de Crystal et de ses besoins. Cela avait renforcé leur connexion et lui avait ouvert les yeux sur d'autres aspects de sa vie qu'il avait négligés. Il était temps de trouver comment faire ce qui était juste pour son père et Dixie. Il se demandait si la vie avait toujours été si compliquée et qu'il ne s'en était pas rendu compte avant que Crystal ne lui ouvre les yeux.

Il souleva Harley du lit et l'embrassa avant de la poser par terre.

— Hum, dit Crystal en pressant ses lèvres sur son torse. Est-ce que mon ours a besoin de manger ?

— Ton ours a surtout besoin de te serrer contre lui.

Il la prit dans ses bras et elle colla ses hanches contre les siennes.

— Petit Ours a d'autres plans.

Il l'embrassa à nouveau, la faisant rouler sur le dos et intensifiant leur baiser.

— Ne te mets pas la pression à cause des réactions de mon corps face à ma sublime petite amie.

Elle effleura à nouveau ses lèvres.

— Merci, mais le fait d'être enfin honnête avec toi sur les raisons pour lesquelles je me suis retenue depuis si longtemps m'a libérée. Je te promets que si parfois j'ai besoin de ralentir le rythme, je te le dirai. Mais je ne me suis jamais sentie aussi heureuse ou plus en contrôle de toute ma vie.

— OK, alors je ne te le demanderai plus.

Elle sourit.

— Si, tu le feras. Tu es mon ours *insistant* et attentionné. Mais j'espère que tu apprendras vite et que tu me laisseras prendre cette décision le plus tôt possible.

— Tu peux prendre celle-ci, dit-il en déposant un baiser sur sa poitrine, au-dessus de son cœur. Moi je veux surtout prendre et posséder celui-là.

— On ne s'appartient pas – on ne fait *qu'un*, tu te souviens ? Maintenant, tais-toi et embrasse-moi pour que je voie si mon motard est aussi doué au lit le matin qu'il l'est le soir.

Elle l'attira dans un baiser brûlant et il lui montra à quel point faire l'amour le matin pouvait être incroyable.

Plus tard dans l'après-midi, Bear se promenait dans les cuisines de *Whiskey* avec Dixie, pensant à Crystal et Silver-Stone et se demandant pourquoi il perdait son temps à élaborer un plan d'expansion pour le bar.

— Je vais appeler Crow pour avoir une idée des coûts de rénovation.

Bear s'appuya contre le comptoir et regarda sa sœur prendre de nombreuses notes. Elle plaça ses cheveux derrière son oreille, révélant les tatouages colorés sur son épaule. Son regard était sérieux et concentré, soulignant leurs différents intérêts pour le projet.

— J'ai quelques idées pour reconfigurer la cuisine, et j'ai réfléchi. On ne devrait peut-être pas proposer de repas pour le dîner. Si on ne propose que des choses comme des sandwiches et des frites, nous n'avons pas vraiment besoin d'un chef cuisinier. Ça permettra de réduire les coûts tout en offrant plus aux clients.

— Je suis d'accord. Servir des clients qui viennent dîner changerait totalement l'identité de *Whiskey*, et je ne suis pas sûr que ce soit ce que l'on veut.

Dixie referma son calepin et il put presque entendre les rouages qui s'activaient dans son cerveau. Après avoir travaillé quatorze ans au bar, il n'avait plus aucune excitation en lui, alors que chaque fois qu'il entrait dans le garage automobile, il avait une poussée d'adrénaline. La boutique automobile n'était pas seulement un boulot ou une partie de l'entreprise familiale qu'il devait reprendre. C'était l'endroit où il se voyait encore travailler dans trente ans et quand il se projetait aussi loin, à part sa famille, il n'y avait que trois autres choses qu'il envisageait : Crystal, une famille à eux, avec des filles espiègles et des garçons durs à cuire et son nom associé aux motos les plus convoitées du monde.

CHAPITRE DIX-SEPT

SI QUELQU'UN AVAIT un jour dit à Crystal qu'elle serait heureuse et amoureuse, elle ne l'aurait jamais cru. Même durant tous ces mois où Bear la convoitait et qu'elle tombait amoureuse de lui sans le savoir, elle s'était toujours attendue à ce que le monde s'écroule à tout moment. Mais cela faisait une semaine depuis qu'ils avaient fait l'amour pour la première fois et chaque jour qui passait les rapprochait davantage. Ses jambes ne se dérobaient pas. Ils étaient de plus en plus forts et elle apprenait qu'il n'y avait pas de mal à accorder un peu plus sa confiance et à compter sur Bear. La plupart des matins, elle se réveillait dans ses bras, avec d'agréables palpitations dans la poitrine. Elle avait remarqué que le besoin qu'avait Bear de jeter des regards meurtriers à tous les hommes qu'ils croisaient s'était atténué, même s'il n'avait pas totalement disparu. En plus, chaque fois qu'il le faisait, Crystal le menaçait de ne plus l'embrasser. Son ours affamé apprenait vite.

Crystal avait découvert d'autres plaisirs inattendus en passant ses nuits avec l'homme qu'elle aimait, comme à quel point c'était agréable d'être un vrai couple, de partager leurs inquiétudes et leurs rêves. Elle avait appris que rester allongée dans ses bras pour parler jusqu'au petit matin pouvait être aussi intime que de faire l'amour. Elle aimait écouter ses histoires sur cet oncle qu'il avait tant admiré et qui lui manquait toujours et cela lui brisait le cœur de voir à quel point il était perdu concernant l'offre de Silver-Stone. Le fait qu'il n'ait pas simplement abandonné les projets familiaux dès la première offre prouvait à quel point il était loyal, mais elle s'inquiétait pour lui. S'il passait toute sa vie à ne pas faire ce qu'il voulait vraiment, n'allait-il pas le regretter ? Peut-être même en vouloir à sa famille ? Ils en parlèrent également et il était clair que, quelle que soit la décision que prendrait Bear, ce serait celle qu'il pensait être juste.

Les soirs où Bear était barman, Crystal travaillait sur ses costumes pour la boutique et allait se coucher dans un lit qui lui paraissait trop grand, se languissant de le retrouver, d'une façon qu'elle n'aurait jamais imaginée possible. Non pas pour le sexe et cette électricité qui accompagnait chacun de leurs baisers – même si ces choses-là aussi lui manquaient – mais pour *lui*. À l'exception de quelques frustrations qui faisaient partie de la vie, comme le dilemme de Bear concernant le fait de travailler pour *Silver-Stones Cycles* ou d'aider sa famille et son malaise permanent à l'idée de rendre visite à sa mère, elle se sentait heureuse et épanouie.

La plupart du temps.

Même si elle n'était plus seule à porter le poids de son secret, elle ne pouvait pas nier cette culpabilité qu'elle éprouvait en étant avec Gemma. Hier, quand elle avait amené Jed chez son avocat, elle avait aussi culpabilisé de lui avoir caché des choses. *Chaque chose en son temps.* Elle avait décidé de garder son passé pour elle jusqu'après le mariage, mais celui-ci n'aurait lieu que dans plusieurs semaines. Même si elles s'étaient amusées le week-end dernier avec la dégustation du gâteau de mariage et que tout se passait bien au travail, Crystal ne parvenait pas à lutter contre ce sentiment de malaise qui grandissait en elle. Comment pouvait-elle être la demoiselle d'honneur de Gemma en sachant qu'elle lui avait menti ? Sachant que Gemma pensait qu'elle avait couché à droite et à gauche avant de se mettre avec Bear ? Elle voulait que Gemma comprenne à quel point Bear était spécial et, pour cela, elle devait être honnête.

Réfléchissant à la situation, elle ouvrit les portes de la salle de stockage en ce mercredi après-midi, tirant le portant de costumes pour leur prochaine fête.

Malgré une crise de nerfs d'une petite fille de quatre ans, la première fête de la journée s'était déroulée sans problème, et le temps était passé très vite. Leur nouveau costume de princesse guerrière avait été bien accueilli par les parents et la plupart des petites filles, même si deux d'entre elles avaient choisi les costumes qui avaient le plus de dentelle et de froufrous. Ce qui avait incité Gemma à demander à Crystal de concevoir un costume qui mettrait en valeur ces deux éléments.

— J'ai trouvé, dit Gemma de derrière le comptoir. On pourrait créer un costume rose et blanc comme les anciennes robes victoriennes. Elles ont des froufrous et de la dentelle. On pourrait faire des thèmes et fêtes basés sur l'ère victorienne.

Son amie était si excitée par leur récent succès et par la relation de Bear et Crystal que la joie de Crystal fut à nouveau gâchée par la culpabilité.

— Super idée. Ce sera bien plus long de fabriquer ces robes que celle-ci, dit-elle en désignant la tenue de princesse guerrière. Mais on peut certainement les faire.

Elle avait créé deux costumes de plus et Gemma avait commencé à répandre la nouvelle avec un article dans la newsletter de la boutique. Tru inventait des contes de fées pour les enfants depuis qu'il les avait sauvés et avait écrit de merveilleuses histoires pour accompagner chaque costume de la newsletter. Elles avaient déjà des commandes qui affluaient. Cela faisait du bien de voir que leur travail prenait de l'ampleur.

Crystal rangea le portant près des vestiaires, essayant de prendre son courage à deux mains pour parler à Gemma.

— Tu fais encore une drôle de tête, dit Gemma.

— Quelle drôle de tête ?

Elle la rejoignit près de la caisse et vérifia les messages sur son téléphone, souriant en voyant le selfie que Bear avait pris avec Lincoln pour lui envoyer.

— Le genre de tête que tu fais quand tu caches quelque chose.

Gemma regarda la photo par-dessus l'épaule de Crystal.

— Nos petits mecs sont vraiment trop mignons.

— C'est les plus mignons, répondit Crystal.

Elle reposa son téléphone sous le comptoir alors que Gemma répondait à celui de la boutique. Crystal fit un signe en direction de l'arrière-boutique et lui dit silencieusement : *Je vais chercher l'autre portant.*

Gemma tendit le doigt en l'air et secoua la tête, puis parla dans le combiné.

— Je suis vraiment désolée de l'apprendre. OK. Aucun souci. Bien sûr. Faites-nous savoir quand vous aurez une date. Merci de nous avoir appelées.

Elle raccrocha et dit :

— On a l'après-midi de libre. C'était Patrick. Ils ont dû annuler. La petite qui fête son anniversaire est tombée et s'est cassé une dent. Ils sont en chemin pour le dentiste.

— Aïe. La pauvre gamine.

Crystal le vit comme un signe et se prépara à dire la vérité à Gemma, du moins sur sa supposée longue liste d'aventures d'un soir.

— Je suis contente qu'on ait l'après-midi de libre, parce que je voulais te parler.

Le visage de Gemma devint soudain sérieux.

— Je crois que je sais ce que tu veux dire.

— *Ah bon* ?

Son cœur se serra. Bear avait-il dit quelque chose à Tru qui l'aurait ensuite répété à Gemma ? Elle avait nettoyé un tiroir de sa commode pour qu'il puisse garder quelques affaires chez elle et il avait fait de même pour elle chez lui. Ils avaient aussi stocké de la nourriture et des accessoires pour chats chez lui, car leur petit chaton ronronnant dormait toujours avec eux. À part les nuits où Bear était barman, ils vivaient pratiquement ensemble. Tru et lui avaient sans doute parlé des changements dans leur vie et peut-être qu'un élément sur son passé lui avait échappé. Mais Bear était si prudent par rapport à ce qu'il s'était passé, elle ne l'imaginait pas faire cette erreur.

— Ben, je l'ai supposé, dit Gemma avec un sourire. Toi et Bear vous sortez ensemble depuis plus longtemps que ce que tu as voulu me faire croire, non ? Je sais que tu as dit que ce n'était pas le cas, mais je t'en ai parlé tellement de fois et chaque fois que je vous vois ensemble, on dirait qu'il y a bien *plus* entre vous.

— Non.

Elle prit la main de Gemma et la guida jusqu'à la table au fond du magasin.

— Assieds-toi.

— Oh, oh, dit Gemma en s'asseyant. Crys, t'es enceinte ?

— Si seulement c'était si simple, dit-elle en s'asseyant en face de Gemma. Tu te souviens de toutes ces fois où je t'ai dit que je sortais avec des mecs ?

— T'es enceinte et tu ne sais pas qui est le père ? Ohmon-Dieu, lâcha Gemma en couvrant sa bouche avec sa main.

— Stop. Je ne suis *pas* enceinte. Et jusqu'à la semaine dernière, il aurait été impossible pour moi de tomber enceinte.

Elle était tellement nerveuse qu'elle parla trop vite et sèchement, mais elle ne put s'en empêcher.

— Je n'ai jamais eu ces coups d'un soir. Je n'ai jamais eu la plupart de ces rencards non plus.

— Arrête, dit Gemma avec un demi-sourire, l'air perdu. Ce n'est pas comme si j'allais le dire à Bear. Merde, c'est pour ça que tu as l'air si inquiète ces dernières semaines ? Tu avais peur que je lui parle de tes rencards ?

Crystal se leva et fit les cent pas.

— *Non*, Gemma. Je n'ai jamais couché avec personne *d'autre* que Bear depuis que j'ai quitté l'université.

— Quoi ? s'exclama Gemma en se levant. Pourquoi mentirais-tu à ce sujet ?

La douleur et la confusion dans son regard l'arrêtèrent net. Au départ, elle ne voulait lui parler que des faux rencards, mais c'était injuste d'essayer de contourner la vérité. Elle aurait dû attendre que le mariage soit passé, mais elle ne pouvait plus faire marche arrière.

— Parce que j'avais peur. Quand je t'ai rencontrée, je n'étais à Peaceful Harbor que depuis quelques semaines et j'avais peur de te raconter mon passé.

Elle se retourna et croisa les bras sur sa poitrine alors que l'émotion la submergeait.

— J'avais peur *de* mon passé.

— Crystal, dit doucement Gemma, je ne comprends pas.

Elle se mit à côté d'elle, toujours aussi empathique, et ce fut encore plus difficile pour Crystal de dire la vérité.

— Qu'est-ce qu'il s'est passé pour que tu aies peur de me le dire ? lui demanda Gemma.

— Pas à toi en particulier. *À n'importe qui.*

Elle se tordit les mains, essayant de combattre sa panique croissante. Son anxiété n'avait rien à voir avec ce qu'elle devait révéler, mais avec la peine que ressentirait Gemma quand elle réaliserait tout ce que lui avait caché Crystal. Lorsqu'elle croisa le regard de Gemma, ses yeux se remplirent de larmes.

— Je suis désolée. Tu es ma meilleure amie, et je n'aurais jamais dû te mentir sur quoi que ce soit.

Gemma lui prit la main.

— Crystal, *qu'est-ce* qui s'est passé ? Je crois que je ne t'ai jamais vue pleurer. Comment est-ce que je peux t'aider ?

Sa compassion la fit pleurer un peu plus.

— Je ne pleure pas à cause de ce qui s'est passé. Ou peut-être un peu. Je déteste t'avoir menti. *À toi*, plus qu'à quiconque. Tu sais ce que c'est que d'avoir une famille tordue et tu m'aimais même quand j'étais une garce et que tu croyais que je couchais à droite à gauche.

Elle pouffa à travers ses larmes, parce que tout ça était fou. Qui faisait semblant de coucher à droite à gauche ?

La réponse lui fit aussi mal que les mensonges. *La fille qui ne veut se rapprocher de personne.*

Gemma la prit dans ses bras.

— Bien sûr que je t'aime. Tu es ma meilleure amie.

— Non, pas « bien sûr ».

Elle s'écarta et essuya ses larmes.

— Je n'ai jamais eu d'amie comme toi avant. Et j'avais tellement peur que le monde s'écroule autour de moi que j'ai merdé. Je t'ai menti sur des gars qui n'ont jamais existé. Et maintenant, je n'arrête pas de pleurer parce que je t'ai caché le reste, ce qui est aussi tordu, puisque c'est mon *droit*. Mais ça fait toujours putain de mal, parce que tu as tout partagé avec moi et j'aurais dû te faire confiance.

Elle redressa les épaules, essayant désespérément d'échapper à cette douleur qui enflait en elle.

— Je me fiche de ces types qui n'ont jamais existé, dit Gemma avec précaution. Je me soucie seulement de *toi*. Que s'est-il passé ?

— Arrête d'être aussi compréhensive ! dit-elle en serrant la main de Gemma et en souriant à travers ses larmes. Dis-moi juste que tu es en colère contre moi, qu'on en finisse.

— OK, très bien, oui. Je suis un peu blessée. Qui ne le serait pas ? On a vécu tellement de choses ensemble, mais tu es en train de *pleurer* et je m'y connais un peu en matière de recul donc, quel que soit ce que tu avais peur de me dire, je suis sûre que c'est bien plus grave que ma peine idiote. Et si ce n'est pas le cas ? Eh ben je te ferai passer un sale quart d'heure.

Entre l'enfance de Gemma et le passé de Tru, elle avait assez de recul.

Crystal laissa retomber ses mains sur le côté, les ouvrant et les refermant nerveusement.

— Je n'ai pas quitté l'université à cause de l'aspect financier. J'ai été violée et je ne supportais plus d'être sur le campus.

Sa voix se brisa et elle respira avec difficulté.

— J'ai essayé, mais deux jours après que ça a eu lieu, j'ai abandonné et je suis venue ici.

Les larmes coulaient le long des joues de Gemma alors qu'elle la prenait à nouveau dans ses bras, la serrant si fort que ce fut encore plus difficile de respirer.

— Crys, dit-elle avec compassion, la tenant pendant qu'elles pleuraient toutes les deux. Je suis tellement désolée que tu aies vécu ça et que tu aies ressenti le besoin de le garder pour toi tout ce temps.

Crystal avait l'esprit embrouillé. Elle était trop bouleversée pour répondre, regrettant que tout n'ait pas été différent tout en étant consciente que rien n'aurait pu changer son passé – ou le futur. Il n'y avait qu'elle qui avait le pouvoir de changer son avenir, tout comme elle l'avait fait en quittant le camp de caravanes et quand elle était venue s'installer à Peaceful Harbor.

Et quand j'ai laissé Bear entrer dans ma vie.

Elle s'écarta, se sentant un peu plus confiante.

— Ça fait tellement longtemps que j'ai envie de te parler de Bear, mais tout était si confus. Il faut que tu saches le reste de l'histoire.

Elles s'assirent à la table et Crystal lui raconta comment elle s'était réinventée, encore et encore. Elle lui expliqua qu'elle avait changé sa coiffure et son prénom, qu'elle avait suivi des années de thérapie et elle lui avoua enfin la vérité concernant Bear.

— C'est à cause de lui que je suis retournée voir mon thérapeute. J'étais amoureuse de lui depuis si longtemps et je le voulais, Gem. Je le désirais comme je n'ai jamais désiré un homme dans ma vie. Quand on s'est enfin embrassés, j'ai eu tellement *peur* de m'effondrer que c'est ce que j'ai fait. Mais je n'avais pas peur de *lui* et je n'avais pas peur de l'embrasser ou de coucher avec lui ou rien de tout ça. Je veux dire, j'étais nerveuse pour le sexe – ne te méprends pas – parce que ça faisait des années que je n'avais pas eu de relations sexuelles et à cause de ce que j'avais vécu. Mais je n'avais pas *peur*. Pas avec Bear.

Elle s'arrêta, réalisant à quel point elle l'aimait. C'était cet amour qui la poussait à raconter le reste de l'histoire à Gemma.

— David, mon thérapeute, m'a expliqué qu'il n'était pas rare, dans des situations comme la mienne, d'avoir peur de paniquer. J'avais surmonté le trauma et la peur du viol, mais je m'étais tellement monté la tête sur le fait d'être proche de Bear que ce n'était plus la situation en elle-même qui me faisait paniquer. C'était l'anxiété provoquée par mon inquiétude. C'est un peu confus et c'est une explication très abrégée et probablement inexacte, mais j'espère que tu comprends l'idée.

— Oui, je comprends. Vraiment. Tu avais peur de paniquer et c'est cette anxiété qui a fait que c'était le cas. J'aurais juste aimé pouvoir t'aider.

— Tu m'*as* aidée. Je m'en suis sortie grâce à ton amitié. Pendant ces séances hebdomadaires avec David, quand je le voyais à midi ou après le travail et que je me sentais *mal* pendant quelques heures ou quelques jours, tu étais toujours là pour me remonter le moral. Même quand tu ne connaissais pas la vérité.

La compréhension brillait dans les yeux de Gemma.

— Tous ces *mauvais rencards*.

— Oui, dit Crystal, se sentant à nouveau coupable.

— Maintenant que je connais la vérité, je comprends mieux. Tu étais bien plus distante lorsqu'on s'est rencontrées pour la première fois. Je n'y ai jamais pensé, mais désormais c'est très clair. Ces mauvais rencards se sont ensuite transformés en…

— *Des connards, des types qui n'étaient pas bons au lit* et puis…

Elle s'arrêta, réalisant que, dernièrement, la façon dont elle parlait des hommes avait prouvé qu'elle était passée de victime à femme qui prend le contrôle.

— Je suis devenue la fille à qui personne ne voulait se frotter et j'ai inventé ces gars. Ensuite, quand ces mauvais rencards sont devenus des « jouets pour me divertir le temps d'un soir » cela faisait partie du processus pour aller de l'avant. Évidemment, je n'avais pas envie d'avoir des « jouets », mais comme je me reconstruisais et que je devenais plus autonome, j'avais envie de te le dire. Je n'étais pas prête à tout dévoiler, donc te raconter ces histoires était ma façon de le partager avec toi. J'ai eu quelques rencards l'an dernier, mais je n'ai jamais rien ressenti, pas même quand on s'est embrassés pour se dire bonne nuit. Et j'ai cru que je m'étais trompée en croyant être guérie. Puis j'ai rencontré Bear et dès la première fois où nos regards se sont croisés, il y a eu des étincelles.

Gemma la serra à nouveau dans ses bras.

— *Des feux d'artifice et volcans.* Vous deux avez une alchimie indéniable depuis toujours.

— C'est vrai, hein ? Et tout va bien désormais. David avait raison. Le fait de raconter à Bear ce que j'ai vécu m'a énormément aidée. Pas seulement parce qu'il a été plus vigilant avec moi, mais aussi parce que le fait d'exprimer mes craintes m'a permis d'en avoir moins peur. Et tu connais Bear. Il est génial, Gemma. Il n'y a pas de place pour la peur quand je suis avec lui. Il est prudent, aimant et… pour être honnête, il a eu du mal à accepter que je n'aille pas voir la police.

— Justement, je me posais la question, dit Gemma en remettant ses cheveux derrière son oreille. Il est tellement…

— Insistant, prétentieux, tactile, offensif ?

Elle sourit, car elle l'avait qualifié ainsi dès le premier jour où ils s'étaient rencontrés, quand il avait passé cet énorme bras autour de son épaule la première fois en l'appelant *chérie*.

— Protecteur, dit Gemma.

— Il s'est amélioré. Mais quand je lui ai annoncé, on aurait dit qu'il avait envie d'étrangler tous les hommes qu'on croisait, avoua Crystal.

— Est-ce que ça te fait changer d'avis sur ta décision ?

— J'ai fait ce qui était bon pour *moi*, et je ne peux pas le changer. Je me sens mal que ce soit difficile pour lui, mais nous sommes tous les deux sur la même longueur d'onde maintenant.

Crystal jeta un coup d'œil vers la porte du bureau derrière laquelle son chaton était soit en train de dormir, soit en train de jouer avec ses jouets. Elle ne supportait toujours pas de la laisser seule la journée.

— C'est pour ça qu'il t'a donné Harley ?

Elle acquiesça.

— La nuit où je lui ai raconté ce qui m'était arrivé, j'ai eu envie d'être seule après et ça l'a anéanti.

— Je parie qu'il voulait monter la garde pour toi.

Crystal s'esclaffa.

— Ne l'a-t-il pas toujours fait ? Même avant qu'il ne l'apprenne ? Il a débarqué le lendemain matin avec Harley et a dit qu'il ne supportait pas de me savoir seule.

— Il est tellement amoureux de toi, dit Gemma en souriant. Tru dit qu'il l'est depuis longtemps.

Elle se sentit sourire.

— Je sais. Je crois qu'au fond je l'ai toujours su.

— Comment puis-je t'aider ?

— Tu l'as déjà fait. Tu ne me détestes pas.

— Je ne pourrais jamais te détester, répondit Gemma en lui caressant la pointe des cheveux. Tu vas garder ta couleur ?

— Je ne sais pas. Là, tout de suite, j'ai juste envie d'apprécier de ne plus devoir me cacher derrière un mur de secrets. Je me suis demandé si je changerais totalement à nouveau, mais j'aime qui je suis. À part sur le fait de t'avoir menti. Ce côté-là de moi est naze.

— Non, c'est faux. Ce côté-là de toi avait besoin de te protéger.

Gemma se redressa et releva Crystal pour lui faire un câlin.

— Est-ce que tu es sûre que ça va ?

— Oui et si tu me le demandes trop souvent, Crystal la garce risque de ressurgir. J'ai été victime de viol, mais cet incident ne me définit pas et rien de tout ça – ni la perte de mon père, ni ma mère alcoolique ou le viol – ne m'a détruite. J'ai suivi trois ans de thérapie, Gem, à propos de mon père, de ma mère, de Jed, de ce qui s'est passé à l'école. Je n'ai pas gardé ça pour moi. Je n'en ai juste parlé à personne d'autre que David. La seule chose que j'ai eu du mal à supporter, c'était de ne pas te le dire, je suis désolée.

— Ce n'est pas grave, dit Gemma. Et je ne te poserai plus cette question. Tu crois qu'on peut laisser Harley quelques minutes ? Je pense que tu mérites de te faire plaisir avec un sundae multi-saveurs.

De la *normalité*. C'était exactement ce dont Crystal avait besoin et elle était plus que reconnaissante que Gemma le sache au fond d'elle.

— Je suis partante.

Alors qu'elles marchaient vers l'avant du magasin, Gemma attira soudain Crystal contre elle. Avec *force*.

— Je suis désolée. Je suis tellement désolée, putain. Je hais le fait que tu aies vécu quelque chose d'aussi horrible, je regrette que tu aies perdu ton père et que ta mère ait réagi comme une idiote par rapport à ce qui t'est arrivé. Et je hais le fait que tu aies cru devoir le garder pour toi. Je *hais*… ce moment. J'essaie de ne pas pleurer, mais…

Les larmes de Crystal coulèrent sur ses joues.

— Je sais. Crois-moi, Gem. Je sais.

— Je t'aime.

Crystal essaya de parler à travers ses larmes, mais ce fut confus.

— Je… t'aime… aussi.

— Je suis désolée, dit Gemma d'un air penaud en s'essuyant les yeux. Il fallait juste que ça sorte. Je vais bien maintenant, je te promets, et fini les larmes.

Crystal essuya un trait d'eye-liner sous l'œil de Gemma.

— Penny va croire qu'on a toutes les deux perdu la tête. Je sais que tu ne pourras pas le cacher à Tru.

— Je…

Elle se mordit la lèvre.

— C'est pas grave. Il m'aime aussi, je le sais.

Elles avancèrent jusqu'à l'avant du magasin pour prendre leurs sacs à main.

— Dis-lui juste de ne pas me reprocher de ne pas être allée voir la police au moment des faits et, pour l'amour de Dieu, s'il te plaît, dis-lui de ne pas péter les plombs en mode alpha en essayant de convaincre Bear de se venger. Le pauvre, il est coincé entre le marteau et l'enclume, expliqua-t-elle en serrant la main de Gemma. Heureusement pour lui, j'aime bien quand il se sert de son marteau.

Gemma resta bouche bée.

— Comment tu peux plaisanter là-dessus après tout ce que tu as vécu ?

— Comment ne pourrais-je pas ? J'aime mon homme.

Elle attrapa son sac et enroula son bras autour de l'épaule de Gemma.

— Je t'ai raconté que je suis accro aux orgasmes que me donne Bear ?

Gemma se couvrit les oreilles.

— Épargne-moi les détails.

Puis elle laissa retomber ses mains.

— *Attends.* Est-ce que son engin est tatoué ?

Crystal éclata de rire en ouvrant la porte.

— T'aimerais bien savoir, hein.

— Beurk. Non !

Gemma ferma la porte derrière elles.

— Ça doit faire *tellement* mal. Pourquoi un homme ferait ce genre de truc ?

— Pourquoi les hommes font des trucs de manière générale ?

Elles se regardèrent et dirent à l'unisson :

— Parce qu'ils le peuvent.

CHAPITRE DIX-HUIT

BEAR ÉTAIT ASSIS EN FACE de Jace Stone et Maddox Silver ce jeudi soir, chez *M. B's*, une microbrasserie située à côté de la marina, assez loin de *Whiskey* pour qu'il n'ait pas à s'inquiéter de croiser son père. Bullet déteignait sûrement sur lui. Rien que le fait de discuter pour envisager de travailler avec eux lui paraissait irrespectueux envers son père. Tout ce que ce dernier voulait, c'était que le *Whiskey* ait encore plus de succès pour qu'il puisse laisser à ses enfants un précieux héritage familial. Et voilà que Bear était assis ici, freinant peut-être ses plans.

Où était la limite entre la loyauté familiale et l'accomplissement personnel ?

Jace appuya ses avant-bras musclés et tatoués sur la table, ses yeux sombres aussi sérieux que ceux de son associé aux cheveux argentés et à la barbe épaisse, Maddox Silver. Alors que Jace rivalisait avec Bullet en taille et en âge, Maddox ne faisait qu'un mètre quatre-vingt et Bear devina qu'il avait autour de cinquante ans. Une *bonne* cinquantaine, avec un visage remarquablement beau et usé par le temps et des yeux qui semblaient avoir vu des années de souffrance.

— Tu as été très clair sur le fait que tu ne voulais pas arrêter de travailler dans ton garage et nous le respectons, dit Jace. Notre offre à temps partiel tient toujours, mais nous manquons de temps. Nous avons besoin d'avoir une idée de ton taux d'engagement. Évidemment, il y aura des clauses de non-concurrence et autres, étant donné ta profession.

— Je comprends. J'essaie de déterminer quel type d'horaires je pourrais respecter. Je suis désolé que cela me prenne un peu plus de temps que ce que j'avais prévu, mais j'ai quelques soucis de famille que je dois régler avant que je ne puisse m'engager pour de bon.

Même s'il appréciait de passer du temps avec sa famille au bar, les horaires étaient nazes. Renoncer à ses heures de travail était une évidence. Il devait encore travailler jusqu'à la fermeture ce soir, ce qui voulait dire qu'il allait encore passer la nuit sans Crystal. En revanche, abandonner son travail à la boutique automobile demandait plus de réflexion. Il se torturait toujours les méninges à ce sujet.

— Ce qu'on te propose, dit Maddox d'une voix aussi épaisse et lisse que du pétrole, c'est l'opportunité de te faire un nom dans l'industrie. Tu as un vrai don pour concevoir des modèles éclectiques et gracieux qui restent puissants – ce n'est pas du tout ce que le public a l'habitude de voir. Nous sommes convaincus de pouvoir fabriquer et commercialiser tes modèles de façon à ce qu'ils deviennent très recherchés. Nous limiterons la production et n'utiliserons que les meilleurs matériaux, mais le succès ne va de pair qu'avec le dévouement. Même si tu décides de t'engager, disons, soixante heures par mois, il faudra tenir compte du temps de déplacement supplémentaire pour rencontrer nos ingénieurs et assister aux réunions de conception. Une partie de ce temps sera prise en compte, mais il y a toujours des réunions de dernière minute qui se présentent.

—Je m'y attendais, dit Bear. Vous avez déjà fixé votre calendrier pour l'ouverture de ce site ou pas ?

Les deux hommes échangèrent un regard sérieux.

— Nous avons décidé d'attendre avant d'acheter le bâtiment ici, à Peaceful Harbor. Pour le moment, expliqua Jace. Mais on souhaite aller de l'avant avec cette collaboration. Tu as beaucoup à offrir, et la conceptualisation peut être faite principalement hors site. Or nous avons besoin d'un engagement de ta part. Nous avons un créneau à remplir, et nous aimerions le remplir avec toi. Nous avons besoin de ta décision d'ici les deux prochaines semaines.

Bear savait reconnaître une opportunité en or quand il en voyait une, mais il ne pouvait pas s'engager auprès d'eux avant de s'engager envers lui-même. Ce qui voulait dire se préparer à un autre combat qu'il pourrait mener seul.

LE *WHISKEY* était bien plein pour un jeudi soir. Bear remplit un pichet de bière et le posa sur le comptoir pour sa mère qui était serveuse aux côtés de Dixie ce soir. Elle ne travaillait que quelques heures par mois et Bear aimait bien quand leurs horaires coïncidaient.

— C'est à toi, Red, lui dit-il.

Elle se précipita vers lui, portant un jean noir et un tee-shirt du *Whiskey*, puis se pencha sur le bar, baissant la voix :

— Combien de temps penses-tu qu'il faudra à Dixie pour remballer ce blond là-bas ?

Elle jeta un coup d'œil en direction d'un grand type blond qui jouait aux fléchettes avec deux autres mecs. Bear avait lui aussi gardé un œil sur eux.

— Elle apprécie les pourboires. Quand il ira trop loin, elle le remettra à sa place.

Sa mère lui tapota la main.

— T'as raison. Ça va, mon bébé ?

Bébé. Sa mère n'utilisait jamais leurs noms de motards et rarement leurs vrais prénoms. Bear était certain que c'était parce que, quand ils étaient petits et qu'elle devait s'occuper de quatre petits diables, elle passait toujours en revue tous leurs prénoms avant de trouver le bon. En général, elle l'appelait *Brandon, Wayne, Brefpeuimportetonprénom.*

— Oui, ça va, dit-il.

Elle passa une main dans ses cheveux courts et rouges et sourit. Comme elle aimait porter du noir – des hauts, pantalons, bottes et bijoux – elle ressemblait énormément à une jeune Sharon Osbourne[15].

— Ta mère n'est pas dupe.

Elle posa le pichet sur un plateau et dit :

— La prochaine fois que tu vas chez *M. B's*, dis bonjour à Maisy de ma part.

Puis elle s'en alla. *Merde.* Maisy et Ace Braden géraient la microbrasserie. Il avait fait si attention à ne pas se faire repérer par son père qu'il avait oublié à quel point la communauté ici était soudée.

Bear était en train de gérer une autre commande de boissons quand Dixie s'approcha du bar, en faisant éclater des bulles avec son chewing-gum et en regardant Bear comme s'il était un spectacle à la mi-temps.

— Quoi de neuf, Dix ?

— Il me faut deux whisky coca et une bouteille de Bud.

Elle jeta un coup d'œil à leur mère, qui se tenait debout, la

---

[15] Femme d'affaires, écrivaine et présentatrice TV anglaise

main sur la hanche, et qui recadrait le blond qui jouait aux fléchettes.

— Elle va me bousiller mes pourboires, se plaignit Dixie tandis que Bear servait les boissons. Est-ce que Papa t'a contacté au sujet du plan d'expansion ?

— Il m'a appelé, mais j'étais occupé.

Et par occupé, il voulait dire qu'il l'avait laissé tomber sur son répondeur car il ne savait pas encore comment gérer la situation.

— Il m'a demandé si tu m'en avais parlé. Je lui ai dit que oui, et je lui ai donné les chiffres et les bénéfices prévus avec l'expansion. J'ai tout décomposé, tout comme je l'ai fait avec les projections sur deux ans il y a quelques mois. Il a tous les chiffres dont il pourrait avoir besoin, qu'il décide de passer à l'étape supérieure ou non. Mais il est impatient de se lancer, alors si tu ne veux vraiment pas le faire, tu devrais le lui dire. Laisse Bullet s'en charger.

— Il a encore moins de temps libre que moi et aucune expérience avec ce genre de choses, se moqua Bear. Et puis, B n'est pas vraiment patient. Tu l'imagines essayer de négocier le prix des rénovations ?

Il baissa la voix et plissa les yeux, imitant Bullet : « *Comment ça, vous n'aurez pas terminé d'ici demain, putain ? Vous avez intérêt à finir le boulot, sinon je me servirai de votre tête comme un marteau et je le terminerai moi-même !* »

Elle éclata de rire.

— Il est peut-être temps qu'il apprenne, puisqu'il est si pressé de suivre les traces de Papa. Merci pour les boissons. Il faut que j'aille sauver mes pourboires.

Elle pivota sur ses talons hauts et sautilla jusqu'aux types qui jouaient aux fléchettes.

Quelques heures plus tard, quand sa mère fut prête à partir, elle l'attira sur le côté.

— T'as envie de me raconter pour Jace et Maddox ?

— Pas vraiment, dit-il avec honnêteté.

Elle croisa les bras, ses yeux verts et acérés lui indiquant qu'il ne s'en tirerait pas comme ça.

— Ton oncle Axel avait l'habitude de dire que tu serais le prochain ingénieur pour *Harley-Davidson*. Tu étais le gamin que tout le monde venait voir pour réparer leurs vélos, skates et jouets cassés. Tu as conçu et construit plus de motos que tu n'en as achetées. Donc, Robert, est-ce que tu veux bien me raconter ce qui se passe avec Jace et Maddox ?

— Sérieusement ? Tu me fais le coup du *Robert* ?

— Je te fais le coup de la mère qui veut avoir une discussion avec toi surtout. On ne le fait pas assez souvent, dit-elle en lui caressant la joue. Tu es aussi têtu que ton père.

— Pas vraiment.

— Je n'ai pas dit aussi rigide. J'ai dit aussi têtu. Il y a une différence, mon chou. Je sais bien que je n'ai pas intérêt à me mettre entre toi et ton père, donc je vais seulement te dire ceci. Tu as fait plus pour cette famille que ce qu'un parent pourrait espérer. Tu es un jeune homme loyal, fort et intelligent et je te serai toujours reconnaissante pour ton grand cœur. Tu as sauvé cette famille et tu sais comment on fonctionne, nous les Whiskey. Quand tu as des ennuis, *nous* en avons aussi et nous sommes toujours là pour te soutenir. Tu n'as peut-être pas d'ennuis actuellement mon chéri, mais tu as besoin d'être sauvé. Sauf que, cette fois-ci, c'est toi-même que tu dois sauver.

Elle le serra dans ses bras et lui murmura :

— Ramène ta belle amoureuse de temps en temps. Il est temps que nous fassions plus que de se sourire à l'autre bout de la pièce.

Abasourdi par son soutien, Bear ne put rien faire d'autre que la regarder partir.

Lorsqu'il quitta le parking à deux heures trente du matin, il était exténué. Il avait reçu un appel de Tru qui lui avait noué le ventre. Apparemment, Crystal avait tout avoué à Gemma. Alors qu'il roulait le long de cette route sombre de montagne, il se maudit d'avoir accepté ces horaires au bar et de ne pas avoir été là pour elle. La soirée avait été longue. Un groupe de types turbulents était arrivé vers onze heures et était resté jusqu'à une heure, jouant au billard et draguant toutes les femmes du bar. Ces conneries commençaient à l'user, et ce soir, alors qu'il avait envie d'être avec Crystal et non de babysitter des mecs en chaleur, sa patience n'avait tenu qu'à un fil.

Il remonta la longue allée, activant les lumières solaires qu'il avait installées le week-end dernier et celles-ci illuminèrent la voiture de Crystal. Il se gara rapidement et bondit hors de sa voiture.

— Crystal ? l'appela-t-il dans le noir, regardant à l'intérieur de son véhicule.

Le cœur battant, il courut jusqu'à l'entrée et la trouva endormie, recroquevillée sur une chaise avec Harley sur ses genoux, tenant ses clés de voiture et serrant la petite poupée tracas entre ses doigts. Elle portait un pantalon de pyjama à carreaux et le tee-shirt avec l'inscription « *Trempe-moi dans du miel et laisse Bear me manger* ». Son cœur se serra. Il s'agenouilla et enroula ses bras autour de sa taille, la serrant contre lui alors qu'une vague de soulagement le traversait. Elle ouvrit les yeux, un sourire étirant ses lèvres.

— Salut, ma chérie. Ça va ?

— Notre lit me paraissait vide, dit-elle d'une voix endormie.

Notre lit. Mon Dieu, elle était autant à fond que lui. Il prit Harley et serra Crystal dans ses bras.

— Je suis tellement content que tu sois là.

— J'ai tout raconté à Gemma, murmura-t-elle contre sa joue.

— Je sais. Tru m'a appelé pour savoir comment tu allais. Est-ce que ça va ?

Tru avait également voulu s'assurer que Bear allait bien et qu'il ne perdait pas la tête, ce qui était le cas, mais il gardait le contrôle.

— Oui. Elle ne m'a pas détestée.

Les yeux de Crystal s'humidifièrent et il se sentit à nouveau très coupable de ne pas avoir été là ce soir.

— Tru t'a appelé, alors ? Est-ce que ça veut dire que tout le monde sait ?

Il l'aida à se relever.

— Non. Il voulait juste s'assurer que tu allais bien. Demain, je te ferai faire un double des clés. Je ne veux pas que tu m'attendes dehors comme ça. Pourquoi tu ne m'as pas appelé ? Je serais venu te chercher.

— Je ne sais pas. Tu me manquais, donc j'ai fait mes affaires et je suis venue ici. Elle jeta un coup d'œil en direction de son sac à dos derrière la chaise et il le prit.

Ils entrèrent et se rendirent à l'étage. Il était content qu'elle soit là, mais qu'elle l'attende seule dehors le soir ne lui convenait pas du tout. Il prit une douche rapide et trouva Harley endormie sur son oreiller. Laissant Harley là où elle était, il se mit au lit et se serra contre Crystal.

Elle se tourna vers lui.

— Est-ce que c'est trop présomptueux de ma part d'être venue ?

— Je veux que tu le sois, justement.

Il l'attira plus près et l'embrassa.

— Je ne supportais pas de te savoir seule ce soir. Je ne supporte pas de ne pas passer la nuit avec toi. Je veux toujours que tu sois avec moi.

— Moi aussi.

Elle prit soudain un air sérieux.

— Je redoute de voir ma mère ce week-end. Je sais que je ne voulais pas que tu la rencontres, mais maintenant que je ne te cache plus rien, est-ce que tu accepterais de venir ? Jed sera là et nous ne sommes pas obligés de rester longtemps.

— Bien sûr. Tout ce que tu veux.

Il l'embrassa.

— Je n'arrête pas de penser à Gemma. Elle ne voit pas souvent sa mère parce qu'elle est affreuse. Pas comme la mienne, évidemment, mais quand même. Et le fait de voir ma mère… Tu as bien vu comment j'étais le jour où nous étions censés repeindre la maison de Tru et Gemma. Chaque fois que je vois ma mère, j'ai l'impression de tomber dans une fosse à bitume et de devoir me débattre pour en sortir après.

— Alors pourquoi tu le fais ? Je suis un type loyal mais si c'est si terrible que ça, pourquoi y aller ? Est-ce que tu l'aides d'une manière ou d'une autre en lui rendant visite ?

Elle secoua la tête.

— Elle n'a même pas l'air de vouloir que je sois là. Elle est haineuse et dit des choses horribles sur moi et mon père. Elle est même méchante avec Jed qui a toujours été là pour elle.

Son instinct de protection surgit immédiatement.

— Alors, pourquoi t'imposer ça ?

— Parce que je pense que mon père aurait voulu que quelqu'un s'occupe d'elle.

La tristesse dans sa voix l'anéantit.

— Je pense que ton père aurait surtout voulu que toi tu prennes soin de *toi*.

— Peut-être. Comment s'est passé ton rendez-vous avec les gars de Silver-Stone ?

Il n'avait pas envie de parler de Silver-Stone. Il voulait la convaincre de ne pas rendre visite à sa mère. Or s'il y avait bien une chose qu'il avait apprise, c'était que Crystal n'aimait pas qu'on lui dise quoi faire.

— Ils ont besoin d'un engagement de ma part, mais ça impliquerait d'embaucher plus de personnel au bar et à la boutique automobile et ce n'est pas le bon timing avec mon père qui projette de développer le bar.

Elle se blottit plus près et pressa ses lèvres contre les siennes.

— Ou alors c'est le timing parfait. Si tu penses que mon père aimerait surtout que je prenne soin de moi, tu ne crois pas que c'est la même chose pour le tien ? Qu'il aimerait que, pour une fois, tu prennes soin de toi ?

Je ne sais même pas si je sais encore le faire. Il roula sur le dos et posa son bras sur son front, l'attirant contre lui.

— Je ne sais pas, bébé.

— Je me demande s'il est possible d'être trop loyal.

— Si c'est le cas, alors on en est tous les deux coupables.

CHAPITRE DIX-NEUF

— BÉBÉ, T'AS LE TEINT un peu verdâtre.

Bear attira Crystal plus près alors qu'ils roulaient jusque chez sa mère en ce dimanche soir.

— C'est mon look spécial pour ma mère. Tu ne trouves pas ça attirant ?

Elle n'avait même pas réussi à esquisser un sourire lorsqu'ils étaient allés chercher Jed. Ses visites chez sa mère n'apportaient jamais rien de bon.

— Notre mère fait cet effet sur beaucoup de gens, expliqua Jed.

Bear lui serra la main.

— Tu hais vraiment ça.

— C'est un euphémisme, dit-elle en jouant avec la radio. C'était une erreur de te demander de venir. Tu n'as pas besoin de voir dans quel état est notre mère.

— C'est une raison de plus pour moi d'être ici avec toi. Je n'ai pas envie que tu subisses tout ça, et encore moins sans moi.

Elle désigna le feu rouge, son ventre se nouant un peu plus.

— Tourne à droite là. Puis ce sera la deuxième rue à droite.

— J'ai l'impression d'être déjà venu ici.

Bear s'arrêta au feu et lui jeta un coup d'œil.

— Tu es sûre que tu as envie de faire ça ?

— *Non*, dit Crystal. Mais je suis obligée. On ne restera que quelques minutes, pour que j'aie l'impression d'avoir accompli mon devoir de fille.

Il tourna à l'angle et suivit ses indications jusqu'au camp de caravanes.

— OK, je suis sûr d'être déjà venu ici.

— Ah bon ?

Jed pointa la caravane de leur mère du doigt.

— C'est ce tas de merde jaune là.

— Je connais cette caravane. Tu as emménagé ici quand tu avais huit ans ? demanda Bear en se garant.

— Oui, dit-elle.

— Comment tu sais ça ? demanda Jed en sortant du véhicule.

Bear aida Crystal à descendre.

— Je crois que j'ai déjà ramené ton père chez lui. J'étais un gamin. J'avais seize ans, peut-être ? Je ne me souviens pas. Mais il y avait une petite fille qui regardait par cette fenêtre, expliqua-t-il en désignant la fenêtre sur le côté de la caravane.

— C'était ma chambre.

Le pouls de Crystal s'accéléra.

— Mais je ne m'en souviens pas.

— C'est drôle, dit Bear en passant son bras autour de son épaule. Je ne l'oublierai jamais. En te voyant, j'ai compris à quel point mon père se souciait des autres. Il aurait pu jeter les clients dans un taxi et les renvoyer chez eux, mais il ne l'a jamais fait. Il disait qu'il ne savait pas comment un chauffeur de taxi traiterait un type qui n'était pas dans son état normal, en revanche, il savait comment les enfants qu'il avait élevés le feraient.

Cela la rendit heureuse de savoir que Bear avait rencontré son père même si c'était dans ces circonstances. Mais si à l'époque son père avait été trop saoul pour conduire, l'était-il aussi le soir de sa mort ? Avait-il causé l'accident qui l'avait tué ?

Elle regarda Jed et ce dernier dut lire la peur sur son visage, car il secoua la tête et dit :

— Il ne buvait plus quand il est mort. Ce n'était pas de sa faute. Il était déjà sobre depuis un moment à cette époque.

Des larmes de soulagement coulèrent le long de ses joues.

— Je suis si heureuse d'entendre ça. Je sais que ton père a de drôles d'idées sur la place des femmes au travail, mais je l'aime encore plus en sachant qu'il a pris soin de mon père comme ça. Est-ce que tu te souviens d'autre chose concernant notre père ? Comment était-il ?

— Oui, je me souviens. Il ressemblait à Jed, grand avec des cheveux blond cendré, mais plus âgé, évidemment. Il a parlé de vous deux durant tout le trajet. De sa petite fille belle et intelligente et de son fils qui mettait sa patience à rude épreuve.

Peu importe que son père ait été saoul. Le souvenir que Bear avait de lui était nouveau pour elle.

— Ça me fait plaisir d'apprendre ça. Attends. C'est vrai ou t'essaies juste de me faire me sentir mieux parce que ma mère est dans un sale état ?

— Non, c'est vrai, bébé. Je te l'ai dit, je ne mens jamais.

— Merci de l'avoir ramené à la maison, lui dit Jed. Il n'a jamais été un gros buveur, mais quand il a perdu son travail, ça leur a tous les deux laissé des marques.

— Tu te souviens de ça ? demanda-t-elle. Je n'ai que des souvenirs vagues, et je ne sais jamais s'ils sont vrais ou pas.

— Tu n'avais que huit ans, mais moi j'en avais onze. Ce n'était pas aussi horrible que maman. Il y a eu quelques mois où la situation était assez merdique, mais ensuite il s'est calmé. Une nuit, Crys l'a regardé et lui a dit qu'elle n'aimait pas l'odeur de son haleine. Qu'il ne sentait plus comme son papa. Et c'est tout. Ce soir-là, il a arrêté de boire. Dix mois plus tard, il a été tué par un chauffard ivre.

Bear dut sentir que ses genoux tremblaient, car il la tint plus fermement.

— Je ne me rappelle pas non plus lui avoir dit ça.

— C'est grâce à toi, Crys, dit Jed. C'est toi qui l'as empêché de finir comme elle. Il t'aimait tellement. Il aurait donné sa vie pour toi.

— Pour toi aussi, dit Bear à Jed. J'en suis sûr.

Elle regarda à nouveau la caravane, haïssant encore plus sa mère.

— Je ne peux pas faire ça. Je ne peux pas entrer là-dedans. S'il a pu redevenir sobre, pourquoi n'y est-elle pas arrivée, elle ?

Elle se dégagea de l'emprise de Bear.

— Tu sais pourquoi, Jed ? Est-ce que tu te souviens de quelque chose ?

La tristesse se lut dans les yeux de Jed et ce dernier prit sa main dans la sienne.

— Écoute, crevette. Il y a des choses que tu n'as pas envie de savoir.

Elle retira sa main.

— N'importe quoi. Je peux tout encaisser. Dis-moi.

Jed hésita, jetant un coup d'œil à Bear.

— Ne le regarde pas en te demandant si je peux y faire face ! s'énerva-t-elle. J'ai vécu l'enfer. Il n'y a rien que je ne puisse pas affronter.

Jed crispa la mâchoire.

— Papa a découvert qu'elle avait une liaison, et il lui a donné un ultimatum : arrêter de boire et réparer les dégâts, sinon il partait et nous emmenait avec lui. Elle n'a pas arrêté.

— Évidemment. Et… ?

— Il était parti à Peaceful Harbor pour voir s'il pouvait y louer un appartement.

Jed jeta un coup d'œil à Bear, baissa les yeux et croisa enfin son regard.

— Il est mort sur le chemin du retour.

— Il était en train de la *quitter* ?

Elle recula en trébuchant, incapable d'entendre quoi que ce soit à cause du sang qui battait dans ses tempes.

— Il la *quittait* ? Je me suis imposé ça tous les mois parce que je pensais qu'il voulait que je prenne soin d'elle alors qu'il la quittait ?

— Bébé.

Bear tendit les mains vers elle, mais elle s'éloigna.

— Non. C'est… Il est mort en essayant de nous sauver. À cause *d'elle*.

— C'est elle qui a fait de moi un voleur, dit Jed en serrant les poings. Je n'essaie pas de me dédouaner, mais il faut que tu saches la vérité. J'ai *volé* pour être sûr que nous ayons de quoi manger.

Crystal resta bouche bée.

— Tu as volé pour elle ? C'est pour ça que tu l'as fait ? Dire que tout ce temps tu me disais que c'était juste ta façon d'être !

— Oui, s'emporta-t-il. Qu'est-ce que tu voulais que je fasse ? Il fallait bien que tu manges. Tu avais besoin de vêtements. Merde, Chrissy ! J'ai fait ce que j'avais à faire. Mais j'en ai assez. J'ai remis de l'ordre dans ma vie et je veux partir loin d'ici et trouver un appartement. Trouver un emploi stable. Quarante heures par semaine au lieu de ces merdes à temps partiel que je fais actuellement. J'ai rendez-vous avec l'avocat pour mon permis de conduire cette semaine et, avec un peu de chance, je n'aurai pas de problème pour le récupérer.

Crystal l'attrapa par le tee-shirt, encore sous le choc en réalisant qu'il avait gâché sa vie pour elle, et hurla à travers des larmes de colère :

— Tu as *volé* pour nous ? Pour *moi* ? C'est moi qui t'ai fait ça ?

Jed la prit dans ses bras, même si elle se débattait contre lui.

— Non. Toi non. Mais *elle* oui. Et *moi-même*. Mais pas toi, Chrissy. Jamais. Tu as toujours fait ce qu'il fallait.

Elle s'effondra contre son frère, ses bras tombant mollement le long de son corps alors qu'elle pleurait.

— Il est mort en essayant de nous sauver.

BEAR DUT FAIRE preuve de beaucoup de volonté pour ne pas débouler dans cette caravane et dire à leur mère ce qu'il pensait.

— Je ne peux pas entrer là-dedans, dit Crystal.

— Plus jamais, bébé.

Bear tendit les bras vers elle et elle vint s'y blottir.

— Plus jamais. Et Jed, tu as besoin d'un appartement ? On peut t'aider. Quincy a besoin d'un colocataire.

C'était ce qu'ils faisaient. Ils prenaient soin de la famille. Peut-être que Crystal avait raison. Peut-être qu'il était possible d'être trop loyal.

Peut-être qu'il était temps qu'il change aussi.

Elle s'écarta de lui, son regard triste devenant soudain féroce, elle se redressa avec toute la confiance et la détermination qu'elle avait toujours eues en elle.

— J'ai passé assez de temps dans ma vie à être triste ou en

colère, ou à ne pas comprendre pourquoi elle agissait ainsi.

Elle essuya ses larmes et fonça vers la caravane avec Bear et Jed sur ses talons.

— Je vais en finir, une bonne fois pour toutes.

— Bébé.

Bear toucha son bras pour la ralentir.

— Tu es sûre que tu veux faire ça sans te calmer d'abord ?

Avec un regard noir, elle rétorqua :

— Oh oui, je suis sûre.

L'odeur âpre de la fumée et d'une vie gâchée flottait dans l'air alors qu'ils s'approchaient de la caravane. Bear vit une blonde peroxydée assise sur un canapé à carreaux à travers la porte. Elle tenait une cigarette dans une main et feuilletait un magazine. Une bouteille de bière à moitié remplie était posée sur une vieille table basse à côté de trois autres vides.

Elle leva la tête alors que Crystal déboulait, ses yeux injectés de sang passant de sa fille à Bear, puis à Jed. Elle tourna à nouveau son regard paresseux sur le magazine.

— Je n'ai pas assez de nourriture pour une personne supplémentaire.

Bear lutta pour ne pas l'attraper par le col et la secouer.

Crystal tremblait, les poings serrés, la mâchoire serrée.

— Tu l'as fait fuir.

Leur mère leva à nouveau les yeux et prit une longue bouffée de sa cigarette. Jed contourna Bear, mais Crystal se plaça devant lui, focalisée sur cette lutte finale.

— Comment avons-nous pu être si peu importants pour toi ? l'accusa-t-elle. Comment as-tu pu choisir l'alcool plutôt que papa et nous ?

Leur mère jeta un regard dégoûté à Jed.

— T'as encore ouvert ta grande bouche, hein ? T'es comme

ton père.

— Je serai chanceux d'être comme lui.

Jed se tenait droit et solidaire aux côtés de Crystal.

Leur mère ricana.

— J'en ai *assez*, s'emporta Crystal. J'en ai marre de me sentir coupable d'être allée à l'université pour me sauver, marre de t'écouter nous rabaisser.

Les larmes perlèrent au coin de son œil.

— Je ne sais pas pourquoi tu nous as tourné le dos, pourquoi tu as tourné le dos à Papa, ou ce qui t'a tant perturbée pour que tu finisses comme ça. Et honnêtement, je m'en fiche. C'est la dernière fois que je viens ici.

— Tu crois que ton père était parfait, lui ? dit sa mère en se levant d'un bond, vacillant sur ses talons hauts. Tu ne sais pas comment il était.

Jed s'interposa.

— Si, elle le sait. Elle sait tout. J'en ai assez de te protéger et de t'aider. J'arrête de voler et de te donner de l'argent que tu gaspilleras dans l'alcool.

— Vous vous croyez si exceptionnels. Vous ne savez pas comment il était. Il m'a promis une belle vie et regardez où je suis ! hurla leur mère. Il nous a laissés.

— Non, dit Crystal, comme si elle avait simplement abandonné l'idée de convaincre cette femme de quoi que ce soit. Il est *mort* en essayant de nous sortir de ce trou à rats. C'est *toi* qui *nous* as laissés, bien avant qu'on ne le perde lui.

— ÇA A ÉTÉ l'un des jours les plus longs de ma vie, dit Crystal alors qu'ils roulaient vers la maison.

Après qu'ils eurent laissé sa mère, ils étaient sortis pour manger chinois, le plat préféré de Crystal quand elle avait besoin de réconfort. Mais une fois qu'on leur avait apporté leur commande à table, rien qu'en pensant à son plat elle avait eu la nausée. Elle savait que, comme sa mère, la cuisine chinoise était l'une des choses qu'elle ne voudrait plus voir avant très long-temps. Ils déposèrent Jed chez son ami et il s'excusa encore une douzaine de fois. Elle aurait dû être malheureuse vu les événements de la soirée, mais alors qu'ils traversaient le pont pour entrer à Peaceful Harbor, elle posa sa tête sur l'épaule de Bear et réalisa que, même si elle était émotionnellement épuisée, elle n'était pas malheureuse. Elle ne comprendrait jamais pourquoi sa mère leur avait tourné le dos, mais si la mort de son père lui avait bien appris une chose, c'était que la vie était injuste.

Bear raffermit son emprise sur son épaule.

— Je sais, bébé. Je vais te préparer un bon bain chaud quand on arrivera à la maison. Tu dois avoir faim. Tu veux que je m'arrête prendre quelque chose ?

— Non, merci. J'ai tout ce qu'il me faut ici.

— Je suis fier de toi, dit Bear. Je suis triste, bien sûr, mais je suis fier de Jed et toi pour avoir réalisé qu'il était temps de vous faire passer en premier. C'est une chose très difficile à faire quand il s'agit de la famille. Tu as envie d'en parler ?

— Je suis toujours en train de le digérer. Merci d'avoir ap-pelé Quincy pour la recherche d'appartement de Jed. Je suis contente de savoir qu'il ne sera pas loin. J'aimerais passer plus de temps avec lui. Tu penses vraiment pouvoir l'embaucher ? Ça risque de ne pas beaucoup plaire à ton père.

— Mon père et moi allons avoir une longue discussion et

Jed fait partie de ta famille. Donc il fait aussi partie de la mienne.

Elle sourit face à son assurance.

— Tu es donc assez certain qu'on restera ensemble, n'est-ce pas ?

— Assez certain ? Bébé, tu te trompes si tu crois qu'on rompra un jour.

— Je ne pense pas que ce sera le cas, mais ça ne fait pas si longtemps que nous sommes ensemble.

Elle adorait titiller son ours, car – comme il le faisait actuellement – ça le poussait à la tenir plus fermement.

— Quand nous serons vieux et grisonnants, quelqu'un nous demandera combien de temps nous sommes sortis ensemble avant de nous marier. Peu importe ce que tu leur diras, je rajouterai huit mois. Alors habitue-toi chérie. T'es coincé avec moi.

De nous marier ? Alors qu'il tournait pour s'engager dans sa résidence, elle ne s'imagina pas être coincée avec quelqu'un d'autre que lui.

Lorsqu'ils sortirent de la voiture, elle réalisa qu'il s'était garé exactement au même endroit où ils s'étaient embrassés pour la première fois, le soir où elle avait paniqué.

Elle enroula ses bras autour du cou de Bear et lui dit :

— Embrasse-moi.

Il posa ses lèvres sur les siennes, la prenant dans un baiser qui la traversa comme le feu et la glace, réveillant toutes les sensations incroyables qui avaient été piétinées par cette soirée difficile. Elle fondit contre lui, savourant leur proximité et reconnaissant, dans sa tête et dans son cœur, à quel point elle se sentait libre.

Elle l'avait fait. Elle avait pris la décision de s'éloigner de cette femme qui lui avait fait honte et l'avait constamment rabaissée. Parviendrait-elle à ne plus être étonnée en sachant qu'elle s'était sauvée en se faisant passer en *premier* ? Qu'elle avait fait le bon choix en trouvant un thérapeute ? Si elle n'avait jamais franchi cette étape, elle n'aurait peut-être jamais pu être proche de Bear ou même vivre sa vie de cette manière. C'était gratifiant de savoir que, chaque fois que la vie l'avait fait vaciller, elle avait pu reprendre le contrôle et retrouver son équilibre. Et c'était tout aussi agréable de savoir que tant que Bear était avec elle, elle n'aurait plus jamais à gérer quoi que ce soit seule.

Quand leurs lèvres se séparèrent, les siennes la chatouillèrent avec chaleur.

— Embrasse-moi encore comme ça et tes voisins auront droit à un sacré spectacle.

Il mordilla sa lèvre inférieure, la serrant si fort qu'elle sentit chaque centimètre de son excitation.

Ils montèrent jusqu'à son appartement et, tenant parole, après avoir câliné Harley, Bear partit remplir la baignoire. Crystal porta Harley jusque dans son atelier de couture, observant toutes les poupées que son père avait fabriquées, alignées sur le rebord de la fenêtre. Comment aurait-il pu savoir qu'elle en aurait autant besoin ?

Bear sortit torse nu de la salle de bain, affichant son corps magnifique. Ses cheveux bruns et épais se dressaient sur sa tête, comme s'il venait de passer sa main dedans, comme elle aurait aimé le faire. Son sourire était très viril et provoqua en elle des éclairs de chaleur.

Il enroula ses bras autour d'elle, embrassant son épaule.

— Ton père te manque ?

Elle berça Harley entre eux. Elle aimait son regard sur elle, ses yeux pleins de désir. Elle faillit presque garder sa réflexion sur les poupées pour elle, mais elle aimait pouvoir enfin partager ses pensées les plus secrètes avec lui. C'était un autre niveau d'intimité qu'elle avait appris à aimer.

— Il me manque toujours, mais j'étais en train de réaliser combien j'ai compté sur ces poupées pendant toutes ces années. Ce n'est pas comme si elles avaient des pouvoirs magiques. C'est idiot, vraiment, mais les avoir autour de moi m'a donné de la force.

— Ce n'est pas idiot. C'est ça l'amour et la confiance. Tu as cru en l'amour de ton père, et cela t'a donné la force de devenir la femme incroyable que tu es aujourd'hui.

Gênée par ses compliments, elle embrassa Harley et la posa sur le sol.

— Merci. J'aime à penser qu'il serait fier de moi. Tant de choses ont changé depuis qu'on est ensemble. Est-ce que parfois tu regrettes de ne pas avoir choisi une fille plus simple ?

Il secoua la tête.

— Non, chérie. Tu es la seule femme qu'il me faut, et si tu ne le sais pas encore, alors il faudra que je fasse encore plus d'efforts.

— Je sais.

Elle effleura ses lèvres des siennes.

— J'ai du mal à croire que Jed m'a caché tout ça pendant toutes ces années et moi je ne lui ai jamais raconté ce que j'avais vécu. Nous avons souffert séparément pendant si longtemps et, même si nous avons vécu avec une mère qui a fait de son mieux pour nous briser, on s'en est tous les deux bien sortis.

— Mieux que bien, bébé. Tu es incroyable. Tu penses qu'un jour tu raconteras à Jed ce qui t'est arrivé à l'université ?

— Oui, mais ce soir je ne pouvais pas. Nous avons tous les deux eu une journée assez difficile comme ça.

Alors qu'il l'emmenait dans le couloir, elle lui dit :

— Tu me donnes de la force, Bear, avec ta confiance en moi. Merci, et merci d'être là pour moi.

— Ne me remercie pas, bébé. Aime-moi juste.

Il l'attira dans un délicieux baiser.

— Allez, viens, monte dans la baignoire.

Il ouvrit la porte de la salle de bains et la vapeur enveloppa sa peau. Il avait ramené les bougies de la chambre et leurs flammes vacillaient dans la pièce à l'allure romantique.

Elle releva ses cheveux et les attacha avec une barrette. Bear s'agenouilla devant elle, lui enlevant ses bottes, promenant ses mains le long de ses jambes. À son contact, son corps entier éprouva du *désir*. Il souleva sa robe par-dessus sa tête et celle-ci tomba par terre, suivie de son soutien-gorge et de sa culotte. Il l'aida à entrer dans le bain chaud, qui était très agréable et la détendit immédiatement.

Il retira ses propres bottes et chaussettes et défit son jean, sans jamais la quitter du regard en enlevant lentement son pantalon. Elle se lécha les lèvres face à son strip-tease provocateur alors qu'il le faisait glisser par-dessus ses cuisses puissantes et le jetait sur le côté. Seigneur, elle adorait son allure dans ce boxer noir.

Dévorant des yeux cette formidable bosse, elle rassembla plusieurs bulles et les répartit sur sa poitrine, s'enfonçant un peu plus dans l'eau chaude. Elle était toute moite entre ses jambes et avait envie de se toucher tout en le regardant. C'était la première fois qu'elle éprouvait un tel désir lascif.

Il la regardait si attentivement qu'elle se demanda s'il le sentait. Elle ne put résister à l'envie de passer ses doigts sur son téton dur et inspira profondément alors qu'une vague de chaleur la brûlait et descendait entre ses cuisses.

Il enleva son boxer, dévoilant la partie de son corps qu'elle désirait le plus. Elle aimait le toucher, lui donner de l'amour avec sa bouche, ses mains, son corps. *Mon âme.* Il s'agenouilla près de la baignoire, l'embrassant alors qu'il enfonçait ses mains entre les bulles et caressait son ventre, remontant plus haut alors qu'il intensifiait leur baiser, jusqu'à ce que sa paume se pose entre ses seins. Elle se cambra, voulant sentir cette main dure et puissante en train de la caresser, ses doigts *en elle*. Il dévora sa bouche tout en déplaçant légèrement son pouce sur le dessous de son sein. Quand elle essaya de se pencher, il glissa sa main plus bas, taquinant ses boucles et plongeant entre ses jambes. Elle gémit en l'embrassant et elle le sentit sourire. Il adorait lui procurer du plaisir et elle apprenait à faire de même pour lui quand ils faisaient l'amour, apprenant à incliner ses hanches, comment le toucher et l'embrasser, comment sucer son cou quand il était enfoncé en elle et l'amener jusqu'au bord de l'extase.

Il promena ses doigts sur son sexe sans la pénétrer. Elle rompit leur baiser, l'anticipation la submergeant. Il embrassa son cou, glissant sa langue le long de sa mâchoire, pour la mordiller ensuite tout en continuant à la taquiner sans relâche en bas. Elle s'agrippa au rebord de la baignoire, soulevant ses hanches.

— Bear, dit-elle d'une voix essoufflée.

— J'adore t'entendre dire mon prénom quand tu es si proche de l'orgasme. Mais j'aime encore plus t'entendre le dire quand tu jouis. Avance, bébé. Laisse-moi me mettre derrière toi.

Il grimpa en se mettant derrière elle et elle se pencha en arrière, soupirant au contact de son corps dur, chaud et merveilleux. Il ne perdit pas de temps, glissant une main entre ses jambes et tournant son visage vers lui, capturant tous ses bruits de désir dans un baiser profond. Le fait d'être juste hors de portée rendit leur baiser par-dessus l'épaule encore plus torride. Ses doigts glissèrent sur son sexe, traçant un chemin entre ses jambes dans un rythme magnifique qui lui fit soulever les hanches et la fit frissonner. Son plaisir montait en flèche et sa main libre s'enfonça dans ses cheveux, gardant leurs bouches l'une contre l'autre jusqu'à ce qu'elle s'effondre contre lui.

Elle se retourna, voulant –*désirant*– être plus proche de lui. Chevauchant ses hanches, elle prit son visage dans ses mains et l'embrassa profondément. Elle avait conscience de tous les points de contact de leurs corps et de l'eau qui clapotait contre son ventre, s'agitant sur les parois de la baignoire.

— Tiens-moi, murmura-t-elle.

Laissant retomber ses mains entre eux, elle enroula ses doigts autour de son érection.

L'un des bras de Bear s'enroula autour de sa taille et l'autre se glissa dans ses cheveux, les détachant. Ils tombèrent autour de leurs visages alors qu'ils s'embrassaient et elle le caressa avec sa main, durement et fermement comme il l'aimait, faisant bien attention de le serrer fort vers le haut. Ses baisers l'attirèrent, assombrissant ses pensées amoureuses. En entendant son gémissement viril, elle eut envie de le sentir davantage.

— Bear, dit-elle d'un air fiévreux. Je veux te sentir en moi.

— On ne peut pas utiliser de préservatif dans la baignoire.

— Je n'en ai pas envie. Est-ce que je peux juste te sentir une seconde en moi sans que tu jouisses ? J'ai besoin d'être plus proche de toi.

Il serra les dents.

— Bébé, je ferai ce que tu veux, mais plus sérieusement, c'est jouer avec le feu, peu importe le contrôle que j'ai.

L'adrénaline et la passion brûlèrent en elle. Son cœur

s'emballa et son souffle devint erratique. Elle l'embrassa à nouveau.

— Une seconde. Pas une de plus. J'irai voir mon médecin pour qu'il me prescrive une contraception. Mon Dieu, mais comment font les gens pour se retenir ? Je veux tellement *plus* de toi.

Il sourit en l'embrassant, la hissant vers le haut et l'abaissant doucement sur son membre. Elle enroula ses bras autour de son cou et enfonça son visage sur son épaule.

— *OhmonDieu.* Tu parais si large. C'est le paradis.

Elle bougea et il attrapa immédiatement ses hanches pour l'immobiliser.

— Ne bouge pas. C'est le paradis *et* l'enfer, chérie.

Elle gémit en se forçant à s'écarter de l'homme le plus merveilleux de la terre.

— Viens.

Il s'accrocha à elle alors qu'ils sortaient de la baignoire. Dès l'instant où ses pieds se posèrent fermement sur le tapis de bain, il colla son corps contre le sien, l'embrassant jusqu'à lui couper le souffle.

Elle lui prit la main et courut jusqu'à la chambre, sans se soucier du fait qu'ils étaient trempés et humides. Il la plaqua sur le lit dans un éclat de rire, écrasant presque Harley qui partit se réfugier en courant sur le sol.

— Préservatif, dit-elle d'un ton pressant.

Il l'enfila en quelques secondes à peine, la surprenant alors qu'il s'asseyait contre la tête de lit et tendait les mains vers elle, la hissant vers le haut pour l'abaisser sur son sexe, comme il l'avait fait dans la baignoire.

— Chevauche-moi, bébé.

Elle posa les mains sur ses épaules et il prit ses seins dans sa bouche. Elle était déjà si proche de craquer qu'elle se cramponna, espérant retarder son orgasme. Elle pencha la tête en arrière alors que leurs corps bougeaient, parfaitement synchronisés. Il aspira son autre sein avec la même attention, encerclant son téton avec sa langue pour refermer ensuite sa bouche autour. L'air frais effleura sa peau humide et chaude, la titillant encore plus. Prenant son sein dans une main, il effleura le bout sensible avec ses dents, ce qui la fit contracter son corps tout entier.

— Bear, haleta-t-elle.

Il glissa la main sur ses fesses, les serrant alors qu'il s'enfonçait plus profondément, caressant ce point caché qu'il semblait trouver si facilement, la projetant vers un tourbillon d'extase. Il l'attira dans un autre baiser étourdissant, capturant ses cris. Elle pouvait sentir son corps se tendre tandis que le sien s'accrochait et pulsait autour de lui, le poussant à l'extase. Elle le chevaucha plus rapidement, et il resserra ses doigts autour de ses cheveux.

Elle pouvait le sentir se retenir, elle savait qu'il voulait tenir pour elle. C'était quelque chose qu'elle adorait chez lui.

— Laisse-toi aller, dit-elle contre ses lèvres. J'aime quand tu perds le contrôle.

Un gémissement rauque et mâle s'échappa de sa gorge alors qu'il se libérait.

— Bébé, bébé, bébé.

Ils restèrent allongés sur les draps humides pendant un long moment, jusqu'à ce qu'elle ait la chair de poule et qu'il insiste pour qu'ils changent les draps. Après les avoir remplacés et avoir nettoyé la traînée d'eau qu'ils avaient laissée de la salle de bain jusqu'à la chambre, elle fouilla dans ses habits à la recherche de quelque chose de doux à enfiler quand Bear lui tendit un tee-shirt avec un imprimé.

— Qu'est-ce que c'est ?

Elle baissa les yeux vers le tissu noir et doux.

— Quelque chose que je t'ai pris sur l'île.

Elle le secoua et lut les lettres argentées. *Whiskey M'aime.*

Elle le serra contre sa poitrine.

— Tu l'as fait faire pour moi ?

Il remit une mèche de ses cheveux derrière son oreille et l'embrassa.

— Je t'aimais déjà à ce moment-là. Je t'aime encore plus maintenant.

Il le lui prit des mains et le fit glisser par-dessus sa tête. Il tomba jusqu'à ses cuisses.

— Pour ces nuits où tu pourrais l'oublier.

— Je ne pourrai jamais l'oublier, et pas seulement parce que tu m'envoies ton prénom par texto ou grâce à ce tee-shirt, que j'adore. Mais parce que tu es imprimé ici, dit-elle en posant la main sur son cœur. Et ça, ça ne s'effacera jamais.

— Tant mieux, bébé, parce que je veux que tu saches que tu pourras toujours compter sur moi. Mon amour pour toi ne fera que grandir, peu importe ce que nous traversons.

Son estomac gronda et Bear plaqua son front contre le sien.

— Une glace, dit-elle. J'en ai besoin.

Il enfila un jean, ils sortirent sur le balcon et partagèrent un pot de glace de son congélateur. L'air chaud du soir effleurait sa peau. Elle avait passé l'une des nuits les plus difficiles de sa vie, et pourtant, c'était aussi l'une des meilleures. Elle avait appris tellement de choses sur sa famille et sur elle-même au cours des dernières heures qu'elle se sentait presque coupable d'être si heureuse.

Bear était debout à côté d'elle, appuyé contre la balustrade.

— Je veux être avec toi tous les soirs. Chaque matin.

Chaque minute. Est-ce que tu en as envie aussi ?

— Je demanderai à Gemma si tu peux venir au travail avec moi, comme Harley.

Les battements de son cœur s'accélérèrent. Il lui manquait tellement les nuits où ils étaient séparés. Elle dut combattre l'envie de se jeter dans ses bras en lui criant : *Oui !* C'était un moment qu'elle ne s'était jamais autorisée à rêver, et elle voulait le savourer. Il y avait tant de moments qui lui avaient paru inaccessibles, mais elle réalisa que tomber amoureuse n'en faisait pas partie. Tomber amoureuse de Bear avait été une succession de moments tissés ensemble comme une toile d'amour incassable.

— Petite maline, dit-il en lui tapotant les fesses. Emménage avec moi.

— Pour que tu puisses coucher avec moi quand tu veux ?

— C'est un des avantages. Il faut que tu vives avec moi, dit-il alors qu'elle remplissait sa cuillère pour la énième fois. Je me fais du souci pour tes habitudes alimentaires.

Elle sourit, la cuillère dans sa bouche.

— Hmm *Inquiet ou jaloux ?* Il y a peu de gens qui peuvent exclusivement se nourrir de sucre, de pizza et de plats chinois et s'en tirer sans problème.

— Allez, bébé. Tu sais que tu as envie de passer à l'étape suivante.

Elle enfonça à nouveau sa cuillère dans la crème glacée, incapable de réprimer son sourire imparable.

— Alors… ? insista-t-il.

— Tu te souviens quand on est allés chez Woody's le premier soir ?

— Bien sûr. Je n'oublierai jamais. C'était la nuit de notre premier presque baiser. C'est le soir où tu as commencé à me laisser entrer dans ta vie.

Elle se sentit fondre un peu devant la façon dont il s'en souvenait.

— Oui, dit-elle doucement. Mais comment as-tu fait pour me convaincre de venir avec toi ?

Il fronça les sourcils et ce sourire arrogant qu'elle aimait tant apparut.

— Ma douce, je me souviens du jour où je t'ai *rencontrée*. Tu étais tellement sarcastique avec un fort caractère, et la plus belle fille que j'aie jamais vue. Ce jour-là, tu as attiré mon attention et depuis tu as capturé mon cœur. Chrissy, Christine, Crystal, chérie, bébé, ma beauté, ma douce, acceptes-tu de faire de moi l'homme le plus heureux du monde en emménageant avec moi ?

Submergée par l'émotion, elle laissa échapper : *Bear*, comme un murmure avant de se jeter dans ses bras.

— Oui. Oui, oui, oui !

CHAPITRE VINGT

LA SEMAINE SUIVANTE arriva très vite avec un élan de joie et après plusieurs journées et nuits bien chargées. Ils passaient leur soirée à faire les cartons dans l'appartement de Crystal et tombaient dans les bras l'un de l'autre avec un second souffle, faisant l'amour jusqu'au petit matin. Bear se demandait s'il était possible de vivre seulement d'amour. Sinon il n'imaginait pas de meilleur moyen de mourir qu'en ayant un trop-plein de *Crystal.* Le dimanche, les frères de Bear, Tru, Gemma et Dixie aidèrent Crystal à déménager ses affaires dans la maison de Bear. *Notre maison.* Bon sang, que c'était bon de voir les choses ainsi. Ils réorganisèrent sa tanière pour que Crystal puisse l'utiliser comme atelier de couture et déplacèrent le lit en plus jusqu'à l'appartement de Quincy pour Jed, qu'ils aideraient à déménager le week-end prochain. C'était incroyable à quel point les affaires de Crystal transformaient le chalet, que Crystal surnommait sa garçonnière de mécano, en une *maison* chaleureuse et accueillante. Elle et Bear avaient fait très attention à bien disposer les poupées de son père autour de la maison, en en mettant une dans chaque pièce. Il aimait savoir qu'une partie de l'homme qui s'était assez soucié d'elle pour essayer de la sauver d'une mère dont l'état se détériorait était avec elle où qu'elle soit. Crystal avait accroché des photos d'elle, Jed et son père.

Elle n'avait aucune envie d'y inclure des photos de sa mère, mais, pour son propre bien, Bear espérait qu'un jour sa mère deviendrait sobre et essaierait de réparer ce qui avait été brisé.

Bear avait attendu des mois pour que tout se mette en place avec Crystal et chaque seconde en avait valu la peine. Il ne s'était jamais senti si épanoui, mais, avec elle, il avait aussi appris beaucoup sur la force et le courage. Alors qu'il faisait les cent pas derrière le club ce lundi soir, son téléphone collé à son oreille, attendant que les derniers membres motards s'éloignent, il se prépara à franchir la dernière étape de cette bataille qu'il menait depuis bien trop longtemps.

— Je veux juste m'assurer que gérer le bar est bien ce que tu veux avant que je ne le concrétise, dit-il à Dixie.

Cela faisait bien trop longtemps qu'il repoussait cette épreuve et, à ce stade, il était autant question d'égalité et de justice pour Dixie au sein des entreprises familiales que de la possibilité de vivre la vie dont il avait toujours rêvé. Et avec Crystal à ses côtés, il n'accepterait rien de moins.

— Bien sûr que oui. Si ce n'était pas contre les règles stupides du club, je serais ici avec toi.

— Je sais. Est-ce que tu as vu Papa ce matin comme prévu ?

Il avait essayé de passer une heure seul avec son père un peu plus tôt dans la semaine, mais leurs emplois du temps ne s'étaient pas accordés jusqu'à ce soir. Avec l'offre de Silver-Stone qui était en attente, il ne pouvait pas se permettre d'attendre.

— Est-ce qu'il m'est déjà arrivé d'oublier quelque chose ? le défia-t-elle.

— Pas faux. Je t'appellerai quand tout sera terminé.

Dixie resta silencieuse quelques secondes.

— Bear, je veux juste que tu saches à quel point j'apprécie ce que tu fais. Peu importe ce que fait ou dit Papa, ça me touche beaucoup que tu veuilles te battre pour moi.

— C'est pour nous, Dix. Moi aussi je veux que ça marche car j'ai mes propres raisons.

— Je sais, mais tu me défends auprès de Papa depuis plus longtemps que tu n'as essayé de travailler avec Jace ou de passer du temps avec Crystal. Ce n'est pas rien.

— Merci. Je te tiens au courant.

Après qu'ils se furent dit au revoir, il appela Crystal.

— Comment ça s'est passé ? demanda-t-elle avant même qu'il n'ait le temps de dire un mot.

— Je vais y aller, là, mais je voulais d'abord savoir comment tu te sentais.

— Je vais bien. J'ai appelé Jed et je lui ai raconté ce qui m'était arrivé quand j'étais à la fac. Je me suis dit que puisque tu faisais un grand pas ce soir, autant que je fasse de même.

Bear ferma les yeux pendant un instant, luttant contre cette montée de colère qui accompagnait toujours leurs discussions quand elle abordait ce sujet, regrettant de ne pas être avec elle, là, tout de suite.

— Comment l'a-t-il pris ?

— Un peu comme toi. Il a voulu s'assurer que j'allais bien, puis il est devenu fou en voulant traquer ce type et le tuer.

— C'est un homme bien, dit Bear en souriant et en se-couant la tête. Tu vois, chérie ? Tu as plus de soutien que ce que tu n'aurais imaginé. Je suis content qu'il emménage plus près pour que vous puissiez tous les deux faire connaissance avec les personnes que vous êtes devenues. On dirait que vous avez tous les deux beaucoup changé depuis le temps où vous viviez sous le même toit.

— Je me dis la même chose. Et, Bear ?

— Oui, bébé ?

Il s'avança vers le club.

— Même si ça ne passe pas comme tu l'aimerais, je suis fière de toi. Et je suis derrière toi.

Il l'entendit bouger le téléphone, puis le ronronnement du chaton résonna dans le combiné.

— Et Harley aussi. On a hâte de te retrouver.

Elle avait insisté pour l'attendre ce soir et il aimait savoir qu'elles seraient là quand il rentrerait.

— Je t'aime, bébé.

Il entra dans le club, encore plus déterminé à ce que cette soirée se déroule comme il le voulait.

Bones était penché sur la table de billard, une queue à la main. Il leva les yeux alors que Bear entrait par la porte et, sans un mot, il tira. Bullet se tenait à côté de la table de billard, suivant Bear du regard jusqu'à la table où leur père était assis, parlant au téléphone. Affronter son père était une chose. Mais affronter les trois en même temps ? Ce n'était clairement pas une promenade de santé. Il avait espéré qu'ils partiraient pendant qu'il était dehors.

Merde.

— Vous partez, les gars ?

Bear s'assit en face de son père.

Bullet tira et hocha la tête en direction de Bones.

— Certainement pas.

Leur père termina son appel et posa son portable sur la table, regardant Bear avec impatience.

Plusieurs émotions contradictoires l'assaillirent, du respect à l'amour et de la colère à l'appréhension, se demandant s'il faisait le bon choix pour lui et sa famille. D'une façon ou d'une autre, la vie telle qu'il la connaissait était sur le point de changer. Il essuya ses mains moites sur son jean et redressa les épaules, ayant l'impression qu'il était sur le point de jouer à la roulette russe.

— J'aimerais te parler du bar.

Bear était parfaitement conscient que ses frères écoutaient tout ce qu'il disait. Se forçant à ne pas regarder, car cela ne ferait que l'énerver davantage, il resta concentré pour faire passer son message.

Son père se rassit dans sa chaise.

— Je t'écoute.

— À quel point es-tu sérieux concernant l'expansion du bar ? Tu en as parlé par le passé, mais tu n'y as jamais donné suite.

— Très sérieux, répondit son père. Le moment est venu. Nous avons atteint un certain stade et si nous n'allons pas de l'avant, nous allons prendre la mauvaise direction.

— Il n'y a qu'un seul moyen de s'assurer que cet endroit reste assez rentable pour avoir un impact positif sur l'avenir de tes enfants.

— Et comment tu sais ça ?

Bear connaissait la réponse, mais il avait envie de l'entendre de la bouche de son père.

— Grâce aux prévisions de Dixie évidemment.

— Et tu as vu notre plan d'expansion ? Tu penses qu'il est solide ?

— Absolument. Je n'en ai jamais douté.

— Alors tu sais que nous estimons qu'il faudra environ vingt heures par semaine pour superviser l'expansion et le recrutement.

Vingt heures que je n'ai pas.

— Oui, dit-il en caressant sa barbe. J'imagine que tu gèreras le processus et que Dixie prendra le relais quand tu ne pourras pas être là.

— Et ce schéma te convient ?

Les lèvres de son père s'étirèrent en un lent sourire.

— C'est le schéma dont nous parlons depuis le premier jour.

— Super. Donc ça ne te pose pas de problème que Dixie prenne le relais en mon absence.

Bear inspira profondément, se préparant à lâcher une bombe.

— Je m'engage à travailler vingt-cinq heures par mois pour *Silver-Stone Cycles*, et je vends ma part du bar à Dixie. Elle détiendra deux cinquièmes des parts. J'ai renoncé à beaucoup de choses pour notre famille et je ne le regrette pas, mais il est temps pour moi de me mettre en retrait.

Bear sentit la présence de Bullet avant même que son père ne croise son regard.

Son père posa les deux mains sur la table. Les doigts de sa main gauche ne voulurent pas suivre le mouvement, se recroquevillant sous la pression. Son regard glacial déchira le cœur de Bear.

— Tu ne peux pas vendre tes parts.

— T'as renoncé à quoi exactement, putain ? demanda Bullet.

Regardant toujours son père dans les yeux, Bear dit :

— Si, je peux les vendre et je vais le faire.

Il leva ensuite les yeux vers Bullet.

— Tu n'étais pas là. Bones était en école de médecine. Je ne suis jamais parti. Je te laisse déduire tout seul.

Bullet tira la chaise à côté de Bear et la chevaucha.

— Tu as dit que tu *voulais* tenir le bar. J'ai proposé de prendre le relais.

Bones posa une main sur l'épaule de Bear.

— Il a raison. C'est son tour, quoi qu'il en dise. Je suis avec Bear.

La gorge de Bear se serra. Bones était si prudent quant aux batailles qu'il choisissait de mener qu'avoir son soutien était le plus beau cadeau du monde, malgré le temps qu'il lui avait fallu pour en arriver là. Il fit un signe de tête appréciateur à Bones et reporta son attention sur Bullet.

— Tu crois que je t'aurais laissé abandonner la seule chose dont tu parlais depuis aussi longtemps que je m'en souvienne ? Les forces spéciales étaient aussi importantes pour toi que la construction de moto pour moi et la médecine pour Bones.

Il croisa le regard furieux de son père et lui dit :

— Et que le fait de diriger ce bar pour Dixie.

Son père le pointa du doigt.

— Tu sais que ton grand-père a demandé que ce soient les hommes de cette famille qui dirigent le bar. Tu l'as entendu de tes propres oreilles.

Bear haussa les épaules.

— Tu as raison. C'est vrai. Ce sont les mêmes oreilles qui ont entendu maman pleurer quand tu as fait ton AVC, se demandant comment on allait faire pour s'en sortir. Les mêmes oreilles qui ont entendu Dixie te supplier d'avoir plus de responsabilités pour diriger le bar toute seule dès qu'elle s'est impliquée. Et les mêmes oreilles qui t'ont entendu trouver des excuses pour ne pas les lui donner. Elle en est capable. Elle en a envie. Et bon sang, Papa. Je suis désolé. Tu sais que je te respecte plus que tout, mais je la respecte aussi elle. Je ne peux pas rester impassible et faire comme si tout allait bien.

En repensant aux problèmes que Crystal avait avec sa famille, la raison qui l'avait incitée à quitter l'université et le fait qu'elle ait même révélé la vérité à Gemma le poussa à en dire plus.

— Tu es une bonne personne et un père aimant. Dixie le sait, mais tu ne voudrais pas qu'on se souvienne de toi comme l'homme qui l'a freinée. Ce besoin de contrôle, ou quel que soit ce truc que tu veux faire planer au-dessus de sa tête, ça n'en vaut pas la peine. Elle mérite de la reconnaissance pour son travail et, honnêtement, Papa, tu le lui dois.

Bullet se leva et ils firent tous de même. La colère et la nervosité les suivant comme des ombres.

— Je serais revenu, dit Bullet avec colère, clairement encore focalisé sur ce qui avait été dit antérieurement.

Il jeta un regard noir à Bear.

— Je ne t'aurais jamais forcé à faire quelque chose que tu ne voulais pas. Merde, frérot. Tu aurais dû dire quelque chose.

— J'ai fait mes choix et je ne t'en veux pas, expliqua Bear en serrant les poings, essayant de rester calme. Je n'ai aucun reproche à te faire. Il est juste temps de changer cette situation arriérée.

La démarche irrégulière et habituelle de leur père attira soudain leur attention. Il caressa sa barbe d'un air désemparé.

— Elle est aussi têtue que votre mère.

— Dixie ? demanda Bear, essayant de suivre. Vous nous avez tous appris à être têtus.

Leur père les observa tous les trois.

— Je vous ai tous élevés comme des *hommes* et nous avons élevé Dixie de sorte qu'elle soit une femme forte. Mais elle est aussi têtue que votre mère. Je veux plus pour elle. Tu ne le *vois* pas, ça ? Chaque fois que je lui dis qu'elle ne peut pas faire quelque chose, que fait-elle ?

— Elle te prouve le contraire, dit Bear.

— Exactement.

Il boita vers Bear, jusqu'à ce que seulement quelques centimètres les séparent.

— Je respecte les souhaits de ton grand-père, mais je respecte aussi ta sœur, quel que soit ce que tu crois. Tu *veux* que Dixie passe le reste de sa vie dans un bar ? Avec des hommes ivres ? Tu n'espères pas plus pour elle ?

— Plus ? Bien sûr que si. Mais Dix adore travailler au bar *et* au garage. Elle n'a pas envie de travailler pour quelqu'un d'autre. Est-ce que tu lui as déjà demandé ce qu'*elle* voulait ?

Bullet s'approcha de Bear, les bras croisés, l'air sérieux.

— Et toi, qu'est-ce que tu veux ?

— Je veux ce qui est juste, répondit Bear. Je veux que Dixie gère le projet et tout ce qu'elle veut d'autre.

Bones se mit à côté de Bear.

— Non. Qu'est-ce que *toi* tu veux ? Pour toi ?

La question le freina. Il repoussa la culpabilité, se forçant à dire la vérité.

— Je veux continuer à travailler à la boutique automobile et je veux collaborer avec Silver-Stone pour concevoir des motos. J'ai donné ma part. Je tiens le bar depuis que j'ai à peine dix-huit ans. Mais j'ai trente-trois ans et je suis amoureux de Crystal. Je n'ai pas envie qu'elle m'attende seule le soir pendant que je travaille au bar. La famille passe en premier. Toujours. Or elle fait aussi partie de ma famille désormais. C'est ça que je veux et c'est pour ça que je vends mes parts du bar à Dixie. Le bar c'est son rêve, pas le mien, et elle a gagné le droit de le diriger.

Les muscles de la mâchoire de Bullet se contractèrent à plusieurs reprises. Il se rapprocha de Bear et ce dernier retint son souffle, s'attendant à ce que son frère s'énerve en lui disant que ce qu'il voulait n'avait pas d'importance. Mais il refusait de se soumettre. Pas maintenant, plus jamais.

Bullet posa une main lourde sur son dos et fit face à leur père.

— S'il vend, je vends aussi.

— Moi c'est chose faite.

Bones brandit son téléphone sur lequel ils lurent un message qu'il avait envoyé à Dixie dix minutes plus tôt. *Je te vends aussi mes parts. Je t'aime.*

Bear sentit le monde s'écrouler autour d'eux.

Leur père se frotta le visage d'une main, observant ses fils.

— Bande d'enfoirés têtus. Tous les quatre. Personne ne vend quoi que ce soit. Tu penses que Dixie est sincère quand elle dit qu'elle veut le bar ? Eh ben elle l'aura. Je pensais pouvoir la pousser vers autre chose, sans avoir à la forcer à quitter les entreprises familiales, mais pas parce qu'elle n'en est pas capable.

— Bien sûr. Parce que c'est une *femme*, dit Bear avec dégoût.

— Évidemment parce qu'elle est une femme. Elle devrait travailler dans un endroit où il n'y a pas de gars bourrés ou de soirées tardives. C'est ma fille. T'aimerais, toi, que Crystal travaille dans un bar jusqu'à deux heures du matin ?

— Certainement pas.

— Eh bien, fiston, peut-être qu'un jour tu comprendras pourquoi j'ai fait ça. Mais elle est la fille de ta mère. Cela fait des années que j'essaie de convaincre ta mère de ne plus travailler au bar.

— Tu n'as pas envie que Red travaille au bar ? demanda Bear. Mais tu veux toujours que la famille fasse *tout*.

— Évidemment, dit son père en se redressant. Je sais que tant que vous êtes là, il n'arrivera rien aux filles quand elles sont au bar. Mais ça ne veut pas dire que j'aime qu'elles y travaillent. Pourquoi vous croyez que j'ai autant poussé Dixie à travailler à l'université ?

Bear secoua la tête.

— Je suis perdu, putain. Pourquoi tu ne lui as pas *dit*, tout simplement ?

— Ah oui, ça se serait sûrement bien passé avec miss Je Peux Faire Pareil Que Mes Frères Mais En Mieux, lâcha leur père en tirant sur sa barbe. C'était la seule façon de lui faire réaliser. Mais elle et ta mère sont pareilles, putain.

— Pap's, tu nous as laissés croire que tu étais un connard sexiste.

— Hé, dit Bullet en lui donnant un coup de coude.

— C'est pas grave, dit leur père en jetant un regard dur à Bear. Je préfère que tu me voies comme un connard sexiste plutôt que Dixie croie que je ne veux pas du tout d'elle dans l'entreprise familiale. Cette fille est une dure à cuire, mais elle est aussi très sensible. Elle voit bien comment je cherche à protéger les femmes de cette famille et ça correspond à l'image qu'elle a de moi. Mais m'entendre lui dire que je ne veux pas d'elle dans l'entreprise familiale tout court ? Ça risquerait de lui briser le cœur.

Il reposa sa canne contre sa jambe et plaça une main sur les épaules de Bullet et Bones, regardant Bear.

— Ramène tes fesses ici. Je n'ai pas trois bras.

Bear rejoignit le câlin groupé.

— Quand votre grand-père se retournera dans sa tombe, dit son père, ce sera votre responsabilité.

— Merci, Pap's.

— Non, Robert. Merci à toi. Tu as maintenu cette famille unie pendant si longtemps que j'ai fini par oublier que ce n'était pas ton travail.

Cette reconnaissance, dont il s'était convaincu de ne pas avoir besoin pendant des années, lui fit tellement chaud au cœur qu'il crut que celui-ci allait éclater.

Bullet rompit leur étreinte.

— Ne lui dis pas des conneries comme ça. Après il aura un ego surdimensionné.

Bones esquissa un sourire.

— T'es sûr de vouloir employer le futur ?

— Je lui botterai le cul et m'en chargerai, dit Bullet en lui tapant si fort dans le dos que Bear trébucha en avant.

Bear leva le poing et les trois frères firent semblant de se battre pour finalement éclater de rire.

Quand il franchit la porte, une demi-heure plus tard, son père l'appela.

— Dimanche on déjeune ensemble. Amène ta petite femme.

Et il sut que la vie, telle qu'il l'avait connue, était désormais *différente*.

Pour le meilleur.

CHAPITRE VINGT ET UN

— ALLEZ, BÉBÉ. Ils se fichent de ce que tu vas porter comme tenue. On va juste déjeuner, dit Bear depuis la chambre.

— Encore une minute, promis, lui répondit Crystal.

C'était dimanche et ils retrouvaient ses parents chez eux pour le repas du midi. Elle était partie faire du shopping avec Gemma et Dixie le vendredi soir et avait choisi une jolie mini-robe couleur vin avec de fines bretelles et des petites fleurs blanc cassé et noires. C'était plus féminin que ce qu'elle avait l'habitude de porter, mais elle avait aimé ce qu'elle avait ressenti en enfilant la robe pour le mariage de Gemma et elle avait envie d'explorer un peu plus ce côté-là d'elle. Elle l'assortit à des bottes de motarde noires, quelques longs colliers argentés avec des ficelles noires et des bracelets argentés, ce qui lui donnait un côté plus avant-gardiste, mais elle était toujours aussi nerveuse. Bien évidemment, c'était moins à cause de sa robe mais plutôt parce qu'elle allait déjeuner avec ses parents.

— Bébé ? ?

Bear apparut dans l'encadrement de la porte. Ses lèvres s'étirèrent en un sourire et son regard l'étudia de la tête aux pieds.

— Waouh. Tu es magnifique.

Elle joua avec l'ourlet de sa robe, réalisant à quel point

c'était facile pour les garçons de choisir une tenue. Bear portait toujours un jean et un tee-shirt, la plupart du temps avec sa veste en cuir. Ses tatouages étaient comme des accessoires permanents.

— Tu es sûr ? Ça ne fait pas trop fille ?

— *Trop* fille ? Je ne sais pas ce que ça veut dire, mais si c'est problématique, eh bien, certainement pas.

Il la prit par la taille et commença à embrasser son cou, la faisant frissonner.

— Pourquoi es-tu soudain nerveuse à propos de ta tenue ? Tu es toujours sublime.

— Parce qu'on déjeune avec tes *parents*.

Elle passa un doigt dans la boucle de son jean. Ils avaient vécu tellement de choses ensemble, ç'aurait dû être facile, pourtant cela lui paraissait être une autre grande étape.

— Dixie sera là, n'est-ce pas ?

— Oui, avec Bones et Bullet. Mais tout ce qui compte, c'est que je sois là et que je t'adore. Aie confiance en moi et sortons d'ici.

Elle prit son sac et il passa un bras autour de ses épaules alors qu'ils descendaient les escaliers.

— Tu réalises que rien de tout cela n'est important, n'est-ce pas ?

— Bien sûr que si, c'est important. Je suis un peu nerveuse à l'idée de discuter avec ton père.

— Ne le sois pas. Sois toi-même.

Elle eut un sourire en coin.

— Je ne suis pas très douée pour tenir ma langue. Et j'adore Dixie, donc je ne peux pas te promettre que je ne dirai rien qu'il détestera.

— Bébé, je t'aime et je ne te demanderai jamais d'être

quelqu'un que tu n'es pas. Tu dis ce que tu as envie de dire. Je te soutiendrai toujours.

Après tout ce qu'il avait traversé récemment, la dernière chose qu'elle voulait faire, c'était dire ce qu'il ne fallait pas en présence de sa famille. Il ne pouvait pas savoir à quel point cela apaisait son anxiété de l'entendre dire ça.

— Merci, mais je suis quand même un peu nerveuse. Garde en tête que si ton père est si vieux jeu, si obsédé par le club et quel que soit ce qui le pousse à croire que les femmes ne devraient pas faire certains boulots, tu n'as pas intérêt à prendre exemple sur lui. Sinon je serai obligée de te botter le cul.

Il ouvrit la porte côté passager de son 4x4.

— Attention, je risque d'apprécier cette Crystal *fougueuse.*

Entre quelques baisers volés et commentaires coquins, il la fit sourire tout le trajet jusqu'à la maison de ses parents en périphérie de la ville. Bear descendit une longue allée bordée d'arbres et se gara derrière deux motos et le 4x4 de Bullet. Crystal observa la modeste maison en briques à deux étages avec un porche d'entrée haut et accueillant et encadré par un beau jardin. La maison lui rappela celle dans laquelle elle avait passé la première partie de son enfance, ce qui lui donna un sentiment de confort.

Du moins, ce fut ce qu'elle se dit alors qu'ils marchaient main dans la main vers les voix qui provenaient de l'arrière-cour.

Un aboiement puissant attira son attention alors qu'un grand chien brun et noir bondissait vers eux. Bear posa un genou à terre et ouvrit grand les bras. Le chien posa ses pattes sur ses épaules, le faisant presque basculer en arrière et recouvrit son visage de baisers baveux.

— Salut, Tink, rit Bear en souriant à Crystal. Je te présente

Tinkerbell[16], le chiot rottweiler de Bullet.

— Bullet a un chiot qui s'appelle *Tinkerbell* ? Et tu es sûr que c'est un chiot ? Elle est immense.

— Oui, c'est un chiot et si tu oses te moquer de son prénom, j'en ferai payer le prix à ton petit ami. C'est Kennedy qui l'a baptisée comme ça, et quand cette petite princesse demande quoi que ce soit à son oncle Bullet, elle l'obtient.

Le frère de Bear la prit dans ses bras.

— Comment ça va, ma belle ?

— Super, merci. Ça fait plaisir de te voir.

Entre la taille de Bullet, son corps tatoué et son regard qui intimait toujours de *garder ses distances*, il était aussi intimidant que possible. Mais dès qu'il s'agissait de Kennedy et Lincoln, il était doux comme du beurre et il avait toujours été très chaleureux avec Crystal.

Tinkerbell courut dans le jardin et se mit à creuser.

— Tink.

Bullet tapota sa jambe et le chien le rejoignit. Il s'accroupit et prit le visage du Rottweiler entre ses mains.

— Ne creuse pas dans le jardin de Red, ma chérie. J'ai travaillé dur pour qu'il soit aussi joli.

Crystal écarquilla les yeux et tenta de cacher sa surprise.

— *Toi* tu fais du jardinage ?

Bullet se leva, les mains sur les hanches, la mine renfrognée.

— J'imagine que tu vas te foutre de moi, comme le font Bear et Bones ?

Elle leva les mains en l'air, ne pouvant s'empêcher de rire.

— Je trouve ça adorable.

Il grogna.

---

[16] Fée Clochette en anglais

Bear éclata de rire.

— *Viril*, ajouta Crystal. Pardon. C'est ça que je voulais dire.

— Allez, viens, Tink.

Bullet tapota à nouveau sa jambe et le chien trotta à côté de lui dans le jardin.

— Ah, les voilà.

La mère de Bear les salua à l'autre bout du jardin. Ses cheveux étaient un peu plus sombres que ceux de Dixie, coupés au-dessus des épaules avec de longues mèches. Elle repoussa ses lunettes de soleil sur le haut de sa tête en s'approchant et prit Bear dans ses bras.

— Salut, mon chéri. Je suis contente que vous soyez là tous les deux.

Elle sourit à Crystal et celle-ci vit dans son sourire la gentillesse et le côté espiègle de Bear.

— Crystal, tu es magnifique, ma belle.

Elle lui fit un câlin.

— Merci… ?

Elle ne savait pas vraiment comment l'appeler. Wren ? Madame Whiskey ? Red ?

— Appelle-moi Red, chérie. Tout le monde le fait.

Elle fit un clin d'œil à Bear et passa un bras autour de leurs tailles, les guidant jusqu'au jardin. Il était facile de comprendre d'où venait le côté affectueux de Bear. L'arrière-cour était magnifique avec sa pelouse et ses grands arbres et de jolis parterres de fleurs qui encerclaient un grand patio. Une table en verre pouvant accueillir jusqu'à sept personnes se trouvait au centre.

— Je veux savoir tout ce que Bear refuse de me dire, dit sa mère.

— Red.

Bear lui lança un regard appuyé, l'air de dire « arrête, s'il te plaît ».

— Tu rencontres enfin la femme de tes rêves et tu veux que je me taise ?

Elle se tourna vers Crystal avec un air amusé.

— Et dire que je pensais qu'après trente-trois ans il me connaîtrait par cœur. Chéri, va voir s'ils ont besoin d'aide pour préparer le déjeuner.

— Je ne te laisserai pas seule avec elle. Tu vas lui faire subir un interrogatoire.

Bullet lança une balle pour Tinkerbell et attrapa Bear par-derrière, lui bloquant la tête et le tirant en arrière.

— Viens, frérot. Aide-moi à jouer à la balle avec Tink.

Crystal observa Bear se défaire de son emprise et se retourner vers Bullet. Ils se mirent à danser comme s'ils faisaient de la boxe.

— Est-ce que je dois m'inquiéter ?

— *Pff.* Si je m'étais inquiétée chaque fois qu'ils jouaient comme ça, je serais bien plus grisonnante aujourd'hui.

Red désigna un panier de basket du doigt.

— Ils vont se défouler en jouant au basket. Donne-leur cinq minutes. Et ne t'inquiète pas. Je ne vais pas te faire subir d'interrogatoire.

Elle respira un peu plus facilement, même si, en soit, Red mettait tellement à l'aise que cela ne l'aurait pas dérangée si elle l'avait fait.

— Je connais mon cadet au grand cœur, dit Red. J'ai vu comment il te regardait et Dixie m'a dit qu'il a essayé d'attirer ton attention pendant des mois. Tu es aussi la première femme qu'il ramène à la maison depuis le lycée. J'ai bien l'impression que le garçon qui venait se jeter dans mon lit à cinq heures du matin les dimanches pour faire des câlins pour ensuite se battre avec ses frères jusqu'à ce qu'ils soient tout transpirants de la tête aux pieds et affamés à l'heure du petit déjeuner a bien grandi et qu'il a rencontré son âme sœur.

Crystal sentit qu'elle rougissait.

— J'aime l'homme qu'il est et je serais ravie de vous raconter tout ce que vous voulez savoir sur moi.

— Chérie, dit Red en souriant. Il n'y a rien que tu puisses me dire qui pourrait me faire penser que tu n'es pas faite pour lui. J'ai confiance en mes garçons et, des trois, Bear est le plus à l'écoute de ses sentiments. S'il est avec toi, je suis avec toi.

Crystal sentit sa gorge se serrer sous le coup de l'émotion et une vague de tristesse la traversa. Red lui offrait cet amour inconditionnel qu'elle aurait tant aimé recevoir de la part de sa mère. Avant même qu'elle n'ait le temps de répondre, Dixie et Bones sortirent par la porte arrière, portant un plateau de sandwiches et de boissons. Le regard de Dixie s'illumina lorsqu'elle posa le plateau sur la table.

— Salut, Crystal.

Dixie la prit dans ses bras en regardant Bear et Bullet qui faisaient la course avec le chiot. Leur père avait accepté de laisser Dixie s'occuper des rénovations et de la gestion du bar. Mais, fidèle à elle-même, elle avait insisté pour continuer de travailler à temps partiel à la boutique automobile. Elle était une Whiskey loyale et têtue jusqu'au bout des ongles.

— Bienvenue au Centre Testostérone.

— Un peu de testostérone, ça n'a jamais fait de mal à personne, dit Bones en serrant Crystal dans ses bras. Ça va, tu survis à mon frère ? demanda-t-il en l'examinant du regard.

Bear lui avait expliqué que ses frères savaient qu'il lui était arrivé quelque chose il y a plusieurs années, mais qu'il ne leur avait pas dit quoi. Cela ne l'avait pas surprise. Son homme n'était pas très doué pour cacher ses émotions.

— Bones !

La voix grave de Bullet retentit dans le jardin.

— Ramène tes fesses. On va mettre quelques paniers.

Elle se pencha pour caresser Tinkerbell qui tenait sa balle dans sa bouche.

— C'est bien mieux que survivre, merci.

— Super. Content de l'apprendre.

Bones retira son marcel, dévoilant une silhouette sculptée et un torse tatoué qu'il gardait bien cachés sous ses chemises professionnelles qu'elle l'avait vu porter. Il jeta son haut sur l'une des chaises.

— Désolé, mais il faut que j'aille montrer à mes frères qui est le boss.

— Je te l'avais dit, annonça Red.

Tinkerbell trotta jusqu'à Red et déposa la balle à ses pieds. Elle la ramassa et la jeta en direction d'un grand saule pleureur.

— Si elle déterre mes fleurs, je ne vais pas être contente, dit Dixie en croisant les bras, observant Tinkerbell.

— J'ai été choquée d'apprendre que Bullet faisait du jardinage, admit Crystal.

— C'est son père qui lui a appris, expliqua Red.

— Mon père a planté ce saule pleureur pour moi quand j'avais sept ans, déclara Dixie. Il avait pour habitude de me lire *Le Vent dans les Saules*[17]. C'était mon livre préféré. Tu le connais ?

— Oui. Je l'ai lu à l'école primaire. C'est une belle histoire sur l'amitié.

---

[17] Roman pour enfants de l'auteur Kenneth Grahame

— Oh, chérie, dit Red. C'est bien plus que ça.

— « L'indépendance, c'est bien beau, mais nous autres, animaux, nous ne tolérons pas que l'un des nôtres dépasse les limites permises quand il se tourne en ridicule. Et cette limite, vous l'avez atteinte » cita Dixie. C'était le cœur de notre jeunesse. Je l'aimais tellement. Je l'aime toujours autant, d'ailleurs.

Elle se remémora alors les paroles de Bear lors de cette soirée chez Woody's quand il lui avait expliqué qu'il aidait ce petit garçon qui avait été harcelé. *L'amour, la loyauté et le respect de tous coulent autant que le sang dans nos veines. C'est une bénédiction et une malédiction.* Elle n'avait pas bien compris ce qu'il entendait par malédiction, mais en le voyant se débattre entre la loyauté envers sa famille et son désir de travailler pour Silver-Stone, elle avait compris. Pourtant, elle aurait donné n'importe quoi pour être tiraillée entre le fait d'être *trop* aimée et sentir que l'on comptait *trop* sur elle, au lieu de ce cauchemar qu'avait créé sa mère. Elle trouvait du réconfort face à la complicité de sa famille, et sa décision de tenir tête à son père et d'accepter l'offre de Silver-Stone n'avait pas déchiré sa famille, au contraire, elle les avait rendus plus proches.

— Il a aussi construit le banc juste en dessous, dit Dixie, la ramenant à la conversation. Et il a planté les fleurs autour. Maintenant, c'est Bullet qui s'en occupe, comme Papa ne peut plus.

— C'est vraiment adorable, dit Crystal, repensant à son père et aux projets qu'elle avait réalisés avec lui.

— Avant son AVC, mon époux était un grand jardinier, expliqua Red. Quand Bullet est revenu à la vie civile, il a traversé une période difficile. Il avait vu des choses affreuses et avait besoin de se changer les idées.

— Oui, je sais ce que c'est, dit Crystal.

Red prit un air plus chaleureux.

— Malheureusement, nous portons tous chacun notre croix. Bullet s'en est sorti, grâce au soutien de ses frères et de Dixie. Et de nous, bien sûr.

La famille. La seule chose sur laquelle Crystal n'avait pas pu compter depuis si longtemps. Mais ils aidaient Jed à déménager le week-end prochain et elle avait bon espoir de reconstruire au moins cette partie-là de la famille qu'elle avait perdue.

— Je suis surprise que Bear ne t'en ait pas parlé, dit Dixie. Il venait chaque soir pendant que Bullet et notre père travaillaient sur le jardin. Il disait que c'était parce qu'il voulait apprendre à jardiner, mais tu sais comme moi que ce n'est pas vrai. Il préfère avoir de l'huile de moteur jusqu'au coude plutôt que de l'engrais.

Crystal regarda Bear de l'autre côté du jardin qui riait avec ses frères alors qu'ils jouaient au basketball. Ils étaient tous torse nu désormais. Bear levait les bras en l'air, empêchant Bones de tirer. D'habitude, elle aurait été en train de reluquer son motard torse nu, mais là, tout de suite, tout ce qu'elle voyait c'était un frère attentionné qui avait passé toutes ses soirées à faire quelque chose qui ne l'intéressait pas vraiment parce qu'il voulait s'assurer que l'homme qui lui avait appris à se battre, qui l'avait toujours soutenu – *l'homme* auquel il tenait –, allait bien.

Tinkerbell bondit dans le jardin, courant vers la maison alors que le père de Bear sortait. Bear et ses frères prirent le chemin du patio. Son père paraissait différent de ce à quoi il ressemblait dans le bar faiblement éclairé. Plus vieux et bizarrement plus gentil. Ou peut-être était-ce dû aux histoires qu'on venait de lui raconter ? Il semblait qu'il s'était donné beaucoup de mal pour s'assurer que ses enfants grandissent avec un sens accru de la morale, et pour rendre Dixie heureuse.

Il marcha lentement dans le patio, se servant de sa canne pour trouver son équilibre. Crystal tritura l'ourlet de sa robe, incapable de calmer sa nervosité en le voyant approcher.

Il baissa le menton, la regardant d'un air sévère. Bear la rejoignit et passa un bras par-dessus son épaule. Tinkerbell se tenait à ses pieds, la queue frétillante et la langue pendante.

— Ne la regarde pas comme ça, Pap's, dit Bones en remettant son haut.

Red tapota les fesses de son mari, souriant à Crystal.

— Il aboie, mais il ne mord pas, chérie.

— Tinkerbell.

La voix grave de Bullet brisa le silence et le chiot trotta joyeusement jusqu'à lui.

Les lèvres de Bigg's s'étirèrent en un sourire, soulevant sa moustache grise et épaisse. Son regard s'adoucit et il tendit le bras vers elle, s'appuyant sur sa canne de l'autre.

— J'essaie juste d'être à la hauteur de ma réputation.

Il parlait lentement et avait du mal à articuler. Il se pencha et déposa un baiser sur sa joue et elle expira avec soulagement.

— Maintenant, je vois de qui tient Bullet, dit Crystal en souriant à ce dernier. Vous m'avez fait trembler dans mes bottes.

— Non, c'est faux. Tu es une dure à cuire. Je le vois dans tes yeux. Je parie qu'il faut bien plus qu'un regard pour te faire trembler.

Il fit un clin d'œil à Bear et se dirigea vers la table.

Le repas était délicieux et ils discutèrent facilement. Red raconta que Bear enterrait – et faisait des cérémonies – pour tout, de son poisson rouge aux oiseaux morts qu'il avait retrouvés dans les bois. Chacun de ses frères et sa sœur firent de leur mieux pour le mettre mal à l'aise et quand ils eurent terminé de manger, Crystal n'arrivait même pas à se rappeler pourquoi elle était si nerveuse au départ. Son père attirait son attention. Ce dernier saisissait toutes les occasions possibles pour serrer la main de sa femme, faire un clin d'œil à Dixie ou faire passer un sale quart d'heure à ses fils. Il était un peu sévère et Crystal percevait une noirceur sous-jacente en lui, comme chez Bullet, mais l'amour qu'il portait à sa famille était palpable.

La famille de Bear était tout ce qu'elle avait toujours souhaité avoir.

Crystal les aida à porter la vaisselle à l'intérieur et, quand elle revint, Biggs était assis à table en train de caresser Tinkerbell. Il tapota le siège à côté de lui.

— Assieds-toi avec moi une minute.

Elle entendit le rire chaleureux de Bear, qu'elle adorait, et alors qu'elle s'asseyait, Bear et Bones sortirent.

— Parle-moi de ta famille, dit Biggs.

Bear s'assit à côté d'elle et rapprocha sa chaise de façon à ce que leurs jambes se touchent. Il prit sa main dans la sienne, lui lançant un regard qui indiquait qu'il la sauverait de cette conversation si besoin, mais elle n'avait pas besoin d'être sauvée. Elle allait devoir aborder le sujet à un moment donné. Autant que ce soit maintenant.

— Nous avons perdu mon père quand j'avais neuf ans. Ma mère vit à une heure d'ici et, honnêtement, elle est dans un sale état. Elle est alcoolique, expliqua-t-elle, surprise de voir à quel point il était facile pour elle de dire la vérité. Et mon frère, Jed, il est, hum, c'est un bon gars mais il a eu pas mal d'ennuis. Mais il essaie de se racheter une conduite.

Biggs ne la lâchait pas du regard. Il ne la regardait pas d'un air dur ni avec tendresse. Il la regardait simplement, sans jugement.

— Je suis désolé pour tes parents. Et je suis content d'apprendre que ton frère trouve sa voie. Parfois, nous avons besoin de tomber avant d'apprendre à nous tenir debout tout seuls, dit-il en tournant les yeux vers Bear.

— Et parfois, la vie nous envoie des tsunamis et nous essayons juste de garder la tête hors de l'eau.

Elle ne savait pas vraiment s'il parlait de sa vie à elle, ou de la leur, mais elle baissa les yeux, gênée.

— Oui, c'est vrai.

Il tapota le côté de sa jambe avec sa canne et, quand il croisa son regard, il souriait à nouveau.

— Garde la tête haute, ma belle. Tu flottes. Rien ne peut t'entraîner vers le fond. Mais si la vie essaie à nouveau de te noyer, nous t'aiderons à remonter, Bear et nous. Nous prenons soin des nôtres.

Les larmes lui montèrent aux yeux. Lorsqu'elle se leva de sa chaise, elle ne réfléchit pas et prit dans ses bras ce père qui avait appris le sens de la famille, la loyauté et le respect à l'homme qu'elle aimait. Il lui avait appris à *être* un homme – et à aimer.

CHAPITRE VINGT-DEUX

CRYSTAL SE TENAIT DEVANT le miroir de la salle de bains et se maquillait en essayant de ne pas se moquer de Bear qui était appuyé contre le cadre de la porte et qui la regardait. Il avait croisé les chevilles de façon décontractée, mais il n'y avait rien de décontracté dans ce sourire féroce qu'il arborait.

— Tu n'as pas mieux à faire ?

Elle reposa son eyeliner et défroissa son débardeur noir, moulant un peu plus ses hanches pour son plus grand plaisir. Au fond, elle adorait qu'il soit toujours en train de la désirer. Ils étaient ensemble depuis plus d'un mois, ou, selon Bear, depuis plus de neuf mois. Dans tous les cas, elle était plus amoureuse que jamais.

Il s'avança derrière elle, mordillant son épaule, *conscient* que cela la rendait folle.

— Mieux à faire que ça ? Tu es folle, petite idiote ?

— Bullet sera là dans quelques minutes. On n'a pas le temps de batifoler.

Ils aidaient Jed à emménager dans l'appartement de Quincy aujourd'hui. Crystal était si excitée qu'elle n'arrivait pas à tenir en place. Elle et Jed se parlaient plus souvent depuis l'incident avec leur mère et ils étaient devenus encore plus proches après qu'elle lui eut raconté ce qui lui était arrivé à l'université. Cela lui rappelait à quel point ils étaient proches quand ils étaient plus jeunes. Ces moments-là lui manquaient. *Il* lui manquait.

Elle se tourna vers lui et il la hissa sur le plan de travail, lui écartant les jambes et prenant place entre elles. Elle était contente qu'il ne soit plus si prudent avec elle.

— Tout ce dont j'ai envie c'est de te toucher, chérie.

Il mordilla sa lèvre inférieure, ses mains glissèrent sur ses cuisses nues jusqu'à l'ourlet de son short.

Harley miaula en entrant dans la salle de bains. Elle était devenue grande et mince et Crystal aurait juré qu'elle avait développé un sixième sens pour détecter les avances de Bear.

— Voilà notre petite casseuse de coup.

Elle le sentit sourire dans son cou. Il aimait tellement Harley qu'il la laissait dormir sur son propre oreiller sur leur lit.

Elle descendit et enroula les bras autour de son cou. Guidant sa bouche vers la sienne, elle l'embrassa jusqu'à ce qu'elle le sente durcir contre elle.

Il gémit contre sa bouche. Mon Dieu, elle adorait ça. Elle aimait tout de son vilain motard. Depuis qu'il avait accepté de travailler pour Silver-Stone, il était plus heureux et elle avait hâte qu'il ne travaille plus jour et nuit. Et elle était encore plus excitée de savoir que ses rêves allaient enfin se réaliser.

Il promena ses mains sur son corps.

— On vient juste de faire l'amour ce matin et je suis déjà en manque.

Elle pouffa alors qu'il l'embrassait, mais elle était déjà d'accord avec lui. Elle avait commencé à faire des injections contraceptives et le fait de ne pas devoir se soucier des préservatifs avait propulsé leur intimité et leur spontanéité à un tout autre niveau. L'autre soir, elle avait plaisanté sur le fait de faire l'amour sur une moto en marche et quelques jours plus tard, dans l'intimité de leur jardin, il avait rayé cette expérience de leur liste. *Mon Dieu, ces vibrations !*

— Laisse-moi te faire jouir, la supplia-t-il.

— Bea…

Ses mots furent étouffés par un baiser qui l'enflamma comme au quatorze juillet. Elle ne se lasserait jamais de cette façon qu'il avait de lui donner chaud et de la faire se sentir faible à la fois.

— La vache, tes baisers me transportent chaque fois. Il faut qu'on fasse *vite*.

Il l'embrassa à nouveau et enfonça sa main dans son short, taquinant son sexe tandis qu'il intensifiait leur baiser. Elle écarta les jambes, avide de plus. Il ne mettait jamais longtemps à la pousser vers l'extase, mais il avait aussi appris à la maintenir au sommet jusqu'à ce que ses jambes soient engourdies. Il prenait beaucoup de plaisir à faire durer son orgasme, trop longtemps pour que ce soit légal. S'il le faisait, là, tout de suite, elle ne pourrait pas aider Jed à transporter quoi que ce soit.

— Si tu fais vite, je te ferai jouir aussi, dit-elle en l'appâtant.

— Putain, bébé. Comme si j'allais te dire non.

Elle enleva son short, le laissant retomber sur le sol et défit rapidement le jean de Bear, le poussant le long de ses cuisses. Il accéléra le rythme.

Elle tint sa paume de main devant sa bouche et lui dit :

— Lèche.

Il s'exécuta, et bordel, ça lui donna encore plus chaud. Elle serra son membre dans son poing, se mettant sur la pointe des pieds alors qu'il enfonçait ses doigts en elle. Il l'embrassa avec force, au rythme de ses doigts et, quelques instants plus tard, elle s'envola vers les nuages. Elle le serra fort alors qu'elle jouissait et il se cambra. Alors qu'elle redescendait de son orgasme, son corps encore palpitant, elle prit son membre dans sa bouche. Bear enfonça les mains dans ses cheveux – encore un nouvel aspect excitant de leur vie sexuelle incroyable –, faisant jaillir des étincelles en elle. Elle le suça fort et vite jusqu'à ce qu'elle le sente gonfler et qu'il se libère.

Poum, poum, poum.

Ils ouvrirent tous les deux les yeux en entendant le bruit des pas lourds de Bullet traversant le parquet jusqu'au bas de l'escalier.

— Bear ? T'es là-haut ?

— Merde, grommela Bear en aidant Crystal à se relever. J'arrive dans une seconde ! cria-t-il à Bullet.

Riant et s'embrassant, ils se nettoyèrent rapidement.

— Je t'aime tellement, dit-il en embrassant son épaule alors qu'elle enfilait une culotte propre et remettait son short.

— Moi aussi, mon motard.

Elle se précipita vers les escaliers et Bear la serra contre lui d'un air sérieux.

— Bébé, tu sais que j'aime tout chez toi. Pas seulement le sexe. N'est-ce pas ?

Oh, cet homme ! Il la traitait comme une princesse, avait changé de vie pour pouvoir passer plus de temps avec elle et il s'inquiétait de leurs instants coquins et spontanés ? Elle se mordit la langue pour ne pas lui répondre d'un ton espiègle. Ils avaient parcouru tant de chemin, elle n'avait pas envie de prendre à la légère ce qui l'inquiétait clairement.

— Je n'en ai jamais douté une seule seconde.

Il l'embrassa doucement et tendrement. Puis il lui donna une tape sur les fesses, la faisant sortir de sa torpeur lubrique, et ils descendirent rapidement. Bullet leva les yeux du canapé baisodrome – encore un fantasme qu'ils avaient coché sur leur liste. *Plusieurs fois même.* Il se leva, secouant la tête.

— Enlevez cette expression de votre visage. Je ne me suis pas envoyé en l'air depuis trois jours.

— Trois jours entiers ? le taquina Crystal. Pauvre de toi.

Bullet la serra dans ses bras.

— Tu n'as pas de jolies copines à me présenter, ma belle ?

— Tegan, dit-elle en sortant.

Elles avaient déjà reçu trente commandes de costumes, et Tegan avait commencé à travailler pour la boutique à temps partiel. Crystal l'adorait, mais elle n'était clairement pas le type de Bullet.

— Tu sais que je t'adore, mais je pense que tu lui ferais peur. C'est plus le genre de Bones.

— Ce n'est *pas du tout* le genre de Bones.

Bear déverrouilla le 4x4 et aida Crystal à monter. Bullet grimpa côté passager.

— On pourrait croire qu'il est très propre sur lui, mais Bones a clairement un côté obscur.

— Frérot, gronda Bullet.

Puis ce dernier dit à Crystal :

— Les gonzesses adorent les docteurs cochons.

Bear se dirigea vers le bas de la montagne.

— Non, mais, tu viens de me réprimander parce que j'ai dit qu'il avait un côté obscur et toi tu dis ça !

Bullet haussa les épaules.

Crystal les écouta plaisanter tout le trajet jusqu'à la maison de l'ami de Jed, où il logeait dans un appartement au sous-sol. Ce n'était qu'à quelques pâtés de maisons de chez leur mère et elle éprouva une sensation de malaise qui lui noua le ventre et qui perdura pendant qu'ils chargeaient les voitures.

— Ça va, sœurette ? lui demanda Jed en portant un carton

jusqu'à l'arrière de son 4x4.

Heureusement, non seulement l'avocat avait réussi à faire baisser le nombre de points sur sa dernière contravention, mais il avait aussi réussi à prouver que McCarthy ciblait Jed. Le permis de conduire de Jed lui avait été restitué et McCarthy avait été sanctionné. Jed avait enfin l'occasion d'être l'homme qu'il voulait être et Crystal voyait déjà un changement chez lui.

— Oui. Je pensais juste à Maman. Est-ce que c'est bizarre que je culpabilise de ne pas aller la voir ? Je n'en ai pas envie, mais je continue d'espérer qu'un jour je débarquerais chez elle et qu'elle sera la même que lorsque nous étions petits.

— Non, c'est pas bizarre, crevette.

Jed passa une main dans ses cheveux et regarda en direction du ciel.

Crystal prit le temps d'étudier son frère, percevant encore plus leur père en lui. Elle savait que c'était parce qu'il ne volait plus et ne contournait plus la loi.

— Je pense que c'est pour ça que Papa lui a laissé autant de temps pour qu'elle se ressaisisse, dit Jed. Je pense qu'il espérait la même chose.

— Papa serait fier de toi, Jed.

Il se pencha et l'embrassa sur la joue.

— Tu n'imagines pas à quel point c'est important pour moi d'entendre ça.

Le fait de penser à son père qui s'était engagé à les emmener loin de leur mère, elle et Jed, la rendit triste. Cela avait dû être tellement dur pour lui de prendre cette décision. Elle se demanda s'il lui avait donné les poupées tracas à cause de la personne qu'était devenue leur mère et non pas, comme elle l'avait cru, parce qu'il savait qu'elle en aurait besoin pour les années traumatisantes à venir.

Elle observa Jed et se concentra sur l'instant présent qui était trop bon pour être mis de côté au profit de questions pour lesquelles elle n'aurait jamais de réponses.

Bear lui souffla un baiser et lui et Bullet transportèrent une commode dans son 4x4. Elle n'aurait pas pu être plus heureuse que lorsqu'elle avait appris que Bullet et Bones avaient finalement soutenu Bear dans sa confrontation avec leur père. Il méritait le soutien de tous après tout ce qu'il avait fait pour sa famille au fil des ans.

— Je suis contente que tu reviennes à Peaceful Harbor, dit-elle à Jed.

— Moi aussi. Ce sera comme rentrer à la maison. Je dois beaucoup à Bear pour m'avoir embauché trente heures par semaine au garage et dix au bar, et m'avoir mis en contact avec Quincy pour l'appartement.

Il se rapprocha et son regard était chaleureux et fraternel. Ce regard lui avait tellement manqué qu'une boule se forma dans le creux de sa gorge.

— Mais je lui dois surtout de t'avoir rendue si heureuse. Tu mérites d'être heureuse.

Bear lui fit un clin d'œil en retournant à l'intérieur, tel un beau gosse dur à cuire.

— C'est vrai que j'aime beaucoup mon motard.

Jed et elle entrèrent ensemble à l'intérieur pour prendre d'autres affaires.

— J'aurais aimé être là pour toi quand tu as quitté la fac. Je sais que je te l'ai déjà dit, mais je n'arrête pas d'y penser. Je suis retourné voir Maman pour lui passer un savon concernant ce qu'elle t'avait dit.

— Tu n'étais pas obligé de faire ça.

Elle attrapa un carton sur le plan de travail.

— Le passé, c'est le passé, dit-elle.

— Je sais.

Il lui prit une boîte des bras.

— Je voulais juste que tu saches que même si je n'étais pas là pour te soutenir, maintenant je le suis, et je le serai toujours.

— Merci, Jed.

— Hé, chérie, dit Bear en passant, portant un bureau par l'extrémité. On pensait aller déjeuner dans un café en quittant la ville. Ça t'irait ?

— Tu sais que j'ai toujours faim.

— Il y a certaines choses qui ne changent pas, la taquina Jed.

Une heure plus tard, ils conduisirent les camions chargés jusqu'à un café en périphérie de la ville. Blottie contre Bear avec Jed à côté d'elle et Bullet marchant derrière eux comme un garde du corps scrutant la foule, Crystal se retint de rire. Dès qu'elle sortait avec Bullet, Bear ou Bones, elle avait l'impression d'être avec trois gardes du corps. Mais elle ne se doutait absolument pas que Jed avait un côté si protecteur. Qu'allait-elle apprendre d'autre sur lui ? Elle avait hâte de le découvrir.

Il y avait déjà huit personnes dans la file d'attente et sa vessie était pleine de café.

— Je vais aux toilettes, dit Crystal à Bear. Tu veux bien me prendre un sandwich à la dinde avec de la salade ?

Bear scruta le café du regard, ses yeux se posant sur le panneau indiquant les toilettes pour femmes à l'autre bout de la pièce.

— Pas de problème, bébé.

Il déposa un baiser chaste sur ses lèvres. Elle sentit la chaleur de son regard alors qu'elle s'éloignait, et elle aurait juré sentir également le regard de Bullet et de Jed posé sur elle. Après avoir utilisé les toilettes, elle lut un texto de Gemma en revenant vers eux.

Finlay vient d'appeler. Le service traiteur est prêt ! Encore quatre semaines !! Quand est-ce que vous arrivez avec Jed ?

Elles avaient récupéré leurs robes et rencontré Finlay, le traiteur, la semaine dernière pour établir le menu final du mariage. Crystal se demanda ce que l'adorable Finlay allait penser des garçons d'honneur tatoués. Elle s'écarta pour laisser passer quelqu'un et envoya un texto rapide à Gemma.

Tu seras la plus belle mariée au MONDE. On s'est arrêtés pour déjeuner. Je t'appelle quand on revient.

Quand elle leva les yeux de son téléphone, Bear avait les yeux rivés sur elle et son pouls s'accéléra. Ses lèvres s'étirèrent en un sourire amoureux, si différent de ses sourires espiègles ou séducteurs. Elle adorait chacun d'entre eux. Elle se fraya un chemin parmi les gens qui attendaient de récupérer leur commande au comptoir. Bullet, toujours aussi attentif, regarda par-dessus l'épaule du gars avec qui il parlait en direction de Crystal, puis autour d'elle, avant de se focaliser à nouveau sur le type en face de lui. Jed était occupé à parler à une grande blonde.

Vas-y, Jed.

Le type à qui parlait Bullet se retourna et Crystal se figea alors que ce visage appartenant à son passé lui coupait soudain le souffle. *Non. Non, non, non.*

Des flashs de l'agression lui revinrent.

Ce visage. Ces yeux froids et durs.

Elle se sentait glisser.

S'enfonçait.

Ses mains qui avaient déchiré ses vêtements.

Elle lutta pour rester lucide, refusant de le laisser gagner.

Je n'ai pas peur de toi.

Elle respirait trop vite, trop fort.

Bear.

EN L'ESPACE D'UNE SECONDE, Crystal devint toute pâle. Bear attira sa chérie, toute tremblant contre lui, son cœur battant à toute vitesse.

— Bébé ? Qu'est-ce qu'il se passe ?

Jed la rejoignit.

— Crys ?

Elle bougea les lèvres, mais aucun son n'en sortit. Bear approcha son oreille de sa bouche et ce qu'elle lui murmura fit bouillir son sang dans ses veines.

— C'est *lui*.

Il suivit son regard jusqu'à l'homme qui se tenait devant Bullet, la rage le rongeant de l'intérieur. Il poussa Crystal dans les bras de Jed et attrapa le connard, le plaquant contre le mur, le soulevant du sol par la seule force de sa colère. Les personnes autour d'eux se dispersèrent en poussant des cris de peur.

— C'est quoi ce bordel ? ! hurla le type.

— Je vais te tuer, putain ! gronda Bear à travers ses dents serrées.

Bullet s'avança telle une énorme montagne de muscles à côté de lui.

— Stop ! Bear, non !

Crystal se dégagea de l'emprise de Jed.

— Arrête ! Si tu le frappes, tu auras des ennuis. Je ne peux pas te perdre !

— *Vous* êtes qui, putain ? demanda le gars, son regard passant de l'un à l'autre.

Crystal prit soudain un air féroce.

— Tu ne te souviens pas de moi ? *Christine.* La fille que tu as *violée* à Lakeshore.

Son visage pâlit.

— Non. S'il te plaît. C'était une soirée étudiante. On était tous les deux ivres. C'était un accident.

Bear souleva le gars plus haut par la seule force de sa main.

— C'était dans un bâtiment d'art, enfoiré. Combien de femmes as-tu violées ?

Bear ramena son bras en arrière, comme pour le frapper.

Le type leva les mains en l'air pour se rendre.

— Mec, tu sais comment sont les soirées…

— Ne fais pas ça ! dit Crystal en attrapant le bras de Bear.

— Sale merde, fulmina Bullet, levant lui aussi le bras.

— Bullet, non ! le supplia Crystal. C'est *mon* combat.

Bear était trop en colère pour parler. Ses muscles étaient crispés, il avait mal au cœur et ses bras tremblaient de rage.

— S'il te plaît, Bear.

Les larmes montèrent aux yeux de Crystal – pas en voyant l'homme qui l'avait violée, mais là, *tout de suite*, pour Bear.

— *S'il te plaît*, arrête. Tu iras en prison et je ne peux pas te perdre. Vous avez envie de le tuer et je vous aime tous les deux pour ça. Mais le tuer n'est pas une punition suffisante. Je n'ai plus peur désormais.

Elle jeta un regard noir à son agresseur, l'observant d'un air meurtrier.

— Un accident ? Je vais m'assurer que tu ne *violeras* plus jamais « accidentellement » une autre femme.

Elle appuya sur les touches de son téléphone et le porta à son oreille.

— Bonjour, Christine Moon. Je voudrais signaler un viol.

ÉPILOGUE

LE SOLEIL BRILLAIT sur le mariage de Gemma et Truman comme une bénédiction. Des lanternes en papier rose et blanc étaient suspendues entre les arbres, apportant une touche festive à cette belle après-midi. De superbes nuances de fleurs roses et bleues décoraient le jardin et le centre de la table. Une longue table recouverte d'une nappe rose pâle avec des graffitis représentant Gemma, Tru et les enfants le long du bord avait été installée sur le côté. C'était Truman qui l'avait peinte. Il était si talentueux. Des nœuds de dentelle rose décoraient les chaises et des pétales roses et blancs étaient répandus sur la pelouse, créant une allée qui menait jusqu'à un autel fleuri qu'ils avaient loué au fleuriste.

C'était *parfait*.

Crystal ferma les rideaux de la chambre de Gemma, se sentant aussi nerveuse que Gemma en avait l'air.

— Ils ne sont pas sortis. Je n'ai vu que Red, Biggs et Jed. Et Finlay, bien sûr. Tu es magnifique, Gem.

Gemma avait détaché ses cheveux, portant un diadème délicat fait de petites fleurs blanches et bleues.

— Bon, vérifions que tu as tout ce qu'il faut, dit Dixie. Quelque chose de vieux ?

Gemma tendit un bracelet que lui avait donné Red. Red

était un peu comme une mère de substitution pour Tru et une grand-mère pour les enfants. Crystal savait à quel point Gemma l'adorait. La mère de Bear avait elle aussi une place spéciale dans le cœur de Crystal.

— Quelque chose de nouveau ? Ta robe, continua Dixie.

— Quelque chose que tu as emprunté, dit Crystal avec un sourire, car elle avait prêté sa seule paire de boucles d'oreille roses à Gemma.

Gemma repoussa ses cheveux derrière son épaule, lui montrant les boucles d'oreilles qui pendaient.

— Et quelque chose de bleu évidemment.

Elle leva sa robe, dévoilant la jarretière bleue qu'elles avaient achetée.

— Moi aussi j'ai quelque chose de bleu, dit Kennedy en levant son petit poignet, montrant un bracelet en argent avec des pierres bleues. Touman, euh, Papa me l'a donné.

Kennedy était adorable dans sa robe en mousseline blanche avec des fleurs brodées sur la poitrine et les épaules et une paire de chaussons de danse roses. Elle avait insisté pour avoir la même coiffure que Gemma, y compris avec le diadème.

— C'est bien mon *Tru Blue*[18], ça, murmura Gemma.

Elle s'accroupit à côté de Kennedy.

— Papa t'aime tellement. Tu te souviens de ce que tu es censée faire ?

Kennedy acquiesça.

— Après que oncle Bullet et Lincoln ont marché jusqu'à Papa, alors moi et oncle Boney marchons ensemble.

Crystal sourit en entendant le surnom qu'elle donnait à

---

[18] Jeu de mots avec Truman et true-blue une expression anglophone utilisée pour désigner une personne loyale

Bones.

— C'est ça, ma puce, dit Gemma. Et tu tiendras la main de oncle Boney pendant que Papa et Maman se marient ?

Kennedy hocha la tête, se tortillant sur place, sa jolie robe se balançant par-dessus ses jambes.

— Comme quand on z'est entraînés.

Gemma se releva, prenant la main de Dixie et Crystal.

— Est-ce que vous êtes aussi nerveuses que moi ?

— Oui, et je ne suis même pas celle qui se marie.

Crystal se toucha les cheveux. Gemma les avait attachés en un chignon, laissant pendre quelques mèches devant, comme Tegan l'avait suggéré. Elle ne s'était jamais sentie aussi féminine. Elle devait encore s'habituer à ce sentiment d'être assez libre pour porter ce genre de choses, et cela faisait des ravages sur ses nerfs.

— Je ne suis pas nerveuse, dit Dixie. J'aurais juste aimé qu'on remplisse le jardin de célibataires éligibles.

Elle prit Kennedy dans ses bras.

— N'est-ce pas, Ken ? Tata Dixie a besoin de trouver un gentil petit ami.

— Pour que tu puisses lui faire des bisous comme tata Cwystal et oncle Be*ah* ?

— Exactement.

Dixie fit un câlin à Gemma d'un seul bras.

— Tu veux que je sorte Kennedy et que je demande aux hommes d'accélérer le processus ?

Gemma acquiesça.

— Merci.

Elle frotta son nez contre celui de Kennedy.

— On se voit dans quelques minutes, ma puce.

— Ze veux faire un bisou à Cwystal !

Elle se pencha en avant, les lèvres serrées. Crystal l'embrassa et cela lui réchauffa le cœur.

— Je t'aime, ma chérie. Tu es la plus jolie des demoiselles d'honneur.

Il fut un temps où elle avait eu peur de devenir mère, mais, désormais, ce n'était plus le cas. Alors que le mariage de Gemma approchait, elle réalisait qu'elle imaginait de plus en plus ce que ce serait d'avoir une famille. *Avec Bear.* Elle savait qu'il serait un père incroyable, bien que surprotecteur, et elle avait le sentiment qu'elle serait une très bonne mère.

— Je peux marcher, tata Dixie, dit Kennedy, remuant pour se dégager de son emprise alors qu'elles quittaient la chambre. Ze suis une grande fille.

Seule avec Gemma, Crystal fit face à sa meilleure amie et lui prit les mains.

— Tu vas te *marier* avec un homme que tu as rencontré au *Walmart.*

Les larmes leur montèrent aux yeux. Elles s'éventèrent toutes les deux.

— Pas de larmes, dit Crystal. On est trop belles pour bousiller notre maquillage. Je suis tellement heureuse pour toi, Gem. Tu mérites tout le bonheur du monde et Truman est merveilleux.

Gemma hocha la tête, les larmes brillant toujours au coin de son œil.

— Pas de larmes, murmura Crystal en la prenant dans ses bras. Je t'aime tellement. Merci d'être restée amie avec moi, même après avoir découvert que je n'étais pas la salope que tu pensais que j'étais.

— Tu es celle que j'ai toujours pensé que tu étais et je ne doute pas que toi et Bear êtes très vilains, vilains, vilains. Tu es ma sœur d'une autre mère.

Il s'était produit quelque chose d'amusant quand elle avait essayé de parler du sexe avec Bear à Gemma. C'était trop précieux pour être partagé.

— Tu es sûre que tu veux que je descende l'allée avec toi ? C'est *ton* moment.

— Oui. C'est *notre* moment d'âmes sœurs. Et puis, j'ai besoin que tu me soutiennes au cas où je devienne trop nerveuse et que je n'arrive plus à marcher.

Crystal regarda à nouveau par la fenêtre, repérant les hommes dans leurs pantalons sombres assortis, leurs chemises blanches à manches courtes, leurs bretelles et leurs cravates noires. Son regard fut attiré par Bear, le témoin de Truman. Elle ne l'avait jamais vu si habillé et il était tellement beau qu'elle n'arrêtait pas de le regarder. Il lui avait fait des remarques taquines sur le fait de se marier toute la semaine et, alors qu'elle le regardait se tenir près de l'autel, elle ne parvint pas à réfréner ses émotions.

— Gemma, chuchota-t-elle. Je l'aime tellement que j'en ai mal au cœur. Je n'ai pas peur de tout vouloir avec Bear, et je n'ai pas peur que le monde s'effondre autour de moi, parce que je sais qu'il sera là pour me rattraper.

Elle tendit une main tremblante.

— Non, mais regarde-moi. C'est toi la mariée, et je suis plus nerveuse que toi.

Gemma lui prit la main.

— Peut-être parce que c'est moi la mariée et que tu as *envie* d'en être une aussi.

BEAR SE TENAIT à côté de Truman alors que Dixie et Quincy descendaient l'allée de pétales de rose. Dixie était magnifique dans sa jolie robe en dentelle. Elle avait le teint lumineux, celui d'une femme à qui l'on avait enfin donné ce dont elle avait toujours rêvé. Deux nuits plus tôt, leur père leur avait révélé pourquoi il l'avait vraiment dissuadée de travailler au bar. Dixie avait dit à Bear que le fait que leur père l'aime *trop* était l'une des meilleures raisons qui justifiaient ses actes. Bear était heureux que Dixie obtienne enfin la reconnaissance qu'elle méritait.

Dixie prit place du côté de la mariée alors que Quincy se plaçait à côté de Bear et ils tapèrent leur poing l'un contre l'autre. Jed et lui s'entendaient bien au sein de leur nouvelle colocation. Ils étaient déjà de bons acolytes, surtout pour la drague.

Bear observa Bullet aller vers l'autel aussi lentement qu'un escargot, tenant la main de Lincoln, comme le Géant Vert et Tiny Tim[19]. Le regard de Bullet se tourna vers Finlay Wilson et un sourire étira ses lèvres. Comme il se trompait de cible ! Bear avait parlé à Finlay un peu plus tôt et cette fille était adorable, un vrai bonbon, le genre qui pouvait donner des caries.

Lincoln était très mignon avec son pantalon noir et ses bretelles. C'était incroyable de le voir grandir, passant d'un bébé qui gazouillait à un petit garçon qui marchait et parlait, enfin plus ou moins. L'envie douloureuse de fonder une famille, qui n'avait fait que s'accentuer ces derniers mois, le frappa de plein fouet.

Bullet hissa Lincoln dans ses bras et prit place à côté de Quincy. Bear sentit son cœur se gonfler dans sa poitrine alors

---

[19] Chanteur américain

que Bones guidait Kennedy jusqu'à l'autel dans sa robe blanche bouffante. Elle jetait des pétales de rose dans les airs, un doux sourire sur son joli visage. Cette douleur ressentie un peu plus tôt se transforma en vrombissement et il imagina une petite fille avec les yeux bleus et l'assurance de Crystal. Il sentit un sourire étirer ses lèvres.

— Oncle Boney ! dit Kennedy, l'arrachant à ses pensées. Regarde comme Papa est beau.

Elle salua Truman, puis se retourna vers les autres avec un grand sourire.

— Coucou, Oncle Quincy ! Coucou, Oncle *Beah* ! Oncle Bullet ! Regarde-moi ! Ze suis une *demoiselle* d'honneur !

Ils souriaient tous les trois bêtement. Bear eut de la peine pour celui qui essaierait de sortir avec cette adorable petite fille quand elle serait grande. Elle avait tout un tas d'oncles qui la protègeraient férocement, dont lui le premier.

Kennedy tira sur le pantalon de Bullet.

— Tonton Bullet, baisse-toi pour que je puisse faire un bisou à Linc !

Il s'exécuta et Bear se sentit fondre de l'intérieur.

Il clappa des mains devant lui, essayant de calmer ses nerfs alors qu'il attendait que Crystal arrive, mais dès l'instant où elle et Gemma sortirent de la maison, il ne put faire autrement que de la dévisager. Il savait qu'il aurait dû se focaliser sur la mariée, mais doux Jésus. Il n'avait jamais vu Crystal aussi belle. Ses cheveux étaient relevés en un chignon au-dessus de sa tête et quelques mèches éparses encadraient son visage, rendant ses yeux bleus, actuellement rivés sur lui, d'autant plus séduisants. Son cou paraissait long et gracieux. Il saliva rien qu'à l'idée de l'embrasser à cet endroit. Sa mini-robe bleutée faisait ressortir ses joues éclatantes et mettait en valeur ses épaules nues. Il avait vraiment un faible pour ses épaules et il se demanda si elle avait choisi cette robe et cette coiffure juste pour le rendre fou. Elle portait un bracelet épais couvert de pierres autour du bras et un bracelet de cheville très sexy qui remontait le long de sa jambe comme un serpent. Elle était élégante et féminine. *Exquise.* Son pouls s'emballa. Il eut envie de sortir du rang et de la prendre dans ses bras, mais il se tint droit et lui souffla un baiser à la place.

Ses joues rosirent, et il eut encore plus de mal à se retenir d'aller vers elle.

Elle était devenue bien plus que l'amour de sa vie. Elle était devenue son univers. Elle avait expliqué à Bear qu'il lui avait donné la force d'appeler la police et de faire arrêter son agresseur. Mais c'était elle qui lui avait donné la force de ne *pas* le réduire en pièces. L'amour était très puissant. Une longue bataille juridique les attendait, mais ils avaient engagé Logan Wild, un détective privé de premier ordre originaire de New York. Logan avait déjà confirmé que l'école disposait d'images de vidéosurveillance du bâtiment artistique où Crystal avait été agressée, datant de l'attaque. Crystal était nerveuse à l'idée d'entamer une procédure judiciaire, mais c'était sa quête de justice à elle, et elle voulait la mener à bien. Et elle n'allait pas le faire seule. Elle avait le soutien et l'amour de Bear, ainsi que celui de tous ceux qui étaient avec eux aujourd'hui, et des membres des Dark Knights. Bear passerait le reste de sa vie à faire tout ce qui était en son pouvoir pour qu'on ne lui fasse plus jamais de mal.

Crystal et Gemma s'enlacèrent quand elles atteignirent l'autel, et il remarqua alors que son bracelet de cheville était orné d'un ours sur le côté. Il sentit son cœur se retourner dans sa poitrine. L'amour pouvait-il être si intense ? Il eut l'impression que la terre s'arrêtait de tourner et, alors que Crystal et Gemma prenaient place, il vit des larmes dans les yeux de Crystal. Elle était son orchidée. Son symbole d'amour et d'affection. Sa beauté sauvage. Son *éternité*.

Bear essaya d'écouter les vœux de Truman et Gemma et de prêter attention au mariage en cours, mais il avait envie d'être le marié, et il ne pouvait détacher son regard de la femme qui avait capturé son cœur. Elle était juste là avec lui, ses beaux yeux rivés sur lui. *N'est-ce pas toujours le cas ?*

Il lui dit alors en silence : *Ça pourrait être nous.*

Elle écarquilla les yeux et un sourire radieux étira ses lèvres. Elle murmura : *Tu veux te marier ?*

Oui, dit-il sans un bruit, son pouls s'accélérant. *Et toi ?*

Truman et Gemma s'embrassèrent, et tout le monde applaudit, mais Bear et Crystal étaient encore dans leur monde, marchant l'un vers l'autre sur les pétales de rose. Il lui prit la main en même temps qu'elle prenait la sienne.

— Tu m'as attendue pendant des mois, dit-elle avec tant d'amour dans le regard qu'il eut envie de plonger dedans et de s'y noyer.

— Tu es la seule femme que je veux.

— Alors n'attendons pas.

Elle sautilla sur place comme elle l'avait fait au marché de l'île.

— Marions-nous. Ici. Maintenant.

N'entendant que le son de son cœur qui battait, il réalisa que tout le monde était silencieux autour d'eux et les regardait. Il s'approcha un peu plus de la femme qu'il adorait.

— Chérie, un homme aime qu'on lui *demande*, pas qu'on lui *ordonne*.

Le sourire de Crystal lui indiqua qu'elle faisait le lien avec sa remarque lors de leur premier rencard, chez Woody's.

— Bobby Bear Whiskey, dit-elle d'une voix essoufflée. Je suis vraiment, follement, incroyablement amoureuse de toi. Veux-tu m'épouser et faire de moi la femme la plus heureuse du monde ?

Bobby Bear. Mon Dieu, comme il l'aimait.

— Oui, ma chérie, je veux t'épouser. Mais la vraie question, c'est…

Il s'agenouilla, fouilla dans sa poche et en sortit la bague de fiançailles qu'il portait depuis le lendemain de leur emménagement ensemble, attendant le bon moment pour lui poser la question. Le frère de Maddox Silver, Sterling, était un bijoutier. Bear avait conçu la bague de fiançailles en or noir avec un motif floral incrusté de diamants et un diamant rond d'un demi-carat en son centre, et Sterling l'avait fabriquée. Elle était complexe et unique, tout comme sa femme.

Prenant sa main dans la sienne, il la regarda dans les yeux et lui dit :

— Ma douce, tu n'es que force, grâce, beauté et intelligence. Je veux que tu sois la mère de mes enfants, l'amoureuse que je veux dans mes bras chaque nuit, et la motarde dure à cuire que je veux avoir serrée contre moi durant de longs trajets.

Elle plaqua la main sur sa bouche alors que les larmes coulaient sur ses joues.

— Mais surtout, tu es la femme que je veux avoir comme épouse. Ma chérie, veux-tu me faire l'honneur de m'épouser ?

— Oui. Je veux toutes ces choses avec toi. Chacune d'entre elles. Je les veux chaque jour. Je les veux pour *toujours.*

Il glissa la bague à son doigt, et elle sauta dans ses bras alors qu'il se levait. Des acclamations retentirent lorsque sa bouche se posa sur la sienne. Ils passèrent ensuite de personne en personne alors que tout le monde les embrassait et les félicitait.

Crystal et Gemma s'enlacèrent durant de longues minutes.

— Tu es sûre que ça ne te dérange pas ? demanda Crystal. On ne voulait pas prendre votre mariage en otage.

— Non. Non, non, non, dit Gemma, et de nouvelles larmes coulèrent sur leurs joues.

Bear donna un coup de coude à Tru.

— Mec, j'aurais dû demander. Désolé, mon pote. J'ai été pris dans le feu de l'action.

— Tu parles, il était temps, dit Tru en l'attirant dans une étreinte virile.

Quand lui et Crystal se retrouvèrent à nouveau dans les bras l'un de l'autre, Bear ne put s'empêcher de voler quelques baisers dans son cou et sur ses épaules.

— Je pense que j'ai trouvé ma nouvelle coiffure préférée.

— Ils nous attendent tous, chuchota-t-elle.

— Laisse-les attendre.

Il lui donna un baiser chaste, et ils prirent place devant l'officiant. Ce dernier s'empressa de souligner qu'ils n'avaient pas de licence de mariage et que le mariage ne serait donc pas légalement reconnu.

Bear prit la main de Crystal et déposa un baiser au dos de celle-ci.

— Pour nous ce sera réel. Nous irons obtenir une licence cette semaine et nous irons voir un juge de paix. Mais aujourd'hui sera toujours la date officielle de notre mariage.

— Et je t'achèterai une bague assortie. Parce que nous devons tous les deux montrer que nous ne nous appartenons pas mais que nous ne faisons *qu'un*, dit-elle en enroulant ses bras autour de son cou. Embrasse-moi comme un homme célibataire une dernière fois.

Et il le fit, sous les cris et les sifflements de leurs amis et de leur famille, jusqu'à ce que Kennedy tire sur son pantalon. Harley avait dû lui donner quelques conseils.

— Oncle Be*ah*, tu peux l'épouser maintenant ? Z'ai faim.

Il la prit dans ses bras et, avec Kennedy calée sur sa hanche, entourés des personnes qu'ils aimaient le plus, ils prononcèrent leurs vœux. Et il n'aurait pas voulu qu'il en soit autrement.

Envie de découvrir d'autres histoires sur la famille Whiskey ?

S'il s'agit de votre premier roman des Dark Knights, découvrez l'histoire de Bullet ci-dessous, puis poursuivez votre lecture pour en apprendre plus sur l'histoire de Truman et Gemma, *Sous l'armure de ton cœur.*

Les portes du *Whiskey* s'ouvrirent et Dixie Whiskey, la plus jeune de la fratrie, se précipita vers Bullet avec *cette* drôle d'expression. Ses longs cheveux roux, qu'elle avait lâchés, pendaient sauvagement et, avec son tee-shirt sans manches, son jean slim et ses bottes noires, elle avait l'air d'une femme forte à qui il valait mieux ne pas se frotter. Il y avait très peu de choses que ce motard qui appartenait autrefois aux forces spéciales ne pouvait pas affronter, mais, aujourd'hui, il n'avait pas la patience de gérer l'humeur massacrante de Dixie. Pas après la nuit agitée et pourrie qu'il avait passée.

Dixie croisa les bras, ses doigts tambourinant de manière agaçante sur son avant-bras tatoué. Le sourire qu'elle arborait indiquait à Bullet que la situation pouvait se dérouler de deux façons. Soit il faisait quelque chose pour elle qu'il ne voulait pas faire, soit elle le faisait chier.

Il arrêta d'essuyer le bar et jeta le chiffon sur le comptoir derrière lui.

— Qu'est-ce qu'il y a, Dix ?

— Tu as une sale tête.

Il se servit un verre de bourbon.

— Tu bois sur ton lieu de travail ?

— Tu vois des clients, là ?

Du haut de son mètre quatre-vingt-dix-huit et de ses cent huit kilos, il lui fallait bien plus qu'un verre pour l'affecter. Il but la boisson d'un trait, reposa le verre vide devant lui et posa les mains à plat sur le bar, laissant la brûlure de l'alcool apaiser les démons de son passé.

Regardant Dixie droit dans les yeux, il lui dit :

— Tu es venue ici pour me faire chier ?

Dixie soutint son regard.

— T'as fait des cauchemars, t'as passé la nuit à baiser une fille dont tu ne te souviens pas, ou bien quelqu'un avait des ennuis ?

Il lui avait appris à ne jamais se défiler alors qu'elle n'était qu'une grande rousse fine et énergique avec une grande bouche et pas assez de bon sens pour savoir quand la fermer. Il avait dû lui apprendre à être forte pour ne pas qu'elle s'attire d'ennuis. Elle n'avait pas beaucoup changé, sauf que désormais elle n'avait plus peur de rien. Y compris de *lui*.

Il ramassa le verre à shooter et se retourna pour le nettoyer.

— De quoi t'as besoin ?

— J'ai besoin que tu te comportes correctement quand Finlay Wilson sera là.

Bullet étouffa un juron.

— Finlay ? La fille qui était traiteur pour le mariage de Tru et Gemma ?

Combien de Finlay Wilson y avait-il à Peaceful Harbor, Maryland ? Même s'il y en avait eu une douzaine, ça n'aurait pas vraiment eu d'importance. Cette Finlay-là avait déjà attiré l'attention de Bullet – et l'avait envoyé balader, ce qui était probablement une bonne chose. Elle était plus douce qu'un bonbon et n'avait pas intérêt à accepter de les aider à développer leur bar familial pour y proposer des déjeuners et des dîners. Sa place était dans un glacier comme sa sœur Penny, là où elle pouvait faire briller son sourire étincelant à l'attention des familles chaleureuses. Si elle travaillait au *Whiskey*, elle risquait de se faire manger toute crue.

— Celle-là même, dit Dixie.

— Ce petit bout de femme n'a pas sa place dans un bar. Surtout dans *mon* bar. T'as pas quelqu'un d'autre à harceler ?

— Premièrement, on est tous des partenaires égaux, ici. Toi, moi, Bones, Bear, Maman et Papa. Alors arrête de dire que c'est *ton* bar.

Il serra les dents. Techniquement, elle avait raison. Ils étaient tous partenaires égaux sur le papier, mais ça ne se passait pas comme ça dans la vie de tous les jours. Bear avait géré le bar après l'AVC de leur père et avait également repris le garage familial de l'autre côté de la rue quand ils avaient perdu leur oncle. Bullet avait pris la relève il y a cinq ans et avait assumé les responsabilités quotidiennes du bar, afin que Bear puisse réduire son temps de travail. Dixie tenait les comptes des deux entreprises familiales, était serveuse au bar et avait récemment pris en charge l'expansion des cuisines du *Whiskey*. Mais son jeune frère, Bones, un médecin, ne s'était jamais sali les mains en travaillant au bar. Non pas que Bullet en ait quelque chose à faire. Bones aurait sauté sur l'occasion si on lui avait demandé de participer, mais Bullet ne demandait pas d'aide. Il n'en avait jamais demandé de toute sa vie.

À une putain d'exception près, mais ce n'était pas le moment d'y penser.

Il chassa de son esprit les souvenirs difficiles qui lui revenaient en mémoire et se concentra sur les yeux verts de Dixie. Le bar était peut-être autant à eux qu'à lui, mais c'était lui qui était là, chaque fichu jour.

— Ne fous pas tout en l'air, Bullet, ou je te jure que je vais faire de ta vie un enfer. Elle a accepté de travailler avec nous pendant un mois, et nous avons besoin d'elle si nous voulons réussir. Elle s'y connaît en menus, recrutement du personnel de cuisine, et en règles sanitaires.

— Elle n'a pas sa place dans un endroit comme celui-ci, Dix. Elle n'est pas comme nous.

Finlay ressemblait à un ange avec ses cheveux blonds soyeux et ses yeux bleus innocents. C'était cette innocence qui avait allumé quelque chose en lui et qui lui avait donné envie de la *dévergonder* et de la *protéger* à la fois. *Putain de Finlay Wilson.* Le mariage avait eu lieu il y a quatre semaines, et il n'avait pas pu s'empêcher de penser à elle depuis. Quand elle n'était pas la vedette de ses fantasmes classés X, elle sautillait en ville dans ses robes à froufrous, répandant des sourires comme de la poussière de fée.

— Ça n'avait pas l'air de te déranger quand tu l'as draguée au mariage, dit Dixie en levant un sourcil. Ou bien tu croyais que je n'avais pas remarqué la façon dont tu observais chacun de ses mouvements quand Bear et Crystal ont aussi décidé de se marier, en t'approchant d'elle dès que t'en avais l'occasion pendant la cérémonie, comme un chiot à la recherche d'une friandise ?

Bullet ricana. Il l'avait regardée bien avant la demande en mariage impromptue de Crystal et Bear et leur union qui avait suivi le jour où Tru et Gemma s'étaient mariés.

— Elle est sexy. Et alors ? Je ne voulais pas me marier avec elle, juste m'amuser un peu.

— Alors ça ne devrait pas te déranger de la voir ici quelques heures par jour le temps qu'on s'organise, non ?

— C'est une erreur, Dixie.

Il fit le tour du bar et se mit à côté d'elle.

— Une jolie fille comme elle ne demande qu'à s'attirer des ennuis dans un endroit comme celui-ci. Pourquoi tu tiens tant à engager Finlay ? As-tu au moins vérifié auprès des membres du club si quelqu'un avait besoin d'un travail ?

— Tu sais, parfois j'oublie à quel point tu es comme *Papa*, j'ai l'impression de me frapper la tête contre un mur de briques.

— Ça veut dire quoi, ça, putain ?

— Que tu hésites autant que lui à embaucher quelqu'un qui ne fait pas partie de la famille. Que tu penses que si quelqu'un ne fait pas partie du club ou de notre famille, c'est un bon à rien.

— Jed travaille bien là, non ?

Bear avait récemment abandonné son poste de barman et concevait désormais des motos pour l'élite *Silver-Stone Cycles*. Pour la première fois dans l'histoire du bar, ils avaient été obligés d'embaucher des personnes extérieures à la famille *et* à leur club de motards, les Dark Knights, qui était aussi soudé que la famille. Même si Jed Moon, qui n'était pas seulement leur nouveau barman à temps partiel mais travaillait également comme mécanicien pour le magasin, était le nouveau beau-frère de Bear. Donc, techniquement, il *était* de la famille. Finlay Wilson ne l'était *pas*. Finlay Wilson était une bombe à retardement.

— Laisse-moi tranquille, dit-il en secouant la tête. On embauche toujours la famille en premier.

— Ah oui ? Et d'après toi, lequel des membres de notre club saurait gérer un restaurant ? *Gutter*, l'expert en rénovation de maison ? Ou peut-être un des frères Bando, dont le métier c'est de faire couler du béton sur les chantiers ? Tu réalises que Finlay a fait l'une des meilleures écoles culinaires de Boston ? Elle a travaillé dans un restaurant, et elle a dirigé sa propre entreprise de traiteur pendant des années, et bientôt elle va en ouvrir une ici même, en ville.

Il n'en avait rien à foutre de ses diplômes. À vrai dire, elle était même surqualifiée. Mais rien qu'en l'imaginant se balader dans le bar avec une bande de gars excités et ivres lui courant après, Bullet sentit son sang bouillonner dans ses veines. Même s'il était conscient qu'il n'était pas censé se faire du souci pour elle.

— Nous proposons des sandwiches et des frites, pas des repas gastronomiques.

— Ce qui fait d'elle la personne idéale pour ce travail. Elle sait comment limiter les coûts, et elle est de Peaceful Harbor. Elle s'installe ici pour un moment, ce qui veut dire qu'elle voudra que tout se passe bien côté business – elle n'a pas envie d'être mal vue. Qu'est-ce que tu as contre Finlay, en fait ?

— Ce que j'ai *contre elle* ? Rien.

Même s'il avait très envie de s'enfoncer profondément en elle.

— Mais elle va se faire manger toute crue dans un endroit comme celui-ci et elle va finir par s'enfuir. Et on finira par devoir trouver une solution dans tous les cas. Et puis…

Le grincement de la porte d'entrée qui s'ouvrait attira leur attention. Bullet regarda par-dessus son épaule, rencontrant les yeux bleus innocents de l'ange qui les regardait.

FINLAY SOURIT et les salua en se faufilant dans le bar miteux.

— Salut. Je vous dérange ?

D'après la mine renfrognée de Bullet, non seulement elle l'interrompait, mais elle l'avait même apparemment énervé. Eh bien, tant mieux ! Cette grosse brute tatouée n'avait qu'à être en colère. Quel genre d'homme aborde une femme à un mariage en lui disant : « *Hé, chérie, ça te dirait de faire un tour sur la Bullet machine ?* »

Elle lissa sa robe sur ses hanches, essayant de reprendre ses esprits. La *Bullet machine*. Ah ça, elle se doutait bien qu'il avait une machine sous le pantalon. Cet homme était immense, à bien des égards, et lorsqu'il posait ses yeux noirs et froids sur elle, elle aurait pu jurer que ceux-ci s'enflammaient juste devant elle. *Seigneur, maintenant mon pouls s'emballe.* Elle n'arrêtait pas de penser à cet éclair de chaleur depuis le mariage, et elle ne pouvait nier que cela l'effrayait autant que cela l'excitait de façon tout aussi frustrante. Et si elle devait être honnête avec elle-même, elle se pensait encore trop affectée après avoir perdu Aaron pour ressentir à nouveau ce genre d'excitation pour un homme – et le fait qu'elle le ressente avec un gars comme Bullet la terrifiait. Mais ce n'était pas le moment d'être honnête. Elle devait se ressaisir pour ne pas faire mauvaise impression.

Dixie poussa son frère massif pour la saluer.

— Pas du tout ! Je suis contente que tu sois là.

Elle fit un câlin rapide à Finlay avant de regarder Bullet.

— *Pas vrai*, Bull ? On est *contents* de la voir, hein ?

Il leva le menton en guise de salut avant de faire le tour du bar et de s'occuper en tirant les bouteilles des étagères. Était-il contrarié qu'elle ait refusé de chevaucher son membre magique ? Si oui, il allait devoir s'en remettre, et vite.

— Ne fais pas attention à lui. Il a eu une nuit difficile, expliqua Dixie en agitant la main, comme si Bullet n'avait pas d'importance.

Finlay se força à sourire, tout en sachant que, si, ce gros balourd avait beaucoup d'importance. Elle aussi avait grandi à Peaceful Harbor, même si elle était plus jeune que les Whiskey et qu'elle ne les connaissait pas encore à l'époque. Elle était revenue en ville il y a deux mois, dans l'espoir de s'installer près de chez sa sœur, Penny, après être partie faire ses études à Boston il y a dix ans. Penny lui avait donné quelques informations sur les Whiskey lorsqu'elle avait accepté le travail de traiteur pour le mariage de leurs amis. Apparemment, les Whiskey et leur gang de motards possédaient sa petite ville natale. Seulement, selon Penny, ce n'était pas comme les histoires qu'elle avait entendues sur les motards causant du grabuge ou effrayant les gens. Non, les Whiskey étaient connus pour être des gens bien, et apparemment leur *gang* était plus un *club*. Elle ne connaissait pas la différence, mais comprenait qu'ils protégeaient la communauté, en réduisant le taux de criminalité et en aidant les victimes de certaines brutes – à l'exception, apparemment, de leur propre fils costaud et arrogant. D'après ce que Penny avait dit, ils pouvaient avoir l'air intimidants, mais sous tous ces tatouages et ce cuir sombre, ils étaient de bonnes personnes, attentionnées et généreuses. Elle l'avait remarqué au mariage, et dans les semaines qui avaient suivi, lorsqu'elle avait vu Dixie, ses autres frères et leurs parents en ville. Ils étaient tous aussi gentils les uns que les autres. Mais le jury était toujours indécis concernant le grand méchant Bullet.

Si elle allait devoir passer du temps en sa présence, il avait intérêt à la respecter. C'était d'ailleurs pour ça que Penny l'avait poussée à accepter ce travail, n'est-ce pas ? Parce qu'elle s'était cachée derrière son passé, vivant une vie sûre, confortable et *solitaire* pendant si longtemps qu'elle avait oublié ce que c'était que de se faire draguer ? Et comment *le gérer*. Eh bien, c'était terminé *maintenant*. Elle se redressa, se tenant droite, comme elle avait appris à le faire à l'école de cuisine, quand les grands chefs venaient leur donner des cours et qu'ils incendiaient les étudiants dès la moindre erreur. Il n'y avait pas de place pour les gens susceptibles dans la restauration – et il était hors de question qu'elle laisse Bullet Whiskey l'intimider.

— Tout va bien se passer, assura-t-elle à Dixie en allant immédiatement derrière le bar vers cette montagne de muscles qui faisait de son mieux pour l'ignorer.

Chaque pas faisait battre son cœur plus vite. Nom de Dieu, elle ne se souvenait pas qu'il était *si* grand. Elle ne mesurait qu'un mètre soixante, mais même si elle portait des talons, il faisait au moins trente centimètres de plus qu'elle.

Elle tendit le bras et tapota l'épaule de Bullet. Elle eut l'impression de taper un rocher recouvert d'une veste en cuir noire.

Il se retourna lentement, son torse large et ses bras massifs prenant soudain tout l'espace. Elle le regarda fixement. Sa barbe et ses yeux sombres lui donnaient un air menaçant. Elle déglutit avec difficulté, se préparant à lui dire ce qu'elle pensait. Dans la seconde qui suivit, ces yeux furieux s'enflammèrent et parurent encore plus avides qu'ils ne l'avaient été au mariage.

Elle sentit son ventre – ce traître – prendre feu.

Oh, mon Dieu. Elle était dans un sacré pétrin. Cet homme obtenait probablement tout ce qu'il voulait des femmes avec ce regard. Il devait leur jeter un sort avec ses bracelets en cuir, ses anneaux noirs, argentés et effrayants et son attitude de *vas-y-essaie-de-me-faire-chier-et-tu-verras.*

Prenant son air le plus sévère, elle lui dit :

— Bullet, si nous devons travailler ensemble, j'espère que tu tireras un trait sur ce qui s'est passé au mariage et que tu seras derrière moi pour ce projet.

Il hocha la tête et ses lèvres s'étirèrent en un sourire malicieux qui lui donna la chair de poule.

— Oh mais je veux bien être *derrière toi* quand tu veux, chérie.

— Bullet, dit Dixie en lui jetant un regard noir.

Finlay ouvrit grand la bouche, choquée, puis la referma. Elle avait besoin de cet argent et de ce travail pour aider à faire décoller son entreprise de restauration, et elle aimait vraiment Dixie et le reste des Whiskey. Elle avait envie de les aider et ne pouvait pas laisser ce Whiskey lui faire peur.

— Premièrement, je ne suis *pas* ta chérie, et si tu penses une seconde que tes remarques obscènes vont me faire fuir, tu te trompes.

Il se pencha si près qu'elle sentit son haleine chargée d'alcool.

— Crois-moi, tu n'as pas fini d'entendre des remarques obscènes, ma belle. Et la *dernière* chose dont j'ai envie, c'est de t'effrayer. Mais tu ne devrais pas travailler ici, c'est une erreur.

La porte d'entrée s'ouvrit et deux hommes costauds et parlant bruyamment entrèrent. Ils portaient des tee-shirts et des jeans de style grunge, avec des bottes en cuir noir, comme celles de Bullet. L'un d'entre eux avait des cheveux gris ébouriffés et relevés en une queue de cheval. L'autre était chauve et large, avec des tatouages sur les deux bras. Finlay n'était tellement pas dans son élément qu'elle ne le voyait même plus. Mais elle n'était pas près de l'admettre. Elle sentit que Bullet l'observait attentivement et essaya de maîtriser son expression. Une fois de plus, elle prit son courage à deux mains, réalisant que si elle voulait espérer gagner le respect de Bullet, elle devait prouver qu'elle n'était pas cette petite souris qu'il l'imaginait être. Elle avait déjà fait plusieurs petits boulots dans des bars quand elle était à l'université pour joindre les deux bouts, et elle savait préparer des boissons les yeux fermés.

Elle pivota sur ses talons lorsque les hommes s'assirent au bar et leur adressa son sourire le plus chaleureux.

— Salut, les gars. Qu'est-ce que vous voulez boire ?

Ils jetèrent un coup d'œil à Bullet, qui gloussa.

— Qu'est-ce qui vous ferait plaisir ? Une bière, un bourbon, ou un Biker's Poison[20] ? Des Têtes de nœuds[21] ?

Lorsqu'ils la regardèrent d'un air abasourdi, elle mit la main sur sa hanche et sourit à Dixie, qui s'amusait clairement de sa petite démonstration d'autorité.

— On est timides, hein ? Et si je vous surprenais ?

Elle se retourna et Bullet lui attrapa le bras, lui lançant à nouveau un regard noir. Quel que soit ce qui l'avait amusé plus tôt, ce n'était *plus* le cas. Elle examina sa main sur son bras et

---

[20] Cocktail composé de Jack Daniels et de Rhum Bacardi
[21] Cocktail composé de tequila, rhum, vodka et de liqueur

sourit.

— Je suis désolée, Bullet, mais tu sembles croire que c'est en me malmenant que tu attireras mon attention.

Elle retira la main de Bullet de son bras et la laissa retomber sur le côté.

— Maintenant, si t'as envie de dire quelque chose, n'hésite pas à le faire pendant que je prépare les boissons de ces messieurs.

La gorge serrée, elle attrapa deux verres tumbler et une bouteille de tequila pendant que Bullet fulminait à côté d'elle.

— C'est *mon* territoire, gronda-t-il.

— Hum. On dirait que tu es un peu possessif avec ton bar, dit-elle avant de pointer du doigt une bouteille de Kahlúa. Tu peux me passer ça, et l'ouzo ?

Serrant les dents, il lui tendit les bouteilles et elle commença à mélanger les boissons. Cette fois-ci, ce furent les autres hommes qui se mirent à rire. Elle ne voyait pas Dixie d'ici, mais elle entendait les talons de ses bottes claquer sur le parquet en direction de la cuisine. Elle tendit la main devant Bullet pour prendre deux serviettes et effleura son ventre, ce qui lui valut quelque chose entre un grognement et un son dangereusement sexy auquel elle ne voulait pas penser.

Elle posa les boissons sur le bar et s'essuya les mains sur un torchon qui était suspendu sous le comptoir.

— Deux Boot Knockers[22] juste pour vous, mes jolis.

S'approchant de Bullet, elle lui fit signe de se pencher pour qu'elle puisse lui parler à voix basse. À sa grande surprise, il s'exécuta, et elle lui dit :

— Je ne suis pas très à l'aise avec ces histoires de *territoires*.

---

[22] Cocktail alcoolisé

C'est démodé. Comme les femmes qu'on regarde mais qu'on n'écoute pas.

Bullet se redressa, la surplombant de toute sa hauteur, le visage crispé.

Elle lui tapota le torse et, de sa voix la plus douce, lui dit :

— Tu fais ton travail et je fais le mien. Mais il y aura probablement des moments où j'aurai besoin d'aller derrière le bar, ou toi dans la cuisine. Tu penses que tu peux y arriver ?

L'un des hommes au bar leva son verre et dit :

— C'est la meilleure boisson que j'ai bue depuis longtemps. Si cette jolie demoiselle me prépare mes cocktails, moi ça me va.

Finlay battit des cils par pure provocation, appréciant le regard irrité de Bullet.

— Merci. Je suis assez douée derrière le comptoir. Oh, et aux fourneaux aussi, ajouta-t-elle avec un sourire.

Elle sentit comme un coup de tonnerre sous sa paume et réalisa que sa main était toujours posée sur le cœur de Bullet. Elle la retira, et il grogna quelque chose d'incompréhensible.

— Et maintenant, si tu veux bien m'excuser, j'ai une réunion avec Dixie.

**Pour poursuivre votre lecture, achetez dès maintenant
Fou de désir.**

Tombez amoureux de Truman et Gemma dans
Sous l'armure de ton cœur.

Le premier tome de la série
Les Whiskey : Les Dark Knights de Peaceful Harbor

Truman Gritt ne reculera devant rien pour protéger sa famille. Y compris passer des années en prison pour un crime qu'il n'a pas commis. À sa libération, la vie qu'il connaissait a été bouleversée par l'overdose de sa mère, et Truman décide d'élever les enfants qu'elle a abandonnés. À la fois dur et secret, Truman s'efforce de sauver son frère encore plus abîmé que lui. Il n'a jamais eu besoin d'aide dans sa vie, et quand la belle Gemma Wright essaie d'intervenir, il refuse tout net. Pourtant, Gemma a l'art et la manière de se frayer un chemin dans la vie des gens et elle finit par percer l'armure en acier de son cœur. Quand le passé sombre de Truman entre en conflit avec son avenir, sa loyauté est mise à rude épreuve et il va devoir prendre la décision la plus difficile de sa vie.

Achetez **Sous l'armure de ton cœur**

Autres livres par Melissa
(en anglais)
English Editions

<u>LOVE IN BLOOM SERIES</u>

SNOW SISTERS

Sisters in Love
Sisters in Bloom
Sisters in White

THE BRADENS at Weston

Lovers at Heart, Reimagined
Destined for Love
Friendship on Fire
Sea of Love
Bursting with Love
Hearts at Play

THE BRADENS at Trusty

Taken by Love
Fated for Love
Romancing My Love
Flirting with Love
Dreaming of Love
Crashing into Love

THE BRADENS at Peaceful Harbor

Healed by Love
Surrender My Love
River of Love
Crushing on Love

Seaside Dreams
Seaside Hearts
Seaside Sunsets
Seaside Secrets
Seaside Nights
Seaside Embrace
Seaside Lovers
Seaside Whispers
Seaside Serenade

BAYSIDE SUMMERS

Bayside Desires
Bayside Passions
Bayside Heat
Bayside Escape
Bayside Romance
Bayside Fantasies

THE STEELES AT SILVER ISLAND

Tempted by Love
My True Love
Caught by Love
Always Her Love

THE RYDERS

Seized by Love
Claimed by Love
Chased by Love
Rescued by Love
Swept Into Love

THE WHISKEYS: DARK KNIGHTS AT PEACEFUL

HARBOR
Tru Blue
Truly, Madly, Whiskey
Driving Whiskey Wild
Wicked Whiskey Love
Mad About Moon
Taming My Whiskey
The Gritty Truth
In for a Penny
Running on Diesel

THE WHISKEYS: DARK KNIGHTS AT REDEMPTION RANCH
The Trouble with Whiskey

SUGAR LAKE
The Real Thing
Only for You
Love Like Ours
Finding My Girl

HARMONY POINTE
Call Her Mine
This is Love
She Loves Me

THE WICKEDS: DARK KNIGHTS AT BAYSIDE
A Little Bit Wicked
The Wicked Aftermath

SILVER HARBOR
Maybe We Will
Maybe We Should

WILD BOYS AFTER DARK
Logan
Heath
Jackson
Cooper

BAD BOYS AFTER DARK
Mick
Dylan
Carson
Brett

<u>**HARBORSIDE NIGHTS SERIES**</u>
Includes characters from the Love in Bloom series
Catching Cassidy
Discovering Delilah
Tempting Tristan

More Books by Melissa
Chasing Amanda (mystery/suspense)
Come Back to Me (mystery/suspense)
Have No Shame (historical fiction/romance)
Love, Lies & Mystery (3-book bundle)
Megan's Way (literary fiction)
Traces of Kara (psychological thriller)
Where Petals Fall (suspense)

Remerciements

Merci d'avoir lu l'histoire de Bear et de Crystal. J'espère que vous êtes tombés amoureux d'eux, ainsi que de leurs proches et amis aussi chaleureux que merveilleux, dont chacun connaîtra son histoire de conte de fées.

Si vous avez aimé cette histoire et souhaitez en savoir plus sur les Whiskey, découvrez *Sous l'armure de ton cœur*. Si vous lisez aussi en anglais, j'espère que vous découvrirez le reste de mes héros alpha et de mes héroïnes pétillantes dans la collection de romances consacrées à cette grande famille, *Amour sublime*. Chaque tome peut être lu indépendamment des autres et les personnages se retrouvent dans d'autres séries. Ainsi, vous ne raterez aucune de leurs fiançailles, unions ou naissances. Vous trouverez des informations sur la série *Amour sublime* et tous mes livres ici :
www.MelissaFoster.com/melissas-books

J'offre plusieurs premiers tomes gratuits. Découvrez-les ici :
www.MelissaFoster.com/LIBFree

Je discute souvent avec mes fans dans mon fan-club sur Facebook. Si vous n'avez pas encore intégré mon fan-club, n'hésitez pas !
www.Facebook.com/groups/MelissaFosterFans

Suivez ma page auteur sur Facebook pour des concours

amusants et toutes les dernières nouvelles sur les rebondisse-
ments dans les mondes de nos coups de cœur livresques.
www.Facebook.com/MelissaFosterAuthor

Merci à ma formidable équipe éditoriale : Kristen Weber et
Penina Lopez, et mes correcteurs attentifs : Elaini Caruso,
Juliette Hill, Marlene Engel, Lynn Mullan, et Justinn Harrison.
Merci également à Emily B. et Valentin Translation.

Enfin, en dernier mais non des moindres, un immense merci à
ma famille pour sa patience, son soutien et son inspiration.

Retrouvez Melissa

www.MelissaFoster.com

Melissa Foster est une auteure primée, dont les best-sellers figurent aux classements du *New York Times*, du *Wall Street Journal* et de *USA Today*. Ses livres sont recommandés par le blog littéraire de *USA Today*, le magazine *Hagerstown*, *The Patriot* et de nombreuses autres revues.

Retrouvez Melissa sur son site web ou discutez avec elle sur les réseaux sociaux. Melissa aime parler de ses livres avec les clubs de lecture et les groupes de lecteurs, alors n'hésitez pas à l'inviter à vos événements. Les livres de Melissa sont disponibles dans la majeure partie des boutiques en ligne, en version papier et numérique.

www.ingramcontent.com/pod-product-compliance
Lightning Source LLC
Chambersburg PA
CBHW060949190726
48286CB00005B/1500